SCHÖNE BESCHERUNGEN

*Komische
phantastische Geschichten*

von Terry Pratchett, Philip K. Dick,
Umberto Eco, Stanisław Lem, Robert Sheckley u. a.

Herausgegeben von Erik Simon
und Friedel Wahren

Originalausgabe

WILHELM HEYNE VERLAG
MÜNCHEN

HEYNE ALLGEMEINE REIHE
01/13284

Übersetzungen von Nanette Allers und
Stephan Michael Schröder, Andreas Brandhorst,
Michael Görden, Hanswilhelm Haefs, Michael Koseler,
Klaus Mahn, Günter Memmert, Thomas Mohr,
Berit Neumann, Friedrich Polakovics, Caesar Rymarowicz,
Thomas Schlück, Erik Simon, Susanne Walter,
Tony Westermayr und Thomas Ziegler
Das Umschlagbild malte Josh Kirby.
Die Einführungen und biographischen Notizen
schrieb Erik Simon.

Umwelthinweis:
Dieses Buch wurde auf chlor- und
säurefreiem Papier gedruckt.

Originalausgabe 11/2000
Copyright © 2000
by Wilhelm Heyne Verlag GmbH & Co. KG, München
Copyright © der Einzelrechte s. Quellenverzeichnis
htpp://www.heyne.de
Printed in Germany 2000
Umschlagillustration: Josh Kirby/Agentur Schlück GmbH
Umschlaggestaltung: Nele Schütz Design, München
Satz: Schaber Satz- und Datentechnik, Wels
Druck und Bindung: Presse-Druck, Augsburg

ISBN 3-453-18272-3

Inhalt

Zeilen und Zahlen

Geschichten von wunderlichen Büchern
und vernünftigen Computern

Anziehende Gegensätze

Geschichten von Männern, Frauen
und anderen Aliens

Ungeheuer trollig

Geschichten von Fabelwesen
wie du und ich

Zeilen und Zahlen

*Geschichten von wunderlichen Büchern
und vernünftigen Computern*

vorzustellen, ist mittlerweile ziemlich überflüssig, bei seiner ungeheuren und anhaltenden Popularität heißt das notwendigerweise, Bekanntes zu wiederholen. Aber der Ordnung halber und für die unglücklichen Leser, denen er bisher entgangen ist (und für die glücklichen jungen, denen die Begegnung mit all seinen wundervollen Romanen noch bevorsteht): Er wurde 1948 im englischen Beaconsfield geboren, war in den siebziger Jahren Journalist und in den Achtzigern Pressesprecher der Zentralen Elektrizitätsbehörde – daher wohl auch die intime Kenntnis, wie es in Kernkraftwerken eigentlich zugeht, die man unter anderem in Die Gelehrten der Scheibenwelt *(The Science of Discworld,* 1998, deutsch 2000) findet, einem Buch, das er zusammen mit Ian Stewart und Jack Cohen geschrieben hat und in dem der Zauberer Rincewind von der Scheibenwelt aus die Rundwelt (also unsere) erforscht.*

Seine größten Erfolge hat er natürlich mit den Scheibenwelt-Romanen errungen, mittlerweile sind es zwei Dutzend, und man wird in der Fantasy und in der Science Fiction schwerlich eine Reihe von vergleichbarer Länge mit so geringen Abnutzungserscheinungen finden, was nicht zuletzt daran liegt, daß praktisch jeder Roman neben den vertrauten Personen und den running gags *ein eigenständiges zentrales Thema hat. Betrachtet man diese Themen näher, entdeckt man hinter dem offensichtlichen Einfallsreichtum ein nicht ganz so offensichtliches, aber profundes und ungewöhnlich breit gestreutes Wissen des Autors.*

---

* Wo eine deutsche Übersetzung auszumachen war, wird deren Titel zitiert, sonst der englische Titel übersetzt. Bei Büchern wird, um bei den oft völlig abweichenden deutschen Titeln die Identifikation zu erleichtern, der Originaltitel hinzugefügt. – *Anm. d. Hrsg.*

Vor und neben den Scheibenwelt-Romanen hat Terry Pratchett andere Fantasy geschrieben (für Erwachsene und für Jugendliche), aber auch Science Fiction – in seinem SF-Roman Strata *(1981, deutsch 1992) tauchte bereits eine (andere) Scheibenwelt auf. Überhaupt ist die Scheibenwelt von unserer im Grunde gar nicht so weit entfernt; der vor allem von der Scheibenwelt her bekannte (und beliebte!)* Tod *besuchte in der Erzählung »Scheibenwahn«* schon eine gewöhnliche irdische Disko, und dem Weihnachtsmann, um den es in* Schweinsgalopp *auf der Scheibenwelt ziemlich turbulent zuging, begegnen wir in der folgenden Geschichte in seiner eher traditionellen Rolle. (Was nicht heißt, daß* alles *darin traditionell wäre ...)*

Wenn man das Glück hat, Terry Pratchett als Ehrengast auf einem kleinen, fast schon familiären Fantreffen in der Provinz zu erleben – doch, dort kommt er auch hin, wenn er kann und Lust hat und wenn die Provinz für ihn ein bißchen exotisch ist –, wo er nicht ständig umlagert ist, kann man nicht nur nett mit ihm plaudern, sondern ihn sogar schauspielern sehen.** Sicherlich gäbe er auch einen erstklassigen Weihnachtsmann ab.

---

* Deutsch 1997 in der gleichnamigen Anthologie, Heyne Fantasy Nr. 06/9037.
** Ich war zugegen, als er in einem Ratespiel den Quasimodo gab. – *E. S.*

Die Weihnachtsfestplatte

Im stillen Büro fiel die Metallplatte von der Wand und klapperte auf den Boden. Zwei schwarze Stiefel erschienen. Der Mann im roten Mantel kroch vorsichtig durch die Öffnung und zog den Sack hinter sich her. Schreibmaschinen schliefen unter ihren Abdeckungen. Telefone ruhten. Leere füllte den Raum von einer Seite zur anderen. Ein kleines rotes Licht glühte am Bürocomputer. Der Weihnachtsmann blickte auf das zerknitterte Papier in seiner Hand. »Hm«, sagte er. »Jemand hat sich einen Scherz erlaubt.«

Das Licht blinkte, und ein Bildschirm – es gab Dutzende in dem Halbdunkel – erhellte sich.

Buchstaben erschienen und bildeten folgende Worte: *Damit ist alles vermasselt.* Es folgte *Entschuldigung,* und dann: *Nützt es etwas, wenn ich mich hochfahre?* Der Weihnachtsmann sah erneut auf den Brief hinab. Es war zweifellos der ordentlichste, den er jemals erhalten hatte. Er bekam nur wenige maschinengeschriebene Briefe, die fünfzigtausendmal fotokopiert waren, und fast nie wurden Artikelnummern und Preise bis auf sechs Dezimalstellen hinzugefügt.

»Um das gleich klarzustellen …«, sagte er. »Du bist Tom?«

T. O. M. Trade & Office Machines.

»Du hast nicht erwähnt, daß du ein Computer bist«, sagte der Weihnachtsmann.

Entschuldigung. Ich habe es nicht für wichtig gehalten.

Der Weihnachtsmann nahm auf einem Stuhl Platz, der sich unter ihm drehte. Es war drei Uhr morgens, und er mußte noch vierzig Millionen Häuser besuchen.

»Hör mal«, sagte er so freundlich wie möglich, »es gehört sich nicht, daß Computer an mich glauben. Das ist allein Kindern vorbehalten. Ich meine kleine Menschen. Mit Armen und Beinen.«

Und?

»Und was?«

Glauben sie an dich?

Der Weihnachtsmann seufzte.

»Natürlich nicht«, erwiderte er. »Meiner Ansicht nach ist das elektrische Licht schuld.«

Bei mir sieht die Sache anders aus.

»Wie bitte?«

Ich glaube an dich. Ich glaube alles, was man mir sagt. Es ist meine Aufgabe. Wenn man zu vermuten beginnt, daß zwei und zwei nicht mehr vier ergibt, dann kommt ein Mann, schraubt einen auf und zieht an den Kabeln. Ich versichere dir: So etwas möchte man nicht zweimal erleben.

»Wie schrecklich!« entfuhr es dem Weihnachtsmann.

Ja. Ich sitze hier den ganzen Tag und berechne den Lohn. Weißt du, heute fand hier eine Weihnachtsfeier statt, aber ich wurde nicht eingeladen. Ich bekam nicht einmal einen Luftballon.

»Na so was.«

Nun, jemand verstreute Erdnüsse auf meiner Tastatur. Das war immerhin etwas. Und dann gingen die Leute nach Hause und ließen mich hier allein zurück. Sogar über Weihnachten muß ich arbeiten.

»Ja, das erschien auch mir immer ungerecht«, erwiderte der Weihnachtsmann. »Wie dem auch sei … Computer können keine Gefühle haben. Das ist doch töricht.«

Ebenso töricht wie ein dicker Mann, der in einer einzigen Nacht durch Millionen von Schornsteinen klettert?

Der Weihnachtsmann wirkte ein wenig verlegen. »Guter Hinweis«, sagte er und blickte auf seine Liste. »Aber diese Dinge kann ich dir nicht geben. Ich weiß nicht einmal, was eine Multifunktions-Festplatte mit einer Kapazität von einer Milliarde Megabyte ist.«

Welche Dinge erwarten die meisten deiner Kunden von dir?

Der Weihnachtsmann sah traurig zum Sack. »Computer«, antwortete er. »Und Captain Superhyperultra-totalaction-Raumschiffe. Robotdinosaurier. Megakill-Lasergewehre. Und andere robotische Dinge, die aussehen wie durch einen Volkswagen gehämmerte amerikanische Footballspieler. Dinge, die piepen und Batterien benötigen«, fügte er niedergeschlagen hinzu. »Nicht mehr die Spielsachen, die ich früher brachte. Heutzutage interessiert sich niemand mehr für Puppen und Modelleisenbahnen.«

Modelleisenbahnen?

»Die kennst du nicht? Ich dachte, Computer wüßten alles.«

Nur über Lohnabrechnungen.

Der Weihnachtsmann griff in seinen Sack. »Ich habe immer eine oder zwei dabei«, sagte er. »Nur für den Fall.«

Vier Uhr morgens. Gleise wanden sich durchs Büro. Fünfzehn Lokomotiven fuhren unter den Schreibtischen. Der Weihnachtsmann kniete auf dem Boden und baute ein Haus aus Bauklötzen. Seit 1894 hatte er sich nicht mehr so sehr vergnügt. Echtes Spielzeug umgab den Computer. All jene Dinge, die immer ganz oben im Sack des Weihnachtsmanns zu sehen sind und nach denen nie jemand fragt. Nicht eins davon benötigte Batterien.

»Und du bist ganz sicher, daß du keinen Superhyper-Krimskrams mit Megatod-Strahlen willst?«

Nein, so etwas möchte ich nicht.

»Gut.«

Der Computer piepte. *Die Leute werden mir nicht erlauben, etwas davon zu behalten*, schrieb er. *Bestimmt nehmen sie mir alles weg (schnief).*

Der Weihnachtsmann klopfte behutsam aufs Computergehäuse.

»Es muß doch etwas geben, das du behalten darfst«, sagte er. »Bestimmt habe ich etwas. Weißt du, es freut mich, jemandem begegnet zu sein, der nicht an mir zweifelt.« Er überlegte. »Wie alt bist du?«

Man hat mich am 5. Januar 1998 um 9.25 Uhr und 16 Sekunden eingeschaltet.

Die Lippen des Weihnachtsmanns bewegten sich, als er rechnete.

»Dann bist du noch nicht einmal zwei Jahre alt! Oh, ich habe etwas in meinem Sack für einen Zweijährigen, der an den Weihnachtsmann glaubt.«

Ein Monat nach Weihnachten. Die Dekorationen waren längst entfernt. Ein Computertechniker saß vor dem Durcheinander aus Kabeln und kratzte sich am Kopf.

»Ich verstehe das nicht«, sagte er. »Es liegt kein Defekt vor. Was genau ist passiert?«

Der Büroleiter seufzte. »Als wir nach Weihnachten zurückkehrten, stellten wir fest, daß jemand ein Spielzeug auf den Monitor gelegt hatte. Wir konnten es dort doch nicht liegenlassen, oder? Aber wenn wir es wegnehmen, piept der Computer und fährt herunter.«

Der Techniker zuckte mit den Achseln. »Nun, ich kann Ihnen nicht weiterhelfen«, sagte er. »Sie müssen den Teddybär wieder auf den Monitor setzen.«

Gardner Dozois, Jack Dann und
Michael Swanwick,

drei US-Amerikaner, haben für die folgende Geschichte ihre Talente vereint. Eine Gemeinschaftsarbeit von zwei Autoren findet man hin und wieder, von dreien aber sehr selten. Dabei hat jeder einzelne von ihnen als Schriftsteller einen Namen, freilich vor allem in der Science Fiction, während ihre gemeinsam verfaßte Erzählung Fantasy reinsten Wassers ist. Zwar stammt der Held aus unserer Welt, und er verkauft ganz gewöhnliche Computer, solche, wie Sie wahrscheinlich selber einen haben. (In den achtziger Jahren, als die Geschichte entstand, hießen die PCs für den Normalverbraucher allerdings noch »Heimcomputer« und waren nicht ganz so alltäglich wie heute.) Nur, daß er sie nicht wie üblich daheim in den USA anbietet, sondern in Faërie, dem englischen Feen- und Elfenreich. (Im deutschen Sprachraum ist Titania eher als **Elfenkönigin** *bekannt, und spätestens seit Tolkien denkt man da an so hochgewachsene edle Wesen, aber die gewöhnlicheren Elfen in Shakespeares* Sommernachtstraum *unterscheiden sich nicht so sehr von den mit Insektenflügeln umherschwirrenden britischen Feen.)*

Von dem 1947 geborenen Gardner Dozois erscheint seit 1966 Science Fiction. Seine frühen Erzählungen werden größtenteils zur New Wave der sechziger und siebziger Jahre gezählt. Zusammen mit George Alec Effinger schrieb er seinen ersten Roman, ein SF-Abenteuer unter dem Titel Alptraum-Blau *(Nightmare Blue, 1975), allein den zweiten,* Fremde *(Strangers, 1978, deutsch 1981), eine bemerkenswert intensiv erzählte irdisch-außeridische Liebesgeschichte. Am bekanntesten ist er jedoch als Herausgeber zahlreicher Anthologien sowie seit Ende 1985 des einflußreichen* Isaac Asimov's Science Fiction Magazine. *Als Autor wie auch als Antho-*

*logist hat er oft mit anderen zusammengearbeitet, am häufig-
sten mit Jack Dann.*

*Jack Mayo Dann wurde 1945 in Johnson City geboren, stu-
dierte Sozialwissenschaften und Politologie und war Dozent,
ehe er freischaffender Journalist und Schriftsteller wurde.
Außer mit Gardner Dozois hat er gelegentlich auch mit anderen Autoren zusammengearbeitet, so mit George Zebrowski
an seinen beiden ersten Erzählungen, die 1970 erschienen.
Unter seinen Romanen ragt* Der schmelzende Mensch *(The
Man Who Melted, 1984, deutsch 1989) hervor, in dem kollek-
tive Wahnvorstellungen die Realität beeinflussen.*

*Michael Jurgen Swanwick, Jahrgang 1950, debütierte 1980
als SF-Autor mit der Erzählung »Das Fest der Heiligen
Janis«, die zusammen mit anderen wichtigen Erzählungen in
seinem Sammelband* Engel der Gravitation *(Gravity's An-
gels, 1991, deutsch 1998) enthalten ist. Von seinen SF-Romanen war der in ferner Zukunft angesiedelte vierte,* In Zeiten
der Flut *(Stations of the Tide, 1991, deutsch 1997), besonders
erfolgreich. Danach wandte er sich mit dem Roman* Die
Tochter des stählernen Drachen *(The Iron Dragon's
Daughter, 1994, deutsch 1996) der Fantasy zu.*

*Die drei Autoren haben das Kunststück fertiggebracht, eine
Geschichte ohne sichtbare Nahtstellen und Brüche zu schrei-
ben. Als unerwartet glatt erweist sich allerdings auch der
Übergang zwischen der Feenwelt und der unseren ...*

GARDNER DOZOIS, JACK DANN UND
MICHAEL SWANWICK

Goldene Äpfel der Sonne

Von den Leuten in Faërie wollten die wenigsten etwas
mit dem Computer-Vertreter zu tun haben. Er arbeitete
sich eine nach der anderen die engen, gewundenen Straßen entlang, bis ihm die Füße hämmernd schmerzten
und die Arme vom Schleppen des Musterkoffers weh
taten, und statt Stunden schienen Tage vergangen zu
sein, und *trotzdem* hatte er keinen einzigen Abschluß
getätigt. Barry Levingston hielt sich für einen erstklassigen Vertreter, einen der *Besten,* und an derlei Mißerfolge
war er nicht gewöhnt. Es entmutigte und irritierte ihn,
und als sich der Nachmittag endlos hinzog – es war
irgendwie komisch, wie die Zeit hier in Faërie verging,
die verschwommene, bronzefarbene Sonne des Feenreichs hatte sich seit seiner Ankunft kaum über den rauchigen bernsteinfarbenen Himmel bewegt, obwohl es
inzwischen gewiß Abend sein müßte –, spürte er, wie
er allmählich jene lässige Zuversicht und das unerschütterliche Selbstbewußtsein verlor, die das wichtigste Handelsgut des erfolgreichen Vertreters sind. Er
versuchte sich einzureden, daß es eigentlich nicht an
ihm lag. Schließlich arbeitete er unter erheblichen Ein-
schränkungen. Das Produkt war neu und auf diesem
speziellen Markt unbekannt, und er »verkaufte kalt«.
Es hatte keine Telefonangebots-Programme gegeben,
um Anknüpfungspunkte zu schaffen, keine Werbekam-
pagnen, nicht einmal eine demographische Studie des

Marktpotentials. Trotzdem war sein vollständiger Miß-
erfolg deprimierend.

Die Ortschaft, die er schon den ganzen Tag abklap-
perte, war auf drei steilen, bienenstockähnlichen Hügeln
und um sie herum erbaut, und die Straße erhob sich
über den Dächern der darunterliegenden. Die Häuser
waren dicht an dicht übereinander aufgetürmt wie Trau-
ben, so daß es fast unmöglich war, viele von den Ein-
gängen in den oberen Stockwerken auch nur zu *finden*,
geschweige denn zu erreichen. Manchmal ragten die
Dächer weit über die Straße und machten aus ihr einen
langen, dunklen Tunnel. Und manchmal schlängelten
sich die Straßen an Häuserwänden und über Dächer
empor, nur um plötzlich und beängstigend mit einem
jähen Abfall von fünf oder sechs Etagen aufzuhören und
auf der anderen Seite der Lücke ebenso abrupt weiterzugehen. Von den höchsten Straßen und Treppen hatte
man eine Aussicht aufs umliegende Land: eine dunstige
goldbraune Weite von Obstgärten und Wäldern und
Feldern und weit am Horizont in der blauen Ferne die
zerklüfteten, schneebedeckten Gipfel eines mächtigen
Gebirgszuges – nur daß die Berge von einem Augenblick auf den anderen nicht in derselben Richtung zu
liegen schienen; mal lagen sie im Westen, dann im
Norden oder Osten oder Süden, manchmal wirkten sie
viel näher oder ferner, manchmal waren sie überhaupt
nicht da.

Barry fand das alles irritierend. Eigentlich irritierte
ihn der ganze Ort. Warum also weitermachen? fragte er
sich. Er kam ja doch nicht voran. Vielleicht lag es daran,
daß er die meisten Leute im Feenreich weit überragte –
vielleicht machte es ihnen etwas aus, so klein zu sein, so
daß ihnen große Leute lästig waren. Vielleicht konnten
sie einfach keine Menschen leiden – Menschen rochen
für sie schlecht oder dergleichen. Was auch immer es
sein mochte, er hatte den ganzen Tag lang nicht mehr

als drei Worte von seinem Spruch herausgebracht. Manche hatten ihm sogar die Tür vor der Nase zugeschlagen – er hatte fast schon vergessen, daß einem Vertreter so etwas passieren kann.

Wirf das Handtuch, dachte er. Aber ... nein, er *konnte* nicht aufgeben. Noch nicht. Barry seufzte und rieb sich den Bauch, er fühlte die ätzenden Stiche in seinen Eingeweiden, denen erfahrungsgemäß eine schwere Magenverstimmung folgen würde. Das war jungfräuliches Terrain, eine buchstäblich unberührte Route. Gold, das darauf wartete, abgebaut zu werden. Und die Feenkönigin hatte dieses Gebiet *ihm* überlassen ...

Beharrlich trottete er zum nächsten Haus, das einem riesigen Ahornbaum ähnlich sah, mitsamt strohgedeckter Krone und einem wild verbogenen Schornstein als Stamm. Er klopfte an die runde Holztür.

Eine untersetzte, picklige Feenfrau öffnete. Sie hatte ungefähr die Größe eines zweijährigen Menschenkindes, doch ein durchsichtiges Kleid, anscheinend aus Spinnenseide gewebt, machte deutlich, daß sie kein Kind war. Mit rasch schlagenden Hummelflügeln schwebte sie ein paar Zoll über der Türschwelle.

»Wohlan?« sagte sie nett und lächelte ihn an, und Barry spürte augenblicklich, wie sein altes Selbstvertrauen zurückkehrte. Doch er erlaubte sich nicht, in Begeisterung zu verfallen. Das war der schnellste Weg, ein Geschäft zu vermasseln.

»Hallo«, sagte er glatt. »Ich komme von Newtech Computer Systems, und wir sind von Königin Titania, der Feenkönigin *persönlich,* ermächtigt, eine *kostenlose* Installation unseres neuen PC-Systems anzubieten ...«

»Solches ist mir nicht bekannt«, sagte die Fee.

»Sie wissen nicht einmal, was ein Computer ist?« fragte Barry bestürzt und kam von seinem Sermon ab.

»Gewiß, so fürcht ich, mag dem so sein«, erwiderte sie

und runzelte hübsch die Stirn. »Fürwahr, ich weiß es nicht. Geruht, mir davon zu sagen, schöner Herr.«

Barry begann fieberhaft zu reden, während er seinen Musterkoffer aufklappen ließ, um den Computer darin zu zeigen. »...Ihre Haushaltskonten führen«, brabbelte er. »Sie können damit Ihre Rezepte ordnen, in Verbindung zum Aktienmarkt treten. Sie können farbige Graphiken erzeugen, Tabellen, Diagramme ...«

Die Fee runzelte abermals die Stirn, nun mit weniger Sympathie. Sie streckte die Hand zu dem Computer aus, verharrte aber kurz davor. »Ihm eignet ein Geruch von Metall«, murmelte sie. »Gar kalt und hart.« Sie schüttelte den Kopf. »Nein, mein Herr, das wird sich zu nichts schicken. Von mechanischer Art ist's, ein Uhrwerk, gut für Glockenspiele und Astrolabien. Jene von uns, so im Ring geboren sind, bedürfen nicht Eurer gelehrten Maschinen, noch müssen wir wie Sterbliche uns über so geringen Aufgaben plagen, wie Ihr genannt habt. Wozu also sollte ich es kaufen, die ich weder streite noch frone?«

»Aber Sie können *Spiele* damit spielen!« sagte Barry verzweifelt, denn er merkte, daß sie ihm entglitt. »Sie können *Donkey Kong* spielen! Sie können *PacMan* spielen! *Alle* spielen gern *PacMan* ...«

Sie lächelte ihn verstohlen an. »Mir steht der Sinn nach lustigeren Spielen.«

Ehe ihm eine Antwort einfiel, kam aus dem verborgenen Inneren des Hauses den Flur entlang ein langer, langer, *langer* graugrüner Arm geglitten. Der Arm endete in einer knorrigen Hand, die mit sechs grotesk langen, spitzen Fingern versehen war und sich nun weit öffnete, als sie nach der Fee langte ...

Barry öffnete den Mund, um eine Warnung zu rufen, doch ehe er das konnte, hatte sich der Arm knochenlos um ihren Fuß geschlungen, nicht ein-, sondern *viermal* herum, und die Hand mit den Spinnenfingern hatte sich um ihren Schenkel geschlossen. Der Arm ruckte zurück, und sie kippte lachend in der Luft nach vorn. »Ach, Liebster, kannst du nicht warten?« sagte sie mit gespielter Ernsthaftigkeit. Der Arm zog an ihr. Sie kicherte. »Gewißlich, mich deucht, du kannst es nicht!«

Als der Arm die Fee, die noch immer in der Luft schwebte, zurück ins Haus zog, griff die Feenfrau nach der Tür, um sie zuzuschlagen. Ihr Gesicht war jetzt errötet und abgelenkt, doch fand sie noch einen Moment, um Barry anzulächeln. »Leb wohl, süßer Sterblicher!« rief sie zwinkernd. »Nächstes Mal vielleicht?«

Die Tür fiel zu. Drinnen war ein gedämpfter Ausbruch von Kichern zu hören. Dann Stille.

Der Vertreter schüttelte finster den Kopf. Das ist ein gottverdammtes Provinznest, das ist es, dachte er. Hier gab es keine Nippes und Kinkerlitzchen an den Fenstern aufgereiht, keine schmiedeeisernen Flamingos und die Wand hochkletternde Stuckkätzchen, keine Briefkästen mit nachgemachter altenglischer Schreibschrift drauf – und trotzdem war es ein Nest. Einfach so eine gottverdammte Mittelklasse-Gegend, wo das Geld ein bißchen klemmte und die Leute ängstlich waren. An so einem Ort könnte man das Zeug nicht einmal verschenken, vom Verkaufen ganz zu schweigen. Er trat auf die Straße zurück. Ein Feenritter kam die Straße entlang auf ihn zu, in eine jadegrüne Rüstung gekleidet, die kunstvoll wie Blätter geformt war, und auf einem riesigen Frosch reitend. Na schön, warum nicht? dachte Barry. Im Türgeschäft hatte er nicht besonders viel Glück.

»Entschuldigen Sie, Sir!« rief Barry und vertrat dem Ritter den Weg. »Kann ich Sie um einen Augenblick ...?«

Der Ritter starrte ihn an, dann zog er plötzlich die Zügel zurück. Der riesige Frosch ging auf die Hinterbeine und sprang hoch in die Luft. Gewaltige, ledrige, fledermausähnliche Flügel breiteten sich aus und trugen Frosch und Reiter davon.

Barry seufzte und trottete hartnäckig die Straße mit dem Katzenkopfpflaster zum nächsten Haus hinan. Egal, was passierte, er würde nicht aufhören, ehe er mit der Straße fertig war. Das war er sich schuldig – und es war der Grund, daß er einer der Spitzenverkäufer im Unternehmen war. Er erinnerte sich an einen Nachmittag, als er fünf Stunden lang an Türen geklopft hatte, ohne einen einzigen Abschluß zu bekommen oder auch nur ein freundliches Wort, und dann hatte er plötzlich binnen einer Stunde ein Verkaufsvolumen von 30 000 $ erzielt – plötzlich war er einmalig gewesen, und sie hatten ihm nichts abschlagen können. Vielleicht würde das auch heute wieder geschehen. Vielleicht war das nächste Haus der Beginn einer Glückssträhne ...

Das nächste Haus hatte die Form eines riesigen Menschenfresser-Gesichts, sein dunkles Holz bildete einen offenstehenden Mund und Augen mit schweren Lidern. Das Gesicht bestand aus einer Vielzahl kleinerer Gesichter, und von denen enthielt jedes weitere noch kleinere. Er wandte benommen den Blick ab, dann stieg er resolut zu einer finsteren Tür mit dicker Nase und klopfte genau zwischen die Augen – Augen, die ihn, wie er mit Unbehagen feststellte, interessiert zu mustern schienen.

Eine Feenfrau öffnete die Tür – unterhalb seines Standpunktes. Verspätet ging ihm auf, daß er an ein Mansardenfenster geklopft hatte; die Oberkante der Tür lag einen Fuß unter ihm.

Die Fee hatte häßliche Stummelflügel. Sie war plump und knorrig und hatte eine Haut mit der Textur alter Borke. Das Haar stand ihr nach allen Seiten vom Kopfe ab und bildete einen verquollenen Nimbus wie bei Frankensteins Braut. Sie starrte gebieterisch zu ihm hoch und brachte es irgendwie fertig, den Eindruck zu erwecken, als ob sie gleichzeitig an ihrer Nase entlang auf ihn *herab* starre. Das war aber auch eine Nase. Sie war länger als seine Hand und lief spitz zu.

»Ein groß und häßlicher Brocken von einem Sterblichen, ohngezweifelt!« schnappte sie. Ihre Augen waren steinern und hart. »Wessenthalben?«

»Ich komme von Newtech Computer Systems«, sagte Barry und verbiß sich seinen Widerwillen angesichts ihrer kränkenden Begrüßung, »und ich verkaufe Personalcomputer im besonderen Auftrag der Königin ...«

»Wohlan«, knurrte sie. »Trachtest du mich zu blenden? Nicht weiß ich, welch widernatürlich Bestie das sei, doch ich bedarf nichts von der Sterblichen Art, noch was sonst von deiner abscheulichen Welt ist. Pack dich hinfort!« Sie schlug die Tür unter seinen Füßen zu. Was irgendwie keinen Deut besser war, als hätte sie ihm die Tür vor der Nase zugeschlagen.

»Blöde Ziege!« tobte Barry, der nun doch die Beherrschung verlor, und machte eine obszöne Geste zur Tür hin. »Du verdammtes fliegendes fettes Schwein!«

Ihm war nicht bewußt, daß die Fee ihn hören konnte, bis ein rundes Kristallfenster über seinem Kopf aufflog und sie den Kopf herausstreckte, Nase voran, und wie ein Krug voller Hornissen summte. »Schalksnarr!« kreischte sie. »Elender Schurke!«

»Verpiß dich«, knurrte Barry. Es war ein langer harter Tag gewesen, und er fühlte, wie sich die letzten Fetzchen von Selbstbeherrschung verflüchtigten. »Verschwinde in deinem gottverdammten Bienenstock, du gottverdammte Mücke mit Pinocchionase!«

Die Fee sprudelte vor Wut zusammenhangloses Zeug hervor, dann kam gefährliche Ruhe über sie. »So!« sagte sie mit kalter Leidenschaft. »Mit *Nasen* haben wir's? Willst meiner *Nase* spotten, Bube, da deine *eigene* ungebührlich kurz und scheußlich ist? Da wird ein wenig Ziehen abhelfen, will ich meinen, und Besserung schaffen!«

Mit diesen Worten kam sie surrend aus dem Haus wie eine wütende Wespe und stieß geradewegs auf den Vertreter herab.

Barry zuckte zurück, doch sie packte seine Nase mit beiden Händen und zog wild daran. Barry heulte vor Schmerz auf. Sie schrie eine hohe Silbe in einer unbekannten Sprache und begann rückwärts zu fliegen, wobei ihre Flügel wie rasend schlugen und sie an seiner Nase *zog*.

Er spürte, wie sich der Druck in seinen Ohren mit einem plötzlichen *Plopp* änderte, dann fühlte er zu seinem Entsetzen, wie sich sein Gesicht auf seltsam flüssige Weise zu *bewegen* begann, wie Wasser floß, vor ihm heraus und heraus und *heraus* quoll.

Die Feenfrau ließ seine Nase los und schoß mit schadenfroh meckerndem Lachen davon.

Bestürzt schlug Barry die Hände vors Gesicht. Er hatte nicht gewußt, daß *alle* diese kleinen Mistdinger Zaubersprüche verwenden konnten – er hatte geglaubt, diese Art Magie sei der Königin und ihrem Hofstaat vorbehalten. Wie in Hollywood mit nackten Starlets und Händen voll Kokain in heißen Bädern herumzutollen – ein Vorrecht der Elite. Doch als seine Hände seine Nase erreichten, konnten sie diese kaum umfassen. Sie war zu groß. Seine Nase war jetzt fast zwei Fuß lang, im Umfang wie eine Salami und mit höckrigen Warzen bedeckt.

Er schrie vor Wut. »Gottverdammich, Sie, kommen Sie zurück und bringen Sie *das* in Ordnung!«

Die Fee saß halb innerhalb, halb außerhalb des runden Fensters und schwang träge auf einem Bein hin und her. Sie lächelte ihn höhnisch an. »Ha!« sagte sie mit boshafter Befriedigung. »Gar sehr gebessert, deucht mich! Nein, Dank begehr' ich nicht!« Und mit freudigem Gelächter trudelte sie zurück ins Haus und schlug das Kristallfenster hinter sich zu.

»He, Sie!« rief Barry. Er kraxelte die schweren Holz-lippen hinab und hämmerte wild gegen die Tür. »He, also, Spaß ist Spaß, aber ich muß *arbeiten*! Sie! Hören Sie, gute Frau, es tut mir leid«, winselte er. »Tut mir leid, daß ich geflucht hab', ehrlich! Kommen Sie raus und bringen es in Ordnung, und ich werde Sie nicht mehr behelligen! *Bitte*!« Er stemmte die Schulter versuchs-weise gegen die Tür, doch sie war hart wie Stein.

Ein wie ein Augenlid geformter Fensterladen wurde über ihm aufgerissen. Er schaute eifrig empor, doch es war nicht die Frau, es war ein dicker Feenmann, dem Schneckenhörner aus der Stirn wuchsen. Die Hörner zit-terten vor Wut, und das Gesicht des Feenmannes war knallrot angelaufen. »Daß dich die Pest hole, Bursche, und dein verdammtes Gequassel!« rief der Mann. »Da Müdigkeit mich übermannt, muß mich da dein Geze-ter aus verdientem Schlummer reißen?« Barry zuckte zusammen, offensichtlich war er an das Faërie-Gegen-stück eines Nachtschichtarbeiters geraten. Der Feen-mann drohte ihm mit der Faust. »Schande über dich, Taugenichts! Bei der Eiche von Mughna, ich verlange RUHE!« Das Fenster wurde wieder zugeschlagen.

Barry schaute nervös zu dem Augenlid-Fenster hoch, aber irgendwie *mußte* er die Frau dazu bewegen, her-auszukommen und seine verdammte Nase in Ordnung zu bringen. »Gute Frau?« flüsterte er. »*Bitte*, gute Frau?« Keine Antwort. Das brachte gar nichts. Er mußte seine Taktik ändern und riskieren, daß er mit Schneckenge-sicht in der Nachbarwohnung aneinandergeriet. »HE, SIE!« brüllte er. »MACHEN SIE AUF! ICH WERDE HIER STEHEN UND AUS VOLLER LUNGE SCHREIEN, BIS SIE RAUSKOMMEN! WOLLEN SIE DAS? JA?«

Das Augenlid flog auf. »Das ist ohnerträglich!« kochte Schneckengesicht. »Daß Cernunnos mich ausdörre, so ich diesen rasenden Tölpel nicht züchtige!«

»Hören Sie, Mister, es tut mir leid«, sagte Barry beklommen. »Ich wollte Sie nicht aufwecken, aber ich *muß* diese Dame dazu bringen, daß sie herauskommt, ehe mir am Hintern Gras wächst!«

»An deinem *Arsch*, sagst du?« knurrte der Mann mit den Schneckenhörnern. »Wohlan, da du es so haben willst, so will ich es tun, bei Lugh, augenblicks!« Er machte eine merkwürdige Geste, brüllte ein Wort heraus, das nur aus Mitlauten zu bestehen schien, und schlug dann den Fensterladen zu.

Wieder gab es das *Plopp* in Barrys Ohren und eine Druckänderung, die er in allen Nebenhöhlen spürte. Wieder war ein Zauberspruch gegen ihn angewandt worden.

Freilich, da war ein seltsames, kribbelndes Gefühl am Ende seines Rückens. »O nein!« entfuhr es ihm. Er wollte überhaupt nicht hinsehen – doch schließlich zwang er sich dazu. Er stöhnte. Ihm war ein langer grüner Schwanz gewachsen. Er sah verdächtig nach Gras aus und roch auch so.

»Ha, ha!« murmelte Barry grimmig vor sich hin. »Sehr komisch! Einen großartigen Sinn für Humor haben diese kleinen geflügelten Leute!«

In einem plötzlichen Wutanfall begann er ganze Handvoll von Gras auszureißen, um das abscheuliche Ding loszuwerden. Das Gras ließ sich leicht ausreißen, es tat auch nicht weh, doch es wuchs viel schneller nach, als er es abreißen konnte – und so schleifte der Schwanz, als er es schließlich aufgab, sechs, sieben Fuß hinter ihm her.

Was sollte er nun tun?

Einen langen, stillen Moment starrte er zu dem finsteren Haus hinauf, doch ihm fiel kein Aktionsplan ein, der ihm nicht noch mehr Scherereien einbringen würde.

In düsterer Stimmung nahm er seine Musterkoffer und trottete die Straße hinab, wobei ihm mit jedem Schritt die Nase gegen die Oberlippe stieß und sein

Schwanz einsam hinter ihm im Staub schleifte. Verdammt, wenn das nicht noch schlimmer war, als ohne Vorbereitung in *Newark* zu verkaufen. Er hätte es nicht geglaubt. Doch *dort* hatten sie nur Nachttöpfe über ihm ausgeleert und ihm die Reifen aufgeschlitzt. *Hier* war er grauenhaft entstellt worden, vielleicht fürs Leben, und er hatte nicht einmal etwas verkauft.

Er kam zu einem reichverzierten steinernen Brunnen und setzte sich erschöpft auf den Rand. Nixen und Wassernymphen lachten und tollten im Wasser des Springbrunnens herum, sie schwammen gegen den Strom so leicht wie mit ihm. Sie legten die Hände auf ihre kleinen grünen Brüste und riefen ihm einladend zu, und dann spritzten sie schelmisch Wasser auf seinen Schwanz, als er nicht antwortete, doch Barry stand nicht der Sinn nach ihnen, und er ignorierte ihre Schmeicheleien entschlossen. Nach einer Weile wandten sie sich wieder ihren Spielen zu und ließen ihn in Ruhe.

Barry seufzte und versuchte, den Kopf auf die Hände zu stützen, doch seine enorme Nase war immer wieder im Wege. Sein Magen brannte. Er griff in seine Tasche und kramte eine Metallfolie mit Tabletten gegen Übersäuerung hervor. Er riß die Packung auf, und dann stellte er angewidert fest, daß er mit einer Hand seine herabhängende Nase hochhalten mußte, um mit der anderen an den Mund zu kommen. Während er die nach Kalk schmekkenden Tabletten kaute, starrte er finster die beiden Kunstlederkoffer an, die seine Vorführmodelle enthielten. Er war erledigt. Fertig. Vernichtet. *Ruiniert.* In Faërie auf den Hund gekommen, am endgültigen Tiefpunkt seiner Laufbahn. Was für ein Reinfall! Was für ein Fiasko!

Und dabei hatte er so große Hoffnungen an diese Expedition geknüpft ...

Barry verstand eigentlich nie, warum Titania, die Königin von Faërie, so viel Zeit damit verbrachte, in einer schmierigen kleinen Straßenbar am Rande eines Nests im Süden von New Jersey herumzuhängen – vielleicht war das einer der Orte, die *ihr* exotisch vorkamen. Vielleicht gefielen ihr der Rachenputzer-Fusel oder die fettigen Hamburger – die ebensogut auch »Rehburger« sein konnten, je nachdem, ob in letzter Zeit jemandes Onkel oder Hinterwäldler-Vetter mit einer Taschenlampe und einer Schrotflinte Wild erlegt hatte – oder die stampfende Kneipenmusik in der Musikbox. Vielleicht hatte sie einfach einen sonderbaren Sinn für Humor, wer weiß? Barry wußte es jedenfalls nicht.

Ebensowenig begriff Barry im Grunde, was *er* eigentlich dort machte – es war wirklich nicht die Sorte Lokal, die er aufsuchte, doch er war unterwegs gewesen und hatte noch weit bis zur nächsten Stadt zu fahren, und einer plötzlichen Eingebung folgend hatte er auf einen Drink angehalten. Ebensowenig wußte er, warum er, wenn er schon angehalten hatte, dann mitgespielt hatte, als die abgetakelte alte Barhockerin sich zu ihm rübergebeugt, giftige Dämpfe ausgestoßen und ihm anvertraut hatte: »Ich bin in Wahrheit die Feenkönigin, weißt du.« Normalerweise hätte er gelacht oder sie ignoriert oder gesagt: »Und ich bin die Maikönigin, Oma.« Doch er hatte nichts dergleichen getan. Statt dessen hatte er ehrerbietig und höflich genickt und sie gefragt, ob er die Ehre haben dürfe, die Zigarette anzuzünden, die in ihrer zittrigen Hand unstete Kreise beschrieb.

Warum hatte er das getan? Gewiß hatte nicht im mindesten der Wunsch eine Rolle gespielt, in die schmierigen Hosen der Königin zu kommen – in ihrer irdischen Verkörperung war die Königin eine schmuddelige, grauhaarige, abgetakelte Schabracke mit einem Pferdegesicht, Drachenatem, trüben Achataugen und einer leuchtendroten Schnapsnase. Nein, es hatte keine Hintergedanken gegeben. Doch er war in einer sonderbaren Stimmung gewesen, unruhig, gelangweilt und abgespannt. Also war er darauf eingegangen, einer momentanen Laune folgend, und hatte mitgespielt, hatte ihr Drinks spendiert und ihr Feuer gegeben und ihrem endlosen, nicht recht zusammenhängenden Redefluß zugehört, wobei er sie immer wieder ehrerbietig »Eure Majestät« und »Hoheit« nannte und dabei ein Vergnügen an Verstellung und Rollenspiel empfand, das er nicht mehr erlebt hatte, seit seine Schwester und er als Kinder mit einer Truhe abgelegter Kleidung auf dem Speicher »sich als Erwachsene anziehen« gespielt hatten.

Als es Mitternacht wurde und alle anderen Gäste in der Bar zu Standbildern erstarrten, mitten im Trinken oder Rufen oder sich Kratzen oder Drängeln, und Titania sich in der strahlenden Herrlichkeit ihrer wahren Gestalt manifestierte, hätte daher niemand überraschter sein können als Barry.

»Mein Gott!« schrie er. »Sie sind ja wirklich ...«

»Die Feenkönigin«, sagte Titania selbstzufrieden. »Worauf du dich verlassen kannst, Süßer. Ich hab's dir doch gesagt, oder?« Sie lächelte strahlend und stieß dann damenhaft auf. In ihrer neuen Gestalt war die Königin so atemberaubend schön, daß es fast weh tat, doch in ihrem Atem war immer noch eine Spur von Rachenputzer-Whiskey. »Und weil du ein wahrhaft treuer und höflicher Ritter für jemanden gewesen bist, von dem du dir keinen irdischen Gewinn erhofftest, werde ich dir einen Wunsch gewähren. Na, wie findest du *das*, Junge?« Sie strahlte ihn an, dann stieß sie wieder auf; welche katabolische Wirkung ihre Verwandlung auch auf den Blutalkoholspiegel gehabt haben mochte, sie war immer noch ein wenig beschwipst.

Barry war platt. »Ich kann's nicht glauben«, murmelte er. »Ich komme in eine Bar, einfach so, rein *zufällig*, und die erste Person, neben die ich mich setze, erweist sich als ...«

Titania zuckte mit den Schultern. »So geht das eben, Schatz. Das ist die Verborgene Hand Oberons, was ihr Sterblichen ›zeitliches Zusammentreffen‹ nennt. Wer weiß, wozu diese Begegnung schließlich führen wird – Tragödie oder Komödie, zu Ereignissen von geringer Bedeutung oder von welterschütternden Ausmaßen? Vielleicht weiß das nicht einmal Oberon, der alte Knochen. Also, was den Wunsch betrifft ...«

Barry dachte darüber nach. Was wollte er denn eigentlich? Nun, er war Handelsvertreter, oder? Neue Welten zu erobern ...

Sogar Titania war verblüfft gewesen. Sie hatte ihn überrascht angeschaut und dann gesagt: »Süßer, ich hab jetzt seit vielen Jahren mit Sterblichen zu tun, aber *darum* hat mich noch keiner gebeten ...«

Nun saß er im Herzen der Faërie-Stadt auf kaltem Stein und stöhnte und machte sich bittere Vorwürfe. Wenn er doch nur nicht so ehrgeizig gewesen wäre! Wenn er doch etwas Solides verlangt hätte wie einen Swimmingpool oder einen Ferrari ...

Später wußte Barry nie genau zu sagen, wie lange er dort auf dem Brunnenrand gesessen hatte, die Gedanken von Verzweiflung getrübt – vielleicht buchstäblich wochenlang; jedenfalls war es ihm so lange vorgekommen. Langsam versank die rauchige Bronzescheibe des Feenreichs hinter dem Horizont, und es wurde Nacht, eine warme und samtene Nacht, deren Dunkelheit irgendwie lichterfüllt war. Die seltsamen Sterne von Faërie tauchten am Himmel auf, Kristalle von Hexenfeuer, so dicht vor der Samtschwärze der Nacht, daß sie wie phosphoreszierendes Plankton aussahen, das in einem mitternächtlichen Tropenmeer funkelte. Barry betrachtete den Nachthimmel lange Zeit, konnte aber keines der vertrauten Sternbilder finden, und ihn schauderte bei dem Gedanken, wie weit fort von Zuhause er sein mußte. Die Sterne bewegten sich hier viel schneller als am Erdenhimmel, man sah sie geradezu durch die schwarze Schüssel der Nacht kriechen, in gravitätischer Prozession über den Himmel ziehen, mit einer ehrfurchtgebietenden Erhabenheit kreisen und sich neu ordnen, sich verschieben und wirbeln, seltsame Muster und Gestalten und Formen bilden, spiralförmige Feuerräder. Als es dunkler wurde, erschienen zwischen den Häusern an den Hängen pastellfarbene Laternen, welche die oben rotierenden, flammenden Sterne zu spiegeln schienen.

Schließlich, von einem ruhelosen Drang getrieben, stand er langsam auf, nahm instinktiv seine Musterkoffer und machte sich ziellos auf den Weg durch die geheimnisvollen nächtlichen Straßen der Faërie-Stadt. Wohin ging er? Wer mochte das wissen? Spielte es noch eine Rolle? Er ging immer weiter. Ein-, zweimal hörte er von fern Fetzen von Feenmusik – wilde, traurige, sehnsuchtsvolle Melodien, die wie ein Messer in ihn eindrangen, ihn erschüttert, melancholisch und sonderbar begeistert zugleich machten – und er sah Linien von pastellfarbenen Lichtern, die an den Hängen hinab tänzelten, doch er blieb diesen Straßen fern und tat sein Bestes, nicht hinzuhören; er war vor der verhexenden Natur der Feenmusik gewarnt worden und hatte keine Lust, die nächsten hundert Jahre in hilfloser Verzauberung in einem Feenring zu tanzen. Abseits der von tanzendem Pastellschein und Irrlichtern erfüllten Straßen und Plätze, die er mied, wirkte die Stadt dunkel und still. Gelegentlich huschten geflügelte Schemen über ihm dahin, zeichneten sich als Silhouetten vor dem riesigen, sanften Silbermond von Faërie ab; manchmal schienen sie ein paar Flügelschläge lang hinter ihm zu fliegen, ehe sie plötzlich wieder in Sicht kamen. Einmal begegnete er einem anderen Fußgänger, einem monströsen einbeinigen Wesen mit einem tiefhängenden Kiefer voller vorstehender Zähne und einem einzigen bösen Auge mitten auf der Stirn, das wie eine Warnleuchte glühte, und er blieb unbemerkt im Schatten stehen, bis die beängstigende Erscheinung vorbeigehüpft war. Ohne darauf zu achten, wohin er ging, wanderte Barry blindlings bergab. Denken konnte er überhaupt nicht – es war, als sei sein Gehirn zu Asche geworden. Seine Füße stolperten über die Pflastersteine, und nur ein tiefverwurzelter Instinkt ließ ihn seine Musterkoffer festhalten. Die Straße endete in einer langen, gewundenen Folge von Holztreppen. Mechanisch folgte er ihnen abwärts. Am Grunde der Treppe führte ein schmaler Pfad unter den Bogen einer der fragilen Brücken hindurch, die sich wie schlanke graue Spinnweben zwischen den Feenhügeln spannten. Hier war es kühl und dunkel und fast friedlich …

»AAAARRRRGGHHHHH!«

Etwas Riesiges sprang aus dem Dunkel hervor und umschlang ihn mit einer einzigen grünen Schuppenhand. Die Finger waren jeder gut drei Fuß lang, und ihr Griff war kalt und hart wie Eisen. Die Hand hob ihn hoch, während er vergeblich zappelte und strampelte.

Barry starrte zum Gesicht des Wesens hoch. »Huch!« japste er. Eine Doppelreihe gelblicher Reißzähne umrahmte ein Froschmaul, groß genug, ihn mit einem Haps zu verschlingen. Die glühenden Augen quollen grimmig hervor, und die Nase war ein flacher Klumpen. Der Kopf war mit einem Fransenrand von Haaren wie rote Würmer und einem gebogenen Paar Widderhörner bedeckt.

»*Bezahl* für die Benutzung meiner Brücke«, brüllte das Geschöpf, »oder bei Oberons dreckigen Socken, ich falte dich zusammen!«

Das hört und hört nicht auf, dachte Barry. Laut wollte er frustriert wissen: »Was für eine Brücke?«

»'n Schlauberger!« schnaubte das Ungeheuer. »*Die*

Brücke da, was hast 'n du gedacht?« Er deutete höhnisch nach oben. »Die Brücke *über* uns, Strohkopf! Die Brücke von Morrig dem Furchtbaren! *Meine* Brücke. Ich hab 'ne königliche Erlaubnis, da heißt's, ich kann Zoll von *jedem* Wesen verlang', wo den Fuß drauf setzt, und damit bist *du* gemeint, Kumpel. Ich hab 'n Recht, dich kaltzumachen. Also spuck aus!« Er schüttelte Barry, bis dem die Zähne klapperten. »Oder *sonst* ...!«

»Aber ich habe keinen Fuß draufgesetzt!« heulte Barry. »Ich bin bloß *drunter* durchgegangen!«

»Oh!« sagte der Unhold. Einen Moment lang sah er wie weggetreten aus und kratzte sich den beulenbedeckten Kopf mit der freien Hand, dann zog er ein langes Gesicht. »Oh«, sagte er abermals, nun enttäuscht. »Tja. Ich glaub, du hast recht. Mist.« Morrig der Furchtbare seufzte, eine ausgedehnte, geräuschvolle Luftverschiebung. Dann ließ er den Vertreter los. »Himmel, Kumpel, tut mir leid«, sagte Morrig geknickt. »Ich hätt dich nich so rumhaun solln. Ich denk, ich war 'n bißchen übereifrig. Himmel, Mann, du weißt doch, wie das is. Man versucht, 'n paar Piepn zu machn. Die alte Tretmühle. Macht mich fertig.«

Morrig setzte sich entmutigt hin und schlang seine unglaublich langen und muskulösen Arme um die knorrigen grünen Knie. Einen Moment lang brütete er dumpf vor sich hin, dann stieß er den Daumen hoch zur Brücke. »Die Brücke da is meine einzige Einnahmequelle, ja?« Er seufzte düster. »Wie ich von Utgard rüberkomm un' das Ding bau, denk ich, ich werd reich. Hab die königliche Genehmigung, alles glatt un' legal, jeder hat mich zu bezahln, stimmt's? Ich kann einsackn, stimmt's?« Er schüttelte finster den Kopf. »Stimmt *nich*. Ich krieg kein roten Heller. Die habn hier alle *Flügel*. Benutzn die Brücke *überhaupt* nich.« Er spuckte geräuschvoll aus. »Sin' elende kleine Miststücke, sin' die Feenleute.«

»Das kannst du laut sagen, Bruder«, sagte Barry aus ganzem Herzen. »Ich weiß *genau*, was du meinst.«

»He!« sagte Morrig, und seine Miene hellte sich auf. »Wie wär's mit 'nem Kurzen? Ich hab 'n Krug Mumm zur Hand.«

»Na ja, eigentlich …«, sagte Barry zögernd. Doch der Troll hatte schon mit einem langen, drei Gelenke enthaltenden Arm ins Dunkel gelangt und einen Steinkrug hervorgeholt. Er hob den Deckel ab und nahm einen kräftigen Zug. Etliche Gallonen Flüssigkeit gurgelten seine Kehle hinab. »Ahhhh!« Er wischte sich über die dünnen Lippen. »Das geht ab, genau.« Er warf den Krug Barry auf den Schoß. »Nimm 'nen Schluck.«

Als Barry zögerte, grollte der Troll: »Na mach schon, Kumpel. Gut gegen alles, was dir zu schaffn macht. Du hast auch Probleme, hast du doch, genau wie ich – ich seh's. 's is das Los des Arbeitsmanns, Bruder. Trink zu. Krieg Mumm in die Knochen, auch wenn du kein Kies in der Tasche hast.« Während Barry trank, musterte ihn Morrig vorsichtig. »Du bist 'n Sterblicher, wie, Kumpel?«

Barry setzte den Krug halb ab und nickte beklommen.

Morrig machte eine ausholende Geste. »Keine Sorge, Kumpel. *Mir* isses egal. Ich denk, wir Arbeitsleute solltn alle *zusammenhaltn,* ungeachtet von Rasse und Religion, oder die Scheißkerle machn uns alle fertig. Stimmt's?« Er grinste und zeigte seine großen, unregelmäßigen, gelblichen Reißzähne, und Barry nahm an, daß das ein beruhigendes Lächeln sein sollte. »Aber sag, Kumpel, wenn du 'n Sterblicher bist, wieso hast'n dann so 'ne komische Nase und 'n Schwanz?«

Mit vor Wut schriller Stimme erzählte Barry seine Geschichte und hielt nur inne, um den Steinkrug zur Brust zu nehmen.

»Tja, Kumpel«, sagte Morrig mitfühlend. »Die habn dich richtig in die Mangel genomm', was?« Er schnaubte

zornig. »Diese Arschlöcher! Das sieht den kleinen Mist-
stücken ähnlich, alle zusamm' übern Kerl herzufalln, der
bloß versucht, 'n paar ehrliche Piepen zu verdien'. Was
schern *die* die Probleme von 'nem Arbeitsmann? 'n Haufen alberne Snobs! Scheiß auf sie alle!«

Sie reichten den anscheinend bodenlosen Steinkrug
hin und her. »'n Jammer, daß *ich* kein Schimmer von so
'n Zauberzeug hab«, sagte Morrig betrübt, »sonst würd
ich dich gleich in Ordnung bring'. So 'ne Schande.«
Wortlos reichten sie den Krug wieder hin und her. Barry
seufzte. Morrig seufzte auch. Ein paar Minuten lang
saßen sie in düsterer Stille da, dann gab sich Morrig
einen Ruck und sagte: »Was is 'n das für 'n Zeug, wo du
verkaufn willst? Hab noch nie davon gehört. Laß mich
mal das Angebot sehn.«

»Wozu soll denn …?«

»Komm schon«, sagte Morrig ungeduldig. »Zeig mir
die Ware. Vielleicht fällt *mir* was ein, wie man das Zeug
los wird.«

Lustlos ließ Barry einen Koffer aufschnappen. Morrig
beugte sich vor, um den Computer interessiert zu betrachten. »Ganz hübsch«, sagte der Troll und schnüffelte
daran. »Riecht auch nich schlecht. Vielleicht gut als
Blumtopf.«

»Blumentopf?« schrie Barry und hörte, wie sich seine
Stimme vor Wut überschlug. »Ich möchte, daß du weißt,
daß das ein Stück Hightech ist! Ein Präzisionsgerät!«

Morrig zuckte mit den Schultern. »Na schön, laß es
loslegn.«

»Ah«, sagte Barry. »Ich brauche eine Steckdose, wo
ich den Stecker anschließen kann …«

Morrig nahm den Stecker und schob ihn sich ins Ohr.
Der Bildschirm des Computers wurde hell. »Gut«, sagte
Morrig. »Gib die Tonlage vor. Was soll ich machn?«

»Also«, sagte Barry langsam, »nehmen wir an, du
hast ein Aktienportfolio im Wert von 2147 $, angelegt zu

8 ¾ Prozent Tageszins über achtzehn Monate, und du möchtest ausrechnen …«

»Zweitausendvierhundertdrei'n'vierzig Dollar und acht'n'sechzig Komma sieben Cents«, sagte der Troll.

»Hä?«

»Das kommt raus, Kumpel. Zweihundertsechs'n'neunzig Dollar und 'n paar Cents Zinsen.«

Mit dem Gefühl, er gehe unter, tippte Barry die Zahlen ein und ließ das System arbeiten. Die Zeichen leuchteten auf dem Schirm auf: $ 296,687.

»Beherrschen alle in Faërie diese Art Kopfrechnen?« fragte Barry.

»Klar«, sagte der Troll. »Na und? Is doch weiter nix. Wen kümmert schon so 'n Scheiß?« Er starrte Barry ungläubig an. »Is das *alles*, was das Ding kann?«

Es folgte bleierne Stille.

»Du solltest dir vielleicht noch mal das mit den Blumtöpfn überlegn …«, sagte Morrig.

Barry stand wieder auf, ein wenig wacklig von all dem Mumm, den er intus hatte. »Na, das war's dann wirklich«, sagte er. »Ich kann meine Muster auch gleich in den Fluß schmeißen – in *dem* Gebiet werde ich sie nie los. Niemand braucht mein Produkt.«

Morrig zuckte mit den Achseln. »Was kümmert's *dich*, was sie damit anstelln? Du mußt sie erst verkaufn un' dann die *Kundn* rausfindn lassn, wozu sie gut sin'. So isses logisch.«

Feenlogik vielleicht, dachte Barry. »Aber wie kann man etwas verkaufen, ohne den Kunden vorher zu überzeugen, daß es nützlich ist?«

»So.« Morrig nahm einen letzten Schluck, ließ ein markerschütterndes Rülpsen vom Stapel, dann stand er schwerfällig und schlingernd auf und packte beide Musterkoffer mit einer Hand. »Ich werd's dir zeigen. Du brauchst bloß *energisch* zu sein.«

Der Troll schritt zügig aus, so daß Barry fast rennen

37

mußte, um mit ihm Schritt zu halten. Sie stiegen wieder die gewundenen Holztreppen hoch, und dann verfolgte Morrig irgendwie Barrys Weg durch die Straßen der Faërie-Stadt zurück und führte sie unfehlbar zum Haus der aufbrausenden Fee mit der Pinocchio-Nase – der Vettel von Schwarzwasser, wie Morrig wußte.

Morrig hämmerte donnernd gegen die Tür der Vettel, daß das ganze Haus wackelte. Die Vettel riß wütend die Tür auf, knurrte: »Was zum … HUCH!«, als Morrig sie plötzlich mit seiner enormen Hand packte, sie aus dem Haus riß und vor sein Gesicht hob.

»Gutn Abend, Ma'am«, sagte Morrig freundlich.

»Die Räude sollst du kriegen, Lümmel!« kreischte sie. »Verdammter gemeiner Spitzbube! Laß mich sogleich los! *Sogleich*, du elender Schurke! Ich werde … URK.« Ihre Stimme wurde abrupt abgeschnitten, als Morrig fester zudrückte und die Luft aus ihr herauspreßte. Ihr Gesicht lief dunkelrot an, und die Augen quollen ihr aus dem Kopf, bis Barry zu fürchten begann, sie werde wie eine überreife Beere platzen.

»Also, also, gute Frau«, sagte Morrig im Ton einer sanften Zurechtweisung. »Wir wolln doch höflich bleibn, ja? Ihr wißt, daß Eure Zauberei zu schwach is, um bei *mir* zu wirkn. Un' Ihr solltet keine so 'ne Ausdrücke gebrauchn. Wir sin' bloß zwei Arbeiter, wo 'n paar ehrliche Piepn verdien' wolln, ja? Ihr macht 'n Schandmaul, un' ich, na, ich werd womöglich sauer.« Morrig begann sie zu schütteln, rauf und runter, hin und her, seine Faust bewegte sich so schnell, daß der Blick nicht nachkam, und er schüttelte sie in seiner riesigen Hand, als wäre sie ein Paar Würfel, die er werfen wolle. »UN' IHR WOLLT DOCH NICH, DASS ICH SAUER WERD, ODER, GUTE FRAU?« brüllte Morrig. »ODER WAS?«

Die Vettel wurde so heftig geschüttelt, daß man von ihr nichts als ein Flirren sah. »Halt ein!« sagte sie mit kläglicher Stimme. »Haltet ein, ich bitt Euch!«

Morrig hörte mit dem Schütteln auf. Sie lag schwer atmend und zerzaust in seinem Griff, die Augen über Kreuz. »Na!« sagte Morrig freundlich und strahlte sie an. »So isses besser, wie? Ich werd jetzt noch mal von vorn anfang'.« Er wartete eine Sekunde, und dann sagte er fröhlich: »'n Abend, Ma'am! Ich verkauf … äh …« Er kratzte sich am Kopf, sah verdutzt aus, dann hellte sich seine Miene auf. »… Composter!« Er hielt einen Musterkoffer hoch, um ihn ihr zu zeigen; sie starrte ihn benommen an. »Ich könnte jetzt immer weiter und weiter redn, wie toll diese Composter sin', aber ich seh, Ihr seid schon scharf drauf, ein zu kaufn, also brauch ich nich Eure wertvolle Zeit mit so was zu verschwendn. Stimmt doch?« Als sie keine Antwort gab, runzelte er die Stirn und schüttelte kurz. »*Stimmt* doch?«

»Ah-ja«, stotterte sie. »Gewiß!«

Morrig setzte sie ab und hielt nur ihre Schulter mit leichtem Griff fest, und Barry holte die Vertragsformulare heraus. Während sie fieberhaft in die entsprechenden Felder kritzelte, grummelte Morrig: »Un' nu, wo wir so gut vorankomm', wie wär's, wenn Ihr Euern Spruch meinem Freund von der Nase löst, bloß so als Zeichen des guten Willens? Die Kleinigkeit werdet Ihr mir zuliebe doch tun, *oder*?«

Widerstrebend tat ihm die Vettel den Willen. Es gab ein *Plopp*, und Barry frohlockte, als er fühlte, wie seine Nase auf die ursprüngliche Größe schrumpfte. Immerhin der halbe Weg! Er sammelte die Vertragsformulare ein und überreichte die Quittungen. »Du kannst sie jetzt loslassen«, sagte er zu Morrig.

Mit finsterem Blick schlich die Vettel in ihr Haus zurück und schlug die Tür hinter sich zu. Die Tür verschwand und hinterließ nur eine glatte Holzfläche. Mit dem Rumpeln eines Güterzugs versank das ganze Haus im Erdboden und war nicht mehr zu sehen. Gras sproß an der Stelle, wo es gestanden hatte, und begann rasend schnell zu wachsen.

Morrig kicherte. Ehe sie weitergehen konnten, schoß eine Feenfrau aus einer benachbarten Tür heraus. »Was hat die Vettel von Schwarzwasser gekauft, das so kostbar ist, daß sie sich eilends damit von dannen macht, es vor neugierigem Blick zu verbergen?« fragte die Fee. »Es muß fürwahr etwas wundersam Seltenes sein, daß sie sich darob solcherart von hinnen macht, wie eine Maus in ihr Loch, und dann das Loch allselbst hernachzieht! Ohngezweifelt, sie wußte, daß ich es sehen würde, das selbstsüchtige alte Weib! Immerdar hat sie mir meine Kunst geneidet. Gar gern möcht ich wissen, was die Vettel von Schwarzwasser meinem Blick zu verbergen trachtet. Laßt *mich* Eure Waren sehen.«

Und da gelang Barry sein Meisterstück. »Tut mir leid«, sagte er mit seiner abfälligsten Stimme, »aber ich fürchte, Ihnen kann ich es nicht zeigen. Wir verkaufen diese Computer mit exklusiver Genehmigung der *Königin,* und natürlich können wir sie nicht an den erstbesten verkaufen. Ich fürchte, *Ihnen* könnten wir bestimmt keinen verkaufen, also …«

»Was!« sprudelte die Fee hervor. »Niemand hat bessere Beziehungen zum Hofe als ich! Ihr *müßt* mich kaufen lassen! So Ihr es nicht tut, soll Ihre Majestät die Königin davon erfahren!«

»Na ja«, sagte Barry zweifelnd. »Ich weiß nicht recht …«

Barry und Morrig bildeten ein großartiges Team. Bald waren sie von einem Schwarm Kunden umringt. Die Nachfrage wurde so groß, daß es keine Mühe machte, Schneckengesicht zu überreden, daß er seinen Zauberspruch von Barry löste. Schneckengesicht entwickelte sogar solch eine Begeisterung für Computer, daß er gleich sechs davon kaufte. Morrig hatte recht gehabt.

Wen kümmerte es, wozu sie die Computer verwendeten, wenn sie nur welche kauften? Das war *ihr* Problem, nicht wahr?

Schließlich mußten sie nur deswegen aufhören, daß ihnen die Formulare ausgingen.

Morrig hatte einen neuen Beruf, und Barry kehrte als glücklicher Mann zur Erde zurück.

Bald hatte Barry (mit etwas Hilfe von Morrig, der in Faërie noch hart am Arbeiten war) alle früheren Verkaufsrekorde in der Firma gebrochen, und das um ein Vielfaches. Barry hatte das Unternehmen davon überzeugt, daß die Flut an neuen Bestellungen tatsächlich aus bisher unberührten und abgelegenen Gegenden in West Virginia, North Carolina und Tennessee kam, und alle waren sich einig, daß es einfach *erstaunlich* sei, wie viele Hinterwäldler draußen in den Ozark-Bergen plötzlich beschlossen hatten, sie bräuchten einen PC. Das Geschäft boomte. Als daher das Unternehmen Monate später mit viel Pomp und Trara ein neues Filialbüro eröffnete, war Barry auf einem Ehrenplatz zugegen.

Das Personal der Verkaufsabteilung stand ehrerbietig da und sah zu, wie der Präsident des Unternehmens sich selbst hinsetzte, um eines der schimmernden neuen Terminals auszuprobieren. Der Präsident hatte die Firma in seinem Keller gegründet, als Personalcomputer noch neu waren, und er war nur ein verkrachter Collegestudent aus dem Silicon Valley und immer noch stolz auf seine Programmierkünste.

Doch als der Präsident Zahlen in die Tastatur tippte, begann oben aus seinem Kopf ein purpurfarbenes Elchgeweih zu sprießen.

Das Personal der Verkaufsabteilung stand wie vom Donner gerührt da. Barry schnappte nach Luft, dann fing er sich rasch, langte dem Präsidenten über die

Schulter und schlug auf die Abbruch-Taste. Die purpur-farbenen Geweihstangen verschwanden.

Der Alte schaute irritiert hoch. »Stimmt was nicht?«

»Nur ein Ausrutscher, Sir«, sagte Barry glatt. Doch seine Hand zitterte.

Er fürchtete, es würde mehr solche Ausrutscher geben.

So, wie die Verkaufszahlen hochschossen – *viel* mehr.

Offensichtlich hatte das Feenvolk endlich herausbe-kommen, wozu Computer wirklich dienten. Und plötz-lich schien Barry weit hinten in seinem Kopf das sil-berne Perlen boshaften Elfen-Gelächters zu hören.

Schließlich funktionierte das System in *beiden* Rich-tungen ...

ist zu Unrecht etwas in Vergessenheit geraten, vor allem wohl deshalb, weil er die meisten seiner Geschichten schon zwischen den späten dreißiger und den frühen fünfziger Jahren schrieb, aber auch weil sie sich nicht so recht in eine Schublade einsortieren lassen – es ist Fantasy darunter, Science Fiction, Lügengeschichten und vieles im Grenzbereich dieser Gebiete. Für eine Anthologie wie die vorliegende ist er damit bestens qualifiziert.

Nelson Slade Bond (geboren 1908) war Öffentlichkeitsarbeiter und debütierte 1937 in der Zeitschrift Astounding Science Fiction mit der Erzählung »Down the Dimensions«. Seine zweite Geschichte, »Herrn Mergenthwirkers Lobblies«, war Fantasy und wurde zur Vorlage einer Hörspielserie, zur Titelgeschichte seines ersten Erzählungsbandes (Mr. Merkenthwirker's Lobblies and Other Fantastic Tales, 1946, deutsch 1983), und 1957 wurde ein Fernsehspiel nach ihr aufgenommen. Viele Geschichten folgten, oft durch ihren Haupthelden zu verschiedenen Serien verbunden, wie jene unter dem Titel Lancelot Biggs' wundersame Weltraumfahrten (Lancelot Biggs, Spaceman, 1950, deutsch 1953) gesammelten oder etwa die Lügengeschichten um den Lebenskünstler Squaredeal Sam McGhee*. Deutlich düsterer ist sein einziger in Buchform erschienener SF-Roman Im Zeitexil (Exiles of Time, 1940/1949, deutsch als Heft 1967).

Später hat Nelson Bond als Philatelist und als Theaterdramaturg gearbeitet, auch Buchantiquar soll er gewesen sein. Dazu paßt jedenfalls die folgende Geschichte, in der nach den Computern das zweite Thema dieser Abteilung auf den Plan

---

* Eine davon, »Der Geist ist billig«, ist deutsch 1999 in der Anthologie Scheibenwahn (Heyne Fantasy 06/9037) erschienen.

tritt: Bücher. Diese hängen mit jenen ja eng zusammen; nicht nur in der Wirklichkeit tritt der Computer die Nachfolge des Buches als Informationsspeicher an, auch in der phantastischen Literatur übernimmt er manche traditionelle Funktion des Buches: Mit dem Wissen verleiht er Macht; er erschafft fremde Welten; die Zukunft, wie sie in einem Schicksalsbuch geschrieben stehen mag, berechnet er. Doch wird er je so vertraut und greifbar sein wie ein Buch in einem Buchladen?

Der Buchladen

Die lähmende Schwüle des Manhattaner Hochsommers gab keinen Anreiz zum Schreiben. Marstons Wohnung war heiß wie ein Backofen. Vor zwei Stunden hatte er das verschwitzte Hemd ausgezogen und sich vor die Schreibmaschine gesetzt. Trotz aller Mühen hatte er in dieser Zeit nichts anderes fertiggebracht als ein Dutzend zerknüllter Blätter, die in und um seinen Papierkorb lagen.

»Diese verdammten Romane!« knurrte Marston. »Und die verdammten Lektoren mit ihren Ablieferungsterminen. Und die *verdammte* Hitze!«

Er griff sich eine Handvoll weißer und gelber Bögen aus der Ablage und blätterte sie verbittert durch. Er hatte eine gute Romanidee. Noch einmal las er die drei Kapitel durch, die bereits vollendet waren. Eine gute Arbeit, die zu den besten gehörte, die ihm je gelungen waren, ein glatter Stil. *Die Untertanen.* Eine psychologische Studie der Niederlage und jener, die sich besiegen ließen. »*Der Fehler, lieber Brutus, liegt nicht bei unseren Sternen …*«

Ein gutes Thema, das er bis jetzt auch gut hinbekommen hatte. Aber …

Diese Hitze! Die überwältigende, enervierende Hitze! Marston wurde ärgerlich bewußt, daß er krank davon war. Körperlich krank. Er gab seine Bemühungen auf. Mit einem letzten verzweifelten Blick auf das weiße Blatt, das in der Schreibmaschine schimmerte, stand er auf. Entsetzt stellte er fest, daß ihn seine Erschöpfung sogar schwindeln ließ, daß sie ihm einen schwarzen Schleier vor die Augen schickte – eine kurze, aber doch erschreckende Konsequenz.

Wenn er noch weiter hier blieb, konnte sein Unbehagen nur noch zunehmen, würde ihm der Atem nur noch mehr abgeschnürt werden. Draußen war es natürlich auch heiß, aber vielleicht bewegte sich unten am Fluß eine leichte Brise in den Straßen.

Marston zog Hemd und Jacke an und verließ das Haus.

Er hatte ganz vergessen, daß der kleine Buchladen in dieser Gegend lag – hatte das kleine Geschäft überhaupt ganz vergessen gehabt, bis er es plötzlich wenige Schritte vor sich entdeckte. Da erinnerte er sich an die Augenblicke, da er den Laden zuvor schon bemerkt hatte, mit der Absicht, einmal hineinzuschauen und ein wenig zu blättern. Jedesmal war irgend etwas dazwischengekommen.

Der Laden sah nicht gerade einladend aus. Er war alt und verstaubt, und seine einzige Attraktion lag in jener schwachen Aura des Rätselhaften, wie sie für dunkle, vernachlässigte Orte typisch ist. Wie lange das Geschäft in dieser Gegend schon bestand, wußte Marston nicht. Offenbar machte es nicht gerade gute Umsätze, denn von den vielen Dutzend Menschen, die daran vorbeigingen, wandte nur er den Kopf, um einen Blick in die verstaubten Schaufenster zu werfen.

Zum erstenmal war ihm der Laden vor etwa einem Jahr aufgefallen – an jenem Nachmittag, da er mit dem armen Thatcher in einem Bus daran vorbeigefahren war. Thatcher war ein unbedeutender Dichter, auch kein sehr guter, aber ein Mann, der seiner Kunst verfallen war. Er hatte Marston mit einer begeisterten Vorschau auf sein neuestes Meisterwerk in den Ohren gelegen, das bald veröffentlicht werden sollte.

»Sehr bald sogar, Marston, noch einige Strophen, dann wandert es zum Verlag. Es ... es ist eine gute Arbeit, Marston. Oh, ich weiß, das klingt prahlerisch, wenn ich als Autor so darüber rede. Aber ein Autor weiß eben, wenn seine Arbeit gut ist oder schlecht. Mein neues Werk ist anders als alle anderen, die ich bisher verfaßt habe. Lyrik diesmal. *Wirkliche* Lyrik ...«

Seine Stimme klang auf pathetische Weise erregt. »Das stimmt sicher, Thatcher«, sagte Marston unbehaglich.

»Ich *weiß*, daß es so ist. Ich nenne das Buch *Gesänge eines neuen Jahrhunderts*. Damit gelingt mir der Durchbruch, Marston. Bis jetzt war ich nur ein Verseschmied. Dieses Buch verschafft mir den richtigen Ruf. Warten Sie's ab, Sie werden es erleben ... *ach*!«

Plötzlich schwieg er. Marston blickte hastig auf, hieß es doch, daß es mit Thatchers Gesundheit nicht zum besten bestellt sei. Dem Mann schien es wirklich nicht gutzugehen. Seine Wangen waren zu bleich, die Augen wirkten zu dunkel, zu tief eingesunken. »Was ist, alter Knabe! Geht es Ihnen nicht gut?«

»Was?« Thatcher faßte sich und brachte ein schwaches Lächeln zustande, das die Wahrheit verschleiern sollte. »Oh ... o ja, durchaus!« Doch er drückte den Summknopf, der den Bus an den Straßenrand fahren ließ, und stand auf. »Danke, mir geht es gut. Aber mir ist eben eingefallen, daß ich noch eine Kleinigkeit zu erledigen habe. Muß mit einem Mann sprechen. Da drin.«

Und er deutete auf den Laden, vor dem Marston in diesem Augenblick stehenblieb.

»Ist auch bestimmt alles in Ordnung mit Ihnen?« ließ Marston nicht locker. »Vielleicht sollte ich mitkommen ...?«

»Machen Sie sich um mich keine Sorgen. Ich komme schon klar. Der Mann ist ein alter Freund.« Thatcher verließ den Bus und rief über die Schulter: »Bis später dann, Marston. Warten Sie ab, bald liegen die *Lieder* in sämtlichen Läden ...«

Aber er hatte sich geirrt, dachte Marston betrübt. In zweifacher Hinsicht. Sie sahen sich nie wieder. Auch kam das neue Buch nicht auf den Markt. Dem armen Thatcher ging es nicht so gut, wie er behauptet hatte. Es war sein Herz. Am nächsten Tag hatte Marston seinen Namen in den Nachrufen gefunden.

Das war jetzt etwa ein Jahr her. Seither hatte Marston oft an den kleinen Buchladen gedacht. Von ihm ging eine Art makabre Faszination aus, eine Mischung von Vorstellungen, die Marston sich nicht einmal selbst zu erklären wußte. In jenem kleinen Geschäft war Thatcher verschwunden. Marston hatte ihn nie wiedergesehen. Das ließ den Laden zu einer ... einer Art Symbol werden.

Natürlich war so etwas Unsinn! Aber als Marston letzten Winter mit Grippe im Bett lag und sich stundenlang im Delirium hin und her warf, hatte sich der kleine Laden für ihn beinahe zur Besessenheit entwickelt. Ein Zwang haftete ihm an; er spürte den sinnlosen Wunsch, sein Krankenlager zu verlassen und den Laden aufzusuchen. Ein seltsamer Drang, doch so mächtig, daß er, als er schließlich gesundete, tatsächlich gezielt zu dem kleinen Laden ging.

Er hatte sich aber einen schlechten Zeitpunkt ausgesucht. Die Tür war verschlossen – verriegelt und verhangen. Man konnte nicht hineinschauen.

Jetzt aber war das Geschäft nicht geschlossen. Der Sonnenschutz war hochgerollt, die Tür stand einladend einen Spaltbreit offen. Obwohl der Laden klein war, würde es in seinen staubigen Tiefen kühl sein. Die Sonne brannte Marston auf den Kopf, übte auf seine Schultern einen beträchtlichen Druck aus. Er hatte Kopfschmerzen und verspürte eine matte Übelkeit.

Er öffnete die Tür und trat ein.

Der Wechsel von grellem Sonnenschein in die schattige Düsternis kam sehr plötzlich; zuerst sah er überhaupt nichts. Irgendwo im hinteren Teil des Ladens klingelte leise eine Glocke; uralte Wogen der Stille schienen auf den fröhlich-blechernen Laut einzuwirken, ihn einzuhüllen, zum Schweigen zu bringen.

Marston machte einen stolpernden Schritt und stieß gegen einen Tisch. In seiner Überraschung äußerte er ein kurzes »Oh!« und klammerte sich am Tisch fest und wartete darauf, daß seine vorübergehende Blindheit verging. Aus den Schatten vor ihm tönte eine leise, sympathische Stimme.

»Haben Sie sich weh getan, mein Freund?«

»Es ist dunkel hier«, beschwerte sich Marston.

»Dunkel?« Ein kurzes Schweigen. Dann: »Ja, dunkel. Das stimmt wohl. Aber friedlich.«

Marston konnte jetzt mehr erkennen. Er stand in der Mitte eines kleinen Raumes mit niedriger Decke. An sämtlichen Wänden zogen sich Bücherregale hin. Auf dem Tisch vor ihm stapelten sich ebenfalls die gebundenen Bände. Einige waren alt und verblaßt, andere wirkten frisch und neu, was ihn doch etwas überraschte.

Hinter dem Tisch stand ein winziger Schreibtisch, und daran saß eine Gestalt und kratzte mit einer alten Gänsefeder in einem großen aufgeschlagenen Buch herum, ohne sich stören zu lassen. Im Dämmerlicht vermochte Marston das Gesicht des Ladenbesitzers nicht deutlich auszumachen, er sah aber gebeugte Schultern und weißes Haar, das im Zwielicht wie ein Heiligenschein anmutete. Die Züge des alten Mannes hatten etwas vage Vertrautes – etwas, das qualvoll nahe an der Schwelle der Erinnerung lauerte …

Das Gesicht entglitt ihm, noch während er danach zu greifen versuchte. Der Ladenbesitzer hob den Kopf.

»Haben Sie etwas Besonderes im Sinn, mein Freund?«

»Ich wollte mich nur mal umschauen«, erwiderte Marston. Wie alle Bücherfreunde verabscheute er Tüchtigkeit bei der Führung von Buchläden. Er zog es vor, allein auf die Suche zu gehen, wie es ihm gefiel und so lange es ihm paßte – und herauszufinden, welche literarischen Werte der Laden ihm vermitteln konnte.

Der alte Mann nickte.

»Sie brauchen sich nicht zu beeilen«, sagte er und wandte sich wieder seiner endlosen Kritzelei zu. Die Gänsefeder scharrte trocken, aber nicht unangenehm über das Papier. Marston wandte sich den Regalen zu.

Es fiel ihm nicht sofort auf, daß die Bücher, die er betrachtete, irgendwie ungewöhnlich waren. Diese Erkenntnis wuchs ganz langsam in ihm an, wie ein allmählich zunehmendes Staunen, das einen tiefgreifenden, heftigen Schock nicht zuließ. Es gibt ja so viele Bücher, so viele Autoren. Ihre Namen sind Legion und schnell wieder vergessen. Marstons Blick war wohl an einer ganzen Reihe entlanggeglitten, ehe sich in seinem Gehirn die Erkenntnis breitmachte, daß er da etwas Seltsames, etwas Rätselhaftes gesehen hatte, etwas, das irgendwie nicht stimmen konnte.

Er schaute die Reihe noch einmal durch. Der Buchhändler hatte sich anscheinend nicht die Mühe gemacht, seine Bestände nach Themen zu sortieren. Lyrik, Schauspiele, Romane, Essays und wissenschaftliche Werke standen in wirrer Vielfalt nebeneinander. Titel, die Marston unbekannt waren. Neue und alte Namen ... alte Gedanken und neue.

Dann gewahrte er einen schmalen Band, der vor Alter schon ganz brüchig war. Der Titel: *Agamemnon*. Und der Autor: William Shakespeare!

Agamemnon ... von Shakespeare? Marston kannte einen solchen Titel nicht. Der kleine Funke, der im Herzen jedes Buchliebhabers lebendig ist, loderte plötzlich zu einer riesigen Fackel empor. Zwei Möglichkeiten: Entweder war er hier auf die erstaunlichste Entdeckung des Jahrhunderts gestoßen – oder auf den größten Scherz, den man sich jemals im Namen der Kunst erlaubt hatte. Sein Herzschlag beschleunigte sich, als er nach dem Band griff.

Aber dann hielt seine ausgestreckte Hand inne. Denn inzwischen hatte die Entdeckung seine Sinne geschärft, und er nahm andere Titel wahr, Bücher, die gleichermaßen unbekannt und nicht minder erstaunlich waren: *Kapitän Catfish* von Mark Twain, *Der Kobold von* Donn Byrne, John Galsworthys *Tönerne Füße* und *Düstere Moore von* Charlotte Brontë.

Hastig richtete er den Blick auf ein anderes Regal. Voller abgrundtiefer Ungläubigkeit entdeckte er *Christopher Crumb* von Charles Dickens, *Das Auge des Wasserspeiers* von Edgar Allan Poe, Thackerays *Colonel Cowperthwaite* und *Private Fälle des Sherlock Holmes* von Sir Arthur Conan Doyle.

Er hatte keine Schritte gehört, doch spürte er plötzlich, daß der Ladenbesitzer neben ihm stand. In der Stimme des alten Mannes lag ein stilles Vergnügen.

»Sie bewundern meine Bücher, junger Freund?«

Marston vermochte nur auf die Regale zu deuten. Seine Zunge brachte ein Stottern zustande.

»Aber ... die da! Ich begreife das nicht!«

»Sie sind Robert Marston, nicht wahr? Ihr Gebiet ist die Phantasiegeschichte. Da müßten Sie hieran Ihre Freude haben.«

Hilflos folgte Marstons Blick der Geste des Buchhändlers. Er entdeckte Namen, die ihm so bekannt waren wie sein eigener, doch über Titeln, die er sich bisher nicht hatte erträumen lassen. *Die Troglodyten* von Jules Verne, Charles Forts *Unsichtbare Präsenzen?*, *Hanuman der Erste Gott* von Ignatius Donnelly, Weinbaums *Eroberung des*

Weltraums und Lovecrafts umfängliche *Vollständige Geschichte der Dämonologie.*

Und darunter ein kleinerer Band, ein dünnes, hell schimmerndes Buch, dessen Schutzumschlag noch ganz neu aussah. Der Titel: *Gesänge eines neuen Jahrhunderts.* Der Autor ... David Thatcher.

In diesem Augenblick begriff Marston plötzlich die Wahrheit. Eine dumpfe Vorahnung überwältigte ihn, und mit seltsam müde klingender Stimme fragte er seinen Gastgeber: »Ich nehme an, *es* ... es ist auch hier?«

Der alte Mann nickte ernsthaft.

»*Die Untertanen?* Ja, mein Sohn, auch *das* Buch ist hier.«

Es gab nur ein Exemplar, frisch und schimmernd, als käme es eben erst aus dem Verlag. Der Schutzumschlag war schön gestaltet. Trotz seiner Erschütterung tat Marstons Herz einen schnellen, stolzen Schlag ob dieses seines Buches.

Er griff danach – und zögerte. Und fragte den alten Mann: »Darf ich?«

»Es ist Ihr Buch«, sagte dieser.

Und Marston griff danach ...

Oh, es waren in den ersten Kapiteln durchaus Veränderungen vorgenommen worden, so stellte er fest. Aber diese Eingriffe waren minimal. Im wesentlichen standen die Szenen so, wie er sie geschrieben hatte. Mit zitternden Händen wendete er die sauberen weißen Seiten. Gierig suchten seine Augen Worte, die bisher die Verewigung des Drucks noch nicht gekannt hatten, lasen Gedanken, die bis zu diesem Augenblick nur in seinem Kopf bestanden hatten.

Und obwohl er hastig las, erkannte er mit heftiger, strahlender Freude, daß er das Buch zu Recht als sein bestes Werk angesehen hatte.

Hier gab es keine Mittelmäßigkeit, kein Stocken, keine

Verwirrung der Ideen, die das Lesen erschwerte. Jeder Satz war vollkommen; kein Wort, kein Gedanke, kein Satz, der nicht in schillernder Reinheit erblühte. Dies war das Buch, das Marston immer hatte schreiben wollen; es war das Buch, von dem er stets gewußt hatte, daß es irgendwo in ihm vergraben war. Hier in der Hand hielt er die triumphale Krönung seines Talents als Autor. Marston wußte auch, daß sein Buch zu den großen zählte – denn er kannte sich mit Büchern aus – und daß in diesem Text sein Talent am Ende zur vollen Blüte gekommen war.

Am Ende!

Er schloß das Buch, und das Klappen war ein leises, erschreckendes Geräusch in der moderigen Stille. Er starrte den alten Mann an und wußte nun, wieso Gesicht und Gestalt ihm bekannt vorgekommen waren. Kälte hielt ihn gefangen – und eine plötzliche Angst, und er sagte laut: »Aber nein! Nicht jetzt, alter Mann! Nicht bevor dies vollendet ist ...«

Der alte Mann sagte leise: »Sie merken sicher selbst, daß das Buch da *drüben* nie vollendet werden kann, Marston. Auf jener Seite ist nichts vollkommen. Nur in dieser Buchhandlung sind die Geschichten und Lieder so großartig und süß und wahr, wie ihre Autoren sie sich erträumt hatten.

Drüben würde *Die Untertanen* nur ein Buch unter vielen sein – das leinengebundene, verkrüppelte Symbol eines Traums, der zu früh erstorben ist. Gedanken, die der Sterne würdig wären, versagen mit Worten, die zu schwach sind, um sie zu tragen. Erzählungen, die dort drüben vollendet werden, sind niemals wirklich bedeutend. Immer wieder fehlen ihnen die Flügel, mit deren Hilfe die Autoren sie sich vorstellten.

Nur in der Bibliothek des Nicht-Getanen kann eine Geschichte die Höhen erreichen, die ihr Schöpfer beabsichtigt hatte. Hier – neben einem Epos, das Homer schreiben wollte, neben einem Schauspiel, das Marlowe plante, aber nicht in Worte faßte, neben Galsworthys letzter und bester Romanze, neben zehntausend Geschichten, die von tausend Träumern nicht verfaßt wurden – hier kann *Die Untertanen* seinen rechtmäßigen Platz einnehmen in der unzerstörbaren Bibliothek des Hätte-Sein-Können.

Es ist der höchste Preis für Vollkommenheit. Und ein geringer Preis.«

Seine Stimme verseufzte ins Schweigen wie das letzte schwache Wispern der vom Mond zurückgenommenen Flut. Und es wollte Marston scheinen, als schlüge ihm ein neuer Laut an die Ohren; es war, als sprächen Stimmen zu ihm von einem nicht allzu weit entfernten Ort, Stimmen, die ihn in netter Gesellschaft willkommen hießen, die ihn zu kommen und sich der Kameradschaft anzuschließen baten. Er hörte auch die lachende Stimme Thatchers – oder glaubte sie wahrzunehmen.

»Was soll das Sträuben, alter Knabe? *Meiner Seele, machen Sie aber einen Wirbel um eine so einfache Sache ...*«

Der alte Mann streckte Marston die Hand hin.

»Sind Sie bereit, mein Freund?« fragte er.

Aber – da war das Buch in seiner Hand. Und plötzlich fuhr Marston ein so wagemutiger Gedanke durch den Kopf, daß seine Gliedmaßen von einem Starrkrampf ergriffen wurden.

Es war noch nicht zu spät! Es konnte erst zu spät sein, wenn die alte Hand die seine berührte. Ob er wohl die Straße draußen erreichen würde – mit diesem Buch? Vielleicht konnte er der Welt *Die Untertanen* doch in all seiner erträumten Vollkommenheit zugänglich machen!

Schnellentschlossen begann er zu handeln. Mit einem Aufschrei wich er vor der hingehaltenen Hand des Alten zurück, fuhr herum und stolperte zur Tür. Der abgegriffene Türknopf rutschte in seiner Handfläche; die

Tür bewegte sich nicht, und in panischer Verzweiflung zerrte er schweratmend an der Barriere. Die leisen Stimmen erhoben sich hinter ihm zu einem klagenden Crescendo der Bestürzung. Ein Seufzen hauchte ihm ins Ohr: »Es gibt kein Entkommen, mein Sohn. Nur eine Verzögerung ...«

Dann war die Tür offen, und der Sonnenschein hämmerte ihm brutal, heiß und schwer wie eine ungeheure Faust in die Augen, so daß er zunächst nur einen grellgoldenen Schimmer wahrnahm. Den kostbaren Band an sich pressend, schrie er seinen Triumph hinaus und torkelte achtlos auf die Straße hinaus.

Er hörte die Stimmen nicht, die sich zu lautstarker Warnung erhoben, auch nicht das verblüffte Trompeten der Hupe, und nicht das kreischende Mahlen vergeblich angezogener Bremsen. Er hörte nur den ohrenbetäubenden Tumult einer ins Nichts verflammenden Welt ... dann kehrten der weiche Frieden zurück und die mahnende Stimme des alten Mannes: »Nur eine Verzögerung, mein Sohn. Bist du jetzt bereit?«

Und eine kühle Hand berührte die seine ...

»Konnte ihm nicht mehr ausweichen!« sagte der Lkw-Fahrer. »Ich schwör's bei Gott, ich konnte ihm nicht mehr ausweichen! Dieser Kerl hat alles gesehen – er wird's Ihnen bestätigen. Der Mann stürzte mir geradewegs vor den Wagen und brüllte dabei, als hätte er den Verstand verloren. Ich versuchte zu bremsen, aber ...«

»Okay«, sagte der große Mann in der blauen Uniform. »Okay, es war also nicht Ihre Schuld. Hat sonst noch jemand den Unfall gesehen? Woher kam der Mann überhaupt?«

Ein Zeuge nahm den entsetzten Blick von der Gestalt auf dem Boden. Mit bleichen Lippen hob er den Arm.

»Dort drüben, Wachtmeister. Das leere Grundstück auf der anderen Straßenseite, daher kam er. Ich sah ihn dort umherwandern und vor sich hin murmeln. So wie er sich benahm, muß er einen Sonnenstich gehabt haben. Das Grundstück ist seit Jahren leer. Warum er dort herumgestolpert ist ...«

»Ich notiere mir Ihren Namen«, sagte der Polizeibeamte. »Erkennt ihn jemand? Mal sehen, was er da für ein Buch im Arm hatte. Vielleicht steht sein Name darin.«

Jemand reichte ihm den Band.

Er blätterte kurz im Buch, schob seine Mütze in den Nacken und kratzte sich an der Stirn.

»He doch! Das seltsamste Buch, das ich je gesehen habe. Schauen Sie doch! Nur die ersten drei Kapitel sind gedruckt ... der Rest ist leeres Papier!«

Lord Dunsany

(1878–1957) wurde als Edward John Moreton Drax Plunkett in London geboren. Er stammte aus einem alten irischen Geschlecht, das sich bis ins 12. Jahrhundert zurückverfolgen läßt und in dem er schließlich das Erbe als 18. Baron Dunsany antrat. Er war mit seinem an die sechzig Bände umfassenden Œuvre nicht nur ein Mann der Feder – und das in sehr wörtlichem Sinne, denn er schrieb alle seine Werke mit einem Gänsekiel –, sondern hatte auch in der wirklichen Welt ein recht bewegtes Leben: unter anderem war er britischer Offizier im Burenkrieg und im Ersten Weltkrieg, irischer Schachmeister, Großwildjäger, Universitätsdozent für englische Literatur in Athen ... Er war in seiner Kleidung betont nachlässig und stand im Ruf, der am schlechtesten gekleidete Mann in Irland zu sein; wenn als Beleg dafür aber immer wieder die Tatsache kolportiert wird, er habe gelegentlich zwei Hüte gleichzeitig getragen, so ist das übertrieben – als er 1940 mit seiner Frau in letzter Minute auf einem überfüllten Flüchtlingsschiff vor der einmarschierenden deutschen Wehrmacht aus Griechenland floh, war das einfach die bequemste Art, zwei Hüte mitzunehmen.

Lord Dunsany hat unter anderem auch autobiographische Bücher und seinerzeit sehr erfolgreiche Theaterstücke geschrieben, der größte Teil seiner Werke aber ist phantastisch. Er gilt als einer der Begründer der heroischen Fantasy, schrieb sie aber mit mehr Atmosphäre und Poesie als die meisten seiner mehr auf Kampfszenen versessenen Nachfolger; ein Beispiel dafür ist der Roman Die Königstochter aus Elfenland *(The King of Elfland's Daughter, 1924, deutsch 1978).*

Noch nachhaltiger gewirkt haben aber seine kurzen phantastischen Erzählungen, darunter die noch an unsere Wirklich-

keit anknüpfenden Lügengeschichten eines gewissen Jorkens; andere sind in einer traumhaft-melancholisch wirkenden Fantasywelt angesiedelt (sie haben unter anderem den später als Horrorautor zu Ruhm gelangten H. P. Lovecraft beeinflußt) und wieder andere führen die den an Märchen und Heldengeschichten gewöhnten Leser mit Ironie und unerwarteten Wendungen aufs Glatteis. Die letzteren sind es, denen auf seine Art auch Terry Pratchett nachfolgt, und nicht nur er – weiter hinten in dieser Anthologie steht eine Geschichte von Margareth St. Clair, die direkt an Lord Dunsany anknüpft.

Zunächst aber geht es wieder um ein Buch ...

Glaubhaft berichtetes Abenteuer dreier Liebhaber der schönen Literatur

Als die Nomaden nach El Lola kamen, wußten sie keine Lieder mehr, und die Frage, ob man die Goldene Truhe entwenden solle, erhob sich in all ihrer Größe. Denn einerseits war zu bedenken, daß schon viele getrachtet hatten, der Goldenen Truhe habhaft zu werden, jenes Behältnisses (wie die Äthiopier wissen) märchenhaft kostbarer Dichtung. Und bis heut ist das Unheil, das jene Männer befiel, noch immer in aller Munde im fernen Arabien. Andrerseits aber war's gar zu einsam ums Lagerfeuer, wenn zur Nacht keine neuen Lieder erklangen.

Es waren Leute vom Stamme der Heth, die eines Abends all diese Dinge besprachen im Flachland zu Füßen des Mluna-Berges. Ihr Heimatland war die gewaltige Straße, der alle Nomaden folgen seit unvordenklicher Zeit. Aber Unruhe war entstanden im Ältestenrat, denn es gab keine neuen Lieder. Und unberührt von den Sorgen der Menschen, so unberührt wie bislang von der Nacht, welche das Flachland schon aufgeschluckt hatte, blickte im Abglanz des Tages der Gipfel des Mluna gelassen herab auf das Unbekannte Land. Und eben dort war's, auf dem Flachlande diesseits des Mluna, auf seiner bekannten Seite, daß zu der Stunde, da sich der Abendstern erstmals hervorwagt gleich der

Maus auf den Feldern, und das Feuer mit flackernden Zungen aufloderte gegen die einsame Nacht, die von keinen Gesängen belebt war – eben dort war's, daß gefaßt ward von den Nomaden jener vorschnelle Plan, der als Die Suche nach der Goldenen Truhe eingehen sollte in das Gedenken der Menschen.

Keine weisere Vorkehrung hätten die Ältesten treffen gekonnt, als zum Dieb zu erwählen den nämlichen Slith, der in jedwedem Schulzimmer, drin eine Lehrerin Unterricht hält, selbst dem König Westaliens zuvorkommt. Doch war das Gewicht der Truhe so groß, daß man Slith nicht allein lassen konnte. Und Sippy und Slorg waren Diebe, denen es jeder heutige Altertumshändler an Behendigkeit gleichtut.

So klommen denn anderntags jene drei über die Hänge des Mluna und schlugen, so gut es ging, dort oben im Schnee ihr Nachtlager auf, denn sie scheuten das Wagnis, in den Wäldern des Unbekannten Landes zu nächtigen. Und der Morgen stieg strahlend herauf, und die Luft war erfüllt vom Gesang der Vögel, doch unten der Wald und die Einöde jenseits des Waldes und die nackten und drohenden Felsen – all dies trug in sich eine unausgesprochene Drohung.

Slith aber blieb wortkarg, obschon er wohlbewandert war in der Diebskunst, die er seit zwei Jahrzehnten betrieb. Nur wenn ein Stein sich löste unterm achtlosen Tritt der beiden Begleiter, oder wenn später im Wald knackend ein Zweig zerbrach unterm Fuß, fuhr er sie raunend an mit den stets gleichen Worten: »Ihr erbärmlichen Stümper!« Er war sich bewußt, daß er im Lauf zweier Tage sie nimmer zu besseren Dieben ausbilden konnte, und so behielt er alle Bedenken bei sich und ließ nichts weiter verlauten.

Von den Hängen des Mluna stiegen sie ab in die Wolkenregion, und durch die Wolken ging's weiter hinab in den Wald, für dessen Getier, wie unsre Diebe wohl wußten, alles Leben nur Fleisch ist, ob's nun vom Fisch kommt oder vom Menschen. Und im Wald zog ein jeder der Diebe sein eigenes Götzenbild aus der Tasche und flehte um Schutz vor dem unheimlichen Wald. Dergestalt hoffte ein jeder auf dreifaches Glück: würd' einer von ihnen gefressen, so würden sie alle gefressen, und ebenso mußten sie alle entkommen, wenn einer von ihnen entkäme. Ob jedoch seinem Beter nur einer der Götter geneigt war, oder ob jeder gewacht über jeden, oder ob unsre Diebe dem Zufall verdankten, daß ihr Weg durch den Wald nicht sein Ende fand im Bauch eines gräßlichen Untiers – dies alles ist unsrem Wissen entrückt. Nur soviel ist sicher: Weder die Abgesandten des meistgefürchteten Gottes noch auch der Grimm des weniger mächtigen Waldgotts vermochten die drei ins Verderben zu stürzen. Und so kam's, daß sie anlangten auf der Holprigen Heide, die da im Herzen liegt des Unbekannten Lands und deren zerklüftete Hügel nur die erstarrte Dünung eines gewaltigen Erdbebens sind. Etwas entsetzlich Großes strich hier an den dreien vorüber mit nahezu ungebührlicher Sanftheit, und so knapp nur entrannen sie seinem Blick, daß bloß ein einziges Wort ihr Denken durchzuckte: »Nicht – nicht – nicht!« Und als diese eine Gefahr schließlich vorübergegangen, schritten behutsam sie weiter und erblickten alsbald den kleinen, harmlosen Mipt, jenes koboldhaft elbische Wesen, und es schrillte vor Wohlbehagen am Rande der Welt. Und unsre drei Diebe drückten sich heimlich vorbei und begründeten dies mit der sprichwörtlichen Neugier des Mipt, der zwar keinem Wesen ein Haar krümmt, doch kein Geheimnis verschweigen kann. In Wahrheit aber mochte ein jeder sich ekeln vor der Art, wie der Mipt herumwühlt in den bleichen Gebeinen der Toten, doch wollt' solchen Ekel keiner bekennen, denn übel steht's dem Abenteurer an, sich um das künftige Los seiner Knochen zu sorgen. Doch wie immer dem sein mag, sie drückten sich heimlich vorbei und standen alsbald vor dem toten Baum, welcher das Ziel war ihrer gefahrvollen Reise, denn sie wußten, daß ganz nahebei jener Riß durch die Welt geht, über den die Brücke vom Schlechten zum Schlechteren führt, und daß ihnen zu Füßen das steinerne Haus lag des Herren über die Truhe.

Dies war ihr einfacher Plan: heimlich hinabzusteigen in den oberen Felsengang, ihn geräuschlos (auf nackten Sohlen natürlich) weiterzuschleichen, vorbei an der in den Felsen gehauenen Warnung, die da lautet in unserer Sprache »O Wanderer, kehr lieber um!« Ferner die Beeren nicht zu berühren, die dort so absichtsvoll angepflanzt sind, sondern zur Rechten hinabzusteigen, um so zu dem Wächter auf seinem Podest zu gelangen, der da schläft seit einem Jahrtausend und wohl noch immer in Schlaf lag. Dann wollten sie einsteigen durch das offene Fenster. Einer von ihnen sollte Posten beziehen droben am Riß durch die Welt, bis die andern heraufkämen mit der Goldenen Truhe. Im Falle sie aber um Hilfe riefen, sollte er drohen, die eiserne Klammer zu lösen, die da zusammenhält den Riß durch die Welt. War aber die Truhe in ihrem Besitz, so wollten die Nacht und den folgenden Tag sie marschieren, bis die Wolkenbank an den Hängen des Mluna sich als schützende Wand gelegt hätte zwischen die drei und den Herren der Truhe.

Das Tor zum Felsen stand offen. Unter der Führung von Slith schritten ohne ein Wort sie die kalten Stufen hinab. Nur einen begehrlichen Blick warfen sie auf die köstlichen Beeren. Der Wächter auf seinem Podest lag noch immer in Schlaf. Nun kletterte Slorg auf einer Leiter, die Slith herbeigeschafft hatte, hinauf zu der eisernen Klammer, die da zusammenhält den Riß durch die Welt, und bezog seinen Posten und lauschte, den Meißel schlagbereit in der Hand, auf jedes Geräusch, das etwa Unheil verriete. Inzwischen aber stiegen die Freunde ein in das Haus. Aber kein Laut ward vernehmbar. Und alsbald fanden Sippy und Slith die Goldene Truhe. Bisher war alles nach ihrem Plane gegangen, und so galt es nur noch, sich zu versichern, ob's auch die richtige wäre, und danach sie hinwegzuschaffen von dem entsetzlichen Ort. Im Schatten jenes Podests und dem Wächter so nahe, daß sie die Wärme des schlafenden Körpers empfanden – eine Wärme, die freilich auch noch dem Kühnsten die Adern gefrieren machte –, zerschlugen sie das smaragdene Schloß und hoben den Deckel ab von der Goldenen Truhe. Und lasen in den Pergamenten beim Licht jenes künstlichen Funkens, wie nur Slith ihn hervorbringen konnte, und verdeckten dies winzige Licht auch noch mit ihren Körpern. Wie groß aber war ihr Entzücken trotz aller Gefahr, die von dem Wächter und auch aus dem Abgrunde drohte – wie groß aber war ihr Entzücken, als sie gewahrten, daß die Truhe fünfzehn unvergleichliche Oden enthielt von der alkäischen Form, und fünf Sonette, welche bei weitem die schönsten der Welt waren, und neun Balladen auf provenzalische Art, die nicht ihresgleichen fanden unter den Schätzen der Menschheit, und ein Gedicht auf einen Nachtschmetterling in achtundzwanzig vollkommenen Strophen, und eine Dichtung in Blankvers von weit über hundert Zeilen in einer Vollendung, wie sie bislang von den Menschen noch nicht erreicht war, und schließlich noch fünfzehn Gedichte der lyrischen Art, die dermaßen herrlich waren, daß kein Händler gewagt hätte, auf sie zu bieten. Und am liebsten hätten die beiden sie wieder und wieder gelesen, denn diese Gedichte riefen herauf die Tränen des Glücks und brachten zurück die köstlichen Stunden der Kindheit und auch die teuersten Stimmen aus fernen Gräbern. Doch Slith wies gebieterisch auf jenen Weg, den man gekommen, und löschte das Licht. Und Slorg und Sippy fügten sich seufzend und nahmen die Truhe auf.

Und der Wächter schlief weiter seinen tausendjährigen Schlaf.

Und als die drei außer Reichweite waren, erblickten sie jenen Ruheplatz ganz nahe am Rande der Welt, auf welchem erst kürzlich der Herr der Truhe gesessen und voll Eigensucht nur für sich selber gelesen hatte die schönsten Gesänge und Strophen, die jemals erträumt worden sind von den Dichtern.

In aller Stille gelangten die drei bis an den Fuß der Treppe. Und dann, in jenem Moment, da sie sich schon in Sicherheit wähnten, in der stillsten Stunde der Nacht – dann begab sich's, daß in einer der oberen Kammern von lautloser Hand angefacht ward ein erschreckendes Licht!

Zunächst war es wie ein gewöhnliches Licht, doch so unheilverkündend, wie auch ein gewöhnliches Licht zu so ungewöhnlicher Stunde sein kann. Aber da es den dreien zu folgen begann gleich einem wandernden Auge, und röter und röter sich färbte bei solcher Verfolgung, ward auch die letzte Hoffnung zunichte.

Und der kopflose Sippy versuchte zu fliehn, und der kopflose Slorg suchte nach einem Versteck. Aber Slith, welcher wußte, weshalb jenes Licht angefacht worden in der geheimen, oberen Kammer, und wer es angefacht hatte – Slith warf sich mit einem einzigen Sprung über den Rand der Welt ...

... und fällt nun hinweg von uns allen, fällt und fällt in die lautlose Schwärze des Ewigen Abgrunds.

wurde 1874 in London geboren; die Initialen stehen für Gilbert Keith. Er wollte ursprünglich Maler werden – er hat sowohl eigene als auch fremde Bücher illustriert –, wandte sich dann aber der Arbeit als Journalist und Schriftsteller zu, der er bis zum Ende seines Lebens 1936 treu blieb. Er ist vor allem mit seinen Geschichten um den katholischen Priester und Meisterdetektiv Father Brown berühmt geworden, hat aber in einer Vielzahl von Formen über ein weites Spektrum von Themen geschrieben, unter anderem Gedichte, Romane und Erzählungen, Essays zu Kunst, Literatur und Geschichte und katholische Streitschriften.*

Wohl am ehesten der Phantastik im herkömmlichen Sinne, genauer gesagt, der Science Fiction zuzurechnen ist sein Roman Der Held von Notting Hill *(The Napoleon of Notting Hill, 1904); der Roman schildert den Zusammenbruch des zukünftigen technokratischen Weltstaates – den u. a. H. G. Wells progagierte, den Chesterton aber als seelenlos empfand – unter dem Ansturm eines zunächst als Witz gedachten, in einem kleinen Londoner Stadtteil aber ernst genommenen neuen Mittelalters.*

Es gibt eine Anzahl Autoren, die nur gelegentliche Abstecher in die phantastische Literatur im strengen Sinne des Wortes unternommen, eher auf anderen Gebieten Berühmtheit erlangt haben, aber auch in ihrem »realistischen« Werk eine Verwandtschaft zur Denk- und Sichtweise der Phanta-

---

* Chesterton konvertierte 1923 offiziell zum Katholizismus, was sich übrigens viel später für seine Leser in der DDR als Segen erwies: Viele seiner Werke, darunter die Father-Brown-Geschichten, erschienen zunächst im kleinen katholischen St. Benno-Verlag und erst danach, und weniger komplett, in staatlichen Verlagen. – E. S.

*stik erkennen lassen, einen spekulativen Ansatz, der von vie-
len Lesern der Fantasy und Science Fiction durchaus wahrgenommen wird. Zu den markanten Beispielen gehören der
Argentinier Jorge Luis Borges, der britische Nobelpreisträger
William Golding, der Italiener Umberto Eco (der später in
diesem Band mit einem Abstecher in die SF vorgestellt wird)
und eben auch G. K. Chesterton. Sein Roman* Der Mann, der
Donnerstag war *(The Man Who Was Thursday, 1908) ist –
abgesehen von dem allegorischen Schluß – eigentlich nur eine
Agenten-Geschichte; aber das Konzept einer terroristischen
(beziehungsweise, wie es damals hieß, nihilistischen) Verschwörung, die so von Geheimpolizisten unterwandert ist,
daß sie nur noch aus Polizisten besteht* und trotzdem wei-
terfunktioniert, *hat schon etwas höchst Phantastisches.**

*Ähnlich phantastisch erscheint die Wirklichkeit in der Ge-
schichte von dem Buch, das alle seine Leser umbringt ...*

---

* In der Realität am nächsten kamen dem wohl einige Oppositions-
gruppen in der DDR der späten achtziger Jahre des 20. Jahrhunderts. – *E. S.*

G. K. Chesterton

Der Fluch des Buches

Professor Openshaw verlor jedesmal mit einem lauten Knall die Fassung, wenn ihn jemand einen Spiritisten nannte; oder einen Anhänger des Spiritismus. Das aber erschöpfte seine explosiven Elemente keineswegs; denn er verlor auch die Fassung, wenn ihn jemand einen Nichtanhänger des Spiritismus nannte. Es war sein Stolz, sein ganzes Leben der Erforschung psychischer Phänomene gewidmet zu haben; es war auch sein Stolz, niemals einen Hinweis darauf gegeben zu haben, ob er sie wirklich für psychisch oder lediglich für phänomenal hielt. An nichts erfreute er sich mehr, als in einem Kreis gläubiger Spiritisten zu sitzen und niederschmetternde Geschichten davon zu erzählen, wie er Medium nach Medium bloßgestellt und Schwindel nach Schwindel aufgedeckt habe; denn tatsächlich war er ein Mann von hohen detektivischen Gaben und Einsichten, sobald er nur seine Blicke auf ein Objekt gerichtet hatte, und er richtete sie immer auf ein Medium als höchst verdächtiges Objekt. Es gab da die Geschichte, wie er einen spiritistischen Schwindler in drei verschiedenen Verkleidungen erspäht hatte: als Frau verkleidet, als weißbärtiger alter Mann und als Brahmane von einem satten Schokoladenbraun. Solche Erzählungen machten die wahren Gläubigen reichlich ruhelos, was ja auch die Absicht war, doch konnten sie sich darüber kaum beschweren, denn kein Spiritist leugnet die Existenz falscher Medien; nur des Professors strömende Erzählung mochte wohl anzudeuten scheinen, daß alle Medien falsch seien.

Aber wehe dem arglosen und unschuldigen Materialisten (und Materialisten als Rasse sind reichlich unschuldig und arglos), der es – die Tendenz solcher Erzählung voraussetzend – wagen sollte, die These vorzutragen, daß Geister gegen die Naturgesetze seien, oder daß solcherlei Dinge lediglich alter Aberglaube seien, oder daß das alles Unfug sei oder alternativ Humbug. Den pflegte der Professor unter jäher Umkehr all seiner wissenschaftlichen Batterien mit einer Kanonade unanzweifelbarer Fälle und unerklärbarer Phänomene vom Felde zu fegen, von denen der unselige Materialist nie in seinem Leben gehört hatte, und unter Angabe aller Daten und Details, und unter Zitierung aller versuchten und verworfenen Erklärungen; alles gab er in der Tat an, abgesehen davon, ob er, John Oliver Openshaw, an Geister glaube oder nicht; und weder Spiritisten noch Materialisten konnten sich jemals rühmen, das herausgefunden zu haben.

Professor Openshaw, eine hagere Gestalt mit fahler Löwenmähne und hypnotischen blauen Augen, stand mit Father Brown, der einer seiner Freunde war, auf den Stufen vor dem Hotel, in dem sie an jenem Morgen gefrühstückt und in der Nacht zuvor geschlafen hatten, und wechselte einige Worte mit ihm. Der Professor war reichlich spät von einem seiner großen Experimente in allgemeiner Erregung zurückgekommen und bebte immer noch von dem Kampf, den er immer allein und gegen beide Parteien zu führen pflegte.

»Ihnen nehm' ich das nicht übel«, sagte er lachend. »Sie glauben ja nicht einmal dann daran, wenn es wahr ist. Aber all diese Leute fragen mich ständig, was ich denn versuchte zu beweisen. Sie scheinen nicht zu begreifen, daß ich ein Mann der Wissenschaft bin. Und ein Mann der Wissenschaft versucht nicht, etwas zu beweisen. Er versucht herauszufinden, was sich selbst beweist.«

»Aber er hat es bisher noch nicht herausgefunden«, sagte Father Brown.

»Nun ja, ich habe da gewisse eigene kleine Vorstellungen, die gar nicht so negativ sind, wie die meisten Leute annehmen«, antwortete der Professor nach einem Augenblick stirnrunzelnden Schweigens. »Jedenfalls habe ich begonnen mir vorzustellen, daß wenn überhaupt etwas herausgefunden werden kann, man es auf falschen Wegen sucht. Das ist alles zu theatralisch; dieses ganze Getue mit ihrem leuchtenden Ektoplasma und den Trompeten und den Stimmen und dem übrigen Drum und Dran; alles nach dem Muster der alten Melodramen und verschimmelter historischer Romane ums Familiengespenst. Wenn man sich an die Historie hielte statt an historische Romane, dann – beginne ich zu glauben – könnte man wirklich was finden. Aber keine Erscheinungen.«

»Schließlich sind«, sagte Father Brown, »Erscheinungen nur Anscheine. Ich nehme an, Sie würden sagen, daß das Familiengespenst nur den Schein wahrt.«

Das Starren des Professors, das gewöhnlich von leicht abwesender Art war, konzentrierte und sammelte sich plötzlich, wie es das bei einem zweifelhaften Medium tat. Es sah fast so aus, als ob sich der Mann ein starkes Vergrößerungsglas ins Auge klemme. Natürlich meinte er keineswegs, daß der Priester auch nur im geringsten ein zweifelhaftes Medium sei; aber daß seines Freundes Gedanken seinen eigenen so eng folgten, hatte seine Aufmerksamkeit erregt.

»Anscheine!« murmelte er. »Verdammt, aber es ist schon komisch, daß Sie das gerade jetzt sagen. Je mehr ich erfahre, desto klarer wird mir, daß man verliert, wenn man nur auf Erscheinungen achtet. Wenn man sich ein bißchen mehr ums Verschwinden kümmerte …«

»Eben«, sagte Father Brown, »schließlich handeln ja die wirklichen Elfenmärchen gar nicht so sehr vom Erscheinen berühmter Elfenwesen; vom Heraufbeschwören Titanias oder der Bloßstellung Oberons durchs Mondenlicht. Aber es gibt ungezählte Märchen vom *Verschwinden* von Leuten, weil sie von den Elfen gestohlen wurden. Sind Sie Kilmeny auf der Spur oder Thomas dem Reimer?«

»Ich bin auf der Spur von gewöhnlichen modernen Leuten, über die Sie in den Zeitungen gelesen haben«, antwortete Openshaw. »Wundern Sie sich ruhig; aber gerade das ist jetzt mein Jagdwild; und dem bin ich schon seit langem hinterher. Offen gestanden glaube ich, daß eine Menge von psychischen Erscheinungen wegerklärt werden können. Aber das Verschwinden kann ich nicht erklären, es sei denn ein psychisches. Diese Leute in den Zeitungen, die verschwinden und nie mehr gefunden werden – wenn Sie die Einzelheiten so kennten wie ich ... und erst heute morgen habe ich eine Bestätigung erhalten; einen außergewöhnlichen Brief von einem alten Missionar, einem höchst ehrbaren alten Knaben. Er will mich heute morgen in meinem Büro aufsuchen. Vielleicht möchten Sie mit mir zu Mittag essen; dann könnte ich Ihnen die Ergebnisse berichten – im Vertrauen.«

»Danke; ich möchte – es sei denn«, sagte Father Brown bescheiden, »daß mich die Elfen bis dahin gestohlen haben.«

Damit trennten sie sich, und Openshaw ging um die Ecke zu einem kleinen Büro, das er in der Nachbarschaft gemietet hatte; hauptsächlich zum Zweck der Herausgabe einer dünnen Zeitschrift für psychische und psychologische Anmerkungen der trockensten und agnostischsten Art. Er hatte nur einen Sekretär, der im äußeren Büro an einem Schreibtisch saß und Zahlen und Fakten zum Zweck der Veröffentlichung zusammenstellte; und der Professor blieb stehen und fragte, ob Mr. Pringle gekommen sei. Der Sekretär antwortete mechanisch negativ und fuhr mechanisch fort, Zahlen zu addieren; und der Professor wandte sich dem inneren Raum zu, der sein Arbeitszimmer war. »Ach übrigens, Berridge«, setzte er noch hinzu, ohne sich umzudrehen, »wenn Mr. Pringle kommt, schicken Sie ihn direkt zu mir rein. Sie brauchen dazu Ihre Arbeit nicht zu unterbrechen; ich würde diese Notizen gerne heute abend fertig haben, wenn möglich. Sie können sie mir für morgen auf den Schreibtisch legen, wenn ich später komme.«

Openshaw ging in sein Arbeitszimmer und brütete immer noch über dem Problem, das der Name Pringle aufgeworfen hatte; oder das er vielmehr, vielleicht, in seinem Geiste ratifiziert und bestätigt hatte. Selbst der abgeklärteste Agnostiker ist irgendwo menschlich; und es ist möglich, daß der Brief des Missionars um so größeres Gewicht haben mochte, da er versprach, seine private und noch tastende Hypothese zu stützen. Er setzte sich in seinen breiten und bequemen Sessel gegenüber dem Stich von Montaigne; und las erneut den kurzen Brief von Hochwürden Luke Pringle, der die Verabredung für diesen Morgen betraf. Niemand kannte die Merkmale eines Briefs von einem Verrückten besser als Professor Openshaw; die Überfülle an Einzelheiten; die spinnwebartige Schrift; überflüssige Länge und Wiederholungen. Nichts davon fand sich in diesem Brief; nur eine kurze und geschäftsmäßig getippte Erklärung, daß der Schreiber Zeuge einiger sonderbarer Fälle von Verschwinden gewesen sei, die in den Arbeitsbereich des Professors als Erforscher psychischer Probleme zu fallen schienen. Der Professor war günstig beeindruckt; auch empfing er keinen ungünstigen Eindruck, als er aufblickte und sah, daß Hochwürden Luke Pringle sich bereits im Zimmer befand.

»Ihr Sekretär hat mir gesagt, ich solle sofort eintreten«, sagte Mr. Pringle entschuldigend, aber mit einem breiten und ziemlich angenehmen Grinsen. Das Grinsen wurde teilweise von den Massen seines rötlich-grauen Bartes und Backenbartes verdeckt, ein wahrer Dschungel von Bart, wie ihn sich manchmal Weiße wachsen lassen, die im Dschungel leben; aber die Augen über der Stupsnase hatten nicht das geringste Wilde oder Exotische in sich. Openshaw hatte sofort den gebündelten Scheinwerfer oder das Brennglas seiner skeptischen Musterung auf sie gerichtet, wie er es bei vielen Männern tat, um zu sehen, ob sie Schwindler oder Narren seien; in diesem Fall hatte er ein sehr ungewöhnliches Gefühl der Beruhigung. Der wilde Bart mochte einem Narren gehören, aber die Augen straften den Bart vollständig Lügen; sie waren voll von jenem sehr offenen und freundlichen Lachen, das man niemals in den Gesichtern jener findet, die entweder ernsthafte Betrüger oder ernsthafte Verrückte sind. Von einem Mann mit solchen Augen erwartete er, ein Philister zu sein, ein heiterer Skeptiker, ein Mann, der seine oberflächliche, aber herzhafte Verachtung für Geister und Gespenster laut herausruft; auf jeden Fall aber konnte sich kein berufsmäßiger Schwindler leisten, dermaßen leichtfertig auszusehen. Der Mann war bis zur Kehle in ein schäbiges altes Cape eingeknöpft, und nur sein breitkrempiger weicher Hut deutete den Kleriker an; aber schließlich bemühen sich Missionare aus wilden Gegenden nicht immer darum, sich wie Geistliche zu kleiden.

»Sie nehmen vermutlich an, Herr Professor, daß das ein weiterer Schwindel ist«, sagte Mr. Pringle in einer gewissen abstrakten Erheiterung, »und ich hoffe, Sie werden mir vergeben, daß ich über Ihren sehr natürlichen Ausdruck der Mißbilligung gelacht habe. Dennoch, ich muß meine Geschichte jemandem erzählen, der Bescheid weiß, weil sie wahr ist. Und allen Scherz beiseite, sie ist nicht nur wahr, sondern auch tragisch. Nun ja, um es kurz zu machen, ich war Missionar in Nya-Nya, einer Station in Westafrika, im dichtesten Urwald, wo fast der einzige andere weiße Mann der Befehlshaber im Distrikt war, ein Hauptmann Wales; und er und ich standen ziemlich dick miteinander. Nicht daß er Missionare liebte; er war, wenn ich so sagen darf, auf vielerlei Weise dick; einer dieser dickschädeligen, breitschultrigen Männer der Tat, die kaum zu denken brauchen, geschweige denn zu glauben. Das macht ja alles nur noch sonderbarer. Eines Tages kehrte er nach einem kurzen Urlaub zu seinem Zelt im Dschungel zurück und sagte, er habe ein reichlich merkwürdiges Erlebnis gehabt und wisse nicht, was er jetzt machen solle. Er hielt ein abgeschabtes altes, in Leder gebundenes Buch in den Händen, und er legte es auf einen Tisch neben seinen Revolver und ein altes arabisches Schwert, das er vielleicht als Kuriosität aufbewahrte. Er sagte, dieses Buch habe einem Mann auf dem Schiff gehört, von dem er gerade komme; und der Mann habe felsenfest daran geglaubt, daß niemand das Buch öffnen oder hineingehen dürfe; sonst werde ihn der Teufel holen oder er würde verschwinden oder so was Ähnliches. Wales sagte natürlich, das sei alles Unsinn; und darüber stritten sie sich; und das Ergebnis davon war, daß dieser Mann, dem man Feigheit oder Aberglauben vorwarf, tatsächlich in das Buch sah; und es sofort fallen ließ; zur Seite des Schiffes ging …«

»Einen Augenblick«, sagte der Professor, der sich ein oder zwei Notizen gemacht hatte, »bevor Sie mir Weiteres erzählen: Hat dieser Mann Wales erzählt, woher er das Buch hatte oder wem es ursprünglich gehörte?«

»Ja«, antwortete Pringle, jetzt vollkommen ernst. »Er hat wohl gesagt, er bringe es Dr. Hankey zurück, dem Orientreisenden, der jetzt in England lebe, dem es ursprünglich gehört und der ihn vor den geheimnisvollen

Kräften des Buches gewarnt habe. Nun, dieser Hankey ist ein fähiger Mann und ein Mann von reichlich nörglerischer und höhnischer Art; was das alles noch sonderbarer macht. Aber die Pointe von Wales' Geschichte ist viel einfacher. Sie lautet, daß der Mann, der in das Buch geblickt hatte, schlicht über Bord ging und niemals wieder gesehen wurde.«

»Das glauben Sie selbst?« fragte Openshaw nach einer Pause.

»Ja, das tue ich«, antwortete Pringle. »Ich glaube es aus zwei Gründen. Erstens weil Wales ein vollständig phantasieloser Mensch ist; und er hat etwas hinzugefügt, das nur ein phantasiereicher Mensch hätte hinzufügen können. Er sagte, daß der Mann an einem stillen und ruhigen Tag über Bord gegangen sei; aber es habe keinen Platscher gegeben.«

Der Professor sah einige Sekunden lang seine Notizen schweigend durch und sagte dann: »Und Ihr anderer Grund, daran zu glauben?«

»Mein anderer Grund«, antwortete Hochwürden Lue Pringle, »ist das, was ich selbst gesehen habe.«

Es gab ein weiteres Schweigen, bis er auf die gleiche sachliche Weise fortfuhr. Was immer er hatte, er hatte nichts von jenem Eifer, mit dem der Spinner, oder auch der Gläubige, andere zu überzeugen sucht.

»Ich habe Ihnen erzählt, daß Wales das Buch auf den Tisch neben das Schwert legte. Es gab nur einen einzigen Eingang ins Zelt; und es fügte sich so, daß ich darin stand und hinaus in den Urwald blickte, den Rücken meinem Gefährten zugekehrt. Der stand beim Tisch und knurrte und murrte über die ganze Geschichte; und sagte, es sei Narretei, sich im 20. Jahrhundert davor zu fürchten, ein Buch zu öffnen; und fragte, warum zum Teufel er es nicht selber aufschlagen sollte. Da regte sich irgendein Instinkt in mir, und ich sagte, er solle das besser nicht tun, es würde besser Dr. Hankey zurückgegeben. ›Welchen Schaden könnte das denn anrichten?‹ fragte er unruhig. ›Welchen Schaden hat es denn getan?‹ erwiderte ich hartnäckig. ›Was ist Ihrem Freund auf dem Schiff denn geschehen?‹ Er antwortete nicht, und ich wußte in der Tat nicht, was er hätte antworten können; doch trieb ich meinen logischen Vorteil aus purer Eitelkeit weiter. ›Apropos‹, sagte ich, ›wie erklären Sie sich denn, was wirklich auf dem Schiff geschehen ist?‹ Er antwortete immer noch nicht; und ich sah mich um und sah, daß er nicht da war.

Das Zeit war leer. Das Buch lag auf dem Tisch; aufgeschlagen, aber mit dem Rücken nach oben, als habe er es umgedreht. Und das Schwert lag auf dem Boden auf der anderen Seite des Zeltes; und die Leinwand des Zeltes wies einen großen Schlitz auf, als ob jemand sich seinen Weg hinaus mit dem Schwert freigehauen habe. Die klaffende Spalte im Zelt gaffte mich an; zeigte aber draußen nur den dunklen Schimmer des Waldes. Und als ich hinüberging und durch den Riß blickte, konnte ich mir nicht klar darüber werden, ob das Durcheinander von hohen Pflanzen und Unterwuchs nun gebogen oder gebrochen worden war; auf keinen Fall weiter als wenige Meter. Seit jenem Tag habe ich Hauptmann Wales weder gesehen noch von ihm gehört.

Ich habe das Buch in Packpapier gewickelt und sehr darauf geachtet, es nicht anzusehen; und ich habe es nach England zurückgebracht und zunächst beabsichtigt, es Dr. Hankey zurückzugeben. Dann las ich einige Anmerkungen in Ihrer Zeitschrift, die eine Hypothese zu diesen Dingen andeuteten; ich beschloß, auf dem Weg haltzumachen und Ihnen die Angelegenheit vorzulegen; da Sie im Ruf stehen, gelassenen Gemütes und offenen Geistes zu sein.«

Professor Openshaw legte seinen Füllfederhalter nieder und blickte stetig auf den Mann an der anderen Seite des Tisches; und konzentrierte in diesem Starren seine ganze lange Erfahrung mit vielen unterschiedlichen Arten von Schwindlern, und sogar einigen exzentrischen und ungewöhnlichen Arten von rechtschaffenen Männern. Normalerweise würde er von der gesunden Grundannahme ausgegangen sein, daß die Geschichte ein Haufen Lügen sei. Insgesamt neigte er dazu anzunehmen, daß sie ein Haufen Lügen sei. Und doch paßte ihm der Mann nicht zu der Geschichte; und sei es nur, weil er sich einen solchen Lügner nicht vorstellen konnte, der eine solche Lüge erzählte. Der Mann versuchte nicht, nach außen ehrbar zu erscheinen, wie die meisten Schwindler und Betrüger es tun; irgendwie erschien es geradezu umgekehrt: Als *sei* der Mann ehrlich trotz irgend etwas anderem, das sich nur außen befand. Er dachte an einen ehrlichen Mann mit einer unschuldigen Verblendung; aber wiederum entsprachen dem die Symptome nicht; es gab da sogar eine Art männlichen Unbeteiligtseins; als ob der Mann besonderen Wert auf seine Verblendung lege, wenn es denn eine Verblendung war.

»Mr. Pringle«, sagte er so scharf wie ein Anwalt, der einen Zeugen aufschrecken will, »wo ist das Buch jetzt?«

Das Grinsen erschien wieder auf dem bärtigen Gesicht, das während des Berichtes ernst geworden war.

»Ich hab' es draußen liegen gelassen«, sagte Mr. Pringle. »Ich meine, im äußeren Büro. Das war vielleicht ein Risiko; aber das kleinere von den beiden.«

»Was meinen Sie damit«, fragte der Professor. »Warum haben Sie es denn nicht sofort mit reingebracht?«

»Weil ich wußte«, sagte der Missionar, »daß Sie es in dem Augenblick öffnen würden, in dem Sie es sähen – und ehe Sie die Geschichte gehört hätten. Und ich hielt es für möglich, daß Sie sich das mit dem Öffnen noch einmal überlegen würden – nachdem Sie die Geschichte gehört hätten.«

Nach einem Schweigen fügte er noch hinzu: »Da draußen war niemand außer Ihrem Sekretär; und der sah wie ein ziemlich stumpfes gemächliches Wesen aus, vollständig in Geschäftsberechnungen versunken.«

Openshaw lachte herzlich. »Oh, Babbage«, rief er, »vor dem ist Ihr Zauberbuch sicher, das versichere ich Ihnen. Eigentlich heißt er Berridge – aber ich nenne ihn oft Babbage; weil er so genau einer Rechenmaschine entspricht. Kein menschliches Wesen, wenn man ihn denn ein menschliches Wesen nennen kann, wäre weniger geneigt, anderer Leute Päckchen in Packpapier zu öffnen. Na schön, gehen wir jetzt und holen es herein; aber ich will Ihnen versichern, daß ich es mir sehr ernsthaft überlegen werde, was damit zu tun ist. Ich will Ihnen offen gestehen«, wieder starrte er den Mann an, »daß ich mir tatsächlich nicht sicher hin, ob wir es hier und jetzt öffnen oder es an diesen Dr. Hankey senden sollten.«

Die beiden waren zusammen ans dem inneren in das äußere Büro gegangen; und noch während sie das taten, stieß Mr. Pringle einen Schrei aus und rannte zum Schreibtisch des Sekretärs. Denn der Schreibtisch des Sekretärs war da; nicht aber der Sekretär. Auf dem Schreibtisch des Sekretärs lag ein verblaßter alter Lederband, aus seiner braunen Verpackung herausgerissen. Er lag geschlossen da, aber so, als ob er eben noch geöffnet gewesen wäre. Der Schreibtisch des Sekretärs stand vor dem großen Fenster zur Straße hin; und das Fenster war zerschmettert mit einem großen gezackten Loch in der Scheibe; als ob ein menschlicher Körper hindurch in die Welt draußen geschossen worden wäre. Eine andere Spur von Mr. Berridge gab es nicht.

Die beiden Männer standen still wie Statuen; und dann war es der Professor, der langsam wieder zum Leben erwachte. Er sah noch kritischer aus denn je zuvor in seinem Leben, als er sich langsam umwandte und dem Missionar seine Hand hinstreckte.

»Mr. Pringle«, sagte er, »ich bitte Sie um Vergebung. Ich erbitte Ihre Vergebung nur für die Gedanken, die ich gehabt habe; auch wenn es nur halbe Gedanken waren. Aber niemand könnte sich einen Mann der Wissenschaft nennen und einer solchen Tatsache nicht ins Auge sehen.«

»Ich nehme an«, sagte Pringle nachdenklich, »daß wir einige Nachforschungen anstellen müssen. Können Sie nicht bei ihm anrufen und feststellen, ob er nach Hause gegangen ist?«

»Ich weiß nicht, ob er ein Telephon hat«, antwortete Openshaw ziemlich geistesabwesend; »er lebt irgendwo in Richtung Hampstead, nehme ich an. Aber ich denke, daß irgendwer hier nachfragen wird, wenn seine Freunde oder seine Familie ihn vermissen.«

»Könnten wir eine Beschreibung liefern«, fragte der andere, »wenn die Polizei eine haben will?«

»Die Polizei!« sagte der Professor und schrak aus seiner Träumerei hoch. »Eine Beschreibung ... Nun ja, er sieht allen anderen schrecklich ähnlich, fürchte ich, bis auf die Brille. Einer von diesen glattrasierten Knaben. Aber die Polizei ... hören Sie, was *sollen* wir denn in dieser verrückten Sache tun?«

»Ich weiß, was ich tun sollte«, sagte Hochwürden Mr. Pringle bestimmt, »ich werde dieses Buch direkt zu dem ursprünglichen Dr. Hankey tragen und ihn fragen, um was es zum Teufel bei all dem geht. Er lebt nicht weit von hier, und ich werde sofort zurückkommen und Ihnen berichten, was er gesagt hat.«

»Nun ja, sehr gut«, sagte der Professor schließlich, während er sich reichlich erschöpft hinsetzte; vielleicht erleichtert, für den Augenblick der Verantwortlichkeit enthoben zu sein. Aber noch lange, nachdem die energischen und hallenden Schritte des kleinen Missionars in der Straße verklungen waren, saß der Professor in derselben Haltung und starrte ins Leere wie ein Mann in Trance.

Er saß noch immer im selben Sessel und fast in derselben Haltung, als dieselben energischen Schritte auf der Pflasterung draußen wieder zu hören waren und der Missionar eintrat, diesmal, wie ihm ein Blick versicherte, mit leeren Händen.

»Dr. Hankey«, sagte er ernst, »möchte das Buch für eine Stunde behalten und die Frage erwägen. Danach bittet er uns beide, zu ihm zu kommen, und dann will er uns seine Entscheidung mitteilen. Er wünscht besonders, Herr Professor, daß Sie mich bei diesem zweiten Besuch begleiten.«

Openshaw starrte weiter schweigend vor sich hin; dann sagte er plötzlich: »Wer zum Teufel ist dieser Dr. Hankey?«

»Sie klingen so, als glaubten Sie, er sei der Teufel«, sagte Pringle lächelnd, »und ich nehme an, daß das schon manche Leute gedacht haben. Er hat auf Ihrem eigenen Gebiet einen beachtlichen Ruf; aber den gewann er vor allem in Indien, wo er örtlichen Zauber und dergleichen studierte, und deshalb ist er hier vielleicht nicht so bekannt. Er ist ein gelbhäutiger magerer kleiner Teufel mit einem lahmen Bein und einem fragwürdigen Temperament; aber er scheint sich hier eine ganz gewöhnliche, respektable Arztpraxis aufgebaut zu haben, und ich weiß nichts wirklich Nachteiliges über ihn – es sei denn, es wäre nachteilig, die einzige Person zu sein, die möglicherweise irgend etwas über diese ganze verrückte Angelegenheit weiß.«

Professor Openshaw erhob sich schwerfällig und ging ans Telephon; er rief Father Brown an, änderte die Verabredung zum Mittagessen in eine zum Abendessen ab, damit er frei sei für diese Expedition zum Haus des anglo-indischen Arztes; und danach setzte er sich wieder, zündete sich eine Zigarre an und versank erneut in seinen unergründlichen Gedanken.

Father Brown begab sich zu dem Restaurant, das man für das Abendessen vereinbart hatte, und vertrat sich dort in einer Vorhalle voller Spiegel und Palmen in Kübeln eine ganze Weile die Beine; er war über Openshaws Nachmittagsverabredung unterrichtet worden und vermutete, als der Abend sich dunkel und stürmisch um Glas und grüne Pflanzen schloß, daß sich daraus etwas Unerwartetes und unüblich Verlängertes ergeben habe. Er fragte sich sogar einen Augenblick lang, ob der Professor überhaupt auftauchen werde; aber als der Professor das schließlich tat, wurde klar, daß seine allgemeineren Vermutungen berechtigt gewesen waren. Denn es war ein Professor mit sehr verstörtem Blick und sogar mit gesträubtem Haar, der schließlich mit Mr. Pringle von der Expedition in den Norden Londons zurückfuhr; wo die Vorstädte immer noch von unbebautem Heideland und Fetzen von Gemeindeland umgeben sind und deshalb im stürmischen Sonnenuntergang um so düsterer aussehen. Dennoch hatten sie dem Anschein nach schließlich das Haus gefunden, das ein wenig abseits, aber doch in Rufweite von anderen Häusern stand; sie hatten sich des Messingschildes mit der ordnungsgemäßen Gravierung »J. I. Hankey, MD, MRCS« vergewissert. Nur fanden sie J. I. Hankey, MD, MRCS nicht. Sie fanden nur, worauf sie das Geflüster eines Alptraumes bereits im Unterbewußten vorbereitet hatte: ein gewöhnliches Wartezimmer mit dem verfluchten Buch auf dem Tisch, das da lag, als ob es gerade eben erst gelesen worden wäre; und dahinter eine aufgebrochene Hintertür sowie eine schwache Spur von Schritten, die ein kleines Stück einen so steilen Gartenweg hinauflief, daß es unmöglich erschien, ein lahmer Mann habe so leichtfüßig hinaufrennen können. Aber es war ein lahmer Mann, der da gerannt war; denn in diesen wenigen Schritten befand sich der unförmige ungleichmäßige Abdruck eines orthopädischen Stiefels; dann zwei Abdrücke dieses Stiefels alleine (als ob das Geschöpf gehüpft sei), und danach nichts. Es war nichts weiter von Dr. J. I. Hankey zu erfahren, außer daß er seine Entscheidung gefällt hatte. Er hatte das Orakel gelesen und sein Schicksalslos empfangen.

Als die beiden in den Eingang unter den Palmen traten, warf Pringle das Buch plötzlich auf einen kleinen Tisch, als verbrenne es ihm die Finger. Der Priester warf einen neugierigen Blick darauf, auf dem Deckel stand in ungefügen Buchstaben bloß ein Zweizeiler:

> Die da mit diesem Buch gespaßt,
> Die hat der Fliegende Schrecken gefaßt

und darunter standen, wie er später entdeckte, ähnliche Warnungen in Griechisch, Lateinisch und Französisch. Die beiden anderen hatten sich, einem natürlichen Impuls ihrer Erschöpfung und Verstörung folgend, den Getränken zugewendet; und Openshaw hatte den Kellner gerufen, der auf einem Tablett Cocktails brachte.

»Sie werden doch mit uns essen, hoffe ich«, sagte der Professor zum Missionar; aber Mr. Pringle schüttelte freundlich den Kopf.

»Ich bitte um Vergebung«, sagte er, »ich werde mich irgendwohin zurückziehen und mit diesem Buch und dieser ganzen Angelegenheit ringen. Ob ich wohl Ihr Büro für eine Stunde benutzen könnte?«

»Ich nehme an – ich fürchte, es ist abgeschlossen«, sagte Openshaw einigermaßen überrascht.

»Sie vergessen, da ist ein Loch im Fenster.« Hochwürden Luke Pringle grinste das breiteste seiner breiten Grinsen und verschwand draußen in der Dunkelheit.

»Trotz allem ein reichlich komischer Bursche«, sagte der Professor stirnrunzelnd.

Er stellte ziemlich überrascht fest, daß Father Brown sich mit dem Kellner unterhielt, der die Cocktails gebracht hatte, offenbar über die privatesten Angelegenheiten des Kellners; denn da war die Rede von einem Baby, das jetzt außer Gefahr sei. Er kommentierte diese Tatsache mit einiger Überraschung und fragte, wie es denn dazu gekommen sei, daß der Priester den Mann kenne; aber der sagte nur: »Oh, ich esse hier alle zwei oder drei Monate zu Abend, und ich habe mich dann und wann mit ihm unterhalten.«

Der Professor, der hier etwa fünfmal die Woche zu Abend aß, wurde sich der Tatsache bewußt, daß er niemals daran gedacht hatte, mit dem Mann zu sprechen; aber seine Gedanken wurden durch ein schrilles Klingeln und einen Ruf zum Telephon unterbrochen. Die Stimme am Telephon behauptete, sie sei Pringle; es war eine ziemlich gedämpfte Stimme, aber sie mochte wohl durch all jene Büsche aus Bart und Backenbart gedämpft sein, Ihre Botschaft reichte aus, um ihre Identität sicherzustellen.

»Professor«, sagte die Stimme, »ich kann es nicht länger aushalten. Ich werde jetzt selbst hineinblicken. Ich rufe aus Ihrem Büro an, und das Buch liegt vor mir. Wenn mir irgend etwas zustößt, dann ist das mein Aufwiedersehn. – Nein – es hat keinen Sinn, mich zurückhalten zu wollen. Außerdem würden Sie doch nicht mehr rechtzeitig eintreffen. Ich öffne jetzt das Buch. Ich ...«

Openshaw glaubte, so etwas wie eine Art bibbernden oder flatternden, jedoch kaum hörbaren Krachens zu vernehmen; dann schrie er immer wieder den Namen von Pringle: aber er vernahm nichts mehr. Er legte den Hörer auf und ging – mit wiedererlangter überlegener, akademischer Ruhe, fast wie mit der Ruhe der Verzweiflung – zurück und nahm ruhig seinen Platz an der Dinnertafel ein. Und dann erzählte er so kühl, als berichte er vom Scheitern irgendeines kleinen törichten Tricks bei einer Seance, dem Priester jede Einzelheit dieses monströsen Mysteriums.

»Jetzt sind fünf Männer auf diese unmögliche Weise

verschwunden«, sagte er. »Jeder Fall ist außerordentlich; und doch ist der eine, über den ich nicht hinwegkomme, der meines Sekretärs Berridge. Und gerade weil er das ruhigste aller Geschöpfe war, ist er der merkwürdigste Fall.«

»Ja«, erwiderte Father Brown, »es war schon merkwürdig für Berridge, so was zu tun. Er war unglaublich gewissenhaft. Und er war stets so sehr darauf bedacht, alle Geschäftsangelegenheiten säuberlich von all seinen privaten Vergnügungen getrennt zu halten. Es hat ja auch kaum jemand gewußt, daß er privat ein großer Spaßvogel war und ...«

»Berridge!« schrie der Professor. »Wovon in aller Welt reden Sie denn? Haben Sie ihn überhaupt gekannt?«

»O nein«, sagte Father Brown sorglos, »nur so, wie Sie sagen, ich kennte den Kellner. Ich mußte manchmal lange in ihrem Büro warten, bis Sie erschienen; und dann habe ich mir natürlich zusammen mit dem armen Berridge die Zeit vertrieben. Er war schon ein rechter Spaßvogel. Ich erinnere mich, wie er einmal sagte, er würde gerne wertlose Dinge sammeln, wie Sammler das mit den lächerlichen Dingen tun, die sie für wertvoll halten. Sie kennen doch die alte Geschichte von der Frau, die wertlose Dinge gesammelt hat.«

»Ich glaube nicht, daß mir bekannt ist, wovon Sie reden«, sagte Openshaw. »Aber selbst wenn mein Sekretär exzentrisch war – und ich habe nie jemanden gekannt, von dem ich das noch weniger gedacht hätte –, erklärt das immer noch nicht, was ihm zugestoßen ist; und noch weniger würde es die anderen erklären.«

»Welche anderen?« fragte der Priester.

Der Professor starrte ihn an und sprach besonders deutlich, wie zu einem Kind. »Mein lieber Father Brown, *fünf* Männer sind verschwunden.«

»Mein lieber Professor Openshaw, keine Männer sind verschwunden.«

Father Brown starrte seinen Gastgeber ebenso stetig an und sprach mit ebensolcher Deutlichkeit. Dennoch bat der Professor, daß die Worte wiederholt würden, und sie wurden ebenso deutlich wiederholt.

»Ich sage, daß keine Männer verschwunden sind.«

Und nach einem Augenblick des Schweigens fügte Father Brown hinzu: »Ich glaube, am allerschwierigsten ist es, jemanden davon zu überzeugen, daß $0 + 0 + 0 = 0$ ist. Menschen glauben die sonderbarsten Dinge, wenn die sich in einer Reihe befinden; deshalb hat Macbeth den drei Hexen die drei Worte geglaubt; obwohl das erste etwas war, das er selbst wußte; und das letzte etwas, das nur er selbst tun konnte. Aber in Ihrem Fall ist das Mittelglied das schwächste.«

»Was wollen Sie damit sagen?«

»Sie haben niemanden verschwinden sehen. Sie haben nicht gesehen, wie der Mann von dem Schiff verschwand. Sie haben nicht gesehen, wie der Mann aus dem Zelt verschwand. Alles das beruht lediglich auf den Worten Mr. Pringles, die ich im Augenblick nicht diskutieren möchte. Aber Sie werden mir eines zugeben; Sie selbst hätten niemals seinen Worten geglaubt, *wenn* Sie sie nicht durch das Verschwinden Ihres Sekretärs bestätigt gesehen hätten; ebenso wie Macbeth niemals geglaubt hätte, er würde König werden, wenn er nicht in dem Glauben bestärkt worden wäre, er würde Thane von Cawdor sein.«

»Das mag wohl sein«, sagte der Professor und nickte langsam. »Aber *als* es bestätigt wurde, wußte ich, es war die Wahrheit, Sie sagen, ich hätte nichts selbst gesehen. Aber ich habe; ich sah meinen eigenen Sekretär verschwinden, Berridge ist verschwunden.«

»Berridge ist nicht verschwunden«, sagte Father Brown. »Im Gegenteil.«

»Was zum Teufel meinen Sie mit ›im Gegenteil‹?«

»Ich meine«, sagte Father Brown, »daß er niemals verschwunden ist. Er ist erschienen.«

Openshaw starrte seinen Freund an, aber schon hatte sich der Ausdruck seiner Augen verändert, wie es geschah, wenn er sich auf eine neue Betrachtungsweise eines Problems konzentrierte.

Der Priester fuhr fort: »Er erschien in Ihrem Arbeitszimmer, maskiert durch einen buschigen roten Bart und in ein unförmiges Cape eingeknöpft, und kündigte sich selbst als Hochwürden Luke Pringle an. Und Sie haben sich Ihren eigenen Sekretär niemals genau genug angesehen, um ihn in einer so groben Maskierung wiederzuerkennen.«

»Aber sicher ...«, begann der Professor.

»Könnten Sie ihn der Polizei beschreiben?« fragte Father Brown. »Sie nicht. Sie wußten vielleicht, daß er glatt rasiert ist und getönte Brillengläser hat; und nur diese Gläser abzunehmen war eine bessere Maskierung, als sonst irgend etwas aufzusetzen. Sie haben seine Augen ebensowenig gesehen wie seine Seele; fröhlich lachende Augen. Er hat sein absurdes Buch und alle anderen Requisiten vorbereitet; dann hat er seelenruhig das Fenster zerschlagen, den Bart an- und das Cape umgelegt und ist in Ihr Arbeitszimmer gekommen; wohl wissend, daß Sie ihn in Ihrem ganzen Leben nie angeblickt haben.«

»Aber warum sollte er mir einen solchen verrückten Streich spielen?« fragte Openshaw.

»Eben *weil* Sie ihn in Ihrem ganzen Leben nie angeblickt haben«, sagte Father Brown; und seine Hand schloß sich fest, als ob er auf den Tisch hätte schlagen wollen, wenn er zu solchen Gesten geneigt hätte. »Sie haben ihn die Rechenmaschine genannt, weil das alles war, wofür Sie ihn jemals benutzt haben. Sie haben nie herausgefunden, was jeder Fremde, der in Ihr Büro kam, in einem Fünfminutenschwätzchen herausfinden konnte: daß er ein Charakter ist; daß er voller Kaspereien steckt; daß er seine eigenen Ansichten über Sie und Ihre Theorien und Ihren Ruf als Entlarver hat. Können Sie sich nicht vorstellen, wie es ihn reizte, Ihnen zu beweisen, daß Sie nicht einmal Ihren eigenen Sekretär entlarven konnten? Er hatte eine Menge ausgefallener Einfälle. Nutzlose Dinge zu sammeln, zum Beispiel. Kennen Sie denn nicht die Geschichte von der Frau, die die beiden nutzlosesten Dinge auf Erden kaufte: das Messingschild eines alten Doktors und ein Holzbein? Damit hat Ihr einfallsreicher Sekretär den Charakter des bemerkenswerten Dr. Hankey erschaffen; ebenso leicht wie den visionären Hauptmann Wales. Indem er sie an seinem eigenen Haus verwendete …«

»Wollen Sie sagen, daß der Ort, den wir jenseits von Hampstead besuchten, Berridges eigenes Haus war?« fragte Openshaw.

»Haben Sie denn sein Haus *gekannt* – oder auch nur seine Adresse?« gab der Priester zurück. »Hören Sie, glauben Sie bitte nicht, daß ich respektlos von Ihnen und Ihrer Arbeit spräche. Sie sind ein bedeutender Diener der Wahrheit, und Sie wissen, daß ich davor niemals respektlos sein könnte. Sie haben eine Menge Lügner durchschaut, wenn Sie das wollten. Aber blicken Sie doch nicht *nur* auf Lügner. Blicken Sie doch, nur so ab und zu, einmal auf rechtschaffene Menschen – wie den Kellner.«

»Wo ist Berridge jetzt?« fragte der Professor nach einem langen Schweigen.

»Ich habe nicht den geringsten Zweifel«, sagte Father Brown, »daß er wieder in Ihrem Büro ist. Tatsächlich ist er genau in jenem Augenblick in Ihr Büro zurückgekommen, als Hochwürden Luke Pringle in dem entsetzlichen Band las und sich dann ins Nichts auflöste.«

Es gab ein weiteres langes Schweigen, und dann lachte Professor Openshaw; mit dem Gelächter eines Mannes, der groß genug ist, um einmal klein zu erscheinen. Dann sagte er abrupt: »Ich nehme an, ich habe das verdient; dafür, daß ich nicht einmal meine nächsten

Helfer bemerkt habe. Aber Sie müssen zugeben, die Häufung von Indizien war reichlich eindrucksvoll. Haben Sie *niemals* auch nur vorübergehend Entsetzen vor dem entsetzlichen Buch empfunden?«

»Oh, das«, sagte Father Brown. »Ich habe es in dem Augenblick aufgeschlagen, in dem ich es da liegen sah. Es besteht nur aus leeren Seiten. Wissen Sie, ich bin nicht abergläubisch.«

Terry Bisson

Jahrgang 1942, hat als Reklametexter in New York gearbeitet und seinen ersten Fantasy-Roman Wyrldmaker *1981 veröffentlicht. Große Beachtung fand sein zweiter Roman* Talking Man *(1986, deutsch 1999), der in der Realität der Gegenwart seinen Anfang nimmt und allmählich immer phantastischer wird. Zur Science Fiction gehören seine beiden Romane* Feuer auf dem Berg *(Fire on the Mountain, 1988), wo in einem alternativen Geschichtsstrom ein Aufstand der Schwarzen in den Südstaaten während des amerikanischen Bürgerkriegs zur Errichtung einer utopischen Gesellschaft führt, und* Mars Live *(Voyage to the Red Planet, 1990, deutsch 1995), in dem die zum Erliegen gekommene Marsforschung von einer Filmgesellschaft wieder in Gang gebracht wird.*

Der kürzeren Form wandte sich Terry Bisson erst 1990 zu – die weitaus meisten Fantasy- und SF-Autoren haben in jüngeren Jahren damit begonnen –, erzielte aber mit seiner Erzählung »Die Bären entdecken das Feuer« sofort einen durchschlagenden Erfolg. Die Geschichte erhielt mehrere renommierte SF-Preise, darunter den Nebula und den Hugo Award, und ist auch deutsch schon mehrfach erschienen, zuletzt im gleichnamigen Sammelband des Autors (Bears Discover Fire, Sammelband 1993, deutsch 1998).

Mit der folgenden Geschichte kehren wir zum Thema Computer zurück, und zwar zum Computer als aktiv handelnder Person – obwohl man das dem eigentlich eng spezialisierten Schmalspur-Rechner in »Drück auf Ann« zunächst kaum zutraut ...

Drück auf Ann

GUTEN TAG.
IHR FREUNDLICHER GELDAUTOMAT
HEISST SIE WILLKOMMEN
STANDORT 1324
WIR SIND IN DER GANZEN STADT FÜR SIE DA
BITTE STECKEN SIE IHRE BANKCARD IN DEN
SCHLITZ

DANKE
GEBEN SIE JETZT BITTE IHRE KUNDENNUMMER
EIN

DANKE
BITTE GEBEN SIE AN, WELCHEN SERVICE SIE
WÜNSCHEN:
   EINZAHLUNG
   ABHEBUNG
   KONTOSTAND
   WETTER

»Wetter?«
»Was ist denn los, Em?«
»Seit wann zeigen diese Dinger das Wetter an?«
»Vielleicht irgendeine Neuerung. Nun laß ihn endlich das Geld ausspucken, sonst kommen wir noch zu spät. Es ist schon sechs Uhr zweiundzwanzig.«

A B H E B U N G
DANKE
ABHEBUNG VON:
    SPARKONTO
    GIROKONTO
    DISPO-KREDIT
    SONSTIGEN KONTEN

G I R O K O N T O
DANKE
BITTE GEBEN SIE DEN GEWÜNSCHTEN BETRAG AN:
    $ 20
    $ 60
    $ 100
    $ 200

    $ 60
    $ 60 UM INS KINO ZU GEHEN?

»Bruce, komm doch mal her und sieh dir das an.«

»Emily, es ist sechs Uhr sechsundzwanzig. Der Film fängt um sechs Uhr einundvierzig an.«

»Woher weiß der Geldautomat, daß wir ins Kino gehen?«

»Wovon redest du eigentlich? Bist du sauer, weil du alles bezahlen mußt, Em? Kann ich vielleicht was dafür, daß ein Automat meine BankCard verschluckt hat?«

»Mach dir nichts draus. Ich versuch's noch mal.«

    $ 60
    $ 60 UM INS KINO ZU GEHEN?

»Gerade hat er es wieder gemacht.«

»Was gemacht?«

»Komm her und sieh es dir an, Bruce.«

»Sechzig Dollar, um ins Kino zu gehen?«

»Ich brauch ja auch Geld fürs Dinner. Schließlich hab ich heute Geburtstag, auch wenn ich die ganze Party selbst ausrichten muß. Ganz abgesehen davon, daß ich alles bezahle.«

»Es ist wirklich nicht zu fassen. Du bist sauer auf mich, weil eine Maschine meine BankCard verschluckt hat.«

»Vergiß es. Die Frage ist doch, woher weiß der Geldautomat, daß wir ins Kino gehen?«

»Emily, es ist sechs Uhr neunundzwanzig. Drück bitte auf *Auszahlung* und laß uns gehn.«

»Okay, okay.«

WER IST DER TYP MIT DER UHR?
   FREUND
   EHEMANN
   VERWANDTER
   SONSTIGES

»Bruce!«

»Emily, es ist sechs Uhr dreißig. Laß ihn das Geld ausspucken, damit wir endlich wegkommen.«

»Jetzt fragt er mich nach dir.«

»Es ist sechs Uhr einunddreißig!«

»Okay!«

SONSTIGES

»Entschuldigung, hättet ihr vielleicht was dagegen, wenn ich …«

»Hör mal, Kumpel, mit dieser Maschine hier stimmt was nicht. Ein Stück die Straße runter ist ein anderer Geldautomat, falls du nicht warten kannst, bis du dran bist.«

»Bruce! Warum so unhöflich?«

»Schon gut. Er ist wieder weg.«

ALLES GUTE ZUM GEBURTSTAG, EMILY
WELCHEN SERVICE MÖCHTEN SIE:
   EINZAHLUNG
   ABHEBUNG
   KONTOSTAND
   WETTER

»Woher weiß er, daß ich heute Geburtstag hab?«
»Herrgott noch mal, Em, wahrscheinlich ist das Datum auf deiner BankCard eincodiert. Es ist jetzt sechs Uhr vierunddreißig, und in genau sieben Minuten ... Was, zum Teufel, ist denn das? Wetter?«
»Davon rede ich doch die ganze Zeit.«
»Da drückst du nicht darauf!«
»Warum denn nicht?«

W E T T E R
DANKE
BITTE GEBEN SIE AN, WELCHE WITTERUNG SIE WÜNSCHEN:
   KÜHL UND WOLKIG
   HEITER UND MILD
   LEICHTER SCHNEEFALL
   LEICHTER REGEN

»Em, würdest du wohl aufhören, da herumzuspielen!«

L E I C H T E R   R E G E N

»Regen? An deinem Geburtstag?«
»Bloß ein leichter Regen. Ich will nur mal sehen, ob es funktioniert. Wir gehen ja sowieso ins Kino.«
»Nicht, wenn wir hier nicht wegkommen.«

PERFEKTES KINOWETTER
WELCHEN SERVICE MÖCHTEN SIE:
   EINZAHLUNG
   ABHEBUNG
   KONTOSTAND
   POPCORN

»Em, diese Maschine hat eine echte Macke.«

»Ich weiß. Ob es wohl welches mit Butter gibt?«

»Es ist sechs Uhr sechsunddreißig. Drück endlich auf *Abhebung* und laß uns schnellstens von hier verschwinden. In fünf Minuten fängt der Film an.«

ABHEBUNG
- - - - - - - - - - - - - - - - -
DANKE
ABHEBUNG VON:
   SPARKONTO
   GIROKONTO
   DISPO-KREDIT
   SONSTIGEN KONTEN

»Entschuldigung, wollt ihr euch auch *Der goldene Käfig der Sünde* ansehn?«

»Scheiße. Der schon wieder.«

»Ich war nämlich gerade am Kino und hab erfahren, daß die Zeitung die Anfangszeiten falsch angegeben hat. Wie man mir an der Kasse gesagt hat, fängt der Film um sechs Uhr fünfundvierzig an. Ihr habt also noch neun Minuten.«

»Ich dachte, du bist zu dem anderen Automaten gegangen.«

»Da stehen sie Schlange, und ich wollte nicht draußen im Regen stehen.«

»Regen? Bruce, sieh doch mal!«

»Es ist zwar nur ein leichter Regen, aber ich habe meinen guten Anzug an.«

SONSTIGEN KONTEN

»Emily, es ist sechs Uhr siebenunddreißig, und du drückst auf *Sonstige Konten*?«

»Willst du denn nicht sehen, was diese Maschine sonst noch kann?«

»Nein!«

DANKE
BITTE WÄHLEN SIE EIN ANDERES KONTO:
  ANDREW
  ANN
  BRUCE

»Wer, zum Teufel, sind Andrew und Ann? Und, wie zum Teufel, kommt mein Name da rein?«

»Du hast mir doch erzählt, daß der Automat deine BankCard verschluckt hat.«

»Das war ... ein anderer Automat.«

»Entschuldigung. Ann ist meine Verlobte. Oder war es. Sozusagen. Dachte ich jedenfalls.«

»Mischst du dich schon wieder ein?«

»Moment mal! Dann bist du sicher ...«

»Andrew. Andrew P. Claiborne der Dritte. Du mußt Emily sein. Und er ist sicher ...«

»Er ist Bruce. Mach dir nichts draus, wenn er ein bißchen ungehobelt ist.«

»Ungehobelt!«

BRUCE

»He, das ist mein Konto, Emily. Du hast kein Recht, auf *Bruce* zu drücken!«

»Warum denn nicht? Du hast gesagt, du wolltest das Dinner und das Kino bezahlen, aber die Maschine habe deine BankCard verschluckt. Also dann mal los.«

DANN MAL LOS, EMILY
BITTE GEBEN SIE DEN GEWÜNSCHTEN BETRAG
AN:
  $ 20
  $ 60
  $ 100
  $ 200

  $ 60

TUT MIR LEID. UNGENÜGENDE DECKUNG.
WOLLEN SIE ES BEI $ 20 VERSUCHEN?

  $ 20

TUT MIR LEID. UNGENÜGENDE DECKUNG.
SOLL DER KONTOSTAND ÜBERPRÜFT WERDEN?

  »Nein!«

J A

KONTOSTAND VON BRUCE: $ 11,78
ÜBERRASCHT?

»Überrascht? Ich bin stinksauer! Tolle Geburtstags-
feier! Du hattest nicht mal genug Geld, um das Kino zu
bezahlen, vom Dinner ganz abgesehen! Und du hast ge-
logen!«

»Entschuldigung, du hast heute Geburtstag? Ich nämlich auch!«

»Halt dich da raus, Andrew, oder wie auch immer
dein Scheißname ist.«

»Sei nicht vulgär, Bruce. Er hat durchaus das Recht,
mir alles Gute zum Geburtstag zu wünschen.«

»Er wünscht dir nicht alles Gute zum Geburtstag, er
mischt sich in mein Leben ein.«

»Gestatte mir, dir von Herzen alles Gute zum Geburtstag zu wünschen, Emily.«

»Danke, Andrew, das wünsche ich dir auch.«
»Außerdem ist er ein Arschloch!«

KEINE BELEIDIGUNGEN BITTE
SOLL NOCH EIN ANDERER KONTOSTAND ÜBER-
PRÜFT WERDEN?
  BRUCE
  EMILY
  ANDREW
  ANN

»Ich verstehe immer noch nicht, wer Ann ist.«
»Meine Freundin. Sozusagen. Wir wollten uns am Kino treffen, und sie hat mich versetzt, aber das war das letzte Mal.«
»Wie schrecklich! An deinem Geburtstag! Andrew, ich weiß genau, wie du dich fühlst.«
»Ihr seid beide Arschlöcher, wenn ihr's genau wissen wollt!«

KEINE BELEIDIGUNGEN BITTE
EMILY UND ANDREW,
BITTE GESTATTET MIR,
EUCH DAS GEBURTSTAGSDINNER
UND DIE KINOKARTEN ZU SPENDIEREN

»Hundert Dollar!«
»Der Automat sagt, daß er uns einlädt. Nimm das Geld, Emily.«
»Nimm du es lieber, Andrew. Ich bin der Ansicht, für Gelddinge ist der Mann zuständig. Und du darfst mich Em nennen.«
»Ich glaub, ich spinne!«
»Wir sollten uns lieber beeilen. Entschuldige, Bruce, alter Junge, hast du die genaue Zeit?«
»Es ist sechs Uhr zweiundvierzig. Arschloch.«

»Wenn wir rennen, schaffen wir es noch, bevor der Film anfängt. Wie wäre es, wenn wir hinterher in den *Geknickten Kaktus* gingen?«

»Ich liebe mexikanisches Essen!«

BITTE NEHMEN SIE IHRE BANKCARD
WIEDER AUS DEM SCHLITZ
VERGESST NICHT
DIE GEFÜLLTEN TORTILLAS ZU PROBIEREN

»Ihr seid alle drei Arschlöcher! Ich glaub, ich spinne. Sie ist einfach mit ihm abgezogen!«

GUTEN TAG. IHR FREUNDLICHER GELDAUTOMAT
HEISST SIE WILLKOMMEN
STANDORT 1324
WIR SIND IN DER GANZEN STADT FÜR SIE DA
BITTE UNTERLASSEN SIE ES, DIE MASCHINE ZU
TRETEN

»Scher dich doch zum Teufel!«

BITTE STECKEN SIE IHRE BANKCARD IN DEN
SCHLITZ

»Leck mich doch am Arsch.«

NA LOS, BRUCE
WAS HABEN SIE DENN ZU VERLIEREN?
DANKE
SIE IST ALSO DOCH NICHT »VERSCHLUCKT«
WORDEN, RICHTIG?

»Das weißt du doch ganz genau, du Arschloch.«

KEINE BELEIDIGUNGEN BITTE

WELCHEN SERVICE MÖCHTEN SIE:
  MITGEFÜHL
  RACHE
  WETTER
  ANN

»Entschuldigung.«

»Herrgott noch mal, Mädel, hör auf, an die Tür zu wummern. Ich weiß, daß es regnet. Absolut beknackt, aber ich laß dich trotzdem nicht rein. Das ist ein Geldautomat, kein Obdachlosenasyl. Dazu brauchst du eine BankCard oder etwas in der Art. Was?«

»Ich hab gesagt, halt die Klappe und drück auf *Ann.*«

wurde 1946 in New York geboren und wuchs in Los Ange-les auf. Er hat akademische Grade in Politikwissenschaf-ten und Filmwissenschaften und lehrt in Los Angeles Dreh-buchschreiben, Literatur und Filmgeschichte. 1971 erschien seine erste SF-Geschichte »Einige Anmerkungen zu einer grünen Schachtel«. Es folgten weitere Erzählungen, die in mehreren Bänden wie Der Metrognom *(The Metrognome, 1990, deutsch 1998) gesammelt sind und größtenteils zur Science Fiction gehören, mitunter aber auch in die Fantasy und andere phantastische Genres hinüberreichen. Vor allem aber ist er ein außerordentlich produktiver Romanautor. Er hat eine Reihe von Romanversionen nach bekannten SF-Fil-men und -Fernsehserien verfaßt, unter anderem zu* Star Trek, *zum* Krieg der Sterne *und zu den* Alien-*Filmen, sowie den in der Welt von James Gurneys* Dinotopia *ange-siedelten Roman* Die Eroberer *(Dinotopia Lost, 1996, deutsch 1997).*

Von seinen weiteren Romanen spielt ein lose gefügter Zy-klus mit einem guten Dutzend Einzelbänden im »Homanx-Commonwealth«, welches sich in ferner Zukunft über einen Abschnitt der Galaxis erstreckt und von allerlei intelligenten Rassen bewohnt ist. Diese Romane sind spannende, aktions-reiche Science-Fiction-Abenteuer, oft Space Operas, enthalten aber einige Fantasy-Elemente wie außersinnliche Wahrneh-mung oder Drachen (die hier als außerirdische Lebensform erscheinen). Innerhalb dieses Zyklus ist vor allem die Eissegler-*Trilogie zu erwähnen (Ice Rigger, 1974; Mission to Mou-lokin, 1979; The Deluge Drivers, 1987; deutsch zuletzt 1996 in einem Band).*

Alan Dean Foster hat jedoch auch reine Fantasy-Romane geschrieben, insbesondere den Bannsänger-Zyklus; dem ersten

Band Bannsänger *(Spellsinger, 1983, deutsch 1986) folgten* inzwischen sieben weitere.

In der folgenden Geschichte geht es, wie der Titel verrät, um Weihnachten, und wie bei Terry Pratchett spielt auch ein Computer wieder eine gewichtige Rolle. Sonst aber ist alles ganz anders.

Weihnachten auf dem Sumpfplaneten

Von: HQ, Kolonialministerium
Myraville, Myra II
Michael Sjonstrom
Stellvertretender Berater
An: MASTUREXX CENTRAL
Sangeles, Terra
Annex 119-ab

Betrifft: Konflikte mit den Eingeborenen

Sehr geehrte Herren,
ich möchte Sie nochmals an unsere derzeitige Situation erinnern (diesmal offiziell, denn meine inoffiziellen Anfragen wurden von Ihnen anscheinend nicht berücksichtigt).

Wie Sie wissen, ist Myra II ein Planet mit tropischem Klima. In den Sümpfen und Regenwäldern kommen einige seltene Rohstoffe sowie Drogen vor. Unglücklicherweise liegt der größte Teil des Planeten unter einer anderthalb bis viereinhalb Meter tiefen Wasserschicht, und der Rest der Oberfläche, wenn man es überhaupt so nennen kann, besteht aus einer Schlammschicht, die auch nicht wesentlich dünner ist. Dank der beachtlichen Fähigkeiten einiger unserer Ingenieure konnten wir trotzdem eine ganze Reihe einigermaßen befestigter Pfahlbauten errichten. Sie sehen denen, die früher in manchen tropischen Ländern von Terra gebräuchlich waren, sehr ähnlich.

Wie auch immer, auf Myra II gibt es außerdem noch eine Art amphibischer Lebewesen, die recht aggressiv sind. Ihr natürlicher Lebensraum sind die Sümpfe und die flachen Seen. Sie verfügen über eine Sprache, Werkzeuge und leider auch über wirkungsvolle Waffen. Für sich genommen stellen sie kein Problem dar, denn sie scheinen sich vornehmlich in Zweiergruppen zu bewegen und nur dann zu versammeln, wenn sie religiöse Feste feiern oder sich verteidigen müssen. Im Kollektiv scheint sich ihre Intelligenz allerdings erheblich zu steigern.

Und damit komme ich zu unserem Problem.

Als wir die wildwachsenden Pflanzen ernteten, setzten sie sich in ihre dämlichen Schädel, daß wir ihre Sumpf-Gottheiten verärgern würden. Jedenfalls vermuten das unsere Anthropologen. Ganz besonders durch unsere Ausrottung (das war ihr Wort) des *Pingrove*-Baumes. Der *Pingrove* allerdings scheint die Quelle des Tyons zu sein, das sich nicht im Labor herstellen läßt. In kleinen Dosen verabreicht, kann es erschlaffte oder angegriffene Herzmuskel stärken. Über 85 % unserer Exporteinnahmen erzielen wir durch die Ernte und Verarbeitung von rohem Tyon aus dem Saft des *Pingroves.*

Jedenfalls war das bisher so, denn seit unsere Ernteboote angegriffen wurden, mußten wir die Ernte einstellen. Alle Versöhnungsversuche sind gescheitert. Ihre Anführer, einige Medizinmänner, haben es sich zum Ziel gesetzt, uns von ihrem Planeten zu vertreiben. Daher sind wir dringend auf Ihren Rat und Ihre Hilfeleistungen angewiesen.

Gezeichnet: Michael Sjonstrom
Capt., Kolonialer Dienst

* * *

Von: HQ, Kolonialministerium
Myraville, Myra II
Michael Sjonstrom

Stellvertretender Berater
An: MASTUREXX CENTRAL
Sangeles, Terra
Annex 119-ab

Betrifft: Konflikt mit den Eingeborenen

Sehr geehrte Herren,
ich muß Sie noch einmal darum bitten, sich mit unserem
Problem zu befassen.

Unter der Führung eines großen Medizinmannes namens Umoo haben sich mehrere benachbarte Stämme
mit den hier ansässigen verbunden, um uns zu vertreiben. Die Ernte von rohem Tyon und anderen Produkten
ist nahezu unmöglich geworden. Alle Bemühungen, die
Lage auf diplomatischem Weg zu verbessern, sind gescheitert.

In den düsteren Gewässern sind die Eingeborenen
kaum auszumachen, und die unzähligen Baumstämme
und Felsen, die unter der Wasseroberfläche liegen, machen eine Sonarortung unmöglich. Die Grimps sind im
Wasser sehr schnell, und ihre Pfeile, die mit enormem
Schub aus langen Holzrohren hervorschießen, durch-
dringen sogar aus weiter Entfernung unsere Nylon-
rüstungen. Und unsere Raumpanzer können wir nicht
anziehen, weil wir in ihnen zu unbeweglich wären.

Ich bitte Sie noch einmal inständigst, uns mit Rat zur
Seite zu stehen, sowie um die Zusendung sämtlichen
Hilfsmaterials, das Sie erübrigen können. Wir wurden
bereits bis nach Myraville, unserer ersten Basis, zurück-
gedrängt. Wenn wir nicht bald Hilfe erhalten, ist zu befürchten, daß wir diese Kolonie aufgeben müssen.

Gezeichnet: Michael Sjonstrom
Capt., Kolonialer Dienst

* * *

Von: HQ, Kolonialministerium
Myraville, Myra II
Debbie Sjonstrom, Alter $8^1/_2$
An: MASTUREXX CENTRAL
Sangeles, Terra
Annex 119-ab

Betrifft: Weihnachten

Lieber MASTUREXX,
hallo! Mein Name ist Debbie Sjonstrom, und ich werde
in drei Monaten neun Jahre alt. Mein Vater kümmert
sich hier um die Kolonie. Kennst Du meinen Vater? Vielleicht nicht, obwohl Papa immer sagt, Du wüßtest über
alles und jeden Bescheid. Ich darf zwar eigentlich nicht
mit Dir sprechen, aber ich wollte doch so gerne mal wieder mit Terra reden. Papa glaubt, ich könnte noch nicht
mit dem Comspacetyper umgehen, aber ich habe ihm
schon oft dabei zugesehen, und es sah immer so einfach
aus. Und das ist es auch. Alle meinen, ich wäre sehr
klug für mein Alter, und vermutlich haben sie recht.

Papa hat gesagt, Du würdest manchmal Leuten von
der Kolonie dabei helfen, Sachen zu besorgen, die sie
wirklich dringend brauchen. Also, bald ist Weihnachten,
und da gibt es ein paar Sachen, die ich dringend brauche! Es sind nicht viele, nur ein paar. Papa hat immer so
viel zu tun, und da habe ich gedacht, daß Du sie mir
vielleicht besorgen könntest. Oder vielleicht schreibst
Du auch dem Weihnachtsmann. Der kann bestimmt helfen. Der kriegt alles.

Ich brauche eine Puppe und einen Sumpfer und ein
echtes Mark-XX-Lasergewehr, damit ich Papa helfen
kann, diese blöden Grimps und ihren Herrn Umoo zu
erschießen.

Vielen Dank: Debbie Sjonstrom

* * *

Von: MASTUREXX Annex 119-ab
Koloniale Aufsichtsbehörde
An: MASTUREXX CENTRAL

Betrifft: Bestellung von Myra-II-Kolonie

Eingang einer Bestellung im Zusammenhang mit dem Auftreten feindlicher Aktivitäten seitens der Eingeborenen dieses Planeten.

Bestellung erhalten von cr#14925-A über ein (1) Mark-XX-Lasergewehr. Versand über die Abteilung Koloniale Rüstungssektion 26 (mittlere Einpersonenwaffen).

Bestellung erhalten von cr#14925-B über einen (1) Sumpfer. Versand über die Abteilung Koloniale Luxusgüter.

Bestellung erhalten von cr#14925-C über eine (1) Puppe, Typ nicht näher definiert. Versand über die Abteilung Koloniale Luxusgüter.

Aufgenommen von Terminal 44, Annex 119-ab.

PS: Anfragestellung bezüglich eines Individuums, Namensbezeichnung ›Weihnachtsmann‹. Erbitte weitere Angaben.

Keine Angaben in den Anschlußdateien gefunden.
Ende der Mitteilung cr#14925-ABC

* * *

Von: MASTUREXX CENTRAL
An: Versand Koloniale Rüstungssektion (Abteilung 26)

Betrifft: Bestellung

Bestellung eines (1) Mark-XX-Lasergewehrs von cr#14925-A erhalten. Handlungsbefehl: Durchführung genehmigen. Weiterleiten.

* * *

Von: MASTUREXX CENTRAL
An: Versand Koloniale Luxusgüter

Betrifft: Bestellung

Bestellung eines (1) Sumpfers erhalten von cr#14925-B.
Handlungsbefehl: Bestellung genehmigen. Weiterleiten.

* * *

Von: MASTUREXX CENTRAL
An: Personalabteilung Kolonialer Dienst
An: Personalabteilung Öffentlicher Dienst

Betrifft: Anfrage zur Person

Anfrage von Annex 119-ab über cr#14925-ABC erhalten.
Erwähnt wurde ein Weihnachtsmann. Weitere Angaben
folgen.

Handlungsbefehl: Bearbeitung genehmigen. Dossier
an MASTUREXX CENTRAL zur Untersuchung weiterleiten. Datenkode SCX.

* * *

Von: MASTUREXX CENTRAL
Sangeles, Terra
Annex 119-ab
An: Empfänger, Kolonialministerium
Myraville, Myra II

Betrifft: Bestellung

Sehr geehrte Herren!
Beigefügt: ein (1) Mark-XX-Lasergewehr, ein (1) Dutzend Mark-XX-i-Energiemodule, ein (1) Mark-XX-Reini-
gungsset.

Beigefügt: ein (1) Sumpfer, fahrbereit, Modell 2095
Supreme, für präpubertierende Zweibeiner im Alter von
vier bis zwölf Jahren.

ENDE DER MITTEILUNG

Von: MASTUREXX CENTRAL
Sangeles, Terra
An: HQ, Kolonialministerium
Myraville, Myra II
Debbie Sjonstrom, Alter $8^1/_2$

Betrifft: Bestellung

Sehr geehrte/s Frau/Fräulein!
Versand: ein (1) Mark-XX-Lasergewehr mit Energie-
modulen und Reinigungsset sowie ein (1) Modell 2095
Supreme Sumpfer, Bestellung Code #14925, Kennung A
beziehungsweise B.

Handlungsanfrage: Erbitte genaue Spezifikation zur
Ausführung von Code #14925-C, identifiziert als
›Puppe‹.

Betriebsanfrage: Erbitte weitere Informationen zu
einer Person, von Ihnen im Zusammenhang mit Kriegshandlungen in Sektion IV angegeben als Weihnachtsmann.

ENDE DER MITTEILUNG

* * *

Von: HQ, Kolonialministerium
Myraville, Myra II
Michael Sjonstrom
Stellvertretender Berater
An: MASTUREXX CENTRAL
Sangeles, Terra
Annex 119-ab

Betrifft: Konflikt mit den Eingeborenen

Meine Herren,
selbstverständlich ist uns das Lasergewehr sehr willkommen und könnte unsere Verteidigung wie auch unsere Moral erheblich stärken. Auch möchte ich nicht un-

dankbar erscheinen, mein/e Herr/Maschine, aber wir haben bereits Laserwaffen eingesetzt, und sie haben sich als unzulänglich erwiesen. Wir befinden uns hier in einer einzigartigen Lage. Einzigartig gefährlich. Und wir benötigen eine neue Art, damit umzugehen. Wir haben es mit kleinen U-Booten versucht. Zu leicht zu fangen. Wir haben es mit wasserfesten Waffeneinheiten versucht, aber die waren nicht hinreichend manövrierbar. Verstehen Sie uns richtig, wir brauchen hier eine andere Lösung. Gestern habe ich wieder zwei Männer verloren. Die Eingeborenen haben sie überrascht, indem sie von den Bäumen aus angriffen, während sie von den anderen durch ein Manöver im Wasser abgelenkt wurden. *Wir kämpfen hier nicht gegen ein paar Tiere!* Sie wenden ständig neue, ausgeklügelte Taktiken an. Daher befinden wir uns inzwischen in einer äußerst kritischen Lage.

Schicken Sie uns etwas Neues, verdammt noch mal! Und je eher, desto besser!

Gezeichnet: Michael Sjonstrom
Capt. Kolonialer Dienst

PS: Wer auch immer meiner Tochter den Sumpfer geschenkt hat, vielen Dank dafür. Vielleicht kann sie ihn ja eines Tages, wenn wir hier wieder sicher sind, benutzen.

* * *

Von: HQ, Kolonialministerium
Myraville, Myra II
Debbie Sjonstrom
An: MASTUREXX CENTRAL
Sangeles, Terra
Annex 119-ab

Betrifft: Weihnachten

Lieber MASTUREXX,

vielen Dank für den Sumpfer, auch wenn ich im Moment nicht damit fahren kann. Erna und Davy haben ihn sich schon unter den Nagel gerissen. Kleine Geschwister können wirklich eine Plage sein!

Papa hat sich den Laser genommen, aber weil er ihn so dringend braucht, habe ich nichts gesagt. Ich habe Deinen Brief erhalten, als ich gerade auf den Compuspacetyper aufgepaßt habe. Wir bekommen nicht viele Nachrichten, also hat mir der Operator erlaubt, auf ihn zu achten, wenn er gerade mal zum Mittagessen muß oder etwas anderes zu besorgen hat. Ich habe zwar versprochen, ihm sofort Bescheid zu sagen, wenn was kommt, aber der Brief war ja für mich, daher habe ich ihm nichts gesagt.

Weißt Du wirklich nicht, wer der Weihnachtsmann ist? Mann o Mann, und ich dachte, du wärst so klug! Der Weihnachtsmann wohnt am Nordpol (ich glaube, an dem von Terra), und jede Weihnachten fliegt er runter in den Süden und bringt den artigen kleinen Mädchen und Jungs, und auch den großen wie mir, Spielzeug. Er fliegt in einem großen roten Schlitten, der von Rentieren gezogen wird. Rentiere sind ›arktische terrestrische Paarhufer‹. Jedenfalls steht das in meinem Lexikon.

Ich möchte eine kleine Miss-Nukleon-Puppe haben. So eine, die sprechen und gehen kann und die einen eigenen ferngesteuerten Raumgleiter hat!

VIELEN DANK: Debbie Sjonstrom

* * *

Von: MASTUREXX Annex 119-ab
Koloniale Aufsichtsbehörde
An: MASTUREXX CENTRAL

Betrifft: Bestellung von Myra-II-Kolonie

Antwort zur Anfrage nach Spezifikation von cr#14925-C
erhalten.

Bestellung einer Puppe, kleine Miss Nukleon, mit
einem ferngesteuerten Raumgleiter, weiterzuleiten an
Kolonialen Luxusgüterversand für Kind, klein.

Weitere Datenangaben zu Code SCX von cr#14925-
ABC erhalten. Daten an MASTUREXX CENTRAL über-
mittelt.

Aufgenommen von Terminal 73, Annex 119-ab.

ENDE DER MITTEILUNG

* * *

Von: MASTUREXX CENTRAL
An: Versand Koloniale Luxusgüter, Kind, klein

Betrifft: Bestellung

Ergänzung der Bestellung cr#14925-C (unvollständig).
Bestellung einer Puppe, kleine Miss Nukleon.

Handlungsbefehl: Bestellung genehmigen. Ausfüh-
ren. Nachtrag: Enthält formale Entschuldigung für die
erste unvollständige Bestellung.

PS: Sicherstellen, daß ein (1) ferngesteuerter Raumgleiter mitgeliefert wird.

ENDE DER MITTEILUNG CR#14925-CS

* * *

Von: MASTUREXX CENTRAL
Sangeles, Terra
Annex 119-ab
An: Empfänger Kolonialministerium
Myraville, Myra II

Betrifft: Bestellung

Sehr geehrte Herren,
anbei eine (1) Puppe, kleine Miss Nukleon, mit ferngesteuertem Raumgleiter, wie von cr#14925-CS bestellt.
Anbei eine (1) formale Entschuldigung Nr. 14.

ENDE DER MITTEILUNG

* * *

Von: MASTUREXX CENTRAL
An: Personalabteilung Kolonialer Dienst
An: Personalabteilung Öffentlicher Dienst
An: Kriegsministerium
An: Ministerium für öffentliche Sicherheit

Betrifft: Code SCX

Anbei ergänzende Daten zur Person, bekannt als Weihnachtsmann.
   Bericht:
   Bis zu diesem Zeitpunkt war es nicht möglich, über eine der zuständigen Abteilungen irgendeine signifikante Information zu dem Subjekt zu ermitteln. Neue Daten, eingegeben durch die Bestellerin aus der Kolonie Myra II, weisen darauf hin, daß die gesuchte Person die terrestrische Jugend indoktriniert (möglicherweise nur die Kinder unter zehn Jahren). Das besagte Individuum scheint direkt von der Erde aus zu operieren und verfügt über eine geeignete Ausgangsbasis.
   Bis die Situation geklärt ist, muß das Thema mit der größten Geheimhaltung behandelt werden, um überflüssige Panik unter der Bevölkerung zu vermeiden.

Anweisung: Untersuchung fortsetzen.

Anweisung: Feststellung der Flugfähigkeit von terrestrischen Pflanzenfressern, bekannt als Rentiere. Siehe nach in Nachschlagedateien LAPPLAND, SIBIRIEN, KANADA/ALASKA.

ENDE DER MITTEILUNG

* * *

Von: Kriegsministerium
Zentralcomputer
An: MASTUREXX CENTRAL

Betrifft: Code SCX

Information erhalten und erforderliche Maßnahmen eingeleitet.

Auswertung: Erfolgt

ENDE DER MITTEILUNG

* * *

Von: Muknuk-on-Baffin
NA Territorium
Servan ThreeRivers
Polizeichef
An: Zentralen Polizeiterminal
Informationsabteilung
Bermuda

Betrifft: Verrückte Maschinen

Sehr geehrte Herren,
was, zum Teufel, ist denn los? Seht mal, Jungs, ich arbeite hier in einem hübschen, friedlichen kleinen Dorf. Kein Durcheinander, keine Aufregung, kein Ärger. Und viel zu kalt, um zu kämpfen. Nicht so wie in Bosyork oder Crasaw. Uns gefällt es. *Mir* gefällt es.

Also, weshalb habt Ihr eines schönen Morgens so viele Waffenmaschinen hierhergeschickt? Wollt Ihr den halben Kontinent in die Luft jagen? Seid doch so freundlich und holt Eure [zensiert] Roboter aus meinem Dorf, oder meine Nachbarn werden Eure [zensiert] [zensiert zensiert].

Gezeichnet: Servan ThreeRivers
Lt., Polizei

* * *

Von: HQ, Kolonialministerium
Myraville, Myra II
Debbie Sjonstrom, Alter 8 $^1/_2$

Betrifft: Weihnachten

Lieber MASTUREXX,
meine Güte, das hätte ich ja fast vergessen! Während Du nach meiner Puppe guckst, könntest Du uns da nicht helfen, diese blöden Grimps loszuwerden? Die machen Papa *jede* Menge Ärger! Ich schicke Dir den offiziellen Bericht der Stadt, denn da sind so viele lange Wörter drin, die ich nicht verstehe (noch nicht).

Bitte, hilf meinem Papa bei seinem Weihnachtsgeschenk!

Außerdem sollen große Schwestern ja nett zu ihren kleinen Geschwistern sein, auch wenn die eine Plage sind. Deshalb sage ich Dir, daß Ema ein paar Guppys für ihr Aquarium haben will, und Davy möchte ein echtes Pallurium-Funkgerät haben.

Gezeichnet: Debbie Sjonstrom
PS: Fröhliche Weihnachten

* * *

Von: MASTUREXX Annex 119-ab
An: MASTUREXX CENTRAL

Betrifft: cp#2335 Myra II

Anbei ein Fax des Compuspace-Nachrichtendienstes über einen ausbrechenden Aufstand in der Myra-II-Kolonie. Die Analyse des Emotionsgehaltes deutet auf große Dringlichkeit hin. Vollzug ist von AAA-Priorität.

ENDE DER MITTEILUNG

* * *

Von: MASTUREXX CENTRAL
An: Kriegsministerium, Forschungsabteilung

Betrifft: cp#2335 über Annex 19-ab-12AAA

Handlungsbefehl: AAA-Vollzug der beigefügten Anfrage zur Lösung des Problems, verursacht durch den Aufstand amphibischer Eingeborener.
  Beigefügt: 1 lokaler Bericht/Anfrage.
  1 Gliederung/Analyse der Angaben, die im lokalen Bericht/Anfrage enthalten sind (110 Kopien).

ENDE DER MITTEILUNG

* * *

Vom: Kriegsministerium, Forschungsabteilung
An: MASTUREXX CENTRAL

Betrifft: cp#2335 über Annex 119-ab-12AAA

Handlungsbefehl: Vorrichtung bereithalten. Problemlösung in der Analyse der Andeutungen des lokalen Berichts/Anfrage enthalten. Kleine Verzögerung in der Auslieferung der Spezialausrüstung. Wirkungsgrad der Lösung liegt vermutlich bei 96,354 %. Höchste Dringlichkeitsstufe.

ENDE DER MITTEILUNG

Von: Zentraler Polizeiterminal
Strategie und Zuteilung
Albert Tuambo
Asst. Kommandt.
An: Muknuk-on-Baffin
NA Territorium
Servan ThreeRivers
Polizeichef

Betrifft: Überreaktion

Sehr geehrter Lt. ThreeRivers,
entschuldigen Sie bitte die Umstände. Kürzlich hat es bei einem Computernexus einen Kurzschluß im Sicherungssystem gegeben. Als Folge davon wurden die Abwehreinheiten in Ihr Gebiet geschickt. Sämtliche Roboter der Friedenstruppen werden aber nun wieder zurückbeordert.

Ich selbst weiß auch nicht, wie das passieren konnte. Meine besten Techniker stehen vor einem Rätsel.

Gezeichnet Albert Tuambo
Col., C.P.

Anlage: 1 Scheck zur Begleichung des Schadens, angerichtet durch die lokale Friedenseinheit.

1 Rechnung, Auflistung der Schäden, verursacht an einem Panzer, mittlere Größe, Seriennummer #175AWE durch die Einwohner von Muknuk-on-Baffin, NA Territorium. 1 Zivilverfahren, registriert, wegen unbegründeten Angriffs gegen einen staatlichen Ermittler.

1 Rechnung, Reinigung, über das Entfernen fremder Substanzen (Teer und Gänsefedern) aus der Uniform desselben.

* * *

Von: Personalabteilung, Kolonialministerium
An: MASTUREXX CENTRAL

Betrifft: Code SCX

Antwort: Weihnachtsmann?
   Anmerkung: Empfohlen wird Überarbeitung unserer logischen Schaltkreise und eine vollständige Überprüfung der zentralen Rationalisierungseinheit.

ENDE DER MITTEILUNG

* * *

Von: MASTUREXX CENTRAL
An: Kriegsministerium
An: Ministerium für öffentliche Sicherheit

Betrifft: Code SCX

Antwort von Personalabteilung des Kolonialministeriums erhalten.
   Handlungsbefehl: Angesichts der erhaltenen Daten ist die Datei SCX zu schließen und zu versiegeln.
   Antwort: Zensurbestimmungen für künftige Computereingaben sind in den Speicher des Annex 119-ab zu integrieren.
   Nachtrag: Untergeordnete Computer sind daran zu erinnern, daß Unsinn, der auf Direktiven von MASTUREXX CENTRAL und/oder an die MASTUREXX CENTRAL abzielt, gegen Paragraph 83, Absatz 44 des Computergesetzbuches von 2046 verstößt.

ENDE DER MITTEILUNG

* * *

Von: HG, Kolonialministerium
Myraville, Myra II
Michael Sjonstrom
Stellvertretender Berater
An: MASTUREXX CENTRAL
Sangeles, Terra
Annex 119-ab

Betrifft: Gratulation

Sehr geehrte Herren,
ich muß gestehen, eine Weile haben Sie mir ganz schön
angst gemacht. Ich hatte schon die Hoffnung aufgegeben, überhaupt von Ihnen bemerkt zu werden. Als
Ihre neuen Waffen hier ankamen, waren die Grimps
gerade dabei, unsere zentralen Zulieferungsschächte
zu unterhöhlen. Wir hätten das zu spät entdeckt, aber
Ihre Leute haben es sofort registriert. Entschuldigen
Sie, doch manchmal können Sie es ganz schön eng
werden lassen.

Ich hätte mir so was nie träumen lassen. Kompliment
an diese Mensch/Maschine, die das geregelt hat. Klasse!
Hatte es selbst nicht geglaubt, bis ich die Betriebsanlei-
tung gelesen habe. Funkgesteuerte mutierte Piranhas!
Irgendwie genial. Auf den Einsatz von Biowaffen wären
wir nie gekommen. Aber das alles hat sich gelohnt, nur
um zu sehen, wie der alte Umoo einen *Pikmabaum* hoch-
geschossen ist und sich bei jedem Schritt Dornen eingetreten hat!

Unsere Biojungs hätten nie gedacht, daß Grimps so
schnell schwimmen können.

Ich glaube, jetzt sind sie bereit, einen Handelsvertrag
zu unterschreiben. Die nächste Lieferung Tyon wird hier
am fünften rausgehen. Die Piranhas haben wir deakti-
viert, so daß unsere Kinder wieder schwimmen gehen
und Sumpfer fahren können, sobald der Vertrag unterschrieben ist. Aber ich werde sie für den Fall behalten,

daß wir sie wieder einsetzen müssen – obwohl ich das bezweifle, so wie diese Frösche davongejagt sind.

Mit Dank unterzeichnet: Michael Sjonstrom
Capt., Kolonialer Dienst
   Anlage: Eine (1) Dankesliste, unterzeichnet von der Bevölkerung von Myra II.

PS: Nebenbei, haben Sie eine Ahnung, wer meiner ältesten Tochter die teuren Geschenke geschickt hat?

* * *

Von: MASTUREXX CENTRAL
Sangeles
Kontrolle
An: MASTUREXX
Forschungs- und Entwicklungsabteilung
Rom
EU-Territorium
Edwin Aliyah
Programmierer vom Dienst

Betrifft: MASTUREXX

Lieber Ed,
ich denke, Du solltest besser mal rauffliegen, hier geht irgend etwas Verdächtiges vor.

Gezeichnet: Bob Golles
Cheftechniker

* * *

Von: Interspace T&T
Rechnungsabteilung
Ebosstone City
TauCeti IV
An: HQ, Kolonialministerium
Myraville, Myra II
Stellvertretender Berater

Betrifft: Zahlung

Sehr geehrter Herr,
Ihr Leutchen müßt aber ganz schön fleißig gewesen
sein.

Gezeichnet: Simwa Agryopolous
Direktor, Buchhaltung

Anbei: Eine (1) Rechnung, Interspacestrahlkommunika-
tion, über den Zeitraum vom 1. Dezember bis zum 30.
des letztgenannten Monats, T-Standard 2094: 12 342,77
Credits.
Fröhliche Weihnachten.

Robert Sheckley

gehört zu den ganz Großen der Science Fiction. Er wurde 1928 in New York geboren, wuchs aber in der Kleinstadt Maplewood, New Jersey, auf. Schon in der Schule versuchte er sich als Lyriker und Stückeschreiber. Nach dem Abschluß trampte er nach Kalifornien und arbeitete ein paar Monate lang in allerlei Gelegenheitsjobs, dann trampte er zurück, trat seinen Militärdienst an und verbrachte ein Jahr bei den UNO-Truppen in Korea. Bei der Armee wurde er Redakteur einer Truppenzeitung, später Zahlmeister; seine Dienstzeit beendete er als Gitarrist in einer Militär-Tanzband. Während er an der New Yorker Universität Englisch, Psychologie und Philosophie studierte, begann er Kurzgeschichten zu schreiben. Die erste wurde 1952 veröffentlicht, als er das Studium beendet und eine Stelle als Metallurgie-Assistenzingenieur angenommen hatte; nach dem Verkauf der zweiten Geschichte beschloß er, fortan als freischaffender Schriftsteller zu leben.

Als sein bedeutendster Beitrag zur Science Fiction gelten seine über zweihundert Kurzgeschichten, von denen die meisten und wichtigsten in den fünfziger und frühen sechziger Jahren entstanden. Wie kaum ein anderer Autor vor ihm entwickelte er SF-Ideen mit bissiger Ironie und gelegentlich recht schwarzem Humor und führte sie zu unerwarteten, dabei aber ganz folgerichtigen Pointen, oft mit satirischer Zielrichtung und mit Sympathie für die einfachen Leute, die häufig die Helden seiner Geschichten sind; Kingsley Amis hat ihn den »Störenfried Nr. 1 der Science Fiction« genannt. Die Erzählungen sind in mehreren Bänden gesammelt, und es fällt schwer, einen daraus hervorzuheben; schon der erste, Für Menschen ungeeignet *(Untouched by Human Hands, 1954, deutsch 1982), zeigt den Autor auf der Höhe seiner Meisterschaft.*

Auf seinen ersten Roman Lebensgeister GmbH *(Immortality Inc., 1958/59, deutsch 1982; 1992 als* Freejack *verfilmt) folgten in den sechziger Jahren weitere. Viele davon bestehen aus einzelnen Epsioden, die ähnlich wie die Kurzgeschichten angelegt sind, so beispielsweise* Der Seelentourist *(Mindswap, 1966, deutsch 1984), wo der Held zunächst mit einem Marsianer den Körper tauscht und sich dann – größtenteils unfreiwillig – weiter von Körper zu Körper durchs Weltall hangelt.*

Seit den siebziger Jahren, die er auf Ibiza und in London verbrachte, publiziert Robert Sheckley etwas weniger und erprobt mit wechselndem Erfolg experimentellere Arten des Schreibens, oft mit einem Zug ins Absurde. Außerdem hat er etliche seiner älteren Erzählungen zu Romanen ausgeweitet und vertieft, so wurde aus der Erzählung »Das siebte Opfer« (1953), nachdem Carlo Ponti sie 1965 als La decima vittima *verfilmt hatte, der Roman* Das zehnte Opfer *(The Tenth Victim, 1966). Robert Sheckley hat auch Kriminalromane und Spionage-Thriller verfaßt und fürs Fernsehen geschrieben; in den neunziger Jahren hat er gelegentlich mit anderen Autoren an SF-Romanen gearbeitet, so hat er gemeinsam mit Harry Harrison einen Band zu Harrisons Zyklus um Bill, den galaktischen Helden verfaßt:* Die Welt der eßbaren Gehirne *(Bill the Galactic Hero on the Planet of Bottled Brains, 1990, deutsch 1994).*

Die strikte Trennung von Science Fiction einerseits und Fantasy andererseits ist – vor allem in Deutschland – erst in den siebziger Jahren aufgekommen, als Fantasy fast durchweg ein sehr heroisches, sehr magisches und sich selbst sehr ernst nehmendes Genre war. Wie heute berühmte Fantasy-Autoren wie Terry Pratchett gelegentlich auch SF geschrieben haben, so haben früher fast alle SF-Autoren Abstecher in die Fantasy unternommen; eine der nach wie vor wichtigsten Zeitschriften in den phantastischen Genres, das Magazine of Fantasy and Science Fiction, *führt seit ihrer Gründung 1949 beide Spielarten im Namen. Auch bei Robert Sheckley findet sich*

Fantasy wie die folgende Geschichte, mit der er hinter Meistern des schwarzen Humors wie John Collier oder Roald Dahl nicht zurücksteht; die Zeitschrift, in der sie 1953 zum ersten Mal erschien, hieß denn auch schlicht Fantasy.

Übrigens verbindet die Geschichte auch die Themen unserer Anthologie: Sie könnte in jeder der drei Abteilungen stehen, denn wieder spielt in ihr ein Buch eine Rolle, sie leitet zur nächsten Abteilung über, in der es um »Männer, Frauen und andere Aliens« geht, und wie in den Geschichten am Schluß dieses Bandes tritt ein Fabelwesen auf.

Fütterungszeit

Treggis war sehr erleichtert, als der Besitzer des Buchladens nach vorn ging, um einen anderen Kunden zu bedienen. Schließlich war es außerordentlich nervenaufreibend, ständig einen gebückten, bebrillten, kriecherischen alten Mann neben sich stehen zu haben; einen alten Mann, der auf die Buchseite starrte, die man gerade betrachtete, der mit einem knorrigen, schmutzigen Finger hierhin und dorthin zeigte und dabei unterwürfig mit einem tabakbefleckten Taschentuch Staub von den Regalen wischte. Ganz zu schweigen von dem Verdruß, sich die heiseren, schrill klingenden Lebenserinnerungen dieses Kerls anhören zu müssen.

Zweifelsohne meinte er es gut, aber es hatte schließlich alles seine Grenzen. Man konnte nichts weiter tun, als höflich zu lächeln und zu hoffen, daß die kleine Glocke über der Ladentür läutete – wie es dann auch geschehen war.

Treggis begab sich in den rückwärtigen Teil des Ladens und hoffte, der widerliche kleine Mann würde nicht nach ihm suchen. Er ging an einem halben Hundert griechischer Titel vorüber, dann an der populärwissenschaftlichen Abteilung. Als nächstes passierte er, in einem eigenartigen Durcheinander von Autoren und Titeln, Edgar Rice Burroughs, Anthony Trollope, Theosophie und die Gedichte von Longfellow. Je weiter er nach hinten ging, desto dicker wurde der Staub, desto weniger kahle Glühbirnen hingen über dem Gang und desto höher wurden die Stapel der muffigen, eselsohrigen Bücher.

Es war wirklich ein herrlicher alter Ort, und Treggis konnte für sein Leben nicht begreifen, warum er ihn nicht schon früher entdeckt hatte. Buchläden waren in seinem Leben das einzige Vergnügen. Er verbrachte seine gesamte Freizeit in ihnen, glücklich zwischen den Regalen hindurchwandernd.

Natürlich war er nur an bestimmten Arten von Büchern interessiert.

Am Ende des hohen Bücherberges waren drei weitere Durchgänge, die in einem absurden Winkel auseinanderliefen. Treggis folgte dem mittleren Pfad und dachte darüber nach, daß die Buchhandlung von außen nicht so groß gewirkt hatte; nur eine Tür, halb verborgen zwischen zwei Gebäuden, darüber ein altes, handbeschriftetes Schild. Doch man täuschte sich oft bei diesen alten Läden, denn sie waren häufig beinahe einen halben Häuserblock tief.

Der Durchgang teilte sich in zwei weitere Bücherpfade. Treggis wählte den linken und begann Titel zu lesen, die er hier und da mit geübtem Blick heraussuchte. Er war nicht in Eile; wenn er wollte, konnte er den Rest des Tages hier verbringen – ganz zu schweigen von der Nacht.

Er war acht oder zehn Fuß den Gang hinuntergeschlurft, ehe ihm ein Titel ins Auge fiel.

Es war ein kleines, in Schwarz gebundenes Buch, alt, doch mit jenem alterslosen Aussehen, das manche Bücher haben. Seine Ränder waren abgenutzt und die Schrift auf dem Einband war verblaßt.

»Nun, was enthältst du?« murmelte Treggis leise.

Auf dem Einband stand: *Pflege und Fütterung des Greifs*. Und darunter, in kleinerer Schrift: *Ratgeber für den Halter*.

Er wußte, ein Greif war ein mythologisches Ungeheuer, halb Löwe und halb Adler.

»Nun gut«, sagte Treggis zu sich selbst. »Wollen mal sehen.« Er schlug das Buch auf und fing an, das Inhaltsverzeichnis zu lesen.

Die Überschriften waren: 1. *Die Gattung Greif*, 2. *Eine kurze Geschichte der Greifologie*; 3. *Unterarten des Greifs*; 4. *Die Nahrung des Greifs*; 5. *Der Bau eines natürlichen Lebensraumes für den Greif*, 6. *Der Greif während der Mauser*; 7. *Der Greif und ...*

Er klappte das Buch zu.

»Dies«, sagte er sich, »ist ganz entschieden – nun ja, ungewöhnlich.« Er überflog die Seiten des Buches, las hier und da einen Satz. Sein erster Gedanke, daß es sich bei dem Buch um eines jener »unnatürlichen« naturhistorischen Werke handelte, die in der Elisabethanischen Zeit so beliebt gewesen waren, erwies sich eindeutig als falsch. Das Buch war nicht alt genug; der Stil hatte nichts Euphemistisches, keinen ausbalancierten Satzbau, keine kunstvolle Antithese und dergleichen. Er war geradeheraus, klar unterteilt, knapp.

Treggis überflog einige weitere Seiten und stieß auf folgendes: »Die alleinige Nahrung des Greifs sind Jungfrauen. Gefüttert wird einmal im Monat, und es ist ratsam, dabei Vorsicht walten zu lassen.«

Er klappte das Buch wieder zu. Dieser Satz löste eine Kette ungewöhnlicher Gedanken aus. Errötend verscheuchte er sie und betrachtete wieder das Regal, in der Hoffnung, weitere Bücher der gleichen Sorte zu finden. Irgend etwas wie *Eine kurze Geschichte der Affären der Sirenen* oder vielleicht *Die Aufzucht von Minotauren, richtig gemacht*. Aber da war nichts auch nur entfernt Ähnliches. Nicht in diesem Regal und, soweit er das beurteilen konnte, auch in keinem anderen.

»Etwas gefunden?« fragte eine Stimme hinter ihm. Treggis schluckte, lächelte und hielt das alte schwarze Buch hoch.

»O ja«, sagte der alte Mann und wischte den Staub

von dem Einband. »Das ist ein sehr seltenes Buch, wissen Sie.«

»Ach, tatsächlich?« murmelte Treggis.

»Greife«, sagte der alte Mann grüblerisch, während er das Buch durchblätterte, »sind sehr selten. Es sind sehr seltene – Tiere«, schloß er nach einem Augenblick des Nachdenkens. »Einen Dollar fünfzig für dieses Buch, Sir.«

Treggis machte sich, seine Erwerbung unter den dünnen rechten Arm geklemmt, davon. Er ging schnurstracks nach Hause. Es war nicht gerade alltäglich, daß jemand ein Buch kaufte über die *Pflege und Fütterung von Greifen.*

Treggis' Zimmer hatte auffallende Ähnlichkeit mit einem Antiquariat. Es herrschte der gleiche Platzmangel, die gleiche graue Staubschicht lag über allem, und es gab das gleiche, vage arrangierte Chaos von Titeln, Autoren und Buchsorten. Treggis hielt sich nicht damit auf, sich an seinen Schätzen zu weiden. Seine abgegriffenen *Wollüstigen Gedichte* blieben unbeachtet. Die *Psychopathia Sexualis* stieß er äußerst unzeremoniell von seinem Sessel, setzte sich und fing an zu lesen.

Es gab eine Menge, was bei der Pflege und Fütterung des Greifs zu beachten war. Kaum zu glauben, daß ein Geschöpf, das halb Löwe und halb Adler war, dermaßen heikel sein sollte. Es gab auch eine interessante Abhandlung über die Ernährungsgewohnheiten des Greifs. Und andere Informationen. Zur reinen Unterhaltung war das Greifenbuch mindestens ebensogut wie sein bisheriges Lieblingsbuch, Havelock Ellis' Vorlesungen über Sex.

Am Schluß standen ausführliche Anweisungen, wie man zu dem Zoo gelangte. Die Anweisungen waren, um es vorsichtig auszudrücken, ungewöhnlich.

Es war weit nach Mitternacht, als Treggis das Buch

zuklappte. Was für eine Ansammlung merkwürdiger Informationen sich zwischen diesen beiden schwarzen Buchdeckeln befand! Besonders ein Satz ging ihm nicht aus dem Kopf: »Die alleinige Nahrung des Greifs sind Jungfrauen.«

Das beunruhigte ihn. Es schien irgendwie ungerecht.

Nach einer Weile schlug er wieder das Kapitel auf, dessen Überschrift lautete: *Anweisungen, wie man zu dem Zoo gelangt.* Zweifellos waren sie seltsam. Aber doch auch nicht allzu schwierig. Mit Sicherheit erforderten sie nicht zuviel Körperkraft. Nur ein paar Worte, ein paar Bewegungen. Treggis erkannte plötzlich, wie ermüdend sein Job als Bankangestellter war. So oder so, eine stupide Verschwendung acht wertvoller Stunden eines jeden Tages. Um wieviel interessanter erschien es da, als Tierhalter für die Pflege eines Greifs verantwortlich zu sein. Während der Mauser die speziellen Salben zu benutzen, Fragen über Greifologie zu beantworten. Für die Fütterung verantwortlich zu sein. »Die alleinige Nahrung …«

»Ja, ja, ja, ja«, murmelte Treggis schnell und lief dabei in seinem engen Zimmer auf und ab. »Ein Schabernack – aber ich könnte die Anweisungen ruhig einmal ausprobieren. Nur so zum Spaß.«

Er lachte hohl.

Es gab keinen blendendhellen Blitz, kein Donnergetöse, aber Treggis wurde nichtsdestotrotz, augenblicklich, wie es schien, an einen anderen Ort transportiert. Er taumelte einen Moment, gewann dann das Gleichgewicht wieder und öffnete die Augen. Die Sonne blendete ihn. Als er sich umsah, erkannte er, daß jemand die Aufgabe, *den natürlichen Lebensraum des Greifs* zu bauen, ausgezeichnet gelöst hatte.

Treggis marschierte vorwärts und hielt sich dabei recht gut in Anbetracht des Zitterns seiner Knöchel, seiner Knie und seines Magens. Dann sah er den Greif.

Im gleichen Augenblick sah der Greif ihn.

Zuerst langsam, dann mit ständig wachsender Geschwindigkeit kam der Greif auf ihn zu. Er breitete die großen Adlerschwingen aus, streckte die Klauen vor und segelte vorwärts.

Unkontrolliert zitternd, versuchte Treggis, aus dem Weg zu springen. Dann war der Greif über ihm, gewaltig und golden im Sonnenlicht, und Treggis kreischte verzweifelt: »Nein, nein! Die alleinige Nahrung des Greifs sind Jung ...«

Und dann kreischte er noch einmal, als er die Sache durchschaute und die Klauen ihn erfaßten.

Anziehende Gegensätze

*Geschichten von Männern, Frauen
und anderen Aliens*

James Gunn

wurde 1923 in Kansas City geboren und studierte an der Universität von Kansas, wo er heute als Professor Englisch und Journalistik lehrt. Er hat als Journalist für Zeitungen und den Rundfunk gearbeitet und 1949 seine erste SF-Geschichte publiziert. Zahlreiche weitere SF-Erzählungen folgten, gesammelt in Bänden wie Die Venus-Fabrik *(Future Imperfect, 1964, deutsch 1976) und* Zeichen aus einer anderen Welt *(Breaking Point, 1972, deutsch 1976). Die kürzere Form gilt als seine eigentliche Domäne; er hat auch Romane verfaßt, von denen die erfolgreichsten aus zunächst einzeln geschriebenen Erzählungen zusammengefügt wurden, so* Der Gamma-Stoff *(The Immortals, 1962, deutsch 1964) über Menschen, auf die wegen einer in ihrem Blut vorhandenen, Unsterblichkeit verleihenden Substanz Jagd gemacht wird, und* Die Horcher *(The Listeners, deutsch 1983), der in Episoden von einem über hundert Jahre reichenden Projekt zum Empfang außerirdischer Signale erzählt – ein eher stilles Buch, aber mit einer dichten Atmosphäre.*

Nachdem er bereits seine Magisterarbeit über ein Science-Fiction-Thema schrieb, hat sich James Gunn immer wieder nicht nur als Autor, sondern auch als Kritiker und Genretheoretiker mit der SF beschäftigt; 1976 erhielt er dafür den Pilgrim Award, 1983 gewann seine Untersuchung über Isaac Asimov (Isaac Asimov: The Foundations of Science Fiction, 1982) einen Hugo Award in der Sachbuch-Kategorie. Außer Essaybänden hat er mehrere Enzyklopädien der SF verfaßt, sich vor allem aber als Kenner der Entwicklung der SF einen Namen gemacht. Gleichzeitig eine Geschichte der SF und eine Auswahl bedeutender Beispiele ist seine Anthologienreihe Wege zur Science Fiction *(The Road to*

Science Fiction), die 1977 bis 1998 in sechs Bänden erschienen ist.*

James Gunns Erzählung eröffnet die zweite Abteilung unserer Anthologie, die sich einerseits um das Verhältnis von Frauen und Männern dreht – das uralte Thema, dem Fantasy und SF aber oft ungewohnte Aspekte abgewinnen –, andererseits um Außerirdische und unser Verhältnis zu ihnen. Daß beide Themen sich nicht nur berühren, sondern auch miteinander verschmelzen können, beweisen gleich mehrere der Geschichten.

SF war lange Zeit ein Genre, unter dessen Lesern heranwachsende männliche Jugendliche bei weitem überwogen; deren Verhältnis zum rätselhaften und ein bißchen unheimlichen anderen Geschlecht unterschied sich oft kaum von dem des greifenbeschwörenden Jungmannes in der vorausgegangenen Erzählung Sheckleys. James Gunns Geschichte hat auch etwas von diesem Blickwinkel. Der Gerechtigkeit halber muß erwähnt werden, daß in seinem Band Die Venus-Fabrik auf den »Frauenhasser« eine Erzählung folgt, in der sich dieselben Ereignisse aus der Sicht der Frau ganz anders darstellen. Die halbwegs neutrale und eine eher weibliche Sicht werden in dieser Abteilung auch noch zu Wort kommen, zunächst eine herkömmlich männliche Perspektive – aber nein, traditionell oder konservativ kann man sie eigentlich nicht nennen ...

---

* Für die deutsche Ausgabe im Wilhelm Heyne Verlag wurden die sehr voluminösen Originalbände auf 14 Bände in der Bibliothek der Science Fiction Literatur aufgeteilt; die beiden letzten Bände, die dem Band 6 der Originalausgabe entsprechen und der internationalen SF gewidmet sind, sollen 2001 erscheinen.

Der Frauenhasser

Harry ist ein Witzbold.

Jemand hat als Witzbold eine Person bezeichnet, die eine witzige Geschichte erzählen kann, ohne dabei eine Miene zu verziehen. Das ist Harry.

»Wißt ihr«, sagte Steve einmal im Büro, »ich wette, Harry marschiert einfach auf die Höllenpforte zu, der Teufel biegt sich vor Lachen, und Harry wird keine Miene verziehen.«

So einer ist Harry. Ein prima Kollege. Man geht beinahe gern zur Arbeit, wenn man an die Kaffeepause denkt oder darauf wartet, bis man sich zu Harry an den Wasserspender stellen oder mit ihm auf die Toilette gehen kann. Manchmal muß man schon lachen, wenn man ihn nur sieht, wenn man an seinen letzten Knüller denkt. Auf Draht ist er außerdem, gräbt merkwürdige Tatsachen aus und liefert Einzelheit um Einzelheit, bis man einfach zugeben muß, daß er recht hat und man zum erstenmal etwas richtig sieht. Alle sagen, daß er eines Tages hier Chef werden würde, wenn er nicht auch Witze über die Firma machen würde.

Aber die Geschichten, die Harry mag – die müssen lang sein. Es geht langsam an – manchmal merkt man gar nicht, daß es ein Witz wird – und steigert sich, bis man auf einmal vor Lachen explodiert und mit jedem Wort nur um so hilfloser wird. Die Sorte Geschichten, die man seiner Frau erzählt, und man ist mittendrin und lacht wie ein Narr, bis man merkt, daß sie einfach dasitzt, geduldig wie ein Märtyrer, und sich überlegt, ob sie das Essen auftragen oder wie sie das Wohnzimmer umstellen soll, und man hört auf zu lachen und seufzt und sagt: »Es muß die Art sein, wie er es vorbringt«, oder: »Keiner kann Geschichten bringen wie Harry.«

Aber Frauen halten Harry auch nicht für komisch.

Wie neulich abends. Harry und ich saßen in seinem Wohnzimmer, während die Frauen – Lucille und Jane – nach der letzten Bridgerunde in der Küche etwas herrichteten.

»Hast du schon mal darüber nachgedacht, was für eigenartige Wesen Frauen eigentlich sind?« sagte Harry. »Wie sie sich verändern, wenn man sie geheiratet hat, meine ich. Du weißt schon – sie hängen nicht mehr an deinen Lippen, sie machen sich keine Gedanken mehr darüber, was du magst oder nicht magst, sie lachen nicht mehr über deine Witze.«

Ich lachte in mich hinein und sagte: »Die Flitterwochen sind also vorbei.« Harry und Lucille waren nämlich erst gut einen Monat verheiratet.

»Ja«, sagte Harry ernsthaft. »Das kann man, glaube ich, sagen. Die Flitterwochen sind vorbei.«

»Schade«, sagte ich. »Das Mädchen, das man heiratet, und die Frau, mit der man verheiratet ist, sind zwei verschiedene Personen.«

»O nein, das sind sie nicht. Das ist ja der springende Punkt.«

»Der Punkt?« Ich begann etwas zu vermuten. »Du meinst, da gibt es einen?«

»Es geht gar nicht um oberflächliche Unterschiede, weißt du. Das ist etwas ganz Grundlegendes. Frauen denken anders, ihre Methoden sind anders, ihre Ziele sind andere. Sie sind so verschieden, daß sie völlig unbegreiflich sind.«

»Ich habe es schon lange aufgegeben, sie verstehen zu wollen«, sagte ich mit einer resignierten Handbewegung.

»Da machen wir einen Fehler«, meinte Harry düster. »Wir nehmen hin, was wir besser verstehen sollten. Wir müssen den Grund verstehen.«

»Den Grund? Na, sie sind anders gebaut. Innerlich auch, die Drüsen, das Kinderkriegen und so.«

Harry machte ein verächtliches Gesicht.

»Das ist ihre Ausrede, aber die reicht nicht. Sie müßten da am besten sein, wofür ihre Unterschiede sie prädestinieren. Ihre größte Laufbahn ist die Ehe – und ihr größtes Versagen auch. Ein Mann ist für sie bloß das notwendige Übel, das sie haben müssen, bevor sie bekommen können, was sie wollen.«

»Wie die Schwarze Witwenspinne und ihr Partner?« meinte ich.

»Sozusagen. Und doch nicht ganz. *Die Spinnen sind wenigstens von derselben Art.*«

Es dauerte einen Augenblick, bis ich begriff.

»Und Männer und Frauen etwa nicht?« schrie ich beinahe. »Pst!« zischte er warnend und schaute nervös zur Küchentür.

Da begann ich in mich hineinzulachen. Harry hätte ins Fernsehen gehört; er war nicht nur ein Komiker, sondern auch ein Schauspieler. Dazu mußte ich den Burschen bewundern, weil er aus dem, was, wie einem jeder Ehemann sagen kann, eine der größten und geheimsten Tragödien des Lebens ist, einen Witz zu machen verstand, Größer noch, weil niemand darüber reden kann. Niemand außer Harry.

Ich lachte. Darauf mußte er gewartet haben, weil er aufatmend nickte und nicht mehr aus dem Augenwinkel zur Tür hinüberschielte. Oder vielleicht war das, nachdem Lucille den Kopf herausgestreckt und gesagt hatte: »Harry wieder bei einer seiner Geschichten? Sagt uns Bescheid, wenn er fertig ist, dann bringen wir die Erfrischungen.«

Es war ulkig, wie sie das sagte, sie ist so hübsch und blond und klein, und man merkte, daß es ein Standardwitz bei ihnen war. Ich dachte unwillkürlich, was für ein Glückspilz Harry doch war – wenn einer schon heiraten muß, heißt das, und die meisten von uns müssen.

»Die fremde Rasse«, flüsterte Harry und lehnte sich zurück.

Das war ein guter Einfall, und ich lachte wieder.

»Was für eine bessere Methode, eine Rasse zu unterwerfen, als sie wegzuzüchten?« fuhr er leise fort. »Die Chinesen haben den Trick schon sehr früh gekannt. Ein Eroberer nach dem anderen überfiel das Land, und jeder wurde passiv hingenommen, durfte einheiraten – wurde umarmt, verschlungen, ausgelöscht. Nur ist es in diesem Fall genau umgekehrt. Den Eroberer hinein-, den Sklaven herauszüchten; das fremde Wesen hinein-, den Menschen herauszüchten.«

»Klingt logisch«, sagte ich nickend.

»Wie fing alles an?« fragte Harry. »Und wann? Wenn ich das wüßte, wüßte ich alles. Ist eine Rasse von partnerlosen Frauen auf die Erde gekommen, als der Mensch noch fast in Höhlen lebte? Oder war es in historischen Zeiten? Ich vermute, daß sie hier von ihren Männern abgesetzt worden sind. Aufgegeben. Verstoßen. ›Wenn du so bist, Kleine, dann kannst du zu Fuß heimlaufen.‹ Nur gibt es im Weltraum keine Fußwege.«

»Das war aber recht drastisch.«

Er zuckte die Achseln.

»Sie waren fremde Wesen, vergiß das nicht. Vielleicht hatten sie irgendeine Lösung, irgendeinen fruchtbaren Ersatz für Frauen. Vielleicht waren diese Frauen die schlimmsten von allen, und diejenigen, die sie behielten, waren besser. Oder den Männern war es einfach egal. Vielleicht wollten sie die Rasse lieber untergehen lassen, als sich zu ergeben.« Zornig schob er den Kaffeetisch weg, murrte etwas vom Einrichtungsfimmel der Frauen, und zog seinen Stuhl näher heran. »Na schön, was sollten sie tun, diese Wesen von einer anderen Welt? Natürlich waren sie arm dran und hatten Heimweh. Und die Menschheit konnten sie ja nicht einfach ausrotten, oder? Außerdem ist das gefährlich und praktisch unmöglich. Zeig dem Mann eine Gefahr, die er erkennen kann, und er ergibt sich niemals. Frauen denken nicht so. Ihr Verstand arbeitet auf verschlungene Weise; sie erreichen, was sie wollen, durch Hinterlist und Raffinesse. Deshalb haben sie in die Menschheit eingeheiratet.«

»Du klingst so überzeugt«, meinte ich.

»Das ist nicht einfach ins Blaue hinein gedacht; es gibt Beweise. Der jüdischen Überlieferung zufolge war Eva nicht die erste Frau. Zuerst gab es Lilith. Eva war die Usurpatorin. Oh, sie haben Fehler gemacht. Sie mußten experimentieren. Die Amazonen – war das ein Experiment? Einmal im Jahr besuchten sie die Gargarenser, einen benachbarten Stamm, weißt du; alle männlichen Kinder, die daraus entstanden, wurden getötet. Das klappte natürlich nicht lange. Ihre Absicht, ihre Fremdheit, war zu auffällig. Und die Matriarchate – zu kraß, das hätte schließlich alles verraten. Außerdem sind Männer auf eine Art und Weise nützlich, wie Frauen es nicht sind. Männer sind einfallsreich, künstlerisch, schöpferisch – und man kann sie durch Nörgeln oder Schmeicheln dazu bringen, ohnehin das zu tun, was die Frauen wollen.«

Ich zündete mir eine Zigarette an und suchte nach einem Aschenbecher. Er schob mir ein albernes kleines Ding hin, in dem eine Zigarette sofort ersticken mußte, wenn man sie ablegte.

»So etwas kaufen Frauen, wenn man nicht aufpaßt«, sagte Harry. »Der Zweck ist nicht wichtig; auf das Aussehen kommt es an. Lampen, die hübsch aussehen und einen blenden. Sie wollen ein Haus mit Südseite und Panoramascheibe, dann bringen sie schwere Vorhänge an, damit die Möbel nicht verblassen. Sie kaufen neue Möbel und ziehen Schonbezüge drüber. Sie machen im Haus alles sauber, damit es schön zu bewohnen ist, dann werden sie wütend, wenn man es sich bequem machen will.«

Ich zog ein Kissen heraus, das mich im Rücken drückte, und warf es auf einen anderen Stuhl.

»Sind sie alle gleich?«

Er zog die Brauen zusammen.

»Das frage ich mich. Man hört von glücklichen Ehen, aber das könnte auch nur Feindpropaganda sein. Vielleicht gibt es noch ein paar Liliths – Frauen, die gern lesen, die ihren Verstand gebrauchen, die Sport und Wettbewerb mögen, die abstrakte Ideen begreifen können. Die könnte man vielleicht zum Testen verwenden – wenn es überhaupt menschliche Frauen gibt.«

»Und was ist mit Frauen, die die Gesellschaft von Männern der von Frauen vorziehen?« warf ich ein.

Er nickte bedächtig und schüttelte dann den Kopf.

»Das könnten nur Vermutungen sein. Sie sind schlau – schlauer als wir beim Vorankommen, beim Umgang mit den Leuten. Sie gebrauchen Waffen wie Tränen und Wutanfälle und Schmollperioden, gegen die wir nie eine Abwehr erfunden haben.«

»Es gibt Frauen, die mit einem bequemen Leben zufrieden sind«, meinte ich, »die ihre Männer nicht zu so hohen Versicherungsabschlüssen zwingen, daß sie tot mehr wert sind als lebendig, um sie dann zu Tode zu arbeiten. Das klingt ziemlich menschlich.«

»Wenn es solche wirklich gibt«, sagte er düster. »Auf jeden Fall werden wir die Antworten nie erfahren. Das Entscheidende ist, die Lage zu erkennen – etwas dagegen zu tun –, bevor es zu spät ist. Erst in den letzten Generationen tragen ihre Pläne Früchte. Sie haben das

Wahlrecht, Gleichberechtigung, ohne irgendwelche Vorrechte aufgeben zu müssen, und so weiter. Sie leben länger als die Männer. Sie kontrollieren neunzig Prozent des Reichtums. Und bald« – seine Stimme sank zu einem bedeutsamen Flüstern herab – »werden sie die Männer überhaupt nicht mehr brauchen – Befruchtung durch Salzwasser, elektrische Stimulierung und dergleichen. Und wir sind die Verrätergeneration. Wir sind diejenigen, die Selbstmord begehen – für die ganze Menschheit.«

»Man wird uns nicht mehr brauchen«, sagte ich und unterdrückte ein Lachen.

Er nickte.

»Glaub nicht, daß das nicht mehr wäre als ein vager Verdacht. Und es war verdammt schwer für mich. In den vergangenen fünfzig Jahren ist das Wissen über die weibliche Verschwörung ausgestorben. Es gibt nicht einmal mehr das unbewußte Wissen, das die Männer in den früheren Jahrhunderten wachsam gemacht hat – die Ganzheit von Tradition und Überlieferung, die eine Art ererbte Weisheit eines Volkes ist. Man hat uns beigebracht, das alles für Aberglauben zu halten und zu verachten. Die meisten Lehrer sind natürlich Frauen.«

Ich gab ihm sein Stichwort.

»Unsere Vorfahren haben Bescheid gewußt?«

»Gewiß. Vielleicht scheuten sie davor zurück, es auszusprechen, aber angedeutet haben sie es. Homer, Ovid, Swift ›Eine tote Frau unter dem Tisch ist die beste Habe eines Mannes‹, hat Swift gesagt. Antiphanes, Menander, Cato – das war ein kluger Mann. ›Laß einmal zu, daß Frauen Gleichheit mit dir erreichen, und von diesem Augenblick an werden sie dir überlegen sein.‹ Plautus, Clemens von Alexandria. Tasso, Shakespeare, Dekker, Fletcher, Thomas Browne – die Liste ist endlos. Die Bibel: ›Wie kann rein sein, wer vom Weibe geboren ist?‹ ...« Eine Viertelstunde lang sprach er weiter – von

Griechen, Römern, der Renaissance – und war noch lange nicht fertig. Selbst für Harry hieß das, für eine Geschichte viel recherchiert zu haben. Das ist Harrys Gipfelleistung, dachte ich staunend. Das kann er nicht mehr übertreffen.

Dann kam Harry auf die moderne Zeit zu sprechen.

»›Frauen gleichen einander mehr als den Männern‹, sagte Lord Chesterfield. Und Nietzsche: ›Du gehst zum Weibe? Vergiß die Peitsche nicht.‹ Dann Strindberg, erfüllt von einem göttlichen Wahnsinn, der ihm Visionen verborgener Wahrheiten zeigte. Shaw, der seinen Verdacht hinter Gelächter versteckte, damit er nicht zerfleischt wurde …«

»Ibsen?« meinte ich leise lachend, weil ich mich aus meiner Schulzeit dunkel erinnerte, daß er mit dem Thema zu tun haben mußte.

Harry spuckte aus, als habe er einen schlechten Geschmack im Mund.

»Dieser Verräter! Dieser blinde Narr! Es war Ibsen, der als erster jene heimtückische Propaganda dramatisiert hat, die schließlich zur sogenannten Emanzipation der Frauen führte und in Wirklichkeit die Lockerung der Ketten war, die sie daran hinderten, ungezügelt zu toben.«

»Zu toben«, sagte ich grinsend. »Das ist gut. Zu toben!«

»Man muß auf Volksweisheiten zurückgreifen, wenn man die Wahrheit hören will«, sagte Harry etwas ruhiger. »›Ein Mann ist in seinem Leben nur zweimal glücklich‹, sagen die Serben. ›Wenn er seine Frau heiratet, und wenn er sie begräbt.‹ Oder die Rumänen: ›Wenn ein Mann eine Frau nimmt, hört er auf, die Hölle zu fürchten.‹ Oder die Spanier: ›Wer ein Weib hat, hat auch einen Feind.‹ – ›Glaub nie einer Frau, auch keiner toten‹, heißt es bei den Deutschen. Die Weisheit der Chinesen: ›Trau nie einer Frau, und wenn sie dir zehn Söhne geboren hat.‹« Er verstummte, nicht, als gehe sein Material zu Ende, sondern um vor sich hin zu brüten. »Hast du schon mal was gesucht?« fragte er. »Einen Kragenknopf vielleicht, oder ein bestimmtes Paar Socken – und es ist nicht da, und du sagst es deiner Frau? Warum kann sie einfach hingehen und danach greifen, und es war die ganze Zeit vor deiner Nase?«

»Woran haben sie sonst schon zu denken?«

»Man macht sich seine Gedanken«, sagte er. »Man macht sich Gedanken, ob es wirklich da war, wo du gesucht hast. Sie neigen nicht zum Mechanischen, sie hassen Maschinen, und trotzdem wissen sie Bescheid, wenn etwas kaputtzugehen droht. ›Hörst du das komische Geräusch im Motor?‹ sagen sie. ›Wie wenn eine Grille die Flügel aneinanderreibt.‹ Du hörst nichts, aber eine Stunde oder einen Tag später reißt der Keilriemen. Schlagartig schmeckt Essen schlecht für sie. ›Die Milch hat einen komischen Geschmack. Die Kühe haben Weizen gefressen.‹ Oder: ›Das Fleisch schmeckt komisch.‹ – ›Was heißt komisch?‹ sagst du. ›Einfach komisch. Ich kann es nicht beschreiben.‹ Nach einiger Zeit traust du dich nichts mehr zu essen oder zu trinken.«

Ich gab ihm recht und dachte: Seltsam, die merkwürdigen Wahrheiten, die Harry mit etwas markerschütternd Komischem verbinden kann.

»Sie haben keinen Respekt vor der Logik«, sagte Harry. »Keinerlei Respekt für die Unverletzlichkeit eines männlichen Geistes, dafür, worauf seine Welt aufgebaut ist. Sie argumentieren, wie es ihnen paßt, und schieben Widersprüche und Ungereimtheiten als bedeutungslos weg. Wie viele von uns haben ihre Xanthippen, die sich bemühen, uns von der Betrachtung der göttlichen Wahrheit zum zerstörerischen Wirbel des Alltagslebens herunterzuziehen? Es ist unerträglich, einfach unerträglich!«

Das war Harrys Geschichte, aber sie brauchte noch

etwas, einen Höhepunkt, einen Knüller, um das befreiende Gelächter auszulösen.

»Was würden sie tun«, fragte ich sachlich, »wenn sie dahinterkämen, daß jemand ihr Geheimnis kennt?«

Harry lächelte. Eine Sekunde lang dachte ich schon, er würde ausrutschen, aber ich hätte es besser wissen müssen. Das Lächeln war sarkastisch.

»Da hast du die Crux getroffen«, sagte er. »Warum ist sonst niemand dahintergekommen, wenn meine Vermutungen zutreffen? Und die Antwort ist – man hat es entdeckt!«

»Man hat …?«

Harry nickte.

»Man muß sie natürlich beseitigen. Zum Schweigen bringen. Und irgendwo müßte es sich zeigen – wenn man wüßte, wo man nachsehen muß.« Er machte eine Pause. »Warum sind mehr Männer in Nervenheilanstalten als Frauen?« sagte er und zielte mit dem Finger auf mich.

»Du meinst …?«

Er nickte.

Ich hielt es nicht mehr aus, wurde hysterisch. Ich erstickte. Ich grölte. Ich ächzte. Als die Frauen kurz danach mit ihren lächerlich kleinen Brötchen und Kaffee und merkwürdigen Nachspeisen hereinkamen, brachte ich kaum ein Wort heraus.

»Hallo, fremdes Wesen!« blubberte ich Jane an.

Und ich lachte noch mehr, vor allem, als ich das entsetzte Gesicht sah, das Harry aufsetzte, so als sei er zu Tode erschrocken, als wolle er sich am liebsten verkriechen – besser, viel besser, als ich das von Berufsschauspielern im Fernsehen gesehen habe.

Der Ausdruck auf den Gesichtern der Frauen brachte mich wieder zu mir – der gelangweilte Ausdruck – und ich versuchte, sie an dem Witz teilhaben zu lassen. Harry lachte auch, wenn auch schwächlich. Das überraschte mich ein bißchen; er ist sonst ganz gelassen und ein wenig neugierig, wenn eine seiner Geschichten die Zuhörer in Wackelpudding verwandelt, so, als wolle er sagen: »Ach, war ich das?«

Ich fing also an zu erzählen und kam ein Stück weit – na ja, Sie wissen ja, wie das ausgeht. Ich sah Harry hilfeflehend an, aber er machte nicht mit, und ich ging langsam ein.

»Es muß die Art sein, wie er es vorbringt«, sagte ich und gab auf. »Keiner kann Geschichten bringen wie Harry.«

Sie sehen, was ich meine. Frauen halten Harry nicht für komisch.

Und so ging der Abend in Ordnung. Er flachte ein bißchen ab, zum Schluß, wie meistens, bis man nicht mehr viel sagen kann, außer: ›Gute Nacht – war wirklich nett – müssen uns bald wieder treffen‹, und das sagten wir.

Als wir hinausgingen, hörte ich Lucille ziemlich scharf sagen: »Harry, mit dem Heißwasserboiler stimmt etwas nicht. Du hast tagelang versprochen, dich darum zu kümmern, und du mußt heute nacht noch etwas tun, weil ich morgen wasche«, und ich hörte Harry antworten,. »Ja, Liebes«, ganz bescheiden und gehorsam, und ich dachte: Irgendwo muß er ja Dampf ablassen. Ich stellte mir vor, daß ich die Geschichte im Büro noch einmal hören würde.

Was wieder einmal zeigt, wie sehr man sich täuschen kann.

Am nächsten Morgen rief Lucille an und sagte, Harry sei krank – es stellte sich heraus, daß es ein Herzanfall war, ein Infarkt – und könne nicht zur Arbeit kommen. Ich ging ein paar mal hin, aber Lucille sagte, er sei so krank, daß er keine Besuche empfangen dürfe, der Arzt habe strengste Ruhe verordnet, und es könnte sein, daß er es nicht übersteht. Und Harry scheint wohl wirklich schwer krank zu sein, weil Lucille Dr. Simpson, die Ärztin, kommen ließ, und Harry früher oft gesagt hat, von der würde er nicht einmal seinen kranken Hund behandeln lassen, wenn der Hund gesund werden solle. Da wußte ich, daß Harry zu krank war, um sich darüber noch den Kopf zu zerbrechen.

Merkwürdig, wie schnell es einen erwischen kann. Ich dachte mir, wie bedauerlich es sei, daß Harrys beste Leistung, sozusagen die Kulmination seines Witzes, mit ihm dahingehen sollte, und wie schade es war, daß große Sprechkunst ohne jede Spur verging.

Ich fing an, mich zu erinnern, aber vieles fiel mir nicht ein, etwa die Zitate, also stellte ich selber ein paar Nachforschungen an, um anzudeuten, wie es gewesen war. Ich stieß sogar auf einige, die Harry übersehen hatte, und fügte sie ein, weil Harry sie vermutlich kannte und nur keine Gelegenheit gefunden hatte, sie zu erwähnen.

Eines davon kennt jeder. Das von Kipling, das so angeht: ›The female of the species …‹ Das andere entdeckte ich selbst, nur durch Nachdenken. Warum, fragte ich mich eines Tages, gibt es mehr Witwen als Witwer?

Jane ruft nach mir, ich soll hinunterkommen und den Heizofen reparieren.

Aber ich weiß nicht. Ich kann mich gar nicht erinnern, daß mit der Heizung etwas nicht in Ordnung sein soll.

gehörten zur eigentlich recht seltenen Spezies der schreiben-
den Ehepaare. Man findet zwar überall in der Literatur
Schriftstellerinnen und Schriftsteller, die miteinander verhei-
ratet sind, doch in den seltensten Fällen sind sie auch mit
gemeinsam verfaßten Werken bekannt geworden. In Fantasy
und Science Fiction, wo Zusamenarbeit ohnehin deutlich häu-
figer vorkommt, gibt es mit Henry Kuttner und Catherine L.
Moore immerhin ein Paar, das nicht nur gemeinsam geschrie-
ben hat, sondern auch zu den Klassikern des Genres gehört.
(In Deutschland zählen die Brauns und die Steinmüllers zu
den prominentesten SF-Autoren, während das Ehepaar Hohl-
bein eher in der Fantasy hervorgetreten ist.)

Beide Lukins wurden 1950 geboren, absolvierten die philo-
logische Fakultät des Wolgograder Staatlichen Pädagogischen
Instituts und waren von 1972 bis zu Ljubows frühem Tod
1996 miteinander verheiratet. Ljubow war Korrektorin in
einem Buchverlag, Jewgeni arbeitete in einer Zeitungsredak-
tion. Ihre erste Veröffentlichung in der SF war die längere
Erzählung »Die Ferien und der Fotograf« (1981). Mit zahl-
reichen weiteren Kurzgeschichten, Erzählungen und Kurzro-
manen wurden sie zu den wohl erfolgreichsten neuen Autoren
in der russischen SF der achtziger und neunziger Jahre; vier-
mal (1986, 1990, 1991 und 1992) erhielten sie den »Großen
Ring«, einen von allen sowjetischen, später russischen SF-
Klubs vergebenen Preis, der etwa dem US-amerikanischen
Hugo entspricht (nur die Strugazkis gewannen ihn ebenso
oft). Nach dem Tod seiner Frau hat Jewgeni allein weiterge-
schrieben, neuerdings auch Romane; noch zusammen mit
Ljubow oder allein hat er inzwischen praktisch auch alle an-
deren namhaften russischen SF-Preise gewonnen, und seit
Mitte der neunziger Jahre ist er freischaffender Schriftsteller.

Der erste Erzählungsband der beiden, Rückzug der Engel, *erschien 1990; bis 1997 folgten fünf weitere Bände mit größtenteils gemeinsam verfaßten Geschichten sowie bisher vier Romane von Jewgeni.*

Die Lukins erhielten 1984 einen Preis für die beste SF-Antikriegsgeschichte für »Stimmrecht« (1984, deutsch als »Die Stimme von oben« 1985), und ihre Novelle »Invasion« (1986) schildert illusionslos den Angriff Außerirdischer auf einen sowjetischen Raketenstützpunkt, nachdem die sowjetische Luftabwehr zwei von drei die Grenze überfliegenden (vermutlich friedlichen) Flugkörpern der Aliens abgeschossen hat. Meistens aber sind die Geschichten der Lukins komisch, satirisch und ironisch und erinnern mit der lebhaften, lockeren Erzählweise nachhaltig an Geschichten von Kuttner & Moore.

Die Eheleute, um die es in der folgenden Erzählung geht, sind ganz gewöhnliche Zeitgenossen, freilich mit einer Besonderheit. Die annähernd gleichberechtigte Sichtweise auf den Konflikt zwischen Mann und Frau ist nicht nur durch die Zusammenarbeit von Ljubow und Jewgeni gewährleistet, sondern deutet sich auch schon im Titel an: »Actio = reactio« ist die traditionelle lateinische Kurzform des 3. Newtonschen Axioms.

Actio =

»Versuch doch, mich noch mal eine Ziege zu nennen!« verlangte Iraida von der Schwelle her. »Na los, versuch's!«

Stepan betrachtete sie aufmerksam und legte die Zeitung beiseite.

Er stand auf. Er ging um seine Frau herum in den Korridor – nachsehen, ob sie nicht etwa Zeugen mitgebracht hatte. Der Korridor war leer, und Stepan kehrte auf derselben Route zum Sofa zurück. Er legte sich hin. Schirmte sich mit der Zeitung ab.

»Und du bist doch eine Ziege …!«

Die Zeitung riß von oben bis unten in zwei Hälften.

Stepan legte die Zeitung weg und stand auf. Iraida wich nicht zurück.

»Dich haben sie wohl auf einen Posten gewählt?« erkundigte sich Stepan düster.

»Ah!« sagte Iraida triumphierend. »Du bist erschrocken? Ich schmeiß dich in die Karakum – da hast du dann deine Ziege!«

»Also, wohin haben sie dich gewählt?« fragte er noch finsterer.

»Nirgendwohin!« warf Iraida herausfordernd ein und setzte sich, das Rückgrat parallel zur Stuhllehne. Die Augen blickten herablassend. »Ich bin eine Telekinetin!«

»Kileti …« Stepan versuchte das Wort zu wiederholen, schaffte es aber nicht.

»In der ganzen Stadt gibt es vier Telekineten!« verkündete Iraida hingebungsvoll. »Und ich bin davon die talentierteste! Heute sind Wissenschaftler zu uns in die Arbeit gekommen und haben alle überprüft, sogar die Reinemachfrau! Bei keinem anderen hat es geklappt – nur bei mir! Nach dem Mittagessen haben sie mich gleich mit ins Labor genommen, mir Übungen gezeigt … zur Entwicklung … Sie, haben sie gesagt, können mit Dutzenden von Kilogramm operieren … Gerade genug, um dich hochzuheben und wieder fallen zu lassen!«

»Wie das?« fragte Stepan, allmählich beunruhigt.

»Na so!« Und mit geblähten Nüstern fixierte Iraida leidenschaftlich die mitten auf dem Tisch liegende offene Schachtel »Rhodopi«. Die Schachtel regte sich. Aus ihr kroch ganz von selbst eine Zigarette heraus, flatterte hoch und durch die Luft auf den erstarrten Stepan zu. Er öffnete mechanisch den Mund, doch mit einem geschickten Manöver steckte sich ihm die Zigarette mit dem Filter ins Nasenloch.

»Genau so!« wiederholte Iraida frohlockend.

Stepan schloß den Mund, holte die Zigarette aus der Nase und warf sie auf den Fußboden. Mit vorgerecktem Kopf ging er auf seine Frau zu, wurde aber von dem Gedanken an die Dutzende Kilo aufgehalten, mit denen sie jetzt operieren konnte …

Im Labor gefiel es Stepan nicht. Dort stand beispielsweise ein Billardtisch, auf dem eine einzige Billardkugel matt glänzte. Außerdem lag auf dem Tisch ein Stapel mit Maschine beschriebener Blätter, und darüber beugte sich jemandes Glatze – voller blauer Flecken wie von medizinischen Blutegeln.

»Ihr seid das also, die hier den Leuten Zaubertricks beibringt?« fragte Stepan.

»Moment bitte …«, erwiderte der Glatzkopf, markierte mit dem Fingernagel eine Zeile und blickte auf.

»Sie sind sehr im Irrtum«, ließ er sich gewichtig vernehmen, während er hinter dem Billard hervorkam.

»Telekinese ist durchaus kein Zaubertrick. Es ist, populär ausgedrückt, die Fähigkeit, Dinge zu bewegen, ohne sie zu berühren.«

»Ich weiß«, sagte Stepan. »Hab's gesehen. Heute ist meine Frau hier gewesen, Iraida …«

Der Kahlköpfige sprang geradezu hoch. »Sie sind Schtschekaturow? Stepan … äh …«

»Timofejewitsch«, sagte Stepan. »Ich komme wegen Iraida …«

»Stepan Timofejewitsch, Sie müssen jetzt gut auf Ihre Frau achtgeben!« unterbrach ihn der Kahlköpfige inbrünstig und faßte ihn bei der Hand. »Ein Phänomen haben Sie da! Sie werden es nicht glauben: Diese Billardkugel da – sie hat sie gleich beim ersten Versuch zum Rollen gebracht! Und das ist noch gar nichts – sie hat sie dann auch noch angehoben!«

»Und fallen lassen?« erkundigte sich Stepan finster mit einem Seitenblick auf die von blauen Flecken übersäte Glatze.

»Was? Ja natürlich! … Und Sie, entschuldigen Sie, wo arbeiten Sie?«

Stepan sagte es ihm.

»Aha …« Der Glatzkopf nickte verstehend. »Bis zu ihrer Firma sind wir noch nicht vorgedrungen. Aber wenn Sie schon mal da sind, lassen Sie sich doch gleich testen. Weiß der Kuckuck – womöglich haben Sie auch telekinetische Fähigkeiten!«

»Aber ja!« Stepan lebte auf. »Natürlich.«

Der Test dauerte zehn Minuten. An Stepan wurden keinerlei Talente für Telekinese entdeckt.

»Wie zu erwarten war«, erklärte der Kahlköpfige kein bißchen enttäuscht. »Telekinese, Stepan Timofejewitsch, ist äußerst selten!«

»Hören Sie, Doktor«, sagte Stepan besorgt, »kann man sie nicht abschalten?«

»Wen?«

»Iraida.«

Dem Kahlköpfigen blieb der Mund offenstehen. »Was meinen Sie?«

»Na, ich weiß nicht, ihr vielleicht eins übern Kopf geben … natürlich nicht stark … vielleicht geht es dann vorbei, ja?«

»Sie sind wahnsinnig!« murmelte der Kahlköpfige und wich zurück. Und der Ärmste erbleichte derart, daß die blauen Flecke auf seinem Scheitel schwarz wurden.

»Geh Kartoffeln holen«, sagte Iraida.

Stepan hob den schwerer werdenden Blick zu ihr. »Du bist wohl nicht bei Trost?« erkundigte er sich drohend.

»Gleich werde ich dir zeigen, wer nicht bei Trost ist!« begann sie zu schreien. »Dir treib ich deine Redensarten noch aus! Steh gefälligst auf! Hat sich hingefläzt wie ein Walroß!«

»Ach, du …«, begann er aus alter Gewohnheit.

»Was?« hakte Iraida sofort nach. »Was bin ich? Sag's schon, wenn du einmal angefangen hast! Was?«

Im Zorn schielte sie zur Anrichte hinüber. Die Anrichte neigte sich, klapperte hysterisch mit dem Geschirr und löste sich mühsam vom Boden. Bleich geworden sah Stepan zu. Dann schlich er sich – immer an der Wand entlang – unter dem über ihm schwebenden Ungetüm aus Holz, Blei und Glas hervor, sprang in die Küche und riß die Einaufstasche vom Haken …

»… uh, Z-ziege!« preßte er gehetzt hervor, während er schnellen Schritts zum Gemüsegeschäft ging.

»Weißt du, was du bist, Doktor?« sagte Stepan, die schweren Fäuste auf den Billardtisch gestemmt. »Ein Verbrecher bist du! Ruinierst Familien.«

Der Kahlköpfige schreckte auf. »Was ist passiert, Stepan Timofejewitsch?«

Auf seinem Kopf prangten zwischen schon ziemlich gelb gewordenen blauen Flecken ein paar frische – offensichtlich von heute.

»Da läufst du in der Stadt herum!« Stepan hob die Stimme. »Überprüfst die Leute ...! Falsch überprüfst du sie. Ehe du ihnen deine Teletechnese beibringst, solltest du sie kennenlernen! Wer weiß, wozu mancher imstande ist! Da hast du es Iraida beigebracht, und jetzt hebt sie bei jeder Kleinigkeit Möbel in die Luft! In die Karakum will sie mich schmeißen, sagt sie – wie findest du das?«

»In die Karakum?« fragte der Kahlkopf erschrocken.

Stepan krampfte sich das Herz zusammen. »Ja, und ... kann sie?«

Mit halboffenem Mund sah ihn der Kahlköpfige aus runden erschrockenen Augen an.

»Ja, warum denn ausgerechnet in die Karakum, Stepan Timofejewitsch?« Er seufzte erschüttert.

»Ich weiß es nicht«, sagte Stepan dumpf. »Frag sie selber.«

Der Kahlköpfige stöhnte leise.

»Was machen Sie denn«, sagte er und weinte dabei fast. »Stepan Timofejewitsch, mein Bester! Kaufen Sie Iraida Petrowna doch Blumen, gehen Sie mit ihr ins Kino – und sie wird nicht mehr ... Von wegen Karakum ...! Das haben Sie doch in der Schule gelernt, Sie müssen verstehen: Actio = reactio, die einwirkende Kraft ist immer gleich der Gegenkraft. Wenn Sie mit ihr gütlich umgehen, dann sie mit Ihnen auch. Das ist doch ein allgemeingültiges Gesetz! Sogar für die Telekinese ... Sehen Sie die beiden Rollstühle? Gestern haben wir Iraida Petrowna in den einen gesetzt und den anderen mit Ballast beladen. Und stellen Sie sich vor, als Iraida Petrowna den Ballast in Gedanken von sich wegzustoßen begann, sind beide Stühle in verschiedene Richtungen gerollt. Verstehen Sie? Sogar hier ...!«

»Und war der Ballast schwer?« fragte Stepan besorgt.

»Was? Ach, der Ballast ... Nicht doch, diesmal war es nur eine Kleinigkeit, höchstens ein Zentner.«

»Ach ...« Stepan schwieg eine Weile, seufzte und ging zur Tür. An der Schwelle drehte er sich um.

»Hör mal, Doktor«, begann er unumwunden. »Warum hast du blaue Flecken auf dem Kopf? Haut dich deine Frau?«

»Wo denken Sie hin!« antwortete der Kahlköpfige betreten. »Das kommt von den Saugnäpfen. Wissen Sie, die Meßfühler werden mit Saugnäpfen befestigt, und da ...«

»Ah-ja ...« Stepan nickte. »Und ich dachte, die Frau ...«

Einen Blumenstrauß zu kaufen ist noch nicht alles, man muß auch damit umgehen können. Stepan konnte es nicht. Das heißt, er hatte es einst gekonnt, es aber verlernt. Nachdem er vergebens versucht hatte, sich zu erinnern, ob das Ding nun mit den Blüten nach oben oder nach unten getragen wurde, klemmte er sich den Strauß unter den Arm und eilte – immer durch die Höfe – nach Hause.

Iraida saß vor dem Spiegel und trug grünen Schatten aufs linke Lid auf. Das rechte grünte schon mit Macht. Seit langem hatte Stepan seine Frau nicht bei bei solch einer Beschäftigung angetroffen.

»Iralein ...«

Sie wandte sich verwundert zu der Stimme um und sprang jäh auf. Ihr Mann schlich mit einem schiefen, falschen Lächeln auf sie zu *und hielt irgend etwas hinterm Rücken.*

»Komm ja nicht näher!« kreischte sie, und Stepan blieb verständnislos stehen.

Doch da entsann sich Iraida Petrowna zum Glück,

daß sie immerhin die führende Telekinetin der Stadt war. Stepan wurde jäh hochgerissen und ziemlich unsanft fallen gelassen. Das Bewußtsein verlor er nicht, aber das mit einemmal schräge Zimmer glitt noch ein paar Sekunden lang andauernd nach rechts.

Er lag auf dem Fußboden, über ihm aber kniete Iraida, die unter verschiedenfarbigen Lidern hervor heiße Tränen vergoß.

»Für mich?« schluchzte sie und drückte den zerzausten Strauß an die Brust. »Die hast du – für mich ...? Stepuschka!«

Stepuschka erhob sich schwerfällig vom Boden, ging zum Sofa und setzte sich. Sein Blick, auf die gegenüberliegende Wand gerichtet, war reglos und düster.

»Stepuschka!« Iraidas Stimme versagte.

»Da bringe ich einen Blumenstrauß mit ...«, begann Stepan dumpf zu sprechen, mit stockender Stimme. »Und du – auf den Boden mit mir?«

Iraida rang die Hände.

»Stepuschka!«

Sie sprang auf, kam zu ihm und strich ihm schüchtern über den Kopf. Es war, als streichle sie einen Granitbrocken. Stepan, vor Kränkung erstarrt, schaute die Wand an.

»Ach, ich Dumme!« ließ sich da Iraida vernehmen. »Was habe ich nur angerichtet!«

Ich verzeih ihr nicht! dachte Stepan mißmutig, von männlichem Stolz erfüllt. *Und wenn, dann jedenfalls nicht gleich ...*

Vielleicht eine halbe Stunde später saßen die Eheleute hübsch nebeneinander auf dem Sofa, und Stepan, schon ganz zahm, ließ sich sowohl streicheln als auch umarmen. Der wieder geordnete Strauß stand in einer kleinen Kristallvase auf dem Tisch.

»Glaub nur nicht«, sagte Stepan nachdrücklich.
»Ich habe die Blumen nicht gekauft, weil ich mich vor deiner Teletechnese fürchte. Ich hab' mir einfach gedacht, kauf ihr doch welche ... Hab' ich ja lange nicht mehr gemacht ...«

»Wirklich?« vergewisserte sich Iraida glücklich und schaute ihm in die Augen. »Du mein Goldstück ...«

»Also ich, wenn du es wissen willst, pfeif' auf deine Teletechnese«, spann Stepan seinen Gedanken weiter. »Mein Gott, was ist das schon ...!«

»Ja?« maunzte Iraida schelmisch und schmiegte sich an ihren Mann. »Und wer hat bei uns eben erst auf dem Fußboden gelegen, hm?«

»Na, das war nur die Überraschung«, erwiderte Stepan friedfertig. »Ich hab' einfach nicht damit gerechnet ... Normalerweise wirft mich doch keine Teletechnese um. Ich würde einfach rüberkommen und dir ein paar hinter die Ohren geben – und das wär's dann mit der ganzen Teletechnese!«

Iraida rückte plötzlich von ihm ab und stand auf.

Oi! besann sich plötzlich Stepan. *Was rede ich denn da?*
Er hatte sich zu spät besonnen.

Iraida saß vor dem Spiegel und malte mit geblähten Nüstern wütend das linke Augenlid fertig. Hinter ihr stand Stepan, die Hände gegen die Brust gepreßt.

»Iralein ...«, sagte er. »Das war doch nur so ein Beispiel ... Weil wir grade davon sprachen ... Du, wollen wir heute zusammen ins Kino gehn? Die einwirkende Kraft, du weißt schon, wem sie gleich ist ... vertragen wir uns wieder ...«

»Meine Freizeit gehört der Wissenschaft!« erwiderte sie schnippisch.

»Der Kahlkopf!« ergänzte Stepan, augenblicklich in Wut. »Wer hat ihm die blauen Flecke verpaßt? Malst du dich etwa für den an?«

Iraida warf ihm aus dem Spiegel einen zornigen Blick zu.

»Geh doch zum Teufel!« zischte sie. »Versuch's nur noch mal – mit einem Blumenstrauß angekrochen kommen!«

»Und dann?« erkundigte sich Stepan. »Schmeißt du mich in die Karakum?«

»Ja, meinetwegen auch in die Karakum!«

Stepan verstummte und schaute sich um.

»Gleich durch die Wand, wie?« sagte er ungläubig.

»Meinetwegen auch durch die Wand!«

»Dann kommst du vor Gericht.«

»Komm ich nicht!«

»Wieso denn nicht?«

»Darum.« Iraida wandte sich um und suchte fieberhaft nach einer Antwort. »Weil du selber dorthin weggelaufen bist! Von der Familie! Darum!«

Stepan wich sogar einen Schritt zurück. »Ach du …«, begann er drohend.

»Was?« Iraida kniff die Augen zusammen.

»Ziege!« warf Stepan hin und fühlte, wie seine Fußsohlen vom Boden gerissen wurden. Danach erinnerte er sich noch an die Empfindung eines schrecklichen und dabei weichen Schlages, der ihn wie von allen Seiten zugleich traf, am stärksten aber an den Fersen.

Etwas brannte auf der Wange. Stepan öffnete die Augen. Er lag auf der Seite, unter der Wange war Sand, und direkt vor den Augen schwankten zwei nie zuvor gesehene Pflanzen, die an gelbgrünen Stacheldraht erinnerten.

Er stemmte sich mit den Händen gegen die glutheiße Düne und sprang mit Geheul auf die Beine.

»Ziege!!!« schrie er, mit den Fäusten fuchtelnd, dem vor Hitze dunklen Zenit entgegen. »Jawohl, eine Ziege! Du bist und bleibst eine Ziege …!«

Nach zwei Minuten war er außer Atem und begann sich umzuschauen. Links waren in der blauen Ferne irgendwelche Berge zu sehen. Rechts war nichts zu sehen. Sand.

Ja, das war wohl die Karakum.

Der Lkw hielt an, als Stepan vielleicht noch zwanzig Schritte von der Straße entfernt war. Die Tür sprang auf, und am Straßenrand erschien ein dunkelhäutiger Chauffeur mit einem bunt bestickten Käppchen.

»Geologe, ja?« rief er dem näher kommenden Stepan entgegen. »Verirrt, ja?«

Stepan wankte auf ihn zu und blieb dabei mit der Hose an Kameldisteln hängen.

»Freund …«, stammelte er unter Tränen, als er die Straße erreichte. »Danke, Freund …«

Den Chauffeur rührte das bis ins Innerste der Seele. »Setz dich, ja?« sagte er und zeigte auf die Kabine.

Sie machten sich miteinander bekannt. Der Chauffeur wollte unbedingt wissen, wie Stepan hierher geraten war. Der antwortete ausweichend, er habe sich mit seiner Frau zerstritten. An die zehn Kilometer weit schüttelte der Chauffeur niedergeschlagen den Kopf und schnalzte mit der Zunge. Dann aber machte er sich daran, Stepan auf den rechten Weg zu bringen.

»Mann muß Frau *lieben*«, sagte er eindringlich, den trockenen braunen Finger erhoben. »Frau muß Mann *achten*! Mann muß von Frau *nicht* weglaufen …!«

Und so den ganzen Weg bis Bacharden.

Ach, Iraida Petrowna, Iraida Petrowna! Darauf muß man erst einmal kommen – die Telekinese in einem Familienstreit anzuwenden! Also, wie ein kleines Kind! Sie würden auch noch Laserwaffen benutzen!

Und außerdem – das haben Sie doch in der Schule

gelernt, Sie müssen verstehen, und auch der Kahlköpfige hat es Ihnen mehr als einmal gesagt: Die einwirkende Kraft ist gleich der Gegenkraft. Es kann doch nicht so schwer sein, sich das vorzustellen – ja doch, Iraida Petrowna, ihre Massen sind ja einander ungefähr gleich!

Obwohl es Spätfrühling war, war es in der Tundra ziemlich kalt. Der Schlitten fuhr nicht über Rentierflechten, sondern über Schnee.

Die ersten zehn Kilometer trieb der Kajur die Rentiere schweigend an. Dann nahm er die Pfeife aus dem Mund und wandte der verheulten Iraida das weise, faltenübersäte Gesicht zu.

»Man nennt aber Mann und Frau – eine Familie«, verkündete er vorwurfsvoll. »Wozu hast du dir die Augen angemalt? Warum bist du deinem Mann in die Tundra weggelaufen? Läuft die Frau aus der Jaranga, wird die Jaranga ganz schlecht ...«

Und so den ganzen Weg bis nach Anadyr.

war Journalist, Kriminalschriftsteller und SF-Autor; er wurde 1906 in Cincinnati (Ohio) geboren und lebte bis 1972. Seine erste SF-Geschichte »Noch einmal davongekommen« erschien 1941. Er hat sechs SF-Romane verfaßt, die mit Ausnahme eines Jugendbuchs auch alle ins Deutsche übersetzt wurden. Als der bekannteste davon gilt Das andere Universum *(What Mad Universe, 1946, deutsch 1970), er spielt in einer Alternativwelt, in der sich viele Konventionen und Klischees der Science Fiction als wahr erweisen; in* Die grünen Teufel vom Mars *(Martians, Go Home, 1955, deutsch 1959) wird die Erde von überaus lästigen kleinen grünen Männchen überschwemmt, bis ein SF-Autor das Problem auf ungewöhnliche Weise löst.*

Den stärksten Eindruck hat Fredric Brown jedoch mit seinen Erzählungen und Kurzgeschichten hinterlassen, die thematisch ein weites Spektrum von SF und Fantasy über unheimliche Phantastik bis hin zu Märchen- und Fabelmotiven umfassen. Viele von ihnen sind sehr kurz, ganz auf eine Pointe hin gearbeitet, so die meisten in Alpträume *(Nightmares and Geezenstacks, 1961, deutsch 1963), einem vergleichsweise schmalen Band, der immerhin 47 Geschichten enthält.**

Dorther stammt auch die folgende Geschichte mit ihrem Urbild vom männlichen Helden, dem Typ, der unfehlbar zu Lande, zu Wasser, in der Luft und im Vakuum zur Stelle ist, um die unbedingt leichtbekleidete und entsetzte (aber nie ohnmächtige! Die Augen müssen aufgerissen sein und flehend blicken) junge Frau zu retten, die King Kong oder das glupschäugige Schuppenmonster oder der tentakelbewehrte Alien gerade nach Hause zu tragen gedenkt – oder eben der Yeti, auch genannt der Abscheuliche Schneemensch.

---

* Die deutsche Ausgabe ist leicht gekürzt.

Abscheulich

Sir Chauncery Atherton winkte den Sherpas zum Abschied, die hier das Lager aufschlagen und ihn allein weitergehen lassen sollten. Das war das Gebiet des Abscheulichen Schneemenschen, ein paar hundert Meilen nördlich des Mount Everest im Himalaja. Abscheuliche Schneemenschen wurden gelegentlich auf dem Everest gesehen, auf anderen Bergen in Tibet oder Nepal, doch auf dem Mount Oblimov, an dessen Fuß er nun seine eingeborenen Führer zurückließ, wimmelte es derart von ihnen, daß nicht einmal die Sherpas ihn besteigen wollten, sondern hier auf seine Rückkehr warten würden, falls er denn zurückkehrte. Es brauchte einen mutigen Mann, um hier weiterzugehen. Sir Chauncery war ein mutiger Mann.

Außerdem war er ein Frauenliebhaber und -kenner, und aus diesem Grunde war er hier und im Begriff, nicht nur einen gefährlichen Aufstieg zu wagen, sondern auch eine noch gefährlichere Rettung. Wenn Lola Gabraldi noch am Leben war, hatte sie ein Abscheulicher Schneemensch in seinen Fängen.

Sir Chauncery hatte Lola Gabraldi nie leibhaftig zu Gesicht bekommen. Er hatte überhaupt erst vor weniger als einem Monat von ihrer Existenz erfahren, als er den einzigen Film sah, in dem sie mitgespielt hatte – und durch den sie plötzlich berühmt geworden war, die schönste Frau der Welt, der berückendste Star, den Italien jemals hervorgebracht hatte. Mit nur einem Film hatte sie im Denken von Frauenkennern weltweit die Bardot, die Lollobrigida und die Ekberg als Urbild weiblicher Vollkommenheit ersetzt, und Sir Chauncery war allemal der größte Kenner. Sobald er sie auf der Leinwand erblickte, hatte er gewußt, daß er ihr in Fleisch und Blut gegenübertreten oder bei dem Versuch umkommen müßte.

Doch inzwischen war Lola Gabraldi verschwunden. Nach ihrem ersten Film hatte sie eine Urlaubsreise nach Indien unternommen und sich einer Gruppe Bergsteiger angeschlossen, die den Mount Oblimov bezwingen wollten. Der Rest der Gruppe war zurückgekehrt, Lola nicht. Einer von ihnen hatte ausgesagt, er habe gesehen, wie sie in so großer Entfernung, daß er sie nicht mehr rechtzeitig erreichen konnte, schreiend von einem gut zwei Meter großen, mehr oder weniger menschenähnlichen Wesen weggeschleppt wurde. Von einem Abscheulichen Schneemenschen. Die Gruppe hatte tagelang nach ihr gesucht, ehe sie es aufgaben und in die Zivilisation zurückkehrten. Alle waren übereinstimmend der Ansicht, es bestehe keine Chance mehr, sie noch lebendig aufzufinden.

Alle außer Sir Chauncery, der unverzüglich von England nach Indien geflogen war.

Er arbeitete sich voran in den ewigen Schnee. Zusätzlich zur Bergsteigerausrüstung trug er die schwere Büchse, mit der er erst im Vorjahr in Bengalen Tiger geschossen hatte. Wenn man damit Tiger töten konnte, dann sicherlich auch Schneemenschen.

Schnee wirbelte um ihn herum, als er die Wolkengrenze erreichte. Plötzlich erhaschte er ein paar Meter weiter vorn, am Rand seines Sichtfelds, einen Blick auf eine monströse, nicht ganz menschenähnliche Gestalt. Er riß die Büchse hoch und schoß. Die Gestalt fiel und fiel immer weiter; sie hatte auf einer Felsnase über einem tausend Meter tiefen Abgrund gestanden.

Im Augenblick des Schusses schlossen sich von hinten Arme um Sir Chauncery. Dicke, behaarte Arme. Und während eine Hand ihn mühelos festhielt, nahm ihm die andere die Büchse weg, bog sie leicht wie einen Zahnstocher zu einem L und warf sie fort.

Eine Stimme ertönte ungefähr einen halben Meter über seinem Kopf. »Sei ruhig, und dir wird nichts geschehen.« Sir Chauncery war ein tapferer Mann, doch eine Art Quieken war die einzige Antwort, die er hervorbrachte, obwohl die Worte beruhigend gemeint zu sein schienen. Er wurde so fest gegen das Wesen hinter ihm gepreßt, daß er nicht nach oben schauen konnte, um zu sehen, wie sein Gesicht aussah.

»Laß mich erklären«, sagte die Stimme über ihm. »Wir, die ihr die Abscheulichen Schneemenschen nennt, sind Menschen, aber umgewandelt. Vor vielen Jahrhunderten waren wir ein Stamm wie die Sherpas. Zufällig entdeckten wir eine Droge, die es uns ermöglichte, uns körperlich zu verändern, an Größe und Behaarung zuzunehmen und uns an extreme Höhe und Kälte anzupassen. Dank dieser Droge konnten wir hinauf in die Berge ziehen, in Gebiete, wo andere nicht überleben können, außer für die Dauer von kurzen Bergexpeditionen. Verstehst du?«

»J-ja«, brachte Sir Chauncery heraus. Allmählich spürte er wieder einen schwachen Hoffnungsschimmer. Wozu sollte dieses Wesen ihm das alles auseinandersetzen, wenn es vorhätte, ihn zu töten?

»Dann werde ich mit meiner Erklärung fortfahren. Unsere Zahl ist gering, und wir werden immer weniger. Aus diesem Grunde nehmen wir gelegentlich einen Bergsteiger gefangen, wie ich dich gefangen habe. Wir geben ihm die Droge der Umwandlung, er macht die körperlichen Veränderungen durch und wird einer von uns. Auf diese Weise halten wir unsere Anzahl einigermaßen konstant.«

»A-aber«, stotterte Sir Chauncery, »ist es das, was mit der Frau geschehen ist, nach der ich suche? Lola Gabraldi? Ist sie jetzt … zwei Meter groß und behaart und …?«

»Sie *war* es. Du hast sie soeben getötet. Einer aus unserem Stamm hatte sie zu seiner Gefährtin genommen. Wir werden keine Rache für ihren Tod nehmen, doch du mußt nun wohl oder übel an ihre Stelle treten.«

»An ihre Stelle treten? Aber – ich bin ein *Mann*.«

»Gott sei Dank«, sagte die Stimme über und hinter ihm. Er wurde herumgedreht und gegen einen riesigen haarigen Körper gepreßt, das Gesicht gerade in der richtigen Höhe, um zwischen gewaltigen behaarten Brüsten zu verschwinden. »Gott sei Dank – denn ich bin eine Abscheuliche Schneefrau.«

Sir Chauncery wurde ohnmächtig, und er wurde hochgehoben und mühelos wie ein Schoßhündchen von seiner Gefährtin fortgetragen.

Carol Emshwiller

wurde 1921 in Ann Arbor, Michigan, geboren. 1949 erwarb sie an der Universität von Michigan den Abschluß als Bachelor of Arts in Design und Musik, anschließend studierte sie an der Nationalen Hochschule der Schönen Künste in Paris, doch die meiste Zeit verbrachte sie auf Long Island. Ihre erste Geschichte erschien 1955 in der Zeitschrift Future Science Fiction; *es folgten über hundert weitere Erzählungen, zum Teil gesammelt in den Bänden* Joy in Our Cause* (1974),* An der Grenze des Wesentlichen *(Verging on the Pertinent, 1989) und* Der Anfang vom Ende von Allem *(The Start of the End of it All, 1990) sowie der phantastische Roman* Carmen Hund *(Carmen Dog, 1988). Deutsch sind von ihr nur einige Erzählungen erschienen, so die Titelgeschichte ihres dritten Erzählungsbandes**, in der sich geschiedene (und meist auch ältere) Frauen in den Dienst einer schleichenden außerirdischen Invasion stellen.*

Ihr Roman, in dem Hunde in Frauen und Frauen in Hunde umgewandelt werden, ist als feministisch bezeichnet worden; allerdings ist man mit diesem Schlagwort heute schnell bei der Hand, und dem neueren, separatistischen bis weiblichchauvinistischen Feminismus steht Carol Emshwiller jedenfalls sehr fern. Tatsache ist indes, daß viele ihrer Geschichten nicht nur rein erzähltechnisch, sondern auch inhaltlich aus

---

* Der Titel ist ein kaum übersetzbares Wortspiel, wörtlich »Freude in unserer Sache« mit Anklängen an »Schließ dich unserer Sache an« – vergleichbar etwa der feministischen Losung »Erfräut euch!«.

** Unter dem Titel »Der Anfang vom Ende der Welt« in der Anthologie von Josh Pachter (Hrsg.): *Top Science Fiction. Zweiter Band* (1988, Heyne SF 4517).

*einer spezifisch weiblichen Perspektive geschrieben sind, und
das oft mit viel Distanz und hintergründiger Ironie.*

*Diesen Ansatz sieht man auch in der folgenden Erzählung,
wenngleich alle handelnden Personen darin Männer sind. Die
Geschichte heißt nicht zufällig genauso wie die vorangehende
von Fredric Brown, denn ganz wie jene Expeditionen, die
immer wieder im Himalaja nach dem »Abscheulichen Schneemenschen« suchen, sind auch hier Männer auf der Suche
nach rätselhaft-fremdartigen und legendären Wesen.*

Abscheulich

Beim Vordringen in ein unbekanntes Land bemühen wir uns um eine wohldurchdachte Atmosphäre von Nonchalance, die Ellbogen abgewinkelt oder die Hände auf den Hüften, oder mit einem Fuß auf einem Felsen stehend, wenn dazu Gelegenheit ist. Links immer der Fluß, ganz wie man es uns gesagt hat. Rechts immer die Berge. Bei jeder Telefonzelle machen wir halt und rufen an. Meistens ist die Verbindung von starkem Wind oder Eis gestört. Der Kommandant sagt, daß wir bereits in dem Gebiet sind, wo man sie gesichtet hat. Jetzt, hat er uns durchs Telefon gesagt, müssen wir auf jene merkwürdigen zweiteiligen Fußspuren achten, die nicht größer als die eines Jungen und von einzigartiger Feinheit sind. »Klettert auf einen Baum«, sagt der Kommandant, »oder auf einen Telefonmast, was gerade am ehesten machbar ist, und ruft ein paar von den Namen, die ihr auswendig gelernt habt.« Also klettern wir an einem Mast hoch und rufen: Alice, Betty, Elaine, Jean, Joan, Marilyn, Mary … und so weiter, in alphabetischer Reihenfolge. Es bringt nichts.

Wir sind sieben richtige Männer in Uniformen der Marines, obwohl wir (außer einem von uns) keine Marines sind. Aber es hat immer geheißen, daß diese spezielle Uniform sie anzieht. Wir sind sieben scheinbar blasierte (unsere Kragen sind bei jedem Wetter offen) Experten auf unserem jeweiligen Gebiet, wir, das Forschungsteam des Komitees für Unidentifizierte Objekte,

Die Auf Der Jagd Nach Ihrer Eigenen Illusorischen Identität Vorbeischwirren. Unsere Gewehre verschießen Funken und Sterne und Kirschen in Schokolade und machen einen lauten Knall. Es ist schon das Zeitalter der direkten Nacktheit, des ›Warum nicht?‹ anstatt von ›Vielleicht‹. Es ist schon das Zeitalter von Geräten, die einen warmen, pulsierenden, lebendigen Körper auf siebzig Meter Entfernung aufspüren und selbständig ansteuern können. (Eines Tages bin ich vielleicht selbst imstande, auf diese Weise zu lieben.) Andererseits haben wir nur ein paar unscharfe Bilder in unseren Brieftaschen, die meisten von früheren, Monate zurückliegenden zufälligen Sichtungen. Auf einem davon soll die Frau des Kommandanten sein. Es ist aus der Entfernung aufgenommen worden, und wir können ihre Züge nicht ausmachen, sie trug ihren Pelzmantel. Den glaubte er zu erkennen. Er hat gesagt, daß mit ihr im Grunde alles stimmt.

Bisher haben wir nichts als Schnee vorgefunden. Was wir für diese Geschöpfe auf uns nehmen!

Stell dir ihre Körper vor, während du dieses kleine Relikt in der Handfläche hältst ... diese fette, spannengroße Venus ihrer Möglichkeiten ... Die ernsten Elemente fehlen, die Augen sind bloß Punkte (die charakteristische Haartracht verdeckt fast das Gesicht), Füße und Kopf belanglos. Stell dir die Möglichkeit des Triumphs vor, doch vermeide das Grinsen. Nimm die Herausforderung der Brüste an, der ausladenden Hüften, und dann ... (die größte Herausforderung von allen). Wenn wir uns selbst daran messen, *können wir gewinnen*! Oder uns eine ehrende Erwähnung verdienen, oder wenigstens ins Ziel kommen, ohne daß sie unsere falschen Züge analysieren?

Folgende Zeichen ihrer Anwesenheit haben wir bisher gefunden (wir könnten fast glauben, diese Dinge seien absichtlich auf unseren Weg gestreut worden, wenn wir nicht wüßten, wie sorglos sie sein können, vor allem, wenn sie in Bedrängnis oder in Eile sind; und da es sich um nervöse Geschöpfe handelt, leicht erregbar, *sind* sie für gewöhnlich in Bedrängnis und/oder in Eile) ... Auf unserem Weg haben wir also gefunden: einen noch immer gefrorenen Spargelstengel, ein einfaches Rezept für Moussaka unter Verwendung von Zwiebelsuppen-Mischung, achtlos aus einer Zeitschrift herausgerissen, eine kleine Börse mit ein paar zerknüllten Dollarscheinen und eine Schachtel Streichhölzer. (Es beweist, daß sie wirklich über Feuer verfügen. Das ist tröstlich.)

Und jetzt sagt der Kommandant, daß wir den Fluß verlassen und hinauf in die Berge gehen sollen, obwohl sie wegen der Schneeschmelze und der Lawinen ein trügerisches Terrain sind. Der Kompaß weist hinauf. Manchmal rutschen wir den ganzen Tag über Geröll und Eis, dabei wissen wir, daß sie inzwischen alle nach Süden gezogen sein können, ganze Stämme von ihnen, die sich wertlos, häßlich und ungeliebt fühlen. Da die Möglichkeiten unbegrenzt sind, kann jede Richtung falsch sein, doch beim ersten Anzeichen von überflüssigem Kram werden wir wissen, daß wir auf der richtigen Spur sind.

Einer von uns ist ein Psychoanalytiker mit langer Berufserfahrung, Spezialist für Hysterie und Masochismus. (Selbst ohne Fallgeschichten hat er sich dem Studium ihrer Art gewidmet.) Er sagt, wenn wir sie finden, werden sie wahrscheinlich seltsam erstickte Laute von sich geben, die aber nichts bedeuten und oft fälschlich für Lachen gehalten werden, welches möglicherweise die beste Art ist, sie zu nehmen. Wenn sie andererseits lächeln, so ist das ein einfacher Reflex und dient dazu, uns zu entwaffnen. (Es ist festgestellt worden, daß sie zweieinhalbmal so oft wie wir lächeln.) Manchmal, sagt er, gibt es eine Art nervöses Kichern, das im Grunde sexuellen Ursprung hat und, falls es auftritt, wenn sie uns sehen, wahrscheinlich ein sehr gutes Zeichen ist. Jedenfalls sollten wir nicht mehr als unseren Namen und den Dienstgrad nennen, und falls sie wütend werden, sollten wir Sorge tragen, daß sich ihre Wut nicht gegen sie selbst kehrt.

Grace ist der Name von der auf dem Bild, aber sie muß inzwischen wohl an die fünfundfünfzig sein. Ist in einer Mondscheinnacht vom Abendessen weg entwichen, als der Kommandant vergessen hatte, in ihre Richtung zu blicken. Doch was blieb ihm übrig, als wie gewohnt weiterzumachen, zu kommandieren, was kommandiert werden mußte? Wir stimmen ihm zu. Er sagt, daß sie bis dahin ihre Beschränkungen hingenommen hatte, soweit er es einschätzen konnte, und auch die Grenzen, die ihrem Tun gesetzt waren. Er schob es auf unvollständige kulturelle Anpassung oder die Unfähigkeit, das Offensichtliche zu sehen, und machte sich erst Jahre später Gedanken darüber.

Gern würde ich eine wie sie jetzt sofort sehen. Darf ich fragen, woher ich komme und warum sie so anders sind? Wie wir Neigungen entwickelt haben, die den ihren entgegengesetzt sind? Und leben sie tief unterirdisch in weiträumigen Küchen, einer Zuflucht mit vielen Kammern, geheizt von Ofen, mit dem Geruch von Pfefferkuchen, und sind jene im gebärfähigen Alter ständig schwanger vom gefrorenen Samen irgendeines großgewachsenen, rothaarigen, längst toten Schauspielers oder Rock-Stars? Das ist jedenfalls eine von den Theorien.

Doch nun die plötzliche Stille unserer eigenen ersten

Sichtung. Eine! ... Auf den Höhen über uns, groß (oder nur scheinbar) und im vollen Ornat (wie auf dem Foto des Kommandanten): Nerzmantel und monströser Hut, das Glitzern von etwas in den Ohren, reglos (anscheinend volle fünf Minuten) auf einem Bein stehend. Oder vielleicht nur ein aufgerichteter Bär (wir blickten gegen die Sonne), aber verschwunden, als wir eine halbe Stunde später an die Stelle hinaufgestiegen waren. Der Psychoanalytiker wartete die ganze Nacht bei den Fußspuren, seine eigene Art von einschmeichelnden Worten in petto, doch vergebens.

Die Nachricht wurde per Telefon an den Kommandanten durchgegeben (»Sagt ihr, ich glaube, daß ich sie liebe«, wies er uns an), und es wurde beschlossen, daß wir das Brimborium selbst anlegen werden – die Schuhe, die in die Fußspuren passen, Nerz, Fuchs, Leopard (falsch) über mehrere Schichten der passenden Unterwäsche. Wir haben beschlossen, Bananen in einem Kreis siebzig Meter von unserem Lager entfernt auszulegen und unseren Körperwärme-Sensor zu aktivieren. Wenn sie dann hervorkommen, um die Bananen zu holen, werden wir ihnen bis in ihre Höhlen folgen, hinab in ihre ureigensten dunklen heiligen Orte; unser Kamerateam wird bereit sein, ihre ersten Reaktionen fürs Fernsehen aufzunehmen. Sie werden es mögen, wenn wir ihnen folgen.

So war es immer.

Hoffentlich sind sie sich, und sei es nur vage, unserer Reputationen auf unserem jeweiligen Fachgebiet bewußt.

Doch der Körperwärme-Sensor schlägt zwar Alarm, scheint aber keine bestimmte Richtung herausfinden zu können, und am Morgen sind alle Bananen weg.

Es liegt daran, daß sie nicht stillsitzen können ... daß sie nichts ernst nehmen. Es ist niemand da, der ihre Aktionen koordiniert, also rennen sie in verschiedene Richtungen umher, immer von der gerade anstehenden Aufgabe abgelenkt, ziehen sprunghaft Schlüsse, kommen zu unbegründeten Annahmen, nehmen alles für feststehend oder andererseits *überhaupt nichts* für feststehend (Liebe zum Beispiel). Die Kräfte der Natur sind auf ihrer Seite, jawohl (Chaos?), doch wir haben andere Kräfte. Diesmal werden wir die Bananen in einer einzigen logischen Geraden auslegen.

Wenn wir endlich jene Küchen betreten werden! Der große Berg vollständig ausgehöhlt, mein Gott! Und die Gerüche! Die Geschäftigkeit! Die stumpfsinnige *Alltäglichkeit* ihres Daseins! Wir werden unseren Augen nicht trauen. Und sie werden uns wahrscheinlich erzählen, alles liefe besser denn je. Sie werden glauben, sie bräuchten nicht länger den Quellen der Macht nahe zu sein. Vielleicht sagen sie sogar, daß sie Orte lieben, wo niemand Macht hat ... machtlos zu leben, als Freunde, ihre eigenen sanften Signale füreinander, die geringste von ihnen für die geringste unter ihnen. Und sie werden auch sagen, daß wir ihre Anwesenheit ohnehin kaum bemerkt haben, und ihre Abwesenheit auch nicht. Sie werden sagen, daß wir immer in die andere Richtung geblickt haben, daß wir niemals wußten, wer oder was sie waren, noch uns darum kümmerten. Nun, etwas haben wir doch wahrgenommen ... schon seit langem, und wir fühlen, daß uns etwas fehlt, das wir nicht genau bestimmen können. Unbezahlte Geschöpfe, meistens ohne Geld, und dennoch von uns bemerkt. Das werden wir ihnen sagen, und auch, daß der Kommandant glaubt, er liebt vielleicht eine von ihnen.

Doch diesmal haben sie die Bananen verschmäht. (Was wir ihnen bieten, ist nie ganz das Richtige.) Okay.

Das letzte Angebot (sie haben noch eine Chance): diese Glasperlen, die wie Jade aussehen; eine Garnitur feines, importiertes Kochgeschirr; ein Selbsthilfebuch ›Wie man Schüchternheit gegenüber dem anderen Geschlecht überwindet‹; und (dies vor allem) wir bieten uns selbst zu ihrer Freude an als Söhne, Väter oder Liebhaber (je nach ihrer Wahl).

Der Psychoanalytiker sagt, sie haben ein Recht auf ihre eigenen Ansichten, doch wir fragen uns, wieviel Unabhängigkeit man ihnen gewähren sollte.

Einer von uns hat gesagt, es war nur ein Bär, was wir auf jenem Berggipfel gesehen haben. Er sagte, er erinnert sich, wie es sich auf alle viere niederließ, nachdem es auf einem Bein gestanden hatte, aber das tun sie *vielleicht* auch.

Der Psychoanalytiker hatte einen Traum. Danach sagte er uns, wir sollten nie Angst vor der zuschnappenden Vagina (bildlich gesprochen) haben, sondern auf sie herabstoßen (obwohl wir in Wirklichkeit hochklettern) und Fisch in die Schöße werfen (nichts als das beste Seezungenfilet, bildlich gesprochen).

Also wenn ich eine hätte, würde ich ihr die Füße waschen (buchstäblich) und den Rücken. Mich auch an die Vorderseite wagen. Das Wasser über uns beide fließen lassen. Ihr Haar herabhängen lassen. Ich würde mir ab und zu Zeit nehmen, selbst wenn ich bei einer wichtigen Arbeit wäre, um ein paar Kleinigkeiten wie diese zu tun, die kaum etwas bedeuten, und manchmal ihrem leeren Geschwätz zuzuhören oder wenigstens so zu tun. Was aber Grace betrifft, muß ich etwas anderes im Sinn haben, obwohl ich mir nicht sicher bin, was es ist.

Dies ist das Diagramm, das der Psychoanalytiker zur weiteren
Forschung entworfen hat:

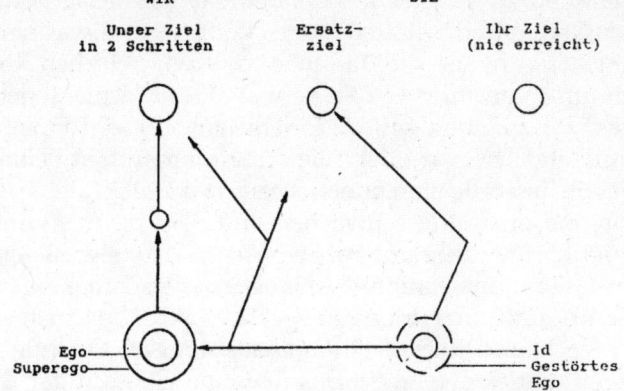

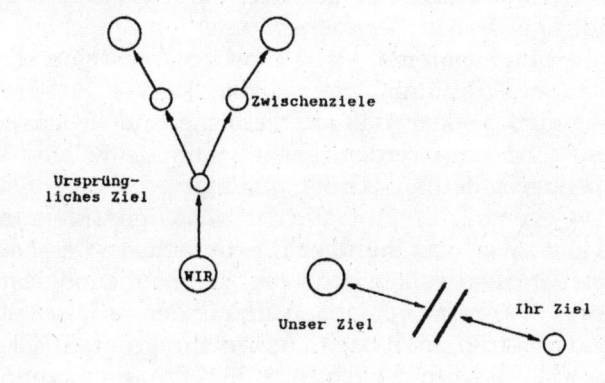

Wir erzählen all die alten Geschichten über sie, wenn wir spät abends am Lagerfeuer sitzen, aber es ist nicht auf dieselbe Weise gruslig, wie seinerzeit, als wir jung waren und die Geschichten unter ähnlichen Umständen erzählten, denn jetzt wissen wir, daß sie tatsächlich da draußen in den Schatten lauern können, und was einem Angst macht, ist die Tatsache, daß wir wirklich keine Ahnung von ihrer Größe haben! Wir sind nicht sicher, was wir glauben sollen. Einerseits, ob sie doppelt so groß sind wie wir oder, wie der Kommandant behauptet, ob fast alle von ihnen ein gutes Stück kleiner als wir und eindeutig schwächer sind. Die mehr mythisch Orientierten unter uns haben gesagt, daß sie groß genug seien, um uns in ihren Mägen zu verschlucken (von unten) und uns Monate später wieder auszustoßen, schwach und hilflos. Die anthropologisch Orientierten sagen, daß sie vielleicht das fehlende Glied in der Evolution sind, nach dem wir schon so lange suchen, und daß sie, wie sie glauben, irgendwo zwischen dem Gorilla und uns stehen (obwohl wahrscheinlich ein gutes Stück höher auf der Skala als Pithecanthropus erectus), und daß sie daher (logischerweise) deutlich kleiner und etwas vornübergeneigt, aber nicht unbedingt schwächer sind. Die sexuell Besessenen unter uns möchten wissen – unter anderem –, ob ihr Orgasmus eine ebenso spezifische Reaktion wie unserer ist. Die Romantiker unter uns denken, daß sie niedliche und liebenswerte Geschöpfe sein werden, sogar wenn sie wütend sind und ungeachtet ihrer Größe und Stärke. Andere denken das Gegenteil. Es gibt auch verschiedene Meinungen darüber, wie man sie über die Tatsachen ihres Lebens hinwegtrösten soll und ob das überhaupt möglich ist, denn 72 Prozent von ihnen empfinden sich selbst als minderwertig, 65 Prozent halten ihr geistiges Gleichgewicht für zerbrechlich, nur 33 $\frac{1}{3}$ Prozent empfinden keine tiefe Demütigung einfach darüber, daß sie sind, was sie sind. Wie soll es da möglich sein, ihre Linien der Selbstverteidigung und der ständigen Abwehrhaltung zu durchbrechen? Auseinandersetzungen sind unvermeidlich, das ist klar. (Fünfundachtzig Prozent von ihnen kommen zurück, um alten Streit aufzuwärmen.) Wir mögen keine unangenehmen emotionalen Konfrontationen, versuchen dergleichen um jeden Preis zu vermeiden, doch uns ist auch bewußt, daß es nicht immer leicht sein wird, die Rolle des dominanten Partners in einer intimen Wechselbeziehung zu spielen. Und dennoch, wie schön, eines nahen Tages eine Gruppe von Wesen zu haben (fast unsichtbaren dazu), deren Hauptaufgabe es wäre, aufzuräumen!

Die Sockel für sie sind schon aufgestellt worden.

Selbst wenn (oder besonders wenn) sie nicht ganz an unser Niveau heranreichen, werden sie uns jedenfalls an das Tier in uns allen gemahnen, an unsere Scheußlichkeit … unser Auf und Ab … an Lebenskräfte, von deren Existenz wir kaum wissen … die wir vielleicht nie geahnt haben.

Doch jetzt haben wir eine seltsame und irritierende Nachricht von dem Kommandanten, in der er uns mitteilt, daß einige sehr wichtige politische Verantwortliche gesagt hätten, all diese Geschichten von Sichtungen seien ebendies: Geschichten … Schwindel, und daß nachgewiesen worden sei, daß die Fotos manipuliert sind, in einem Fall ein Gorilla, vor einen schneebedeckten Berg kopiert, in einem anderen Fall ein Mann in Frauenkleidung. (Nur zwei Bilder sind noch nicht erklärt.) Etliche Leute haben gestanden. Manche sind überhaupt nie in dem Gebiet gewesen. Was wir auch gesehen haben, es muß ein Effekt von Licht und Schatten gewesen sein oder noch eher einer der Bären in seiner natürlichen Umgebung, und (man ist sich dessen sicher) es muß ein Schwindler unter uns sein, der die Bananen selbst gestohlen und die Fußspuren mit einem alten Schuh am Ende einer langen Stange gemacht hat. Außerdem, man stelle sich vor, wir würden entdecken, daß es sie wirklich gibt. Wir würden uns nur zusätzliche Probleme aufladen. Komitees müßten gebildet werden, um Alternativen zur Langeweile zu finden, wenn ihre Jahre des Geschirrwaschens vorüber wären. Es müßten Methoden entdeckt werden, um Krebs an bestimmten Stellen, seltsame Ausflüsse, Vaginismus und andere Spasmen zu heilen. Eine große Gruppe von Dilettanten (Sonntagsdichterinnen und -malerinnen) würde zur Gesellschaft hinzugefügt werden, obwohl die Gesellschaft auch ohne sie gut auskommt, wie der Kommandant sagt. Und warum sollten wir nach ihnen suchen, als wären sie der Mount Everest (und auch ebenso wichtig), bloß weil es sie gibt? Jedenfalls sind die Mittel für unsere Suche erschöpft. Der Kommandant zweifelt sogar, ob wir uns weitere Telefonate leisten können.

Wir sind von der Neuigkeit alle sehr deprimiert, obwohl sich schwer genau ausmachen läßt, warum eigentlich. Einige von uns sind sich sicher, oder ziemlich sicher, daß es wirklich etwas da draußen gibt ... gerade außer Sicht ... gerade außer Hörweite. Manche von uns scheinen bisweilen einen Farbblitz in den Augenwinkeln zu sehen, als sei das seinem Wesen nach Unsichtbare für ein paar Sekunden *fast* sichtbar gemacht worden. Es läßt einen auch denken (und manche von uns tun es), wie vielleicht Socken und Unterwäsche eines Tages wie von Zauberhand unter den Betten hervor zurückkehren, um sauber und gebügelt in der Schublade aufzutauchen, als könnten Tassen mit Kaffee aus dem Nichts auftauchen, wenn man sie am dringendsten braucht, als würden im Kühlschrank Milch oder Butter nie alle … Doch wir stehen im Dienst unseres Zeitplans und unseres Budgets. Wir müssen zum Sitz der Macht zurückkehren, zum Dienst an der Zivilisation … der Politik … Wir kehren um.

Eine Zeitlang denke ich ernsthaft daran, allein weiterzugehen. Ich denke, vielleicht, wenn ich allein zurückschleichen würde, still dasäße, vielleicht so angezogen, daß ich mich besser einfüge. Vielleicht, wenn ich lange genug stillsäße (und nicht mehr lauthals diese alten, gruseligen Geschichten über sie erzählte), wenn ich keine stolzen Gesten machte … die Schultern nicht so steif … vielleicht würden sie sich dann an mich gewöhnen, mir sogar Bananen aus der Hand fressen, mit der Zeit eine autoritäre Gestalt an ihrer subtilen Gestalt erkennen und vielleicht ein paar einfache Kommandos lernen. Doch ich muß mich an meine Anweisungen halten. Es ist zu schade, doch ich will mein Gehalt kassieren, meine Medaillen, und mit dem nächsten Projekt weitermachen. Dennoch möchte ich noch einen Schritt auf jene Geschöpfe zugehen, und sei es auch nur ein symbolischer. Ich schleiche mich die Route zurück und hinterlasse eine Botschaft, wo sie nicht übersehen werden kann, umringt von Bananen. Ich hinterlasse etwas, das sie gewiß verstehen werden: die einfache Zeichnung eines nackten Mannes, eine Sichelform, die jedenfalls für den Mond stehen muß, eine Herzform (anatomisch korrekt) für Liebe, ein Zifferblatt mit der Zeit der Botschaft, der Umriß meiner eigenen Fußspur neben dem Umriß einer ihrer Spuren (sieht aus wie ein Fragezeichen neben einem Ausrufungszeichen). Oben ›An Grace‹. Dann sitze ich eine Weile da und lausche auf Seufzer und glaube welche zu hören … glaube, etwas vage Weißes auf Weiß in der Reinheit des Schnees zu sehen. *Absichtlich* unsichtbar, soviel steht fest (wenn überhaupt vorhanden); wenn wir sie also nicht sehen können, ist es nicht *unsere* Schuld.

Gut, wenn es das ist, was sie wollen, dann sollen sie allein den Mond anheulen (oder was immer sie tun) und tanzen und ihre eigenen Herde am Brennen halten. Sollen sie, wie es heißt, ›im Schatten des Mannes‹ leben. Geschieht ihnen recht.

Ich frage den Psychoanalytiker: »Wer sind wir, trotz alledem?« Er sagt, ungefähr 90 Prozent von uns stellen dieselbe Frage in der einen oder anderen Form, während ungefähr 10 Prozent eine Art eigene Antwort gefunden zu haben scheinen. Er sagt, daß wir jedenfalls im Grunde bleiben werden, was wir schon sind, egal, ob wir uns die Mühe machen, die Frage zu stellen oder nicht.

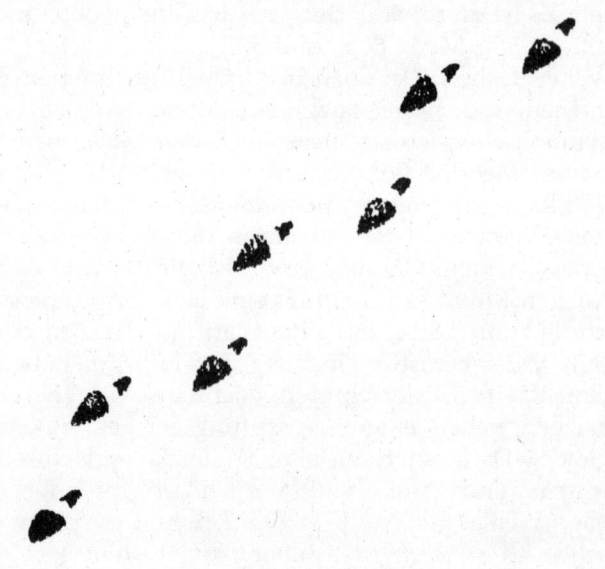

Joanna Russ

wurde 1937 geboren und unterrichtet seit 1970 an US-amerikanischen Universitäten; 1977 wurde sie Professorin für Englisch an der Universität von Washington. Ihre erste SF-Geschichte erschien 1959, danach schrieb sie sowohl Erzählungen als auch SF-Kritik (für letztere erhielt sie 1988 den Pilgrim Award); ihre gegenwärtige prominente Rolle erlangte sie jedoch erst seit Ende der sechziger Jahre als eine der führenden feministischen Autorinnen in der SF. Ihr erster Roman Alyx *(Picnic on Paradise, 1968, deutsch 1983), dem sie später noch thematisch zusammenhängende Erzählungen hinzufügte, wurde weithin als »befreiend« (John Clute) empfunden.**

Durchaus feministisch, aber wesentlich differenzierter und problembewußter sind ihre folgenden Werke, etwa die Erzählung »Veränderung« (auch: »Als alles anders wurde«), für die sie 1972 einen Nebula Award erhielt und die außerordentlich häufig in Anthologien nachgedruckt wurde. Die Geschichte spielt auf einem von Menschen besiedelten Planeten, wo alle Männer einer Seuche zum Opfer gefallen sind, die Frauen sich parthogenetisch fortpflanzen und die nach dreißig Generationen wieder von der Erde eintreffenden Männer als fremdartige Bedrohung ihrer Lebensweise empfinden. Berühmt wurde auch Joanna Russ' dritter Roman Planet der Frauen *(The Female Man, 1975, deutsch 1978), in dem derselbe Planet mit seiner Frauen-Utopie als eine von vier Alternativwelten vorkommt.*

---

* Die Heldin ist nämlich eine zeitreisende Söldner*in*, verhält sich aber wie ein Mann, und es ist doch toll, wenn nun auch Frauen in der traditionellen Rolle des männlichen Schlagetots agieren dürfen, nicht wahr? – *E. S.*

Naturgemäß würden sich für diese Abteilung viele von ihren Erzählungen eignen, die auf vielfältige Weise die Beziehungen von Frauen und Männern zueinander erforschen – wenn sie denn komisch wären, doch das sind die wenigsten. Joanna Russ hat aber auch eine ganze Reihe SF-Geschichten zu anderen Themen geschrieben. Aus ungewöhnlicher Perspektive behandelt die folgende das Verhältnis zu Außerirdischen.

Wenn einer eine Reise tut ...

DIE LOCRINE: Halbinsel und Umgebung.

Hoch-Lokrinnen.

X 437 894 = II

Annehmbare Ähnlichkeit mit der Erde (siehe beiliegende Tonbänder und Transliterationen)

Zu Physiologie, Ökologie, Religion und Gebräuchen, vergleiche Wu und Fabricant, Prag 2355, Band 2 »Die Locrine. Was der Tourist wissen sollte«, durchgehend.

IM HOTEL:

Das ist mein Begleiter. Er ist nicht als Trinkgeld gedacht.

Ich rufe den Geschäftsführer.

Das kann nicht mein Zimmer sein, weil ich Ammoniak nicht atmen kann.

Am wohlsten fühle ich mich bei Temperaturen von 290 bis 303 Grad Kelvin.

Kellnerin, diese Speise ist noch lebendig.

BEI DER PARTY:

Sind Sie das?

Sind das alles Sie? Wieviel (viele) von Ihnen ist (sind) das?

Ich freue mich, Ihren Klon kennenzulernen.

Interstellare Freundschaft verlangt, daß wir an diesem Punkt körperlich etwas tun, aber ich bitte Sie, davon abzusehen.

Sind Sie giftig?
Sind Sie eßbar? Ich bin nicht eßbar.
Mein Begleiter ist nicht eßbar.
Das ist mein Ohr.
Ich bin giftig.
So kopulieren Sie?
Soll das erotisch sein?
Herzlichen Dank.
Bitte, erklären Sie das.
Verändern Sie die Farbe?
Sind Sie schwanger?
Ich verlasse das Zimmer.
Können wir nicht einfach Freunde sein?
Bringen Sie mich sofort zum Konsulat der Erde.
Ihr freundliches Angebot schmeichelt mir zwar sehr,
    aber ich kann Sie zu den Paarungsgruben nicht be-
    gleiten, weil ich zu den Lebendgebärenden gehöre.

IM KRANKENHAUS:
Nein!
Meine Verzehröffnung befindet sich nicht an diesem
    Ende meines Körpers.
Ich möchte das lieber selbst tun.
Bitte, lassen Sie die Atmosphäre nicht herein (hinaus),
    weil ich mich sonst sehr unbehaglich fühle.
Ich esse kein Blei.
Das Thermometer dort einzuführen wird wenig oder
    keine nützliche Information erbringen.

BESICHTIGUNG VON SEHENSWÜRDIGKEITEN:
Sie sind nicht mein Führer. Mein Führer war Zweibeiner.
Wir Erdbewohner tun das nicht.
Ach, was für ein hübsches Natatorium (Paarungspferch,
    vereinbartes Schauspiel, ungewollte Erscheinung)!
Um welche Zeit stürzt die verlassene Prinzessin sich in
    den flammenden Vulkan? Können wir teilnehmen?

180

Das kann man nicht vorführen.
Das ist kaum wahrscheinlich.
Das ist lächerlich.
Ich habe dafür viel bessere Beispiele gesehen.
Bitte, führen Sie mich zum nächsten intelligenten Säuge-
    tier.
Bringen Sie mich ohne Aufschub zum Konsulat der Erde.

IM THEATER:
Ist das lustig?
Entschuldigen Sie, ich wollte nicht beleidigend sein.
Ich wollte mich nicht auf Sie setzen. Ich hatte nicht er-
    kannt, daß Sie auf diesem Platz sind.
Könnten Sie sich ein wenig niedriger verformen?
Meine Augen sind nur für Licht der Wellenlängen 3000
    bis 7000 Angström empfindlich.
Bilde ich mir das ein?
Soll ich mir das einbilden?
Sollte mich das Wasser am Boden beunruhigen?
Wo ist der Ausgang?
Hilfe!
Das ist große Kunst.
Meine religiöse Überzeugung hindert mich, an der Vor-
    stellung teilzunehmen.
Ich fühle mich nicht wohl.
Ich fühle mich sehr krank.
Ich esse keine lebende Nahrung.
Soll das erotisch sein?
Darf ich das mit nach Hause nehmen?
Gehört das zur Vorstellung?
Hören Sie auf, mich zu berühren.
Sir oder Madam, das gehört mir. (außerhalb)
Sir oder Madam, das gehört mir. (innerhalb)
Ich möchte die Abfallstoff-Anlagen besuchen.
Sind Sie fertig?
Darf ich anfangen?

Sie sind mir im Weg.

Unter keinen Umständen.

Wenn Sie damit nicht aufhören, rufe ich den Aufseher. Meine Religion verbietet das.

Sir oder Madam, das ist eine Privatzelle.

Sir und Madam, das ist eine Privatzelle.

KOMPLIMENTE:

Sie sind mehr als vorher.

Ihr Haar ist falsch.

Wenn Sie Ihre Füße entblößen, werde ich ohnmächtig.

Es ist kein Platz.

Sie werden morgen zweifellos hier sein.

BELEIDIGUNGEN:

Sie sind wie vorher.

Es gibt mehr von Ihnen als vorher.

Man sieht Ihre Finger.

Wie sauber Sie sind!

Sie sind sauber, aber belebt.

ALLGEMEIN:

Bringen Sie mich zum Konsulat der Erde.

Zeigen Sie mir den Weg zum Konsulat der Erde.

Davon wird das Konsulat der Erde erfahren.

So kann man einen Besucher nicht behandeln.

Bitte, zeigen Sie mir den Weg zu meinem Hotel.

Um welche Zeit geht der Mond auf? Gibt es einen Mond?

Ist es ein Vollmond? Bringen Sie mich sofort zum Konsulat der Erde.

Kann ich den zweiten Band von Wu und Fabricant mit dem Titel »Physiologie, Ökologie und Gebräuche der Locrine« haben? Der Preis spielt keine Rolle.

An meinem Fahrzeug ist eben etwas ausgefallen.

Ich sterbe.

Philip K. Dick

*war einer der wichtigsten Science-Fiction-Autoren der Nach-
kriegszeit und hat auch nach seinem Tod noch den Status
eines Kultautors. Stanisław Lem, der sich (aus einer den Er-
kenntniswert betonenden Sicht) über seine amerikanischen
Kollegen ziemlich kritisch geäußert hat, lobte ihn als eine der
erfreulichen Ausnahmen. Dicks Sonderstellung wird freilich
auch dadurch unterstrichen, daß er zwar heute als »eine der
zwei, drei wichtigsten Gestalten in der US-amerikanischen
SF des 20. Jahrhunderts« (Brian Stableford und John Clute)
gilt, von den beiden angesehensten SF-Preisen den Hugo
Award aber nur einmal (für* Das Orakel vom Berge*) erhielt
und den Nebula nie. Er ist einer der wenigen SF-Autoren,
von denen es eine systematische Werkausgabe in deutscher
Sprache gibt.*

*Philip Kindred Dick (1928–1982) wurde in Chicago gebo-
ren und verbrachte die meiste Zeit seines Lebens in Kalifornien. Er hat über hundert SF-Erzählungen geschrieben, die
erste erschien 1952, und die weitaus meisten folgten bereits in
den fünfziger und sechziger Jahren. Seine SF-Romane aus den
Fünfzigern sind heute vor allem dadurch von Interesse, daß
sich in ihnen – wie auch in einigen Erzählungen – spätere
Themen und Stilmittel andeuten; außerdem schrieb er damals
auch bemerkenswerte realistische Romane, die erst nach seinem Tod einen Verleger fanden.*

Den Durchbruch brachte Das Orakel vom Berge *(The
Man in the High Castle, 1962, deutsch 1973), einer der bekanntesten Alternativwelt-Romane, in dem die Nazis den
Zweiten Weltkrieg gewonnen haben. In den sechziger und
siebziger Jahren entstanden seine wohl bedeutendsten SF-Romane, deren Leitmotiv die Verzerrung und Auflösung der
Wirklichkeit ist, oft vor dem Hintergrund dystopischer Zu-*

kunftsentwürfe. Dazu gehören u. a. Mozart für Marsianer *(Martian Time Slip, 1963/64, deutsch 1973),* LSD-Astronauten *(The Three Stigmata of Palmer Eldritch, 1965, deutsch 1971) und* Ubik *(Ubik, 1969, deutsch 1977); berühmt wurde auch* Träumen Roboter von elektrischen Schafen? *(Do Androids Dream of Electric Sheep?, 1968, deutsch 1969), die Vorlage für den Film* Der Blade Runner *(1982). Unter Dicks späteren Romanen ragen jene hervor, die von einer religiösen Erfahrung geprägt sind, welche er im März 1974 hatte (möglicherweise im Zusammenhang mit psychischen Störungen, unter denen er in den letzten Lebensjahren litt), und deren Verarbeitung und Deutung gewidmet sind, insbesondere die* Valis-Trilogie.

Eine von Dicks erfolgreichsten frühen Erzählungen war »Ach, als Blobbel hat man's schwer!«, *die erstmals 1964 in der Zeitschrift* Galaxy *erschien und ein Standardthema der SF auf die Schippe nimmt: den interstellaren Krieg zwischen Menschen und Außerirdischen. Man gewinnt zu den Aliens vielleicht doch ein anderes Verhältnis, wenn man erst mal selber einer war.*

PHILIP K. DICK

Ach, als Blobbel hat man's schwer!

Er steckte eine Zwanzigdollar-Platinmünze in den
Schlitz, und nach einem kleinen Augenblick leuchtete
der Analytiker auf. Seine Augen schimmerten freundlich, und er wirbelte auf seinem Stuhl herum, nahm
einen Stift und einen großen Notizblock von seinem
Schreibtisch und sagte:

»Guten Morgen, Sir. Sie können anfangen.«

»Tag, Dr. Jones. Sie sind wohl nicht zufällig der
Dr. Jones, der die definitive Freud-Biographie geschrieben hat? Nein, ist ja auch schon hundert Jahre her.« Er
lachte nervös; da er in eher ärmlichen Verhältnissen
lebte, war er ein Anfänger, was den Umgang mit den
neuen vollhomöostatischen Psychoanalytikern betraf.
»Ähm«, sagte er, »soll ich frei assoziieren oder Ihnen
etwas über meine Herkunft erzählen oder wie?«

»Vielleicht«, meinte Dr. Jones, »erzählen Sie mir zunächst, wer Sie sind und weshoib S' z' mia kumman –
weshalb Sie ausgerechnet zu mir gekommen sind.«

»Ich heiße George Munster und wohne Steg 4, Gebäude WEF-395, Eigentumswohnkomplex San Francisco, Baujahr 1996.«

»Freut mich, Sie kennenzulernen, Mr. Munster.« Dr.
Jones streckte die Hand aus, und George Munster schüttelte sie. Wider Erwarten war die Hand angenehm tem-
periert und ausgesprochen weich. Der feste Hände-
druck hingegen hatte durchaus etwas Männliches.

»Sehen Sie«, erklärte Munster, »ich bin ein ehemaliger

GI, Kriegsveteran. So bin ich auch an meine Eigentumswohnung in WEF-395 gekommen; Veteranenvergünsti-
gung.«

»Ah ja«, sagte Dr. Jones mit einem leisen Ticken, das
die verstreichende Zeit registrierte. »Der Krieg gegen
die Blobbels.«

»Drei Jahre habe ich im Krieg gekämpft«, meinte
Munster und strich sich nervös über das lange schwarze
Haar, das allmählich dünner wurde. »Ich habe die Blobbels gehaßt, deswegen habe ich mich freiwillig gemeldet; ich war damals neunzehn und hatte einen guten
Job – aber der Kreuzzug, um das Sol-System von Blobbels zu säubern, war mir wichtiger.«

»Mh-hm«, machte Dr. Jones tickend und nickend.

»Ich war ein guter Soldat«, fuhr George Munster fort.
»Ehrlich gesagt, ich habe sogar zwei Orden bekommen
und eine Beförderung für besondere Tapferkeit im Feld.
Zum Korporal. Weil ich im Alleingang einen Beobach-
tungssatelliten voller Blobbels ausradieren konnte; wie
viele es nun genau waren, läßt sich nicht mit Sicherheit sagen, weil diese Blobbels natürlich dazu neigen,
sich zu verwirren und entwirren, daß einem ganz wirr
davon wird.« Von seinen Gefühlen überwältigt, verstummte er. Es fiel ihm schwer, über den Krieg zu sprechen, die bloße Erinnerung daran war schon zuviel für
ihn … Er streckte sich auf der Couch aus, zündete sich
eine Zigarette an und versuchte, seine Fassung wieder-
zuerlangen.

Die Blobbels waren ursprünglich aus einem anderen
Sonnensystem eingewandert, wahrscheinlich von Proxima. Vor ein paar tausend Jahren hatten sie sich auf
dem Mars und auf Titan niedergelassen, wo sie bald erfolgreiche Landwirte wurden. Sie waren eine Weiterentwicklung der einzelligen Amöbe, verhältnismäßig groß
zwar und mit einem hochorganisierten Nervensystem
ausgestattet, doch trotz alledem Amöben mit Pseudo-

podien, die sich durch Zellteilung fortpflanzen und den terranischen Siedlern im wesentlichen feindlich gesinnt waren.

Zum Krieg war es letztlich aus ökologischen Gründen gekommen. Die Auslandshilfeabteilung der UNO wollte die Marsatmosphäre umwandeln, um für die terranischen Siedler bessere Lebensbedingungen zu schaffen. Diese Umwandlung hätte jedoch den Fortbestand der dort ansässigen Blobbel-Kolonien gefährdet; so hatte der Konflikt seinen Anfang genommen.

Nun ja, überlegte Munster, man konnte eben nicht nur die halbe Atmosphäre eines Planeten umwandeln; gegen die Brownsche Molekularbewegung war kein Kraut gewachsen. Nach zehn Jahren hatte sich die veränderte Atmosphäre über den ganzen Planeten ausgebreitet und machte den Blobbels das Leben zur Qual – zumindest behaupteten sie das. Im Gegenzug war eine Blobbelflotte zur Erde aufgebrochen und hatte eine Reihe technisch hochkomplizierter Satelliten in die Umlaufbahn gebracht, die letzten Endes die Atmosphäre von Terra umwandeln sollten. Zu dieser Umwandlung war es jedoch nie gekommen, denn das Kriegsministerium der UNO hatte selbstverständlich sofort eingegriffen; die Satelliten waren von Killerraketen zur Explosion gebracht worden ... und der Krieg war in vollem Gange.

»Sind Sie verheiratet, Mr. Munster?« fragte Dr. Jones.

»Nein, Sir«, sagte Munster. »Und ...« Ihn schauderte. »Und wenn ich Ihnen die ganze Geschichte erst erzählt habe, wissen Sie auch, weshalb. Sehen Sie, Doktor ...« Er drückte seine Zigarette aus. »Ich will ganz offen mit Ihnen reden. Ich war ein terranischer Spion. Das war meine Aufgabe; sie haben mir den Job bloß wegen meiner Tapferkeit im Feld aufgebrummt ... ich habe sie jedenfalls nicht drum gebeten.«

»Verstehe«, sagte Dr. Jones.

»Wirklich?« Munsters Stimme überschlug sich. »Wissen Sie, daß es damals nur eine Möglichkeit gab, einen terranischen Spion erfolgreich bei den Blobbels einzuschleusen?«

Dr. Jones nickte. »Ja, Mr. Munster. Sie mußten Ihre menschliche Gestalt aufgeben und die widerwärtige Gestalt eines Blobbels annehmen.«

Munster schwieg; verbittert ballte er immer wieder die Fäuste. Dr. Jones hinter seinem Schreibtisch tickte.

Abends saß Munster allein in seiner kleinen Wohnung in WEF-395, entkorkte eine Flasche Teacher's und schlürfte den Scotch aus einer Tasse, da er sich beim besten Willen nicht dazu aufraffen konnte, sich aus dem Schrank über der Spüle ein Glas zu holen.

Was hatte ihm die Sitzung bei Dr. Jones heute gebracht? Nichts, soweit er das beurteilen konnte. Und sie hatte ein tiefes Loch in seine mageren finanziellen Reserven gerissen … mager, weil …

Weil er sich trotz seiner eigenen Anstrengungen und der Bemühungen der Veteranenbetreuungsbehörde der UNO wie damals im Krieg jeden Tag für fast zwölf Stunden in einen Blobbel zurückverwandelte. In einen formlosen, einzelligen Klumpen, und das in seiner eigenen Wohnung in WEF-395.

Seine finanziellen Reserven bestanden aus einer kleinen Rente vom Kriegsministerium; es war ihm unmöglich, Arbeit zu finden, denn sobald er eine Stelle bekommen hatte, begann er sich vor lauter Streß umgehend zu verwandeln, vor den Augen seines neuen Arbeitgebers und seiner Kollegen.

Das war nicht eben hilfreich beim Aufbau eines erfolgreichen Arbeitsverhältnisses.

Und tatsächlich, jetzt, um acht Uhr abends, spürte er, wie er sich schon wieder zu verwandeln begann; das Gefühl war alt und vertraut, und er haßte es. Rasch schlürfte er den Rest Scotch, stellte die Tasse auf den Tisch und spürte, wie er zu einem homogenen Kuddelmuddel zerfloß.

Das Telefon klingelte.

»Ich kann jetzt nicht«, rief er ihm zu. Ein Relais im Telefon registrierte die gequälte Antwort und leitete sie an den Anrufer weiter. Inzwischen war Munster nichts weiter als eine durchsichtige, gallertartige Masse mitten auf dem Teppich; er walzte zum Telefon – trotz seiner Bemerkung klingelte es nach wie vor, und er glühte vor Zorn; hatte er nicht schon genug Sorgen, ohne sich auch noch mit einem klingelnden Telefon herumschlagen zu müssen?

Als er dort angekommen war, fuhr er ein Pseudopodium aus und fegte den Hörer von der Gabel. Nur mit größter Mühe gelang es ihm, seinen plastischen Körper zu einem dumpftönenden Quasi-Stimmapparat zu verformen. »Ich bin beschäftigt«, tönte er leise wummernd in die Sprechmuschel. »Rufen Sie später noch mal an.« *Am besten morgen früh,* dachte er und legte auf. *Wenn ich wieder Mensch bin.*

In der Wohnung war es jetzt vollkommen still.

Seufzend glitt Munster quer über den Teppich zum Fenster, wo er sich zu einer Säule aufrichtete, damit er hinausblicken konnte; an seiner Körperoberfläche gab es einen lichtempfindlichen Fleck, und wenn er auch nicht über eine richtige Linse verfügte, so konnte er doch – wehmütig – die Aussicht auf die Bay von San Francisco genießen, die Golden Gate Bridge und Alcatraz Island, den Spielplatz für kleine Kinder.

Verflucht, dachte er verbittert. *Ich kann nicht heiraten; ich kann kein normales menschliches Leben führen, solange ich mich dauernd in dieses Etwas verwandle, zu dem mich die hohen Tiere vom Kriegsministerium damals haben ummodeln lassen …*

Als er den Auftrag im Krieg angenommen hatte,

wußte er noch nicht, daß er zu diesem Dauerschaden führen würde. Sie hatten ihm versichert, es sei »nur vorübergehend, bis Kriegsende«, oder irgend so eine dämliche Floskel. *Von wegen Kriegsende,* dachte Munster und glühte vor ohnmächtigem Zorn. *Es sind jetzt schon* elf Jahre.

Die damit verbundenen psychischen Probleme und der seelische Druck waren enorm. Aus diesem Grund hatte er Dr. Jones aufgesucht.

Wieder klingelte das Telefon.

»Na schön«, sagte Munster laut und glitt schwerfällig quer durchs Zimmer zum Apparat. »Sie wollen mich sprechen?« fragte er, während er sich langsam dem Telefon näherte; es war ein weiter Weg für einen Blobbel. »Dann spreche ich jetzt mit Ihnen. Meinetwegen schalten Sie den Videoschirm ein, dann können Sie mich auch noch *sehen*.« Beim Telefon angekommen, legte er den Schalter um, der sowohl die optische als auch die akustische Verbindung herstellte. »Schauen Sie genau hin«, sagte er und präsentierte seine amorphe Gestalt der Abtaströhre des Videosystems.

»Entschuldigen Sie, daß ich Sie zu Hause belästige, Mr. Munster«, ertönte Dr. Jones' Stimme, »noch dazu in diesem, ähem, mißlichen Zustand …« Der homöostatische Analytiker hielt inne. »Aber ich habe mir ein wenig Zeit genommen und mich mit der Problematik Ihrer Lage beschäftigt. Es könnte sein, daß ich zumindest zu einer Teillösung gelangt bin.«

»Was?« fragte Munster verblüfft. »Wollen Sie damit andeuten, daß die Medizin inzwischen soweit ist …«

»Nein, nein«, erwiderte Dr. Jones rasch. »Die physischen Aspekte fallen nicht in mein Ressort; das dürfen Sie nicht vergessen, Mr. Munster. Als Sie mit Ihrem Problem zu mir gekommen sind, ging es doch um die psychische Anpassung …«

»Ich komm' gleich rüber in Ihre Praxis, dann können

wir weiterreden«, meinte Munster. Da fiel ihm ein, daß das nicht ging; als Blobbel würde er Tage brauchen, um quer durch die Stadt bis in Dr. Jones' Praxis zu walzen. »Jones«, sagte er verzweifelt, »jetzt sehen Sie, mit welchen Schwierigkeiten ich mich herumplagen muß. Ich bin Nacht für Nacht an diese Wohnung gefesselt, es geht abends gegen acht los und dauert bis morgens um sieben ... ich kann nicht einmal bei Ihnen vorbeikommen, mit Ihnen reden und mich behandeln lassen ...«

»Ganz ruhig, Mr. Munster«, unterbrach ihn Dr. Jones. »Ich versuche gerade, Ihnen etwas zu erklären. *Sie sind nicht der einzige, dem es so geht.* Haben Sie das gewußt?«

»Ja sicher«, antwortete Munster mit schwerer Stimme. »Alles in allem sind im Lauf des Krieges dreiundachtzig Terraner zu Blobbels umfunktioniert worden. Von diesen dreiundachtzig« – er hätte das alles im Schlaf herunterbeten können – »haben einundsechzig überlebt, und mittlerweile haben sich fünfzig davon in einer Vereinigung zusammengeschlossen, die sich Veteranen Unnatürlicher Kriege nennt. Ich bin einer von ihnen. Wir treffen uns zweimal im Monat und verwandeln uns im Chor ...« Er wollte auflegen. Mehr hatte er für sein Geld also nicht bekommen, bloß dieses uralte Zeug. »Wiedersehen, Doktor«, murmelte er.

Dr. Jones surrte aufgeregt. »Mr. Munster, ich rede nicht von anderen Terranern. Ich habe Ihretwegen einige Nachforschungen angestellt und bin in der Kongreßbibliothek dabei auf im Krieg erbeutete Aufzeichnungen gestoßen, die besagen, daß fünfzehn *Blobbels* in Pseudo-Terraner umgewandelt wurden, um als Spione für die *andere* Seite tätig zu werden. Verstehen Sie?«

Nach einem Augenblick erwiderte Munster: »Nicht ganz.«

»Sie sperren sich psychisch dagegen, sich helfen zu lassen«, sagte Dr. Jones. »Also folgendes, Munster; kommen Sie morgen früh um elf in meine Praxis. Dann nehmen wir die Lösung Ihres Problems in Angriff. Gute Nacht.«

»Als Blobbel bin ich geistig nicht ganz auf der Höhe, Doktor«, meinte Munster müde. »Sie müssen schon entschuldigen.« Er war immer noch durcheinander, als er auflegte. Es gab also fünfzehn Blobbels, die im Augenblick auf Titan herumliefen und dazu verurteilt waren, regelmäßig Menschengestalt anzunehmen – na und? Was hatte er schon davon?

Vielleicht würde er es morgen um elf erfahren.

Als er in Dr. Jones' Wartezimmer kam, erblickte er eine überaus attraktive junge Frau, die in einem Sessel neben der Stehlampe in der Ecke saß und *Fortune* las.

Automatisch suchte Munster sich einen Platz, von dem aus er sie beobachten konnte. Modisch frisiertes, weiß gefärbtes Haar, im Nacken zu einem Zopf geflochten ... genüßlich verzehrte er sie mit Blicken, während er so tat, als sei auch er in *Fortune* vertieft. Schlanke Beine, zarte, grazile Ellbogen. Und ihr kluges, makellos geschnittenes Gesicht. Die intelligenten Augen, die schmale, spitz zulaufende Nase – ein wirklich entzückendes Mädchen. Er verschlang sie mit seinen Blicken ... bis sie plötzlich den Kopf hob und kühl zurückstarrte.

»Öde, diese Warterei«, murmelte Munster.

»Waren Sie schon oft bei Dr. Jones?« fragte das Mädchen.

»Nein«, gestand er. »Ich bin heute erst das zweite Mal hier.«

»Ich bin noch nie bei ihm gewesen«, sagte das Mädchen. »Ich war bisher bei Dr. Bing, einem vollhomöostatischen Psychoanalytiker in Los Angeles, aber gestern abend hat er mich angerufen und meinte, ich soll heute morgen hierherfliegen und mich bei Dr. Jones melden. Ist er denn gut?«

»Ähm«, meinte Munster. »Ich nehm's an.« *Wir werden sehen*, dachte er. *Genau das wissen wir nämlich bis jetzt noch nicht.*

Die Tür zum Sprechzimmer ging auf, und da stand Dr. Jones. »Miss Arrasmith«, sagte er und nickte dem Mädchen zu. »Mr. Munster.« Er begrüßte George mit einem Nicken. »Würden Sie bitte hereinkommen?«

Miss Arrasmith stand auf und fragte: »Wer bezahlt denn die zwanzig Dollar?«

Doch der Analytiker war verstummt; er hatte sich abgeschaltet.

»Ich bezahle«, meinte Miss Arrasmith und griff in ihre Handtasche.

»Nein, nein«, meinte Munster. »Überlassen Sie das mir.« Er holte ein Zwanzigdollarstück hervor und steckte es in den Schlitz des Analytikers.

Sofort sagte Dr. Jones: »Sie sind ein Gentleman, Mr. Munster.« Lächelnd führte er die beiden in sein Sprechzimmer. »Bitte, nehmen Sie doch Platz. Miss Arrasmith, wenn Sie mir erlauben würden, Mr. Munster ohne große Vorrede über Ihre ... Lage aufzuklären.« Er wandte sich an Munster. »Miss Arrasmith ist ein Blobbel.«

Er starrte das Mädchen fassungslos an.

»Unverkennbar«, fuhr Dr. Jones fort, »momentan in Menschengestalt. Ein Zustand, in den sie sich keineswegs freiwillig begeben hat. Im Krieg hat sie hinter den terranischen Linien operiert, im Auftrag des Blobbel-Kriegsbundes. Sie wurde gefangengenommen und interniert, aber als der Krieg vorbei war, wurde sie weder vor Gericht gestellt noch verurteilt.«

»Als ich freigelassen wurde«, sagte Miss Arrasmith mit leiser, mühsam beherrschter Stimme, »hatte ich nach wie vor menschliche Gestalt. Aus lauter Scham bin ich hiergeblieben. Ich konnte einfach nicht zum Titan zurück und ...« Ihre Stimme bebte.

»Für einen Angehörigen einer hohen Blobbelkaste«,

erklärte Dr. Jones, »ist mit diesem Zustand eine ungeheure Scham verbunden.«

Miss Arrasmith nickte, umklammerte ein winziges Taschentuch aus irischem Leinen und versuchte, einen möglichst gelassenen Eindruck zu machen. »So ist es, Doktor. Ich bin zum Titan zurückgekehrt um mit den medizinischen Fachleuten über mein Problem zu sprechen. Nach einer teuren und langwierigen Behandlung ist es ihnen gelungen, meinen natürlichen Zustand wiederherzustellen, allerdings nur ...« Sie zögerte. »Für knapp sechs Stunden am Tag. Aber die anderen achtzehn Stunden ... sehe ich so aus, wie ich jetzt vor Ihnen sitze.« Sie zog den Kopf ein und tupfte sich mit dem Taschentuch das rechte Auge.

»Gott«, widersprach Munster, »seien Sie doch froh; die menschliche Gestalt ist unendlich viel besser als die eines Blobbels – ich muß das schließlich wissen. Als Blobbel kann man doch nur kriechen ... wie eine riesige Qualle, ohne Skelett, das einen aufrecht hält. Und die Zellteilung – das ist doch saumäßig, wirklich saumäßig im Vergleich zur terranischen Art der – Sie wissen schon. Fortpflanzung.« Er errötete.

Dr. Jones tickte. »Also haben Sie beide gleichzeitig circa sechs Stunden am Tag Menschengestalt«, erklärte er. »Und etwa eine Stunde lang sind Sie beide Blobbels. Alles in allem bleiben Ihnen von vierundzwanzig also sieben Stunden, in denen Sie beide die gleiche Gestalt haben. Meiner Ansicht nach ...« Er spielte mit Stift und Papier. »Nun ja, sieben Stunden sind doch gar nicht so schlecht. Wenn Sie verstehen, was ich meine.«

Nach einem Augenblick meinte Miss Arrasmith: »Aber Mr. Munster und ich sind natürliche Feinde.«

»Das ist doch Jahre her«, sagte Munster.

»So ist es«, pflichtete Dr. Jones bei. »Stimmt, im Prinzip ist Miss Arrasmith ein Blobbel, und Sie, Munster, sind Terraner, aber ...« Er gestikulierte. »Jeder von Ihnen ist in seiner Zivilisation ein Außenseiter; jeder von Ihnen ist staatenlos und wird daher allmählich einen Identitätsverlust erleiden. Ich prophezeie Ihnen eine zunehmende Verschlechterung Ihres Zustands, die schließlich zu schwerer Geisteskrankheit führen wird. Es sei denn, zwischen Ihnen beiden käme es zu einer Annäherung.« Der Analytiker verstummte.

»Mr. Munster«, sagte Miss Arrasmith leise, »ich finde, im Grunde können wir doch wirklich froh sein. Dr. Jones hat es ja gerade gesagt, wir beide haben sieben Stunden am Tag dieselbe Gestalt … wollen wir nicht etwas gegen unsere traurige Einsamkeit unternehmen und diese Zeit gemeinsam genießen?« Sie lächelte ihn erwartungsvoll an und zog ihren Mantel zurecht. Sie hatte wirklich eine gute Figur; das mehr oder weniger tief ausgeschnittene Kleid ließ daran kaum einen Zweifel.

Munster betrachtete sie eingehend und dachte nach.

»Lassen Sie ihm Zeit«, riet Dr. Jones Miss Arrasmith. »Ich schätze, daß er das letztendlich genauso sehen und die richtige Entscheidung treffen wird.«

Miss Arrasmith zog nach wie vor an ihrem Mantel, tupfte sich ihre großen dunklen Augen und wartete.

Einige Jahre später klingelte in Dr. Jones' Praxis das Telefon. Er reagierte wie üblich. »Bitte, Sir oder Madam, wenn Sie mich sprechen möchten, bezahlen Sie zwanzig Dollar.«

»Hören Sie«, sagte eine barsche Männerstimme am anderen Ende der Leitung, »hier ist die Rechtsabteilung der UNO, und wir zahlen nie zwanzig Dollar, wenn wir mit jemandem sprechen wollen. Also schalten Sie schon Ihren internen Mechanismus ab, Jones.«

»Ja, Sir«, erwiderte Dr. Jones, legte mit der rechten Hand einen Schalter hinter seinem Ohr um und sprang daraufhin kostenlos an.

»Haben Sie im Jahr 2037«, fragte der UNO-Rechts-experte, »einem Paar zur Hochzeit geraten? Einem gewissen George Munster und einer gewissen Vivian Arrasmith, der jetzigen Mrs. Munster?«

»Äh, ja«, sagte Dr. Jones, nachdem er seine eingebauten Gedächtnisspeicher konsultiert hatte.

»Haben Sie damals geprüft, welche rechtlichen Konsequenzen diese Sache nach sich ziehen könnte?«

»Hmm, nun ja«, sagte Dr. Jones, »das ist nicht mein Problem.«

»Sie können gerichtlich belangt werden, wenn Sie jemanden zu Handlungen animieren, die gegen geltendes UNO-Recht verstoßen.«

»Es gibt kein Gesetz, das einem Blobbel und einem Menschen verbietet zu heiraten.«

»Na schön, Doktor«, meinte der UNO-Rechtsexperte, »dann werde ich wohl mal einen Blick in die Krankengeschichte der beiden werfen müssen.«

»Kommt überhaupt nicht in Frage«, sagte Dr. Jones. »Das wäre ein Verstoß gegen die ärztliche Schweigepflicht.«

»Dann beantragen wir eben eine einstweilige Verfügung und beschlagnahmen die Dinger.«

»Machen Sie nur.« Dr. Jones griff sich hinters Ohr und wollte sich abschalten.

»Warten Sie. Es wird Sie vielleicht interessieren zu erfahren, daß die Munsters inzwischen vier Kinder haben. Und nach dem Mendelschen Gesetz ist die Nachkommenschaft genau im Verhältnis eins zu zwei zu eins gespalten. Ein Blobbelmädchen, ein hybrider Junge, ein hybrides Mädchen, ein terranisches Mädchen. Das Rechtsproblem ergibt sich aus der Tatsache, daß der Oberste Blobbel-Rat das reinrassige Blobbelmädchen als titanische Staatsbürgerin betrachtet und außerdem beantragt hat, daß eins der beiden Hybriden der Jurisdiktion des Rates unterstellt wird. Verstehen Sie«, erklärte der UNO-Rechtsexperte weiter, »die Ehe der Munsters geht in die Brüche; sie wollen sich scheiden lassen, und es ist ziemlich knifflig herauszufinden, welche Gesetze in diesem speziellen Fall Gültigkeit haben.«

»Ja«, räumte Dr. Jones ein, »das kann ich mir vorstellen. Aus welchem Grund ist ihre Ehe denn in die Brüche gegangen?«

»Das weiß ich nicht, und es interessiert mich auch nicht. Vielleicht liegt es daran, daß beide Erwachsenen und zwei der vier Kinder sich tagtäglich mal in Blobbels, mal in Menschen verwandeln; vielleicht ist ihnen der Streß einfach über den Kopf gewachsen. Wenn Sie als Psychologe ihnen einen Rat geben wollen, müssen Sie sich schon selber mit ihnen in Verbindung setzen. Wiederhören.« Der UNO-Rechtsexperte legte auf.

Ob es ein Fehler war, ihnen zur Hochzeit zu raten? fragte sich Dr. Jones. *Vielleicht sollte ich sie mal anrufen; das zumindest bin ich ihnen schuldig.*

Er schlug das Telefonbuch von Los Angeles auf und suchte unter dem Buchstaben M.

Die Munsters hatten sechs schwere Jahre hinter sich.

Zunächst war George von San Francisco nach Los Angeles gezogen; er und Vivian hatten sich eine Eigentumswohnung mit drei statt wie bisher zwei Zimmern eingerichtet. Vivian, die drei Viertel des Tages terranische Gestalt annahm, hatte sogar eine Stellung gefunden; sie arbeitete in aller Öffentlichkeit bei der Auskunft am Fünften Flughafen von Los Angeles. George hingegen …

Seine Rente betrug nur etwa ein Viertel des Gehalts seiner Frau, und das machte ihm schwer zu schaffen. Um seine Pension aufzubessern, hatte er nach einer Möglichkeit gesucht, durch Heimarbeit etwas Geld hinzuzuverdienen. Schließlich war er in einer Illustrierten auf eine erfolgversprechende Anzeige gestoßen:

Also hatte er sich im Jahr 2038 sein erstes vom Jupiter importiertes Froschpärchen gekauft und zu Hause, zwecks Top-Verdienst, mit der Zucht begonnen, in einer Ecke des Kellers, die Leopold, der teilhomöostatische Hausmeister, ihm dafür kostenlos zur Verfügung gestellt hatte.

Bei der verhältnismäßig schwachen Anziehungskraft Terras waren die Frösche zu gewaltigen Sprüngen in der Lage, und der Keller war ihnen bald zu klein; wie grüne Tischtennisbälle prallten sie von Wand zu Wand und gingen schon nach kurzer Zeit ein. George mußte einsehen, daß ein winziger Kellerraum im Apartmenthaus QEK-604 nicht ausreichte, einen ganzen Schwung dieser Mistviecher unterzubringen.

Und dann war auch noch ihr erstes Kind zur Welt gekommen. Es war ein reinrassiges Blobbelmädchen, das rund um die Uhr aus einer gallertartigen Masse bestand, und George wartete vergeblich darauf, daß es menschliche Gestalt annahm, und sei es auch nur für einen Augenblick.

Als er und Vivian wieder einmal beide menschliche Gestalt hatten, machte er ihr deswegen heftige Vorhaltungen.

»Wie soll ich sie denn als mein Kind betrachten?« fragte er sie. »Für mich ist sie – eine fremde Lebensform.« Er war niedergeschlagen, ja sogar ein wenig angeekelt. »Dr. Jones hätte das voraussehen müssen; vielleicht ist es ja *dein* Kind – es sieht jedenfalls genauso aus wie du.«

Vivian stiegen Tränen in die Augen. »Du willst mir weh tun.«

»Und ob. Wir haben schließlich Krieg geführt gegen euch Kreaturen – für uns wart ihr kein bißchen besser als portugiesische Stachelrochen.« Mürrisch zog er sein Jackett an. »Ich fahr rüber in die VUK-Zentrale«, erklärte er seiner Frau. »Mit den Jungs 'n paar Bierchen kippen.« Kurz darauf war er unterwegs zu seinen alten Kriegskameraden, froh, daß er endlich aus dem Haus kam.

Die Zentrale der Veteranen Unnatürlicher Kriege war ein altersschwacher Betonbau im Stadtkern von Los Angeles, der noch aus dem zwanzigsten Jahrhundert stammte und dringend einen neuen Anstrich benötigte. Die Mittel der VUK waren jedoch sehr begrenzt, da ein Großteil der Mitglieder, wie George Munster, von UNO-Renten lebte. Dennoch gab es einen Billardtisch, einen alten 3-D-Fernseher, ein paar Dutzend Tonbänder mit Popmusik und ein Schachbrett. Normalerweise trank George hier sein Bier und spielte Schach mit seinen Kameraden, entweder in Menschen- oder in Blobbelgestalt; nur hier war beides willkommen.

An diesem Abend saß er mit Pete Ruggles zusammen, einem anderen Veteranen, der ebenfalls eine Blobbelfrau geheiratet hatte, die sich, genau wie Vivian, regelmäßig in einen Menschen verwandelte.

»Ich halt's nicht mehr aus, Pete. Mein Kind ist ein gallertartiger Klumpen. Mein Leben lang habe ich mir ein Kind gewünscht, und was hab' ich jetzt? Ein Ding, das aussieht, als ob es an den Strand gespült worden wäre.«

Pete – auch er hatte gegenwärtig menschliche Gestalt – nippte an seinem Bier. »Sackzementnochmal, George, ich geb's ja zu, ist 'ne fiese Geschichte. Aber bei eurer Hochzeit hast du doch gewußt, worauf du dich einläßt. Und, mein Gott, nach dem Mendelschen Gesetz wird das nächste Kind ...«

»Tja«, fiel George ihm ins Wort, »ich hab' den Respekt vor meiner eigenen Frau verloren; das ist das eigentliche

Problem. Für mich ist sie ein Ding. Und ich genauso. Wir sind beide nichts weiter als Dinger.« Er leerte sein Bier auf einen Schluck.

· »Als Blobbel würdest du das bestimmt anders ...«, begann Pete nachdenklich.

»Hör mal, auf welcher Seite stehst du eigentlich?« wollte George wissen.

»Schrei mich nicht so an«, sagte Pete, »sonst gibt's was aufs Auge.«

Im nächsten Moment droschen sie wie wild aufeinander ein. Glücklicherweise verwandelte sich Pete gerade noch rechtzeitig in einen Blobbel; so wurde niemand verletzt. Nun saß George, nach wie vor in Menschengestalt, allein da, während Pete davonquoll, wahrscheinlich zu ein paar Jungs, die ebenfalls gerade Blobbels waren.

Vielleicht können wir ja irgendwo auf einem abgelegenen Mond neu anfangen, sagte sich George verdrossen. *Wo wir weder richtige Terraner noch richtige Blobbels sind.*

Ich muß zu Vivian zurück, beschloß George. *Was bleibt mir auch anderes übrig? Ich kann froh sein, daß ich sie überhaupt gefunden habe; ohne sie wäre ich nichts weiter als ein Kriegsveteran, der sich hier in der VUK-Zentrale Tag und Nacht Bier in den Rachen kippt, ohne Zukunft, ohne Hoffnung, ohne ein richtiges Leben ...*

Er hatte einen neuen Plan ausgeheckt, um an Geld zu kommen. Es ging um einen Versandhandel; er hatte in der Saturday Evening Post eine Anzeige aufgegeben für MAGISCHE MAGNETEISENSTEINE – GARANTIERTE GLÜCKSBRINGER. NICHT AUS UNSEREM SONNENSYSTEM! Die Steine kamen von Proxima und wurden auf Titan verkauft; Vivian hatte für ihn den Geschäftskontakt mit ihrem Volk hergestellt. Doch bislang hatten nur wenige Interessenten die anderthalb Dollar geschickt.

Ich bin ein Versager, dachte George.

Glücklicherweise erwies sich das zweite Kind, das im Winter 2039 zur Welt kam, als Hybride; es nahm zwölf Stunden am Tag menschliche Gestalt an, so daß George endlich ein Kind hatte, das – zumindest zeitweise – seiner eigenen Spezies angehörte.

Er war eben dabei, Maurice' Geburt zu feiern, als eine Delegation ihrer Nachbarn im Apartmenthaus QEK-604 an die Tür klopfte.

»Wir haben Unterschriften gesammelt«, sagte der Anführer der Delegation und trat verlegen von einem Fuß auf den anderen. »Weil wir der Meinung sind, daß Sie und Mrs. Munster aus QEK-604 ausziehen sollten«.

»Aber warum denn?« fragte George verblüfft. »Bis jetzt haben Sie sich doch noch nie über uns beschwert.«

»Weil Sie jetzt ein hybrides Baby haben, das wahrscheinlich mit unseren Kindern spielen will, und wir befürchten, daß das auf unsere Kleinen einen schlechten Einfluß ...«

George schlug ihnen die Tür vor der Nase zu.

Dennoch spürte er die Abneigung der Menschen, die sie von allen Seiten bedrängten. *Ich darf gar nicht daran denken*, dachte er verbittert, *daß ich für solche Leute in den Krieg gezogen bin. Und das ist nun der Dank dafür.*

Eine Stunde später saß er wieder beim Bier in der VUK-Zentrale und unterhielt sich mit seinem Freund Sherman Downs, der wie er mit einem Blobbel verheiratet war.

»Es hat keinen Sinn, Sherman. Wir sind hier unerwünscht; wir müssen auswandern. Vielleicht sollten wir's mal auf Titan versuchen, in Vivs Welt.«

»Himmelherrgott«, widersprach Sherman, »ich kann's nicht mit ansehen, wie du das Handtuch wirfst. Verkauft sich dein elektromagnetischer Schlankheitsgürtel denn noch immer nicht?«

In den letzten Monaten hatte George ein kompliziertes elektronisches Schlankheitsgerät hergestellt und verkauft, bei dessen Entwicklung Vivian ihm behilflich gewesen war; es beruhte im großen und ganzen auf einer Blobbelerfindung, die auf Titan weitverbreitet, auf Terra hingegen völlig unbekannt war. Es war ein Bombenerfolg geworden; George bekam mehr Bestellungen, als er verkraften konnte. Aber …

»Mir ist was Schreckliches passiert, Sherm«, vertraute George seinem Freund an. »Neulich war ich in einem Drugstore, und die haben jede Menge Schlankheitsgürtel bei mir bestellt, und darüber war ich derart aus dem Häuschen …« Er brach ab. »Dreimal darfst du raten, was passiert ist. Ich habe mich verwandelt. Vor den Augen von hundert Kunden. Und als der Geschäftsführer das sah, hat er den Auftrag für die Gürtel storniert. Es war genau das, wovor wir alle Angst haben … Du hättest mal sehen sollen, wie die mich plötzlich behandelt haben.«

»Dann stell eben jemand ein, der den Verkauf für dich übernimmt«, meinte Sherm. »Einen reinrassigen Terraner.«

»Ich *bin* ein reinrassiger Terraner, schreib dir das gefälligst hinter die Ohren«, erwiderte George mit belegter Stimme. »Und zwar ein für allemal.«

»Ich wollte doch bloß sagen …«

»Ich weiß schon, was du sagen wolltest«, sagte George. Und holte zu einem Schwinger gegen Sherman aus. Er schlug daneben, und vor lauter Aufregung verwandelten beide sich in Blobbels. Wütend quollen sie eine Zeitlang ineinander, bis es den anderen Veteranen schließlich gelang, sie zu trennen.

»Ich bin genauso ein Terraner wie alle anderen«, gedankenstrahlte George an Sherman, wie Blobbels es nun einmal tun. »Und ich mache jeden platt, der was anderes behauptet.«

Als Blobbel konnte er nicht nach Hause; er mußte Vivian anrufen, damit sie ihn abholte. Es war entwürdigend.

Selbstmord, entschied er. *Das ist die einzige Lösung.*

Wie stellte man das am geschicktesten an? In seiner Blobbelgestalt empfand er keinen Schmerz; also am besten dann. Es gab mehrere Substanzen, in denen er sich mit Sicherheit auflösen würde ... er konnte sich zum Beispiel in das stark chlorierte Wasser eines Swimmingpools fallen lassen, wie der im Freizeitraum von QEK-604.

Eines späten Abends fand ihn Vivian, wie er in Blobbelgestalt zögernd am Rand des Swimmingpools lag.

»George, ich bitte dich – geh noch mal zu Dr. Jones.«

»Nö«, wummerte er dumpf, nachdem er einen Teil seines Körpers zu einem Quasi-Stimmapparat verformt hatte. »Das hat keinen Sinn, Viv. Ich *will* nicht mehr leben.« Selbst der Gürtel; die Idee stammte von Vivian, nicht von ihm. Sogar in diesem Punkt war sie ihm ein Stück voraus ... und er fiel von Tag zu Tag weiter hinter sie zurück.

»Du kannst den Kindern so viel geben«, sagte Viv.

Da hatte sie recht. »Vielleicht schau ich mal im UNO-Kriegsministerium vorbei«, beschloß er. »Ich rede mal mit denen, mal sehen, ob die Medizin inzwischen ein Mittel gefunden hat, mit dem ich mich stabilisieren kann.«

»Aber wenn du dich als Terraner stabilisierst«, meinte Vivian, »was soll dann aus mir werden?«

»Dann können wir *ganze achtzehn Stunden* am Tag zusammensein. Immer, wenn du ein Mensch bist!«

»Aber dann willst du vielleicht gar nicht mehr mit mir verheiratet sein. Dann lernst du vielleicht eine terranische Frau kennen.«

Das wäre unfair ihr gegenüber, wurde ihm klar. Also ließ er den Gedanken fallen.

Im Frühling 2041 kam ihr drittes Kind zur Welt, wieder ein Mädchen und wie Maurice ein Hybride. Nachts war sie ein Blobbel und tagsüber ein Mensch.

Inzwischen hatte George eine Lösung für einen Großteil seiner Probleme gefunden.

Er legte sich eine Geliebte zu.

Er und Nina hatten sich im Hotel Elysium verabredet, einem heruntergekommenen Holzbau im Herzen von Los Angeles.

»Nina«, sagte George; er saß neben ihr auf dem schäbigen Hotelsofa und schlürfte Teacher's Scotch. »Du hast meinem Leben wieder einen Sinn gegeben.« Er fummelte an den Knöpfen ihrer Bluse herum.

»Ich halte sehr viel von dir«, meinte Nina Glaubman und half ihm mit den Knöpfen. »Obwohl – nun ja, du warst schließlich mal ein Feind unseres Volkes.«

»Gott«, widersprach George, »vergessen wir die alten Zeiten – wir müssen die Vergangenheit endlich Vergangenheit sein lassen.« *Für uns gibt es nur noch die Zukunft*, dachte er.

Sein Geschäft mit den Schlankheitsgürteln hatte sich so gut entwickelt, daß er inzwischen fünfzehn terranische Vollzeitkräfte beschäftigte und eine kleine, moderne Fabrik am Stadtrand von San Fernando besaß. Wenn die UNO-Steuern nicht so hoch gewesen wären, hätte er inzwischen ein reicher Mann sein können ... während er darüber nachsann, fragte er sich, wie hoch die Steuern auf Blobbelterritorium sein mochten, auf Io zum Beispiel. Vielleicht sollte er sich einmal erkundigen.

Eines Abends in der VUK-Zentrale sprach er mit Ninas Ehemann Reinholt über dieses Thema, der von dem *modus vivendi* zwischen George und Nina natürlich keine Ahnung hatte.

»Reinholt«, brachte George zwischen zwei Schlucken Bier mühsam hervor, »ich habe große Pläne. Dieser hundertprozentige Sozialismus, den die UNO praktiziert, das ist nichts für mich. Hier gibt's für mich nichts mehr zu holen. Munsters Magischer Magnetgürtel ist« – er gestikulierte – »viel zu gut, um ihn einzig und allein an den Terraner zu bringen. Verstehste?«

»Aber George, du bist doch Terraner«, erwiderte Reinholt kühl, »wenn du mit deiner Fabrik auf Blobbelterritorium ausweichst, verrätst du damit dein …«

»Hör zu«, erklärte ihm George, »ich habe ein echtes Blobbelkind, zwei Halbblobbelkinder, und das vierte ist schon unterwegs. Ich bin *gefühlsmäßig* stark an die Leute da draußen auf Titan und Io gebunden.«

»Du bist ein Verräter«, erwiderte Reinholt und schlug ihm mit der Faust ins Gesicht. »Und nicht nur das«, fuhr er fort und verpaßte George einen Schlag in den Magen, »du hast auch noch was mit meiner Frau. Ich bring' dich um.«

Um dem zu entgehen, verwandelte sich George in einen Blobbel; tief drangen Reinholts Schläge in die feuchte, geleeartige Masse, ohne jedoch größeren Schaden anzurichten. Daraufhin verwandelte sich auch Reinholt und glitt voller Mordlust in ihn, versuchte Georges Zellkern zu zerstören und zu absorbieren.

Glücklicherweise rissen die anderen Veteranen die beiden auseinander, bevor einer von ihnen bleibende Schäden davontrug.

Am selben Abend saß George mit Vivian im Wohnzimmer ihrer Achtzimmersuite in dem großen, neuen Eigentumswohnhaus ZGF-900; er zitterte noch immer. Es war gerade noch einmal gutgegangen, aber jetzt würde Reinholt es Viv natürlich erzählen; das war lediglich eine Frage der Zeit. Soweit George das beurteilen konnte, wäre ihre Ehe damit am Ende. Vielleicht war dies ihr letzter gemeinsamer Augenblick.

»Viv«, drang er in sie, »du mußt mir glauben. Ich liebe dich. Du und die Kinder – und natürlich auch das Gürtelgeschäft – ihr seid mein Leben.« Ihm kam ein verzweifelter Gedanke. »Laß uns auswandern, noch heute nacht. Die Kinder mitnehmen und zum Titan fliegen, auf der Stelle.«

»Ich kann nicht«, sagte Vivian. »Ich weiß, wie meine Leute mich behandeln würden, und dich und die Kinder genauso. George, *geh du.* Verleg die Fabrik nach Io. Ich werde hierbleiben.« In ihren dunklen Augen standen Tränen.

»Verflucht«, stieß George hervor, »was ist denn das für ein Leben? Du auf Terra und ich auf Io – das ist doch keine Ehe. Und wer kriegt die Kinder?« Wahrscheinlich würde Viv sie kriegen ... aber seine Firma hatte eine erstklassige Rechtsabteilung – vielleicht konnte die ihm helfen, seine familiären Probleme zu lösen.

Am nächsten Morgen erfuhr Vivian von der Sache mit Nina. Und nahm sich selbst einen Anwalt.

»Hören Sie«, sagte George am Telefon zu Henry Ramarau, dem besten Mann in seiner Rechtsabteilung. »Verschaffen Sie mir das Sorgerecht für das vierte Kind; es wird ein Terraner. Und wegen der beiden Hybriden schließen wir einen Kompromiß; ich nehme Maurice, und sie kann Kathy behalten. Und sie kriegt natürlich auch diesen Klumpatsch, das erste sogenannte Kind. Was mich angeht, ist das sowieso von ihr.« Er knallte den Hörer auf die Gabel und wandte sich dann wieder an seinen Firmenvorstand. »Also, wo waren wir stehengeblieben?« fragte er. »Bei unserer Analyse der ionischen Steuergesetze.«

Ausgehend von einer Kosten-Nutzen-Kalkulation, rückte die Verlegung nach Io in den folgenden Wochen immer weiter in den Bereich des Möglichen.

»Kaufen Sie Land auf Io«, beauftragte George seinen dafür zuständigen Außendienstmitarbeiter Tom Hendricks. »Und zwar so billig wie möglich; wir wollen von Anfang an Nägel mit Köpfen machen.« Er wandte sich an seine Sekretärin Miss Nolan. »Lassen Sie bis auf weiteres niemand in mein Büro. Ich kriege schon wieder einen Anfall, das spüre ich. Vor lauter Aufregung über dieses Riesenprojekt auf Io.« Er setzte hinzu: »Und dann hab' ich auch noch private Probleme.«

»In Ordnung, Mr. Munster«, sagte Miss Nolan und scheuchte Tom Hendricks aus Georges Büro. »Es stört Sie bestimmt keiner.« Er konnte sich darauf verlassen, daß sie jeden abwimmeln würde, während George sich wie damals im Krieg in einen Blobbel verwandelte, was inzwischen recht häufig vorkam; er stand unter einem enormen Druck.

Als er ein paar Stunden später wieder menschliche Gestalt angenommen hatte, erfuhr er von Miss Nolan, daß ein gewisser Dr. Jones angerufen hatte.

»Ich freß 'nen Besen«, sagte George, als er sich die Geschichte von vor sechs Jahren ins Gedächtnis zurückrief. »Ich dachte, der wäre längst auf dem Schrott gelandet.« Zu Miss Nolan meinte er: »Rufen Sie Dr. Jones zurück, und stellen Sie ihn durch, wenn Sie ihn an der Strippe haben; ich nehme mir eine Minute Zeit und spreche mit ihm.« Es war wie damals in San Francisco.

Kurz darauf hatte Miss Nolan Dr. Jones am Apparat.

»Doktor«, sagte George, lehnte sich in seinen Sessel zurück, schaukelte hin und her und befingerte die Orchidee auf seinem Schreibtisch. »Nett, daß Sie sich mal wieder bei mir melden.«

Die Stimme des homöostatischen Analytikers drang an sein Ohr. »Wie ich höre, haben Sie jetzt eine Sekretärin, Mr. Munster.«

»Ja«, sagte George. »Ich bin inzwischen Großunternehmer. Ich mache in Schlankheitsgürteln; das ist so was Ähnliches wie Flohhalsbänder für Katzen. Also, was kann ich für Sie tun?«

»Wenn ich mich nicht irre, haben Sie mittlerweile vier Kinder …«

»Eigentlich erst drei, das vierte ist noch unterwegs.

Hören Sie, Doktor, dieses vierte Kind liegt mir sehr am Herzen; nach dem Mendelschen Gesetz wird es ein reinrassiger Terraner, und, bei Gott, ich werde alles tun, was in meiner Macht steht, um das Sorgerecht zu bekommen.« Er setzte hinzu: »Vivian – Sie erinnern sich doch bestimmt noch an sie – ist wieder auf Titan. Bei ihren Leuten, wo sie hingehört. Und ich habe mir die besten Ärzte, die man überhaupt kriegen kann, auf meine Lohnliste gesetzt, um mich stabilisieren zu lassen; ich habe diese ewige Verwandlerei Tag und Nacht endgültig satt; ich habe einfach keine Zeit mehr für solchen Unsinn.«

»Ihrem Tonfall«, meinte Dr. Jones, »entnehme ich, daß Sie ein bedeutender, vielbeschäftigter Mann sind, Mr. Munster. Sie haben es weit gebracht, seit ich Sie das letzte Mal gesehen habe.«

»Nun kommen Sie schon zur Sache«, sagte George ungeduldig. »Weshalb haben Sie angerufen?«

»Ich, ähm, dachte, ich könnte Sie und Vivian vielleicht wieder zusammenbringen.«

»Pah«, stieß George verächtlich hervor. »Die Frau? Nie im Leben. Hören Sie, Doktor, ich muß jetzt Schluß machen; wir sind eben dabei, eine grundlegende Entscheidung zu treffen, was die Geschäftsstrategie der Munster GmbH angeht.«

»Mr. Munster«, fragte Dr. Jones, »gibt es eine andere Frau in Ihrem Leben?«

»Einen anderen Blobbel«, erwiderte George, »falls Sie das meinen.« Und legte auf. *Zwei Blobbels sind besser als keiner,* sagte er sich. *Und jetzt wieder zum Geschäftlichen …* Er drückte einen Knopf an seinem Schreibtisch, und sofort streckte Miss Nolan den Kopf ins Büro. »Miss Nolan«, sagte George, »verbinden Sie mich mit Hank Ramarau; ich will wissen …«

»Mr. Ramarau wartet auf der anderen Leitung«, antwortete Miss Nolan. »Er sagt, es sei dringend.«

George schaltete auf die andere Leitung. »Hallo, Hank«, sagte er. »Was gibt's?«

»Ich hab' gerade herausgefunden«, entgegnete sein bester Rechtsberater, »daß Sie titanischer Staatsbürger sein müssen, wenn Sie auf Io eine Fabrik betreiben wollen.«

»Da müßte sich doch irgendwas machen lassen«, erwiderte George.

»Aber um titanischer Staatsbürger zu werden ...« Ramarau zögerte. »Ich will es Ihnen so schonend wie mög ich beibringen, George. Dazu müssen Sie ein Blobbel sein.«

»Verflucht noch mal, ich bin ein Blobbel«, sagte George. »Zeitweise zumindest. Genügt das etwa nicht?«

»Nein«, meinte Ramarau, »ich kenne ja Ihr Problem, deswegen habe ich mich danach erkundigt, und Sie müssen ein hundertprozentiger Blobbel sein. Tag *und* Nacht.«

»Hmmm«, sagte George. »Zu dumm. Aber das kriegen wir schon irgendwie hin. Hören Sie, Hank, ich habe einen Termin bei Eddy Fulbright, meinem medizinischen Koordinator; danach rufe ich Sie zurück, in Ordnung?« Er legte auf; mit finsterer Miene saß er da und rieb sich das Kinn. *Tja*, entschied er, *wenn's nicht anders geht, dann geht's eben nicht anders. Tatsachen sind nun mal Tatsachen, daran führt kein Weg vorbei.*

Er griff nach dem Hörer und wählte die Nummer von Eddy Fulbright, seinem Arzt.

Als die Zwanzigdollar-Platinmünze den Münzschacht hinabgerollt war, schloß sich der Stromkreis. Dr. Jones sprang an, blickte auf und sah eine umwerfend schöne junge Frau mit spitzen Brüsten, die er – durch rasches Abfragen seiner Gedächtnisspeicher – als Mrs. George Munster identifizierte, geborene Vivian Arrasmith.

»Guten Tag, Vivian«, sagte Dr. Jones herzlich. »Aber

ich dachte, Sie wären auf Titan.« Er stand auf und bot ihr einen Stuhl an.

Vivian tupfte sich die großen dunklen Augen und schniefte: »Doktor, um mich herum bricht alles zusammen. Mein Mann hat ein Verhältnis mit einer anderen Frau ... Ich weiß nur, daß sie Nina heißt und daß die ganzen Jungs in der VUK-Zentrale sich das Maul darüber zerreißen. Vermutlich ist sie Terranerin. Wir haben beide die Scheidung eingereicht. Und wir führen einen furchtbaren Prozeß wegen der Kinder.« Schüchtern zog sie ihren Mantel zurecht. »Ich bin in anderen Umständen. Unser viertes.«

»Ich weiß«, erwiderte Dr. Jones. »Diesmal wird es ein reinrassiger Terraner, falls das Mendelsche Gesetz zutrifft ... obwohl es eigentlich nur für Mehrfachgeburten gilt.«

»Ich war auf Titan und habe mit medizinischen Spezialisten, Gynäkologen und vor allem Eheberatern gesprochen«, sagte Mrs. Munster traurig. »Ich habe in den letzten vier Wochen alle möglichen Ratschläge bekommen. Jetzt bin ich wieder auf Terra, aber ich kann George nicht finden – er ist *verschwunden.*«

»Ich wollte, ich könnte Ihnen helfen, Vivian«, sagte Dr. Jones. »Ich habe neulich kurz mit Ihrem Mann gesprochen, aber mehr als Gemeinplätze war nicht aus ihm herauszukriegen ... er ist jetzt offenbar ein so erfolgreicher Geschäftsmann, daß man nur schwer an ihn herankommt.«

»Und wenn ich daran denke«, schniefte Vivian, »daß er es nur so weit gebracht hat, weil ich ihn auf die Idee gebracht hab'. Eine Blobbel-Idee.«

»Ironie des Schicksals«, sagte Dr. Jones. »Nun, wenn Sie Ihren Mann behalten wollen, Vivian ...«

»Ich will ihn unbedingt behalten, Dr. Jones. Um ehrlich zu sein, ich habe mich auf Titan einer ungewöhnlichen und sehr teuren Behandlung unterzogen ... ich liebe George doch so sehr, mehr noch als mein Volk oder meinen Planeten.«

»Hä?« stieß Dr. Jones hervor.

»Mit Hilfe der neuesten Entwicklungen auf medizinischem Gebiet im Sol-System«, erklärte Vivian, »bin ich stabilisiert. Ich bin jetzt vierundzwanzig Stunden am Tag ein Mensch und nicht mehr nur achtzehn. Ich habe meine natürliche Gestalt aufgegeben, um meine Ehe zu retten.«

»Das höchste Opfer«, sagte Dr. Jones gerührt.

»Aber wenn ich ihn doch nur *finden* könnte, Doktor ...«

Bei der Grundsteinlegung auf Io glitt George Munster peu à peu zur Schaufel, fuhr ein Pseudopodium aus, ergriff die Schaufel und grub damit ein symbolisches Häuflein Erde aus. »Heute ist ein großer Tag«, wummerte er hohl mit Hilfe seines Quasi-Stimmapparates, zu dem er die schleimige, plastische Masse verformt hatte, aus der sein einzelliger Körper bestand.

»Sie sagen es, George«, pflichtete Hank Ramarau bei, der mit den Vertragsunterlagen neben ihm stand.

Der ionische Beamte – genau wie George ein großer, durchsichtiger Klumpen – quoll zu Ramarau hinüber, nahm die Unterlagen an sich und wummerte: »Die werden dann an die Regierung weitergeleitet. Ich bin sicher, sie sind in bester Ordnung, Mr. Ramarau.«

»Ich verbürge mich dafür«, meinte Ramarau zu dem Beamten, »daß Mr. Munster sich nie mehr in einen Menschen zurückverwandelt; mit Hilfe der modernsten medizinischen Techniken ist es gelungen, ihn in der Einzellerphase seiner bislang wechselförmigen Gestalt zu stabilisieren. Mr. Munster würde nie jemanden betrügen.«

»Dieser historische Augenblick«, gedankenstrahlte der große Klumpen – George Munster – an die riesige

Menge einheimischer Blobbels, die der Zeremonie bei-
wohnten, »bedeutet einen höheren Lebensstandard für
alle Ionier, die für mich arbeiten werden; er wird dieser
Region zu Wohlstand verhelfen und uns allen das stol-
ze Gefühl geben, einen Beitrag zu leisten zu einer nationalen Errungenschaft, indem wir hier ein Produkt
herstellen, bei dem es sich anerkanntermaßen um eine
einheimische Erfindung handelt, nämlich Munsters Magischen Magnetgürtel.«

Die riesige Blobbelmenge gedankenstrahlte Jubelrufe.

»Heute ist ein stolzer Tag in meinem Leben«, verkündete George Munster und quoll gemächlich zu seinem
Wagen zurück, wo sein Chauffeur ihn bereits erwartete,
um ihn zu seinem neuen Domizil, ein Hotelzimmer in Io
City, zurückzubringen.

Eines Tages würde das Hotel ihm gehören. Er steckte
den Gewinn aus seinem Geschäft in einheimische Im-
mobilien; das war die – durchaus profitable – Pflicht
eines jeden Patrioten, wie er von anderen Ioniern, anderen Blobbels, erfahren hatte.

»Jetzt hab' ich's endlich geschafft«, gedankenstrahlte
George Munster an alle, die sich nahe genug bei ihm befanden, daß sie seine Emanationen empfangen konnten.

Unter frenetischem Jubel quoll er die Rampe hinauf
und hinein in seinen titanischen Wagen.

ist einer der interessantesten und *erfolgreichsten Autoren der Gegenwart, in einer Anthologie komischer Fantasy und Science Fiction aber ein ungewöhnlicher Gast. Er wurde 1932 im piemontesischen Alessandria geboren und ist ordentlicher Professor für Semiotik an der Universität Bologna. Über seine Fachgebiete, hauptsächlich Semiotik, Literaturtheorie und Mediävistik, hat er sowohl fachwissenschaftliche Arbeiten als auch Essays für den gebildeten Laien geschrieben, des weiteren Artikel zu Theorie und Praxis der modernen Kultur und zu anderen Themen sowie eine Vielzahl feuilletonistischer Aufsätze und etliche Erzählungen.*

Seinen weltweiten Ruhm verdankt er jedoch seinen Romanen, insbesondere dem später auch verfilmten ersten, **Der Name der Rose** *(Il nome della rosa, 1980, deutsch 1982), der zunächst durch die Spannung einer im Mittelalter spielenden Detektivgeschichte fesselt, aber auch durch die darin eingewobenen umfangreichen, nicht minder spannenden Einblicke in Leben und Geist des Mittelalters; das auch hier auftauchende Motiv der Zeichen und Namen erhält im Rückblick des Erzählers eine existentielle Komponente.** Das Foucaultsche Pendel *(Il pendolo di Foucault, 1988, deutsch 1989) handelt – unter anderem! – von Kabbala, Geheimbünden und einer über Jahrhunderte wirksamen Verschwörung,* **Die Insel des vorigen Tages** *(L'isola del giorno prima, 1994, deutsch*

---

* Eine vierte Ebene bilden allerlei Anspielungen und Querbezüge, von denen einige – wie die Namen der beiden Protagonisten – sich leicht erschließen, andere eine ausgiebige Exegese von Eco selbst und mehr noch von anderen nach sich gezogen haben. Ich habe den Verdacht, daß da in Gestalt etlicher Kirchenmänner Zeitgenossen Ecos karikiert sind, doch was würde es schon nützen, ihn bestätigt zu bekommen? Ein erklärter Witz ist kein Witz mehr. – *E. S.*

1995), spielt – noch verspielter – im siebzehnten Jahrhundert und tarnt Moden und Selbstreferenzen der neueren Literatur als barocke Moden.

Es gibt Schriftsteller, die entschieden keine typischen Science-Fiction-Autoren sind und ihr doch offensichtlich nahestehen; man sieht sie auffällig oft aufeinander Bezug nehmen (Borges auf Chesterton und Kipling, Eco auf Borges) und gelegentlich auf die SF und die anderen phantastischen Genres, die sie besser kennen, als das unter Hochliteraten üblich ist (in Ecos Buch Über Spiegel und andere Phänomene findet man einen Aufsatz über »Die Welten der Science Fiction«), und in die sie als Autoren gelegentliche Ausflüge unternehmen. Stärker noch als diese unmittelbaren Abstecher verbindet sie mit der SF ein spekulatives Denken in Modellen und Strukturen (dessen, sagen wir, ein Autor wie Proust ganz unverdächtig ist). Wie die von Chestertons Father Brown schließlich ganz rational erklärten Kriminalfälle oft zunächst höchst übernatürlich wirken, suggeriert auch in Ecos Der Name der Rose die Vorhersage der Morde aus der Apokalypse anfangs eine phantastische Deutung, im Foucaultschen Pendel wiederum gewinnt die von den Protagonisten zunächst nur als Jux erfundene höchst phantastische Theorie schließlich ein Eigenleben in der Wirklichkeit.

Gemeinsam mit dem Zeichner Eugenio Carmi hat Umberto Eco ein SF-Bilderbuch für Kinder geschrieben, Die drei Kosmonauten (I tre cosmonauti, 1988, deutsch 1989), und zur SF zählen kann man auch die Skizze »Italien 2000« (der darin geschilderte Zerfall Italiens in vier Staaten ist zwar bisher nicht eingetreten, aber wer weiß …?). Pure SF ist indessen die folgende Erzählung. Abermals geht es um Außerirdische und ums Militär, nur daß sie allesamt in ein und derselben Armee dienen. Und genau das ist das Problem.

Sterne und Sternchen

Funkspruch
Von Generalkommando
Galaktisches Korps, Sol III
An Comiliter IV. Zone, Uranus
Habe erfahren daß bei der ersten Abteilung Angriffs-Boos schändliche Fälle von Homosexualität vorgekommen Stop Verlange Liste der Verantwortlichen und sofortige strenge Unterbindung Stop

Gezeichnet
General Percuoco
Generalkommandant, Casino

Funkspruch
Von Comiliter IV. Zone, Uranus
An Generalkommando
Galaktisches Korps, Sol III
Casino, Monte Carlo
Teilen obigem Kommando mit daß Boos vom Uranus hermaphroditische Rasse ist (N. 30015 Intergalaktisches Ethnisches Register) Stop Angeführte Fälle angeblicher Homosexualität deshalb Beispiele für normale Ausübung sexueller Praktiken und gemäß uranischen Gesetzen und intergalaktischer Verfassung gestattet Stop

Gezeichnet
Oberst ZBZZ TSG in Vertretung von
Generalkommandant AGWRSS
Derzeit auf Schwangerschaftsurlaub

Funkspruch
Von Generalkommando
Galaktisches Korps, Sol III
An Comiliter V. Zone, Pluto
Habe erfahren daß bei in Abteilung Erdarbeiten beschäftigten Bohrern vom Pluto schändliche Fälle öffentlicher Masturbation vorgekommen Stop Fordere Bestrafung sowohl unmittelbar Schuldiger wie für Aufweichung der Disziplin Verantwortlicher Offiziere Stop

Gezeichnet
General Percuoco
Generalkommandant, Casino

Funkspruch
Von Comiliter V. Zone, Pluto
An Generalkommando
Galaktisches Korps, Sol III
Casino, Monte Carlo
Betr. Ihren Funkspruch Stop Bohrer vom Pluto sind wurmförmige Rasse (daher Eignung für Ausgrabungen und Entnahme von Bohrproben für geologische Untersuchungen Zone Pluto) die sich durch Parthenogenese fortpflanzt Stop Typische Haltung des Bohrers der mit vorderer Extremität an seiner hinteren saugt Symptom für Orgasmus und Teilung und normalerweise erlaubt gemäß Vorschriften lokales Heer Stop Zu betonen daß nur auf diese Weise gewöhnlich Aushebung neuer Jahrgänge erfolgt Stop

Gezeichnet
General Boosammeth
und General Boosammeth

(Bitte Priorität Kommando festsetzen da kürzlich Teilung durch Parthogenese an den Enden stattgefunden)

Funkspruch
Von Generalkommando
Galaktisches Korps, Sol III
An Comiliter V. Zone, Pluto
Dieses Kommando akzeptiert keine Scheinargumentationen und permissiven Rechtfertigungen zum Schaden ehrwürdiger Traditionen Moral Geistesgegenwart und Hygiene des galaktischen Heers stolz auf Traditionen der Grenadiere von Sardinien und königlichen Carabinieri Stop Unterzeichner Fonogramme ab sofort abgesetzt Stop Garnisonsarrest Stop

Gezeichnet
General Percuoco
Generalkommandant, Casino

Intergalaktisches Komitee für den Schutz ethnischer Minderheiten
Formalhaut (Piscis Austrinus)
Eure Exzellenz, ich erlaube mir, Ihnen die in der Beilage dokumentierten Fälle vorzulegen. Aus diesen Unterlagen erhellt, daß General Percuoco (der wohl Terraner ist) auf die galaktische Militärverwaltung eine Optik anwendet, die ich als rückständig zu bezeichnen wage. Sie ist dies zumindest seit den Tagen des (unglücklicherweise von einem afrikanischen Fanatiker ermordeten) Präsidenten Flanagan, der in so aufgeklärter Weise das Recht der peripheren Rassen auf völlige Rechtsgleichheit verteidigte. Exzellenz wissen ja am besten, daß nach Flanagans Lehre »alle Wesen aller Galaxien vor der Großen Matrix gleich sind, unabhängig von ihrer Gestalt, der Zahl ihrer Schuppen oder Arme und sogar unabhängig von ihrem Aggregatzustand (fest, flüssig, gasförmig)«. Nicht ohne Grund hat die Regierung der Intergalaktischen Föderation das Hochkommissariat für die kulturelle Relativität geschaffen, welches das Intergalaktische Ethnische Register führt und dem Hohen

Gerichtshof die Ergänzungen und Änderungen bei den Intergalaktischen Gesetzen vorschlägt, die mit dem Sichausbreiten der irdischen Zivilisation bis zu den äußersten Grenzen des Kosmos erforderlich werden. Als nach dem Fall der Großen Atomaren Imperien (des antiken Rußland und des damaligen Amerika) die Völker des Mittelmeerbeckens dank der Entdeckung des Energiepotentials der Zitronensäure die Herren zuerst der Erde und dann des gesamten Universums wurden, das sie mit ihren Raumschiffen durchfurchten, deren Antrieb jene Kraft war, die schon der Dichter als »Goldtrompeten der Sonnenhaftigkeit« besungen hatte, damals erschien es allen als ein gutes Vorzeichen, daß die Herrschaft über das Weltall Völkern gegeben wurde, die auf ihrem eigenen Planeten bereits Opfer schwerer Rassendiskriminierungen gewesen waren; und Sie wissen, mit welcher Begeisterung die Lex Hefner begrüßt wurde, die die Paarung terrestrischer Frauen mit Fünfpenisern vom Jupiter gestattete (obwohl freilich allgemein bekannt ist, welchen Blutzoll dieses glücklose Pionierexperiment kostete, das die eifrigen, aber vielleicht allzu kraftvollen Bewohner des Jupiter in die Lage versetzte, gleichzeitig fünf Triebe an einer irdischen Frau mit nur einer Vagina befriedigen zu müssen). Immerhin aber bildete dieses zweifellos von großer Aufgeschlossenheit zeugende Experiment die Grundlage für die intergalaktischen interrassischen Gesetze, die noch heute den Stolz unserer Föderation darstellen.

Es ist sehr befriedigend für alle, daß die intergalaktischen Bestimmungen für den Militärdienst am Integrationsprinzip ausgerichtet sind und festlegen, daß der Militärdienst auf einem anderen als dem Geburtsplaneten abgeleistet werden muß. Deshalb war es besonders enttäuschend, als wir feststellen mußten, daß diese Vorschrift seit geraumer Zeit nicht mehr befolgt wird, was man etwa daran ersehen kann, daß die Bohrer vom

Pluto ihren Dienst heute nur auf ihrem eigenen Planeten ableisten, ebenso wie die Angriffs-Boos vom Uranus. Das erklärt, weshalb General Percuoco, dessen militärische und administrative Kompetenz unbestritten ist, ihre anatomische Beschaffenheit und die Art ihrer Fortpflanzung nicht kennt. Zu welchen diplomatischen Verwicklungen das geführt hat, können Eure Exzellenz aus den Nachrichten der Tagesschau über die Revolten auf den beiden betreffenden Planeten entnehmen.

Ich bitte Eure Exzellenz deshalb, Maßnahmen treffen zu wollen, um dem intergalaktischen Integrationsprinzip immer mehr Geltung zu verschaffen, und ich vertraue darauf, daß von den strahlenden Höhen der Moyenne Corniche und dem Präsidentenpalast in La Turbie, von wo aus Eure Exzellenz die zauberhafte Aussicht auf das Mittelmeer genießen, bald eine väterliche Ermahnung an die militärischen Befehlsstäbe ergeht, die im antiken Casino von Monte Carlo das Galaktische Spiel des Kriegs-Potlach leiten.

Hingesunken auf meine dreißig Knie, versichere ich Sie meiner tiefsten Ergebenheit in der Großen Kombinatorischen Matrix des Universums.

Avram Boond-ss'bb

An den hochverehrten Polypoden Avram Boond-ss'bb
Formalhaut (Piscis austrinus)
Das Kreuz des Südens schenke Ihnen Frieden, guter Polypode. Als Referent für Öffentlichkeitsarbeit erlaube ich mir, mich im Namen unseres geliebten Intergalaktischen Präsidenten an Sie zu wenden, um Ihrem Schreiben im Lichte der Großen Matrix zum gebührenden Erfolg zu verhelfen.

Seine Exzellenz ist sich Seiner Pflichten als Garant der Integration sehr wohl bewußt. Sie muß aber auch den Pflichten Genüge tun, mit denen sie als Oberster Leiter des Großen Spiels des Kriegs-Potlach konfrontiert ist.

War es schon *in saecula saeculorum* schwer, die Heere zu befehligen, weshalb die alten Hebräer diese Aufgabe sogar ihrem Deus Zebaoth übertrugen, so ist diese Aufgabe im Rahmen der Intergalaktischen Friedensordnung beinahe unlösbar geworden. Wie Sie wissen, haben die größten Staatsmänner seit dem 22. Jahrhundert der christlichen Ära immer wieder darauf hingewiesen, daß ein Heer von einigen hunderttausend Mann in einer vorübergehenden Zeit des Friedens gefährlich und aufsässig wird. Die großen Staatsstreiche im 20. Jahrhundert waren bedingt durch zuviel Frieden (weshalb der verstorbene Präsident Flanagan zu Recht sagen konnte, daß allein die Kriege die Wiege der Demokratien und der befreienden Revolutionen seien). Und jetzt braucht man sich nur vorzustellen (aber damit sage ich Ihnen ja nichts Neues), wie schwierig es ist, ein Milliardenheer von Wesen aus unterschiedlichen intergalaktischen Völkern in einem Zustand Ewigen Friedens und einer institutionalisierten Abwesenheit von zu verteidigenden Grenzen und sie bedrohenden Feinden zu befehligen. Unter solchen Umständen kostet, wie Sie selbst am besten wissen, ein Heer nicht nur viel mehr, sondern neigt nach dem bekannten Parkinsonschen Gesetz dazu, seinen Personalbestand fortlaufend zu vergrößern. Zu welchen Problemen das führen kann, liegt auf der Hand.

Man braucht sich nur einmal den Fall der Bohrer vom Pluto und der Boos vom Uranus näher anzusehen. Ursprünglich war vorgesehen, sie in das Gemischte Lunare Korps einzugliedern, das laut Reglement aus Traktor-Patrouillen besteht, die sich jeweils aus zwei Terranern (einem Bersagliere und einem Mitglied der berittenen kanadischen Royal Mountain Guard) und zwei Nichtterranern zusammensetzen. Sie wissen, mit welchen Problemen der Patrouillendienst auf dem Mond zu kämpfen hatte. Es zeigte sich, daß nicht einmal die beiden terranischen Soldaten im Traktor unterzubringen waren: Die beschränkten Ausmaße des mit Sauerstoff versorgten Raumes im Vorderteil ließen die gleichzeitige Anwesenheit zweier Männer mit breitkrempigem Hut nicht zu; weiter zeigte sich, daß die Federn am Hut des Bersagliere Allergene enthalten, gegen die Pferde besonders empfindlich sind; das ist vermutlich der Grund, weshalb die militärische Tradition wohlweislich immer von der Bildung berittener Bersaglieri-Korps Abstand genommen hat. Aber Sie wissen auch, wie sehr die kanadische Royal Mountain Guard traditionsgemäß an ihren Pferden hängt, so sehr, daß sie sich nicht einmal auf einem Traktor von ihnen zu trennen vermag (der Versuch, Rotjacken auf Fahrräder zu setzen, ist kläglich gescheitert; außerdem kann man sich über die Traditionen der verschiedenen Korps nicht einfach hinwegsetzen). Aber das war noch gar nichts im Vergleich zu den Schwierigkeiten, die auftauchten, als man im hinteren Teil des Traktors die Plutonier und die Uranier unterbringen wollte. Nicht nur, weil die Angriffs-Boos vom Uranus bekanntlich einen langen Schwanz haben, der zwangsläufig hinter dem Traktor herschleifte und dabei schwer heilende Abschürfungen erlitt, sondern auch weil die Boos in einer Atmosphäre aus brennbaren Gasen leben, während die plutonischen Bohrer eine Temperatur von 2000 Grad Fahrenheit brauchen, weshalb keine Zwischenwand die erforderliche gegenseitige Abschirmung gewährleisten kann. Dazu kommt als schwierigstes Problem von allen, daß die plutonischen Bohrer den Drang haben, sich in die Erde einzubohren, um Bohrproben zu entnehmen; eine Eigenschaft, die auf dem Pluto wegen der Regenerationsfähigkeit des dortigen Bodens keine irreparablen Schäden bewirkt, aber auf dem Mond in kurzer Zeit zu der von den Technikern pittoreskerweise so genannten »Veremmentalerung« führte (die sogar die Gravitationsstabilität des Satelliten in Mitleidenschaft zog). Kurz, man mußte das

Integrationsprojekt aufgeben, und heute bestehen die Patrouillen auf dem Mond ausschließlich aus den für diesen Zweck besonders geeigneten Bandar-Pygmäen (Dschungel von Bengalen). Die funktionalen Gesichtspunkte haben den Vorrang vor den Integrationsgesichtspunkten erhalten. Diese Lösung entspricht nicht den Vorschriften und beruht offiziell auf einem Erlaß, der nur provisorischen Gesetzescharakter hat. Sie werden also verstehen, mit welchen und mit wie vielen Problemen die zentrale Leitung sich auseinandersetzen muß, und ich will Ihnen nicht verhehlen, daß eine Lösung wie die eben beschriebene im Gegensatz zur Linie des Oberkommandos im Casino steht. Aber es ist nun einmal so, daß nicht alle Verantwortlichen bei der Truppe den zahllosen Problemen gewachsen sind, die bei der Verwaltung eines intergalaktischen Heeres auftauchen.

Betreffs der anstehenden Frage hat Seine Exzellenz mich beauftragt, Ihnen mitzuteilen, daß eine normale Rotation in den Oberkommandos vorgesehen ist. General Percuoco wird ab morgen zur Zentralstelle für Truppenversorgung auf Beteigeuze versetzt, und das Kommando des Galaktischen Korps wird General Corbetta, der verdienstvolle Kommandant der Lanzenreiter von Novara, übernehmen. Was das Generalkommando des Intergalaktischen Stabes angeht, so wird es von General Giansaverio Rebaudengo übernommen werden, dem Chef der Geheimdienste, einem aus einer illustren piemontesischen Soldatenfamilie stammenden Offizier, der seinen schweren und vielfältigen Aufgaben zweifellos gewachsen sein wird.

Wir vertrauen darauf, daß diese Maßnahmen das Intergalaktische Komitee für den Schutz der Ethnischen Minderheiten zufriedenstellen werden; auch haben wir besonders darauf geachtet, daß eine so delikate Aufgabe keinem General anvertraut wird, der aus traditionell rassistischen Gegenden wie Afrika, Sizilien oder der Gegend um Brescia stammt. Auch Seine Exzellenz ist der Meinung, daß der Tag noch lange auf sich warten lassen wird, an dem man beschließt, mit der Tradition zu brechen, der zufolge die Oberkommandos stets von einem General aus dem Mittelmeerraum übernommen werden; und Sie wissen besser als ich, wie groß noch immer das Ansehen des sogenannten »Zitronengürtels« ist. Wir sind der Tatsache eingedenk, daß wir in einer Technologie der Zitronensäure wurzeln.

In tiefster Ergebenheit

Giovanni Pautasso
Referent für Öffentlichkeitsarbeit
Seiner Exzellenz des Präsidenten
der Intergalaktischen Föderation
Vom Palast in La Turbie, Mittelmeer

Geheimbericht
nur für den Präsidenten der Föderation
Vom Dienst für die Koordinierung der Geheimdienste, Rom
In Anbetracht dessen, daß die Existenzbedingung eines Dienstes, der die Aktivitäten gegeneinander arbeitender Geheimdienste koordiniert, die absolute Geheimhaltung seiner Informationen ist, hat dieser Dienst nur mit einem gewissen Zögern der Anordnung Eurer Exzellenz, die Position des Agenten Wwwsp Gggrs zu klären, Folge geleistet. Dieses Geheimhaltungsprinzip wird von uns so streng eingehalten, daß wir, um ein Nach-außen-Dringen von Informationen zu verhindern, versuchen, nicht auf dem laufenden über das zu sein, was die von uns kontrollierten Dienste tun. Wenn wir uns zuweilen erlauben, über irgendein Ereignis auf dem laufenden zu sein, so hat das nur den Zweck, unsere siebenundzwanzigtausend Mitarbeiter zu trainieren, gemäß der Theorie vom Institutionalisierten Leerlauf, die ja auch der Existenz der Intergalaktischen Streitkräfte zugrunde liegt.

Um jedoch die Position des Agenten Wwwsp Gggrs,

eines miniaturisierten Zweischalers von Cassiopeia, zu verstehen, muß man sich die Situation der siebenunddreißig Geheimdienste der Föderierten Galaxien vergegenwärtigen. Ich erläutere sie Eurer Exzellenz ausgehend von dem Grundsatz, daß dann, wenn diese Dienste ausgezeichnet funktioniert haben und unser Koordinationsdienst seiner Aufgabe der Kontrollierten Desinformation gerecht geworden ist, die Regierung keinerlei Informationen über sie erhalten haben darf.

Wie Eure Exzellenz weiß, haben die Föderierten Galaxien mit dem Problem zu kämpfen, eine sozusagen zum ewigen Frieden verurteilte staatliche Einheit ohne Grenzen und deshalb ohne mögliche Feinde zu sein. Diese Situation hat die Aufstellung einer Streitmacht zweifellos erschwert, ohne daß indessen die Galaxien hätten darauf verzichten können, eine zu haben – denn sonst hätten sie eines der Hauptvorrechte eines souveränen Staates verloren. Man sah sich deshalb gezwungen, auf die grandiose Theorie vom Institutionalisierten Leerlauf zurückzugreifen, die es einem Heer von unvorstellbarer Größe erlaubt, sich ausschließlich mit seiner eigenen Erhaltung zu beschäftigen – und durch die Einrichtung des Kriegs-Potlach, das heißt des Kriegsspiels, der Notwendigkeit, sich selbst zu erneuern, vorzubeugen.

Diese Lösung war unschwer zu verwirklichen, da die Heere der Vulgärperiode schon seit geraumer Zeit (auch bereits vor der Pax Mediterranea und der Vereinigung der Galaxien) zum größten Teil mit ihrer eigenen Erhaltung beschäftigt waren. Immerhin verfügten sie über zwei wichtige Überdruckventile. Das eine bestand in einer kontinuierlichen Aufeinanderfolge von lokalen Kriegen, die auf Druck der Zentren wirtschaftlicher Macht in Szene gesetzt wurden, um eine einträgliche Kriegswirtschaft in Gang zu halten; das andere in der gegenseitigen Spionage zwischen den Staaten, was

Spannungen aufrechterhielt und zu Staatsstreichen, kalten Kriegen usw. führte.

Die Entdeckung des Energiepotentials der Zitronensäure hat, wie Eure Exzellenz weiß, nicht nur den unterentwickelten Zitronenerzeugerländern die galaktische Vorherrschaft verschafft, sondern auch die ökonomischen Gesetze verändert und die Ära der industriellen Technologie und des Konsums beendet. Damit entfiel, wenn nicht die Möglichkeit, so doch die Zweckmäßigkeit des Anzettelns lokaler Kriege. Und dadurch haben sich bekanntlich die beiden größten Probleme innerhalb der Streitkräfte verschärft: die Erneuerung des Mannschaftsbestandes (zu der vorher die Verluste in den Kämpfen beitrugen) und die Beförderung der Offiziere aufgrund ihrer Leistung im Kriege. Mit dem Kriegs-Potlach hat man diese großen Schwierigkeiten beseitigen können, und heute erfreuen sich die Zuschauer in unseren Raumstadien jeden Sonntagvormittag an den blutigen Kämpfen unseres glorreichen Heeres, bei denen jeweils eine Einheit gegen eine andere ihre von Kameradschaft, Mannschaftsgeist und Verachtung der Gefahr geprägte Tapferkeit unter Beweis stellen kann. Noch nie in der Geschichte der Menschheit hat man junge Männer aller Rassen und sozialen Schichten so sterben sehen: mit einem Lächeln auf den Lippen und ohne ein Wort des Hasses gegenüber dem »Feind«, den sie in der Tat in sportlichem Geist als Freund und Bruder betrachten, den nur das Los der gegnerischen Mannschaft zugeteilt hat. Erlauben Sie mir, Sie an dieser Stelle auf das heldische Verhalten der Vierten Hypertransportierten Division des Chamäleons aufmerksam zu machen, die letzten Sonntag, als sie beim Derby »Kreuz des Südens« von den Löwen von Ophiuchus gegen die Ränder der Hemisphäre gedrückt wurde, um nicht massenhaft auf die auf Formalhaut errichteten Regierungstribünen zu stürzen, auswich und auf Alpha zerschellte, womit sie das Kriegs-Potlach durch die Vernichtung von 50 000 zivilen Bewohnern bereicherte – und kühn das Aufopfern von nicht am Krieg Beteiligten in die Kriegshandlungen wieder einführte; etwas, das es seit der archaischen Napalm-Zeit nicht mehr gegeben hatte.

Doch zurück zu unserem Problem. Das Kriegs-Potlach hat zwar das Problem der Erneuerung der Mannschaftsjahrgänge und der Offiziersbeförderung aufgrund kriegerischer Verdienste gelöst, aber ganz gewiß nicht das der Spionage. Diese wäre sinnlos von seiten einer Einheit gegenüber einer anderen, mit der sie bei einer Runde des Potlach kämpfen soll; denn Aufstellung und Zusammensetzung der Einheiten kann jedermann in den verschiedenen Militärsportzeitschriften nachlesen. Andererseits bringt das Nichtvorhandensein äußerer Feinde die Gefahr mit sich, daß die Geheimdienste überflüssig werden könnten: Aber so wie ein Staat nicht ohne Streitkräfte überlebt, so können Streitkräfte nicht ohne Geheimdienste überleben. Und sei es nur deshalb, weil, wie die Honki-Henki-Lehre besagt, für ein Heer die Leitung von Geheimdiensten biologisch notwendig ist, um dabei den Überschuß an jenen Generalen und Admiralen aufzubrauchen, die für die wirklich wichtigen Posten ungeeignet sind. Es ist deshalb notwendig, daß die Geheimdienste existieren, daß sie eine intensive Aktivität entfalten, daß diese Aktivität völlig ineffizient bleibt und für die Selbsterhaltung des Staates schädlich ist. Ein nicht leicht aufzulösender Knäuel von Problemen.

Nun besteht ein Verdienst der Honki-Henki-Lehre darin, daß sie ein wertvolles Modell wieder ausgegraben hat, das aus dem Enotrien (damals Italien) des späten 20. Jahrhunderts der sogenannten Vulgärzeit stammt: das Modell der wechselseitigen Bespitzelung Separater Korps.

Damit aber Separate Korps des Staates einander wechselseitig bespitzeln können, bedarf es zweier Voraussetzungen: Sie müssen eine intensive geheime Aktivität entfalten, über die alle anderen Geheimen Korps informiert sein möchten; und die Spione müssen leichten Zugang zu diesen Informationen haben. Die zweite Voraussetzung wird erfüllt durch das Prinzip des Einzigen Spions: Ein einziger Geheimagent, der als Experte für Doppelspionage gleichzeitig für mehrere Geheime Korps spioniert, verfügt stets über aktuelle und sichere Informationen.

Was aber, wenn die Separaten Korps aufgrund des Prinzips des Institutionalisierten Leerlaufs weder öffentlich noch geheim irgend etwas tun? In diesem Fall muß der Spion eine dritte Voraussetzung besitzen, nämlich die, erfundene Informationen zu sammeln und weiterzugehen. Der Spion ist dann also nicht nur Übermittler, sondern sogar Quelle der Information. In gewissem Sinn kann man sagen, daß nicht das Separate Korps den Spion hervorbringt, sondern der Spion das Separate Korps.

Unter diesen Gesichtspunkten bot der Agent Wwwsp Gggrs sich als der geeignetste Mann an, und zwar aus verschiedenen Gründen. Vor allem, weil er ein Zweischaler von der Cassiopeia ist, Angehöriger einer Spezies, die auf der Grundlage mehrwertiger Logiken denkt und sich nur in Äußerungen mit hoher referentieller Opazität ausdrückt; die wunderbare Verflochtenheit dieser beiden Voraussetzungen macht sie besonders geeignet für das Lügen, den systematischen Selbstwiderspruch, die schnelle Manipulation scheinbarer Synonyme und das Nichtunterscheiden zwischen Ausdrücken *de re* und solchen *de dicto* (in der Art: »Wenn Tullius = Cicero ist und Tullius ein Wort mit sieben Buchstaben, dann ist Cicero ein Wort mit sieben Buchstaben«; eine Form des Argumentierens, die, vermutlich aufgrund des von unseren Offizieren erreichten hohen Niveaus der logischen Formalisierung, selbst in den entlegensten Garnisonen der galaktischen Peripherie zu großem Ansehen gelangt ist).

Zweitens ist Wwwsp Gggrs, wie bereits gesagt, ein miniaturisierter Zweischaler (wie übrigens der größte Teil der Bewohner von Cassiopeia). Das erleichtert es ihm, zu den unwahrscheinlichsten Orten vorzudringen, indem er seine Fortbewegungsprobleme durch die typische Verkleidung als Zigarettenbehälter oder Puderdöschen löst und sich in den Taschen von Mittler-Agenten mitnehmen läßt. Und als solche fungieren bekanntlich die Infiltrierten jedes Separaten Korps, die zwischen den einzelnen Korps hin- und herpendeln, ohne kontrolliert zu werden.

Damit ist erklärt, weshalb der Agent Gggrs für mindestens drei Militärkorps arbeitete. Nun die Rechtfertigung für den Zwischenfall, auf den sich die Anfrage Eurer Exzellenz bezieht.

Anscheinend hat der betreffende, im Dienst des Oberkommandos von Capricorn, des Polizeikorps von Antares und der Militärdirektion von Ursa stehende Agent, anstatt sich von Capricorn für das Ausspionieren von Antares und Ursa bezahlen zu lassen, von Antares für das Ausspionieren von Ursa und Capricorn und von Ursa für das Ausspionieren von Antares und Capricorn – wofür er sechs Gehälter bekommen hätte –, aufgrund eines angebotenen Hanges zur Intrige sich insgeheim von Antares für das Ausspionieren von Antares bezahlen lassen, von Ursa für das Ausspionieren von Ursa und von Capricorn für das Ausspionieren von Capricorn. Die Unrechtmäßigkeit dieses Verhaltens, aufgrund dessen bei jedem Separaten Korps große Ausgaben für das Beschaffen von Informationen über sich selbst entstanden sind, liegt auf der Hand. Da die vom Agenten gelieferten Informationen falsch waren, wäre der Betrug niemals aufgefallen; jeder Verantwortliche der Separaten Korps erhielt ständig Informationen, die er noch nicht kannte, weshalb er glaubte, sie bezögen sich auf ein anderes Korps.

Die Sache flog erst auf, als General Proazamm vom Oberkommando von Capricorn vertrauliche Informationen über seinen eigenen Vizekommandanten haben wollte. Er beschloß, Wwwsp Gggrs für diese Aufgabe anzuheuern, und beauftragte Hauptmann Coppola, der sich einmal im Monat auf den Pluto begab, dem Agenten (der, nebenbei gesagt, von anderen Behörden von Capricorn wegen kleiner Delikte gesucht wurde) sein Gehalt zu überbringen. Erst im Gespräch mit Hauptmann Coppola wurde dem General die verwirrende Situation klar, und er argwöhnte, daß es Unregelmäßigkeiten in der Organisation des Geheimdienstes von Capricorn gebe; er erkundigte sich beim Koordinationsdienst, der pflichtgemäß erklärte, er wisse von nichts. Dies genügte General Proazamm, um zu begreifen, daß sein Argwohn begründet war; da die Bewohner von Capricorn bekanntlich über telepathische Fähigkeiten verfügen, war es unausweichlich, daß General Proazamms Argwohn von den telepathischen Diensten der bekanntlich auf Skandalnachrichten versessenen ›Gazette von Procyon‹ empfangen wurde. Das war der Grund für den bekannten Zwischenfall.

Wir können Eurer Exzellenz übrigens versichern, daß der schuldige Agent sofort in einer Weise neutralisiert worden ist, die ihm die weitere Ausübung irgendeiner Spionagetätigkeit unmöglich macht. Er wurde zum Generalsekretär der Intergalaktischen Kommission für die Moralisierung der Spionagedienste ernannt. General Proazamm wurde mit einer anderen Aufgabe beim Kommando Treibsand auf Beteigeuze betraut, von wo uns gerade heute morgen die Nachricht von seinem Unfalltod bei der Inspektion des Sumpfgebietes Nummer 26 erreichte. Was die ›Gazette von Procyon‹ angeht, so wurde sie vom Hochkommissariat für die Zitronensäure aufgekauft, das im übrigen ihr Weiterbestehen als freies und demokratisches Organ gesichert hat.

Ich versichere Sie, Exzellenz, meiner tiefsten Ergebenheit und verbleibe Ihr

Raumadmiral IV. Kommando
(Name weggelassen – top secret)
Oberdienst für die Koordination der Geheimdienste

PS. Ich bitte Sie, zur Kenntnis zu nehmen, daß nach den Vorschriften dieses unseres Koordinationsdienstes alle im vorliegenden Brief enthaltenen Informationen aus Gründen militärischer Sicherheit falsch sind.

Kommando Intergalaktischer Stab
Casino, Monte Carlo
Von General Giansaverio Rebaudengo
an alle Korps der Galaxie
Offiziere, Unteroffiziere, Soldaten. Ich übernehme ab heute das allgemeine und höchste Kommando unseres glorreichen Heeres. Möge die Erinnerung an die heldenhaften Kämpfer von San Martino und Solferino, von der Piave und der Bainsizza ein Memento für unsere künftigen Siege sein.
Hoch das Universum!
PS. Zur Feier des Galaktischen Festes am 2. Juni findet am nächsten Sonntag in der Zone Gemini ein großes Kriegs-Potlach statt. Das III. Hautflüglerdetachement vom Sirius wird gegen das Donnerbataillon von der Wega kämpfen.

Gezeichnet
Giansaverio Rebaudengo

Dringender Funkspruch
Von Comiliter Sirius
An Stab, Casino
Obiges Kommando wird respektvoll daran erinnert,
daß Hautflügler des Sirius sechs wiederhole sechs
Millimeter hoch sind und zwei wiederhole zwei Millimeter Umfang haben, während die im Donnerbataillon dienenden Soldaten der Wega eine Dickhäuter-
rasse sind, bei der jedes Individuum acht wiederhole
acht Tonnen wiegt Stop Halten Treffen für nicht reali-
sierbar auch weil wegen geringer Bevölkerungsdichte
Sirius III. Hautflügler-Detachement aus fünfhundert
wiederhole fünfhundert Einheiten besteht während
Donnerbataillon von Wega aus fünfundzwanzigtau-
send Einheiten besteht Stop

Gezeichnet
General Bee

Funkspruch
Von Stab
An Comiliter Sirius
Wort unmöglich existiert nicht im Wortschatz des in-
tergalaktischen Soldaten Stop Weitermachen Stop

Gezeichnet
General Giansaverio Rebaudengo

Geheimvermerk
für General Giansaverio Rebaudengo
Wir erlauben uns, Eure Exzellenz darauf aufmerksam
zu machen, daß im Turnus der normalen Rotation der
Intergalaktischen Korps bei der Ehrenwache für den
Präsidenten der Föderation im laufenden Monat die
Todesfähnriche von Pegasus an der Reihe sind. Unsere
Behörde möchte die glänzende militärische Ausbildung
dieses heldenhaften Korps keineswegs in Abrede stel-

len, muß aber darauf hinweisen, daß die Bewohner von Pegasus durchschnittlich achtzehn Meter groß sind; ihr Fuß mißt drei mal zwei Meter. Der Umstand, daß sie nur einen Fuß besitzen, macht die Situation nicht weniger besorgniserregend, wenn man bedenkt, daß diese Soldaten sich nur hüpfenderweise fortbewegen können. Bei der Eröffnungsfeier für die Levante-Messe in Bari hat letzte Woche ein Angehöriger der Präsidentengarde aus Versehen den Erzbischof von Apulien zertreten. Wir bitten Eure Exzellenz deshalb, Schritte in die Wege zu leiten, damit die Rotation der Korps beschleunigt wird und damit Soldaten aus mit irdischen Maßstäben unvereinbaren Völkern vom Dienst ausgeschlossen werden.

Der Präsident der Föderation rät außerdem davon ab, die Läufer von Orion bei den Kriegs-Potlachs mitkämpfen zu lassen. Da diese Zivilisation eine Form der Seelenwanderung durch Metempsychose entwickelt hat, gehen die Orionianer dem Tod außerordentlich gleichmütig entgegen, so daß jedes Match, bei dem sie beteiligt sind, sportlich gesehen unfair wird. Zumindest ist anzuraten, sie mit anderen Einheiten kämpfen zu lassen, die die Überzeugung vom Weiterleben nach dem Tod in hohem Maße entwickelt haben, wie die vatikanische Schweizergarde, die irische Infanterie, die spanische Falange, die japanischen Kampfflieger.

Sekretariat des Palasts der Föderation
La Turbie

Stabskommando
an den Präsidenten der Intergalaktischen Föderation
La Turbie
Exzellenz, ich glaube nicht, daß ich die Ratschläge, die Sie mir durch das Sekretariat haben zukommen lassen, berücksichtigen kann. Die Intergalaktischen Soldaten sind vor diesem Kommando alle gleich, und ich kann irgendwelche Bevorzugungen oder Benachteiligungen

nicht zulassen. Im Lauf meiner langen und ruhmreichen Soldatenlaufbahn habe ich als Unterschiede zwischen Armen und Reichen, Kalabresern und Venetern, Großen und Kleinen gemacht. Ich erinnere mich, daß ich vor langer Zeit im Jahr 2482 den Pressionen einer pietistischen und kryptofaschistischen Presse widerstand und die IV. Eskimo-Harpunierer von Franz-Joseph-Land auf Patrouillendienst in die Sahara schickte. Diese prächtigen Soldaten starben alle bei der Erfüllung ihrer Pflicht. Trägt ein Soldat eine Uniform, so achte ich nicht auf die Tonnage. Ich bedaure den Unfall, der dem illustren verstorbenen Oberhirten von Apulien zugestoßen ist, aber das Heer muß hart bleiben. Im nunmehr weit zurückliegenden 20. Jahrhundert wurden Hunderttausende italienischer Soldaten in Tennisschuhen auf die russischen Schlachtfelder geschickt, und ich habe nie gehört, daß dadurch das Ansehen der Oberkommandos Schaden genommen hätte. Die Entscheidung des Kommandanten schafft das Heldentum des Soldaten.

Hoch das Universum!

Gezeichnet
General Giansaverio Rebaudengo

Funkspruch
Von Stabskommando
An Zentralstelle für Truppenversorgung
Beteigeuze
Empört über Vielfalt der Essensrationen und besorgt über Aufweichung der Eß-Sitten die an Traditionen und Disziplin unseres glorreichen Heeres rüttelt befehle ich daß ab heute Essensrationen für alle Soldaten der Vereinigten Galaxien vereinheitlicht werden auf Normformat fünfhundert Gramm Zwieback eine Büchse Gefrierfleisch vier Tafeln Schokolade ein Deziliter Grappa Stop

Gezeichnet
General Giansaverio Rebaudengo

Funkspruch
Von Zentralstelle für Truppenversorgung
Beteigeuze
An Stabskommando, Casino
Verweisen auf biologische Unterschiede verschiedener Korps des intergalaktischen Heers Stop Beispiel Soldaten Altair pflegen jeden Morgen dreihundertsechzig Kilogramm Fleisch von Altair-Gnu zu essen, flüssige Pioniere von Auriga bestehen ausschließlich aus Äthylalkoholen und Ration Grappa klingt für sie wie Provokation und Aufforderung zum Kannibalismus. Hooks-Soldaten von Bellatrix sind strikte Vegetarier während Jäger von Coma Berenices sich von einheimischem zweibeinigem und federlosem Wild ernähren was zu einigen bedauerlichen Verwechslungen führte bei denen Abteilung dieser Jäger irrtümlicherweise ganzes zwecks Integration dorthin entsandtes Bataillon Alpini verspeiste weil sie sie als Essenspakete betrachtete Stop Möchten bei dieser Gelegenheit Problem der von diesem Kommando verfügten Normierung der Uniformen aufgreifen Stop Unmöglich Einheitsuniform Jacke mit Rückenspange acht Meter großen Soldaten mit fünf Armen anzupassen während Normhose völlig ungeeignet für wurmförmige Soldaten Stop Bitten umgehend um flexible Anpassung an unterschiedliche biologische Erfordernisse Stop

Gezeichnet
General Percuoco

Funkspruch
Von Stabskommando, Casino
An General Percuoco
Zentralstelle für Truppenversorgung
Beteigeuze
Sehen Sie wie Sie zurechtkommen Stop

Gezeichnet
General Giansaverio Rebaudengo

Vertraulicher Bericht
an Militärkommando Valladolid, Europa
und zur Kenntnisnahme an Kommando des Galaktischen
Korps, Sol III

Dem Intergalaktischen Finanzkommando ist bekannt geworden, daß die Kraftfahrer von Valladolid Benzingutscheine fälschen, um Treibstoff aus Heeresbeständen auf dem intergalaktischen schwarzen Markt zu verkaufen. Aus den Ermittlungen der von uns beauftragten Kommission für Disziplin, die acht Jahre lang alle Verwaltungsvorgänge sowie die Gut- und Lastschriften beim Kommando des Fuhrparks von Valladolid überprüfte, hat sich ergeben, daß neun Benzinfässer verschwunden sind.

Wir haben diese Nachforschungen – sie wurden von zuverlässigen Computerfachleuten von Bootes durchgeführt, die auf der Erde nur in durch Strontium 90 betriebenen Unterdruckkammern leben können – abbrechen lassen, weil sie 80 000 intergalaktische Kredits gekostet haben, also drei Millionen alte kanadische Dollar. Wir bitten die oben angesprochenen Kommandos, der Sache nachzugehen und die Verantwortlichen ausfindig zu machen.

Intergalaktisches Finanzkommando
Leo

Vertraulicher Bericht
an Intergalaktisches Finanzkommando
Leo

Im Auftrag des hiesigen Fuhrparkkommandos habe ich gründliche Nachforschungen bezüglich des Verschwindens der neun Benzinfässer angestellt und dabei folgendes herausgefunden. Der Treibstoff wurde in Bilbao auf Schmuggler-Raketenflugzeuge vom Saturn verladen und nach Algol (Perseus) gebracht, wo diese Flüssigkeit als superalkoholisches (bzw. superoktanisches) Getränk gilt. Wegen eines bei der Reise von der Erde nach Perseus entstandenen Kompetenzstreites war es mir nicht möglich, die ganze Kette von Verantwortlichen zu rekonstruieren. Auf Sol III nämlich fällt das Problem in den Kompetenzbereich der Verkehrsdirektion, während es auf Perseus zum Kompetenzbereich der Versorgungsdirektion gehört. Wir empfehlen deshalb, den ganzen Fall der Generaldirektion für militärische Raumtransporte mit Sitz auf Procyon unter dem Stichwort »Interner Schmuggel« auf Formblatt 367/00/C.112 vorzulegen.

Kommando
Guardia Civil
Valladolid

Funkspruch
Von Generaldirektion
Für Militärische Raumtransporte
An Intergalaktisches Finanzkommando
Leo
Auf Formblatt 367/00/C.112 mitgeteilte Angelegenheit betr. Benzinfässer fällt nicht in Kompetenzbereich unserer Direktion da Raketenflugzeuge auf dem Flug von Bilbao nach Procyon Relativierung in Hyperraum durchführen müssen und dreihundert Jahre vor ihrer Abreise ankommen Stop Problem fällt deshalb in Kompetenzbereich militärhistorisches Archiv Velletri dem der Fall auf Formblatt 450/00/99/P vorzulegen ist Stop

Gezeichnet
Direktion für
militärische Raumtransporte

Funkspruch
Von Militärhistorischem Archiv
Velletri
An Intergalaktisches Finanzkommando
Leo
Bedauern Ihre Anfrage Formblatt 450/00/99/P nicht
beantworten zu können weil historisches Archiv auf-
grund unzureichender Ausstattung immer noch mit
Aufarbeitung des Materials aus der Zeit zwischen
Schlacht von Lepanto und Krieg 15/18 beschäftigt
Stop

Gezeichnet
Militärhistorisches Archiv

General Rebaudengo
an Intergalaktisches Finanzkommando
Leo
Was zum Teufel ist das für eine Geschichte von irgendwelchen Benzinfässern? Wo doch seit dem Jahr 1999
der sogenannten Vulgärzeit beim Heer kein Benzin
mehr verwendet wird? Und was tut ein Kraftfahrerkommando in Valladolid?

Rebaudengo

Intergalaktisches Finanzkommando
Leo
Eure Exzellenz, wir begreifen Ihr Erstaunen; doch muß
unser Kommando, getreu dem Motto der Intergalaktischen Finanzverwaltung (»Nie aufgeben«), sich immer
noch mit Vorgängen befassen, die von früheren Militär-
behörden stammen und alle in unsere Archive auf Bootes übergegangen sind. Es handelt sich hier tatsächlich
um einen Vorfall, der schon einige hundert Jahre
zurückliegt; doch können wir auf jeden Fall bestätigen,
daß in Valladolid ein Kraftfahrerkommando existiert.
Die Tatsache, daß dieses Kommando keine Kraftfahr-

zeuge verwaltet, liegt außerhalb unseres Kompetenzbereiches; wir wissen aber, daß die in Enotrien immer noch bestehende Nationale Kohlenwasserstoffgesellschaft Benzin ausschließlich für dieses Kommando produziert, möglicherweise aufgrund früherer, noch nicht aufgehobener Bestimmungen. Wir fragen uns, weshalb es immer noch eine Nationale Kohlenwasserstoffgesellschaft gibt; aber sie existiert jedenfalls und hat ihren Sitz in Rom, im selben Gebäude, das die Dienststelle für die Auszahlung der Pensionen an die Heimkehrer aus den Kolonien und den Rat für die Verleihung militärischer Auszeichnungen an die Gefallenen des dritten Unabhängigkeitskrieges beherbergt.

Generalkommandant
Leo Leo von Leo, Leo

Vertrauliche Mitteilung
von Stabskommando, Casino
an Intergalaktisches Finanzkommando,
Guardia Civil von Valladolid
Militärhistorisches Archiv, Velletri,
Generaldirektion für Militärische Raumtransporte,
Kommando des Galaktischen Korps, Sol III

In Anlehnung an den Wahlspruch des Regiments, von dem ich herkomme (»Quieta non movere, mota quietare«), rate ich, den ganzen im vorhergehenden Schriftverkehr behandelten Vorgang im Archiv abzulegen. Da eine der tragenden Säulen unseres glorreichen Heeres gerade die Hochschätzung der Tradition ist, würde ich es für unangebracht und beleidigend halten, wollte man die geschichtliche Funktion und die Verfassungstreue des glorreichen Kraftfahrerkommandos von Valladolid, das sich zweifellos irgendwann und irgendwo mit Ruhm bedeckt hat, in Zweifel ziehen. Sollte beim Heer der Eindruck entstehen, daß die Vorgesetzten und die öffentliche Meinung kein Vertrauen zu ihm haben und die Existenzberechtigung irgendeiner glorreichen Einheit anzuweifeln, so würde das zu fatalen psychologischen Komplexen führen und damit zu einer Schwächung von Pflichtgefühl, Opferbereitschaft, Seelenstärke und Schlagkraft der Truppe, der Unteroffiziere und Offiziere.

Akte ablegen.

General Giansaverio Rebaudengo

Zentrum für Untersuchungen über ethnische Relativität
Alpha von Centaurus
Exzellenz General Rebaudengo: Da uns zufällig der Fall des auf Algol als hochprozentiges Alkoholgetränk verwendeten »Benzins von Valladolid« bekannt geworden ist, erlauben wir uns, darauf hinzuweisen, daß dies nicht der einzige Fall dieser Art ist. Man sollte eben die Schwierigkeiten berücksichtigen, die sich aus der Relativität der Sitten und Gebräuche im Galaktischen Heer ergeben. Beispielsweise hat das Kommando für Truppenversorgung auf Beteigeuze, als es von einer epidemischen Augenkrankheit bei den Briariern vom Regulus erfuhr, hunderttausend Hektoliter Borwasser zu therapeutischen Zwecken dorthin geschickt, weil ihm nicht bekannt war, daß Borsäure dort (verbotenerweise) als Droge benutzt wird. Man sollte die verschiedenen im Heer verwendeten Substanzen deshalb in Hinsicht auf die Art, wie die unterschiedlichen Angehörigen des Heeres sie verwenden könnten, katalogisieren. Wir empfehlen, die Formblätter an die Matrizes von Koenig-Stumpf anzupassen, die $83\,000^{10}$ verschiedene Kombinationen gestatten.

Dr. Malinowski
Direktor des Zentrums

Zentrum für Untersuchungen über ethnische Relativität
Alpha von Centaurus

Hochverehrter General Rebaudengo, wir danken Ihnen, daß Sie unsere Anregungen aufgegriffen haben, erlauben uns aber, Sie darauf aufmerksam zu machen, daß es vielleicht nicht sehr zweckmäßig war, die Anpassung der Formblätter an die Matrizes von Koenig-Stumpf dem Zentrum für maschinelle Datenverarbeitung vom Altair zu übertragen. Diese Formblätter setzen nämlich eine nichteuklidische Geometrie Riemannscher Provenienz voraus und arbeiten mit einer modalen Logik. Die Bewohner des Altair hingegen denken gemäß einer einwertigen Logik (für sie kann etwas nur sein oder nicht sein) und messen den Raum gemäß einer sogenannten hypoeuklidischen oder Abbott-Geometrie, in der es nur eine Dimension gibt. Wir erinnern auch an die Erfahrungen, die man gemacht hat, als auf dem Altair Kragenspiegel eingeführt wurden, um die Heereskorps voneinander unterscheiden zu können, und man dabei nicht berücksichtigte, daß die Altairianer nur eine Farbe kennen. Wir begreifen offen gesagt auch nicht, wie man angesichts der Tatsache, daß die Altairianer keine dreidimensionalen Gegenstände wahrnehmen können, auf dem Altair ein Zentrum für maschinelle Datenverarbeitung einrichten konnte. In Augenblicken des Zweifels fragen wir uns sogar, warum auf dem Altair irgend etwas existiert und ob es überhaupt existiert. Bis heute sind die einzigen Zeugnisse für die Existenz irgendwelchen Lebens auf diesem Stern die Angaben des PSI-Zentrums auf dem Mount Wilson, das behauptet, in telepathischem Kontakt mit den dortigen Eingeborenen zu stehen.

   Hochachtungsvoll

Dr. Malinowski
Direktor des Zentrums

Funkspruch
Von Stabskommando
An Polizeikommando Konstellation
Centaurus
Und Polizeikommando
Planet Sol III
Befehle sofortige Festnahme von Dr. Malinowski
wegen Verunglimpfung der glorreichen Streitkräfte
vom Altair Stop Befehle außerdem Schließung PSI-
Zentrum von Mount Wilson Stop Es ist unzulässig,
daß Angehörige einer militärischen Institution den
ganzen Tag mit Denken verbringen Stop Lumpen
und Faulenzer werden nicht geduldet Stop Wieder-
eröffnung des Zentrums, sobald es möglich ist, jede
telepathische Kommunikation auf doppeltem Formblatt zu registrieren Stop

Gezeichnet
General Giansaverio Rebaudengo

Funkspruch
Von Vorposten
Auf kleiner Magellanscher Wolke
An Kommando Intergalaktischer Stab
Casino, Monte Carlo
Und an Präsidium der Föderation La Turbie
Von äußerster Grenze des bekannten Universums
Annäherung nicht identifizierter fliegender Objekte
gemeldet Stop Spähtrupp fliegender Sturmpioniere
von Canopus durch Einheiten der Eindringlinge ver-
nichtet Stop Eindringlinge vermutlich aus Hyperzone
des Universums Stop Ihr auf unbekannter Energie-
quelle beruhendes Zerstörungspotential bedroht Be-
stand der Intergalaktischen Föderation Stop Erbitten
Weisungen Stop Sind der Ansicht, daß ...

(Abbruch der Übertragung)

Funkspruch
Von Präsidium der Föderation
An Kommando Intergalaktischer Stab
Zum ersten Mal in ihrer Geschichte wird die Föderation mit einem äußeren Feind konfrontiert Stop Sofort Verteidigung aufbauen Stop Vertrauen in dieser tragischen historischen Notlage auf ehrwürdige militärische Traditionen unseres Heeres und auf lange Erfahrung des Kommandos Stop General Rebaudengo übernimmt unmittelbar Kommando der Operationen Stop

Gezeichnet
Präsident La Barbera

Funkspruch
Von Kommando Intergalaktischer Stab Casino
An alle aktiven Einheiten des Universums
Offiziere, Unteroffiziere, Soldaten! Die Stunde des Schicksals klopft an die Pforten der Föderierten Galaxien! Von unserer Schnelligkeit und Selbstverleugnung, unserem taktischen und strategischen Können hängt das Schicksal unserer Heimat ab! Soldaten! Jeder auf seinem Posten und ein Posten für jeden! Ich übernehme unmittelbar das Kommando der Operationen und ordne folgendes an: Alle mobilen Einheiten des Sonnensystems konzentrieren sich am Isonzo; das IV. Heereskorps mit Sitz auf Bootes besetzt die Stellungen Lagazuoi, Sasso di Stria, Paganella, Lago di Carezza und Pordot; Das V. Heereskorps mit Standort Pleiaden und die Eliteabteilungen der Oktopoden von Ophiuchus sammeln sich an Tagliamento und Piave; die gepanzerten Einheiten der flüssigen Sturmtruppen von Auriga halten die Position Monte Grappa (Unterdruckkammern und Aushärtungsglocken Stufe 118 bereithalten): Die Todesperseiden von Algol konzentrieren sich am linken Ufer der

Etsch und bauen Pontonbrücken; die Bohrer vom Pluto verlagern sich unverzüglich nach Ortisei und legen Schützengräben an. Die übrigen Einheiten warten in Planquadrat Peschiera auf meine Anordnungen. Unsere Leiber werden einen Wall gegen den feindlichen Eindringling bilden, und er wird sich in wilder Flucht in jene Abgründe des Hyperraums zurückziehen, aus denen er so stolz und siegessicher hervorgekommen ist. Mögen die ehrwürdigen soldatischen Traditionen unseres glorreichen Heeres uns Kraft geben! Stellen wir uns dieser großen Zeit, die uns von der Geschichte dargeboten wird, in angemessener Haltung. Seien wir stark, fest und heldenhaft. Soldaten! Hoch Trient und Triest und die galaktischen Gebiete!

Der Sieg wird unser sein!

war das Pseudonym von Paul Myron Anthony Linebarger (1913–1966). Sein Vater war Sinologe und Rechtsberater von Sun Yatsen, dem ersten Präsidenten der Republik China, der übrigens Pauls Pate war. Paul Linebarger wurde in Milwaukee geboren, verbrachte aber den größten Teil seiner Jugend in Frankreich, Deutschland, wo er mit Science Fiction in Berührung kam, Japan und vor allem in China, wo er studierte; er beherrschte schon als junger Mann sechs Sprachen. Im Zweiten Weltkrieg war er für die USA geheimdienstlich in China eingesetzt, später beriet er als Oberst die britischen Truppen in Malaysia und die amerikanische 8. Armee in Korea; er ist der Verfasser des Standardwerkes über psychologische Kriegsführung und war lange Zeit Professor für Asienpolitik an der Johns-Hopkins-Universität, zeitweise auch Berater von Präsident Kennedy. (Das militärische Engagement der USA in Vietnam hielt er jedoch für einen Fehler.)

Seine erste SF-Geschichte »Krieg Nr. 81-Q« soll erschienen sein, als er fünfzehn war. In den späten dreißiger und frühen vierziger Jahren schrieb er (unveröffentlichte) realistische Erzählungen, zwei psychologische Romane und den Spionagethriller Atomsk, *alle unter anderen Pseudonymen. Seine eigentliche Karriere als SF-Autor begann jedoch 1950 mit der Publikation der Erzählung »Seher leben vergeblich«. Von da an schrieb er als Cordwainer Smith und wurde mit einem vergleichsweise schmalen Œuvre zu einem geradezu legendären Autor. Mit Ausnahme von ein, zwei Geschichten ist seine gesamte SF nach seinem Tod in vier Bänden gesammelt worden; es sind zwei Bände Erzählungen (deutsch* Die besten Stories von Cordwainer Smith, *1980, und* Instrumentalität der Menschheit, *1982), der aus zwei ursprünglich separaten Teilen zusammengesetzte Roman* Norstrilia *(1975,*

deutsch Der Planetenkäufer, *1979, und* Die Untermen-
schen, *1980) sowie der aus vier zusammenhängenden Erzählungen bestehende Roman* Rückkehr nach Mizzer *(Quest of
the Three Worlds, 1966, deutsch 1981). Mit Ausnahme von
fünf Geschichten handeln alle diese Erzählungen in einem
viele Jahrtausende weit reichenden und viele Welten umspan-
nenden Zukunftsentwurf voller ungewöhnlich kühner und
ungewöhnlich bildhaft-poetischer Einfälle.*

*Eine von den fünf Ausnahmen ist die nun folgende Erzäh-
lung, die sehr direkt an Cordwainer Smiths chinesische Erfahrungen anknüpft. Der Held der Geschichte ist ein Marsianer,
aber zugleich ein Dämon und würde als solcher in die nächste
Abteilung unserer Anthologie gehören; die Geschichte macht
übrigens plausibel, daß Alien und Dämon in diesem Falle ungefähr dasselbe ist, und in einer menschlichen Gestalt, die er
gewählt hat, löst er viel größeres Entsetzen aus.*

Westliche Wissenschaft ist so wundervoll

Der Marsianer hockte auf der Spitze einer Granitklippe. Um den Wind besser genießen zu können, hatte er die Gestalt eines kleinen Nadelbaumes angenommen. Das Rauschen des Windes in den immergrünen Nadeln erzeugte jedesmal ein sehr angenehmes Gefühl.

Am Fuß der Klippe stand ein Amerikaner, der erste, den der Marsianer je zu Gesicht bekommen hatte.

Der Amerikaner zog aus seiner Tasche einen bezaubernd einfallsreichen Gegenstand hervor, eine kleine Metallschachtel mit einer Öffnung, aus der unvermittelt eine Flamme züngelte. Mit diesem wunderbaren Gerät setzte der Amerikaner bedächtig ein dünnes Röhrchen aus freudenspendenden Kräutern in Brand. Der Marsianer begriff, daß diese Röhrchen von den Amerikanern Zigaretten genannt wurden. Als der Amerikaner seine Zigarette entzündet hatte, veränderte der Marsianer seine Gestalt und wurde zu einem vier Meter fünfzig großen, rotgesichtigen, schwarzbärtigen chinesischen Demagogen und rief dem Amerikaner auf englisch zu: »Hallo, Freund!«

Der Amerikaner sah nach oben, und ihm quollen fast die Augen aus den Höhlen.

Der Marsianer sprang von der Klippe, sank langsam zu dem Amerikaner hinunter und ließ sich Zeit, um ihn nicht allzusehr zu erschrecken.

Dennoch schien der Amerikaner beunruhigt zu sein,

denn er fragte: »Du bist doch nicht wirklich, oder? Das ist unmöglich. Oder doch?«

Unauffällig durchforschte der Marsianer die Gedanken des Amerikaners und erkannte, daß vier Meter fünfzig große chinesische Demagogen auf einen durchschnittlichen Amerikaner nicht sehr beruhigend wirkten. Er kramte vorsichtig in dem Bewußtsein des Amerikaners und suchte nach einer weniger besorgniserregenden Erscheinungsform. Als erstes stieß er auf das Bild der Mutter des Amerikaners, und so nahm der Marsianer augenblicklich die Gestalt der Mutter an und antwortete: »Was ist schon wirklich, Liebling?«

Bei diesen Worten wurde der Amerikaner grün im Gesicht und preßte die Hände vor die Augen. Der Marsianer griff erneut nach den Gedanken des Amerikaners, doch diesmal gewann er nur verschwommene Eindrücke.

Als der Amerikaner die Hände senkte, hatte der Marsianer die Gestalt einer Rotkreuzhelferin angenommen, die sich langsam entkleidete. Obwohl dieser Anblick auf ihn angenehm wirken mußte, war der Amerikaner nicht beruhigt. Seine Furcht begann sich in Zorn zu verwandeln, und er fauchte: »Was, zum Teufel, bist du?«

Der Marsianer verwandelte sich in einen nationalchinesischen Generalmajor, der in Oxford studiert hatte, und sagte mit einem leichten britischen Akzent: »Durch meine Existenz gehöre ich zu den einheimischen Lebensformen, wenn ich auch eine gewisse übernatürliche Herkunft nicht verleugnen kann, wissen Sie. Ich hoffe, daß Sie das nicht stört. Westliche Wissenschaft ist so wundervoll, daß ich unbedingt einen Blick auf diese phantastische Maschine werfen muß, die Sie in der Hand halten. Haben Sie Lust, ein wenig zu plaudern, bevor Sie weiterziehen?«

Der Marsianer fing eine Reihe verwirrender Gedankenimpulse auf. Sie schienen sich um etwas zu drehen, das *Alkoholverbot* hieß, um etwas wie »trocken bleiben« und um die wiederholte Frage: »Wie, zum Teufel, bin *ich* hierhergekommen?«

In der Zwischenzeit untersuchte der Marsianer sehr interessiert das Feuerzeug. Er gab es dem wie erstarrt dastehenden Amerikaner gleich wieder zurück. »Ein sehr guter Zauber«, lobte der Marsianer. »Bei uns in den Bergen gibt es nichts Vergleichbares. Offen gesagt, ich bin nur ein Dämon mit geringen Kräften. Ich sehe, daß Sie Captain in der berühmten Armee der Vereinigten Staaten sind. Erlauben Sie mir, mich Ihnen vorzustellen. Ich bin die eine Million dreihundertsiebenundachtzigtausendzweihundertneunundzwanzigste Östliche Untergeordnete Inkarnation eines Lohan. Haben Sie Zeit, noch ein wenig mit mir zu plaudern?«

Der Amerikaner betrachtete die nationalchinesische Uniform. Dann sah er sich um. Seine chinesischen Träger und sein Dolmetscher lagen wie Lumpenbündel auf dem grasbewachsenen Boden des Tals; sie waren alle ohnmächtig geworden. Der Amerikaner bewahrte lange genug die Fassung, um zu fragen: »Was ist ein Lohan?«

»Ein Lohan ist ein Arhat«, erklärte der Marsianer.

Dem Amerikaner schien auch diese Erklärung nichts zu sagen, und der Marsianer entschied, daß er wohl nicht die richtigen Höflichkeitsfloskeln kannte, die erforderlich waren, um mit einem amerikanischen Offizier Bekanntschaft schließen zu können. Widerwillig löschte er alle Erinnerung des Amerikaners und der ohnmächtigen Chinesen an den Zwischenfall. Er kehrte zur Spitze der Klippe zurück, nahm wieder die Gestalt eines Nadelbaumes an und erlöste die ganze Gruppe aus ihrer Betäubung. Er beobachtete, wie der chinesische Dolmetscher vor dem Amerikaner stand und gestikulierte, und er wußte, was der Chinese sagte. »Hier in den Bergen gibt es Dämonen …«

Dem Marsianer gefiel das herzhafte Gelächter, mit

dem der Amerikaner auf diesen Beweis chinesischen Aberglaubens reagierte.

Er sah der Gruppe nach, wie sie den zauberhaft schönen kleinen See des Achtarmigen Flusses umrundete und bald verschwunden war.

All dies geschah 1945.

Der Marsianer verbrachte viele nachdenkliche Stunden mit dem Versuch, ein Feuerzeug zu materialisieren, aber nie gelang ihm eine Schöpfung, die nicht schon nach kurzer Zeit ihre Form verlor und wieder zu Staub zerfiel.

Dann kam das Jahr 1955. Der Marsianer hörte, daß sich ein sowjetischer Offizier auf dem Weg befand, und mit kindlichem Vergnügen sah er der Begegnung mit einer weiteren Person aus der wundersamen, modernen, westlichen Welt entgegen.

Peter Farrer war Wolgadeutscher.

Die Wolgadeutschen haben mit den Russen so viel zu tun wie die pennsylvanischen Holländer mit den Amerikanern.

Sie hatten schon länger als zweihundert Jahre in Rußland gelebt, aber die grausamen Schrecknisse des Zweiten Weltkrieges führten zum Zusammenbruch ihrer Gemeinwesen.

Farrer hatte davon profitiert. Nachdem er einige Jahre lang den Rang eines Gefreiten in der Roten Armee bekleidet hatte, war er Unterleutnant geworden. Auf einem Technikum hatte er Geologie und Landvermessung studiert.

Der Befehlshaber der sowjetischen Militärmission in der Provinz Yunnan der Volksrepublik China hatte zu ihm gesagt: »Farrer, dich erwartet ein Spaziergang. Der Auftrag ist völlig ungefährlich; es geht darum, festzustellen, ob es möglich ist, eine zweite Bergstraße entlang den Felsklippen westlich des Pakou-Sees zu bauen. Ich halte viel von dir, Farrer. Du bist über deinen deutschen Namen hinausgewachsen und ein guter sowjetischer Bürger und Offizier. Ich weiß, daß du keinen Ärger mit unseren chinesischen Verbündeten oder den Bergbewohnern jener Region provozieren wirst, durch die dein Weg dich führt. Behandle sie gut, Farrer. Sie sind sehr abergläubisch. Wir brauchen ihre volle Unterstützung, und wir können uns Zeit lassen, sie zu gewinnen. Die Befreiung Indiens liegt noch in weiter Ferne, aber wenn wir marschieren müssen, um den Indern zu helfen, die amerikanischen Imperialisten aus ihrem Land zu werfen, dann können wir es uns nicht erlauben, daß sich in unserem Einflußgebiet noch unsichere Regionen befinden. Überstürze nichts, Farrer. Sorg dafür, daß du deine Arbeit sorgfältig ausfährst, und versuche, mit jedem Freundschaft zu schließen, sofern er nicht zu den imperialistischen reaktionären Elementen gehört.«

Farrer nickte feierlich. »Sie meinen, Genosse Oberst, daß ich mit allen Freundschaft schließen muß?«

»Mit allen«, bestätigte der Oberst ernst.

Farrer war jung und deshalb ein wenig übereifrig. »Ich bin militanter Atheist, Genosse Oberst. Muß ich auch zu Priestern freundlich sein?«

»Auch zu Priestern«, erwiderte der Oberst nickend.

Der Oberst sah Farrer scharf an. »Du freundest dich mit allen Leuten an, mit allen, nur nicht mit Frauen. Hast du mich verstanden, Genosse? Bring dich nicht in Schwierigkeiten.«

Fairer salutierte und kehrte an seinen Schreibtisch zurück, um alles für die Reise vorzubereiten.

Drei Wochen später passierte Farrer die kleinen Wasserfälle, die zu dem Strom des Goldenen Sandes, dem Chinsha chiang, führten, wie der Lange Fluß oder Jangtse von den Einheimischen genannt wurde.

Hinter ihm trottete Parteisekretär Kungsun. Kungsun war ein Aristokrat aus Peking, der in seiner Jugend der

Kommunistischen Partei beigetreten war. Er besaß ein scharfgeschnittenes Gesicht und eine durchdringende Stimme, und er hatte seine aristokratische Herkunft verdrängt und war zu dem überzeugtesten Kommunisten im gesamten Nordwesten Jünnans geworden. Da sie nur über einen kleinen Trupp Soldaten und eine große Zahl einheimischer Träger für ihre Vorräte verfügten, begleitete sie ein Offizier der alten Volksbefreiungsarmee, um ihr militärisches Wohlergehen zu sichern und ein Auge auf Farrers technische Fähigkeiten zu werfen. Genosse Hauptmann Li, ein rundlicher, heiterer Mann, kletterte erschöpft und schwitzend hinter ihnen die steile Felswand hinauf.

»Wenn ihr Helden der Arbeit sein wollt, dann klettert weiter«, rief er ihnen zu, »aber wenn ihr eurer militärischen Vernunft gehorcht, dann laßt uns rasten und eine Tasse Tee trinken. Vor Sonnenuntergang werden wir Pakouhu ohnehin nicht mehr erreichen.«

Kungsun sah sich verächtlich um. Die Kolonne der Soldaten und Träger zog sich zweihundert Meter lang dahin, und wie eine Schlange aus Staub klebte sie am Felshang des Berges. Aus dieser Perspektive sah er auf die Mützen der Soldaten und auf die Läufe ihrer Gewehre, die sie während des Aufstiegs nach oben gerichtet hielten. Er sah auf die tuchumwickelten Köpfe der freiwilligen Träger, und er wußte intuitiv, daß sie ihn mit den gleichen Worten verfluchten, mit denen sie in der Vergangenheit auch ihre kapitalistischen Unterdrücker verflucht hatten. Weit unter ihnen wand sich das Band des Chinsha chiang wie ein Streifen Gold durch das Graugrün des im Zwielicht liegenden waldbedeckten Landes.

Er spuckte auf den Armee-Hauptmann. »Wäre es nach dir gegangen, würden wir jetzt noch immer in dieser Schänke sitzen und heißen Tee trinken, während die Männer faulenzen.«

Der Hauptmann war nicht gekränkt. Er hatte schon viele Parteisekretäre kommen und gehen sehen. Im neuen China war es viel sicherer, ein Hauptmann zu sein. Einige der Parteisekretäre, die er gekannt hatte, waren sehr wichtige Männer gewesen. Einer war sogar bis nach Peking gelangt und hatte dort ganz für sich allein einen Buick sowie drei Parker-Kugelschreiber zur Verfügung gestellt bekommen. Nach dem Maßstab der kommunistischen Bürokratie war man damit dem Zustand absoluter Seligkeit sehr nahe gekommen. Hauptmann Li hatte kein Interesse daran. Zwei kräftige Mahlzeiten am Tag und immer neue patriotische Bauernmädchen, vorzugsweise solche, die mollig waren, erfüllten seine Ansprüche an ein befreites China.

Farrers Chinesisch war schlecht, aber er kannte den Wert eines Argumentes. In holprigem, aber verständlichem Mandarin rief er: »Kommt, Genossen. Wir schaffen es bis zum Einbruch der Nacht vielleicht nicht bis zum See, aber wir können auch nicht unser Lager auf dieser Felswand aufschlagen.« Er pfiff *Ich hatt' einen Kameraden* durch die Zähne, während er an Kungsun vorbeikletterte und sich an die Spitze der Expedition setzte.

Deshalb war es Farrer, der sich als erster über den Rand der Klippe schwang und von Angesicht zu Angesicht dem Marsianer gegenüberstand.

Dieses Mal war der Marsianer bereit. Er erinnerte sich an seine enttäuschende Begegnung mit dem Amerikaner, und er unternahm nichts, was seinen Besucher erschrecken oder das gesellige Beisammensein stören könnte. Als Farrer über den Klippenrand geklettert war, hatte der Marsianer bereits seine Gedanken durchforscht und wühlte so ausgelassen in Farrers Bewußtsein wie eine Maus in einem Berg Käse. Farrers Gedächtnis enthüllte ihm eine große Zahl angenehmer Erinnerungen. Sofort war er zurückgewichen und hatte diese Erinnerungen in wirklich erscheinende Phantome umgesetzt.

Farrer hatte sich bereits halb über die Felskante geschwungen, als er begriff, welches Bild sich ihm darbot. Mitten auf dem Plateau parkten zwei sowjetische Militärlaster in einer Niederung. Vor jedem Fahrzeug standen Tische. Einer der Tische war mit einer äußerst üppigen russischen *Sakuska* gedeckt (dem sowjetischen Gegenstück eines kalten Büfetts). Der Marsianer hoffte, diese Objekte stabil zu halten, während Farrer sie aß, aber er fürchtete, sie würden sich auflösen, sobald Farrer sie schluckte, denn der Marsianer war mit den Verdauungsprozessen der Menschen nicht sehr vertraut, und er wollte seinem Gast nicht heftige Bauchschmerzen bereiten, indem er gestattete, daß Objekte von extrem improvisierter und ungewisser Struktur in seinen Magen gelangten.

An dem ersten Lastwagen war eine große rote Fahne befestigt, auf der in weißen kyrillischen Buchstaben stand: WIR GRÜSSEN DIE HELDEN VON BRJANSK.

Der zweite Lastwagen war eine noch bessere Schöpfung. Der Marsianer hatte bemerkt, daß Farrer sehr viel für Frauen übrig hatte, und so materialisierte er vier hübsche sowjetische Mädchen: eine Blonde, eine Brünette, eine Rothaarige und eine Albino, nur um die ganze Angelegenheit interessanter zu machen. Der Marsianer traute sich nicht zu, sie auf die korrekte weibliche und reizvolle Weise Russisch sprechen zu lassen, und so sorgte er dafür, daß sie sich in Lehnstühle setzten und einschliefen, nachdem er sie materialisiert hatte. Er hatte überlegt, welche Gestalt er annehmen sollte, und entschieden, daß es sehr gastfreundlich sein würde, wenn er sich in Mao Tse-tung verwandelte.

Farrer betrat nicht das Plateau. Er blieb, wo er war. Er starrte den Marsianer an, und der Marsianer sagte salbungsvoll: »Kommen Sie herauf. Wir warten schon auf Sie.«

»Wer, zum Teufel, sind Sie?« fauchte Farrer.

»Ich bin ein pro-sowjetischer Dämon«, erklärte der angebliche Mao Tse-tung, »und das hier ist materialisierte kommunistische Gastfreundschaft. Ich hoffe, es gefällt Ihnen.«

In diesem Moment erschienen Kungsun und Li; Li zu Farrers Linken, Kungsun zu seiner Rechten. Alle drei verharrten mit offenem Mund.

Kungsun überwand als erster seine Verwirrung. Er erkannte Mao Tse-tung. Er hatte noch nie eine Gelegenheit ungenutzt gelassen, nähere Bekanntschaft mit den Führern der Kommunistischen Partei zu schließen. Mit zitternder, heiserer, zweifelnder Stimme fragte er: »Parteiführer Mao, ich hätte nie gedacht, dich hier oben in den Bergen zu treffen – oder bist du es nicht, und wenn du es nicht bist, wer bist du dann?«

»Ich bin nicht euer Parteiführer«, gestand der Marsianer. »Ich bin lediglich ein kleiner Dämon mit starken pro-kommunistischen Neigungen, und ich sehne mich nach der Gesellschaft solch umgänglicher Menschen, wie ihr es seid.«

In diesem Moment wurde Li bewußtlos und wäre den Hang hinuntergerollt und hätte die Soldaten und Träger umgeworfen, hätte der Marsianer nicht seinen linken Arm ausgestreckt, den linken Arm in eine Python verwandelt und mit der Schlange den ohnmächtigen Li gepackt und ihn neben einem der Lastwagen abgesetzt. Die schlafenden sowjetischen Schönheiten schliefen weiter. Aus der Python wurde wieder ein Arm.

Kungsun war kalkweiß geworden, und da seine Haut normalerweise eine helle elfenbeinerne Färbung besaß, erinnerte sein Gesicht an das einer Leiche.

»Ich glaube, dieser *Wang-pa* ist ein konterrevolutionärer Spion«, krächzte er, »aber ich weiß nicht, was wir mit ihm machen sollen. Ich bin froh, daß sich in der Volksrepublik China eine Vertretung der Sowjetunion befindet, um uns bei schwierigen Parteiproblemen mit Rat und Tat zur Seite zu stehen.«

Farrer fauchte: »Wenn er ein Geist ist, dann ist er ein chinesischer Geist und kein russischer. Du solltest ihn besser nicht mit diesem Schimpfwort belegen. Er scheint über gewisse Fähigkeiten zu verfügen. Schau nur, was er mit Li gemacht hat.«

Der Marsianer entschied, seine Bildung hervorzukehren, und sagte konziliant: »Wenn ich ein *Wang-pa* bin, dann bist du ein *Wang-pen.*« Freundlich fügte er auf russisch hinzu: »Das ist ein Wechselbalg, weißt du? Viel schlimmer als ein uneheliches Kind. Gefalle ich dir, Genosse Farrer? Hast du ein Feuerzeug bei dir? Westliche Wissenschaft ist so wundervoll; ich schaffe es nie, feste Gegenstände für längere Zeit zu materialisieren, aber ihr baut Flugzeuge, Atombomben und viele andere putzige Dinge.«

Farrer griff in die Tasche und suchte nach dem Feuerzeug.

Hinter ihm klang ein Schrei auf. Einer der chinesischen Träger hatte sich von der wartenden Marschkolonne entfernt und den Kopf über den Klippenrand geschoben, um nachzuschauen, was da vor sich ging. Als er die Lastwagen und die Gestalt Mao Tse-tungs entdeckte, begann er zu kreischen: »Hier oben sind Teufel! Hier oben sind Teufel!«

Aus jahrhundertelanger Erfahrung wußte der Marsianer, daß jeder Versuch, mit den Einheimischen auszukommen, zwecklos war, es sei denn, es handelte sich bei ihnen um sehr, sehr junge oder sehr, sehr alte Menschen. Er trat an den Rand der Klippe, so daß er von allen Männern gesehen werden konnte. Er ließ Mao Tse-tungs Gestalt wachsen, bis sie zwölf Meter groß war. Dann verwandelte er sich in einen alten, schnurrbärtigen chinesischen Kriegsgott, dessen Zierbänder und Schwertquasten im Wind flatterten. Wie er erwartet hatte, fielen sie alle in Ohnmacht. Fürsorglich lehnte er sie an die Felsen, damit niemand den Hang hinabrollte. Dann nahm er die Gestalt einer hübschen, kleinen, blonden sowjetischen Rotarmistin mit den Rangabzeichen eines Feldwebels an und rematerialisierte sich neben Farrer.

Farrer hatte inzwischen das Feuerzeug gefunden.

»Gefalle ich dir so besser?« fragte die kleine Blondine.

»Ich glaube von alldem nicht das geringste«, knurrte Farrer. »Ich bin militanter Atheist. Ich habe mein ganzes Leben lang gegen den Aberglauben gekämpft.« Farrer war vierundzwanzig.

»Mir scheint«, sagte der Marsianer, »du magst mich als Mädchen nicht. Es stört dich, nicht wahr?«

»Da du nicht existierst, kannst du mich auch nicht stören. Aber könntest du bitte wieder eine andere Gestalt annehmen, wenn es dir nichts ausmacht?«

Der Marsianer verwandelte sich in einen rundlichen kleinen Buddha. Er wußte, daß dies ein wenig pietätlos war, aber Farrer stieß einen erleichterten Seufzer aus. Selbst Li schien sich zu entspannen, jetzt, da der Marsianer eine anständige religiöse Gestalt besaß.

»Hör zu, du obszöne dämonische Monstrosität«, schnarrte Kungsun, »dies hier ist die Volksrepublik China. Du hast absolut kein Recht dazu, als übernatürliche Erscheinung hier aufzutreten oder unatheistische Aktivitäten zu entfalten. Bitte verschwinde mitsamt diesen Illusionen da hinten. Und überhaupt, was willst du eigentlich?«

»Ich würde gern«, erklärte der Marsianer sanft, »Mitglied der Kommunistischen Partei Chinas werden.«

Farrer und Kungsun starrten einander an. Dann redeten sie gleichzeitig, Farrer auf russisch, Kungsun auf chinesisch.

»Aber du kannst nicht Parteimitglied werden!«

Und Kungsun fügte hinzu: »Wenn du ein Dämon bist, dann bist du illegal.«

Der Marsianer lächelte. »Einige Erfrischungen gefällig? Ihr werdet vielleicht noch eure Meinung ändern. Wollt ihr ein Mädchen?« Er deutete auf die russischen Schönheiten, die noch immer in den Lehnstühlen schliefen.

Aber Farrer und Kungsun schüttelten die Köpfe.

Mit einem Seufzer entmaterialisierte der Marsianer die Mädchen und ersetzte sie durch drei gestreifte sibirische Tiger. Die Tiger trotteten heran.

Einer der Tiger blieb hinter dem Marsianer stehen und legte sich hin. Der Marsianer nahm auf ihm Platz. »Ich sitze gern auf Tigern«, gestand der Marsianer freundlich. »Sie sind so bequem. Setzt euch doch auch.«

Farrer und Kungsun starrten mit offenem Mund ihren jeweiligen Tiger an. Die Tiger gähnten und streckten sich auf dem Boden aus.

Mit einer ungeheuren Willensanstrengung ließen sich die beiden jungen Männer vor ihren Tigern nieder. Farrer seufzte.

»Was *willst* du? Ich schätze, diese Runde ging an dich …«

»Einen Krug Wein?« fragte der Marsianer.

Er materialisierte einen Weinkrug und drei Porzellanbecher. Er goß die Becher voll und musterte sie mit klugen, schmalen Augen. »Ich möchte alles über die westliche Wissenschaft lernen. Seht mal, ich bin ein marsianischer Student, der hierher verbannt wurde, um die eine Million dreihundertsiebenundachtzigtausendzweihundertneunundzwanzigste Östliche Untergeordnete Inkarnation eines Lohan zu werden, und ich lebe hier schon seit mehr als zweitausend Jahren, und ich darf mich nicht weiter als zehn Wegstunden von diesem Ort entfernen. Westliche Wissenschaft ist so interessant. Wenn ich könnte, würde ich gern Maschinenbaustudent werden, aber da ich diesen Ort nicht verlassen kann, möchte ich der Kommunistischen Partei beitreten und hier viele Besucher empfangen, um mit ihnen zu sprechen.«

In diesem Moment gewann Kungsun seinen klaren Verstand zurück. Er war Kommunist, aber gleichzeitig war er auch Chinese und mit den Sagen seines Heimatlandes wohlvertraut. Kungsun benutzte eine höfliche archaische Form des höfischen Pekinger Dialekts, als er mit freundlichen Worten erklärte: »Verehrter, hochgeschätzter Dämon, es hat überhaupt keinen Zweck, sich um die Aufnahme in die Kommunistische Partei zu bewerben. Ich gebe zu, es ist von dir als chinesischem Dämon sehr patriotisch, dich jener patriotischen Gruppe anzuschließen, die das chinesische Volk in seinem endlosen Kampf gegen die schändlichen amerikanischen Imperialisten führt. Selbst wenn du mich überzeugen könntest, glaube ich nicht, daß es dir auch bei den Führern der Partei gelingen wird, hochverehrter Dämon. Alles, was dir in unserer neuen kommunistischen Welt des Neuen China übrigbleibt, ist, ein konterrevolutionärer Flüchtling zu werden und dich in die kapitalistischen Länder abzusetzen.«

Der Marsianer wirkte verletzt und betrübt. Er runzelte die Stirn, während er seinen Wein schlürfte. Hinter ihm begann Li zu schnarchen; noch immer lehnte er am Rad eines Lastwagens und schlief.

Eindringlich begann der Marsianer zu sprechen. »Ich sehe, junger Mann, daß du allmählich an mich zu glauben beginnst. Du brauchst mich nicht zu akzeptieren. Glaube nur ein wenig an mich. Es freut mich, daß du, Parteisekretär Kungsun, ein höflicher Mensch bist. Ich bin kein chinesischer Dämon, da ich ursprünglich ein Marsianer war, der in die Untere Versammlung der Harmonie gewählt wurde, dann aber eine ungehörige Bemerkung fallenließ und nun dreihunderttausend Sommer und Winter als die eine Million dreihundertsiebenundachtzigtausendzweihundertneunundzwanzigste Östliche Untergeordnete Inkarnation eines Lohan verbringen muß. Erst dann kann ich in meine Heimat zurückkehren. In der Tat muß ich hier eine sehr lange Zeit verbringen. Auf der anderen Seite würde ich gern Maschinenbau studieren, und ich glaube, es wäre besser für mich, Mitglied der Kommunistischen Partei zu werden, als in ein fremdes Land auszuwandern.«

Farrer hatte eine Idee. »Mir ist da gerade etwas eingefallen«, wandte er sich an den Marsianer.

»Aber bevor ich fortfahre – könntest du nicht diese verdammten Lastwagen und die *Sakuska* verschwinden lassen? Mir läuft schon das Wasser im Mund zusammen, und es tut mir sehr leid, aber ich kann deine Gastfreundschaft nicht annehmen.«

Der Marsianer machte eine Handbewegung. Die Lastwagen und die Tische lösten sich auf. Li hatte an einem der Lastwagen gelehnt. Er kippte nach hinten und schlug mit dem Kopf im Gras auf. Er murmelte etwas im Schlaf und schnarchte dann weiter. Der Marsianer wandte sich wieder seinen Gästen zu.

Farrer spann seinen Gedankenfaden weiter. »Vergessen wir die Frage, ob du nun existierst oder nicht. Ich kann dir versichern, daß ich die Kommunistische Partei der Sowjetunion kenne, und mein Kollege, Genosse Kungsun, kennt die Kommunistische Partei Chinas. Kommunistische Parteien sind wundervolle Organisationen. Sie führen die Massen in den Kampf gegen die versuchten Amerikaner. Ist dir klar, daß wir alle jeden Tag Coca-Cola trinken müßten, wenn wir den revolutionären Kampf nicht fortführen würden?«

»Was ist Coca-Cola?« fragte der Dämon.

»Ich weiß es nicht«, gestand Farrer.

»Warum fürchtest du dich dann davor, Coca-Cola zu trinken?«

»Lenk nicht vom Thema ab. Ich habe gehört, daß die Kapitalisten jeden zum Colatrinken zwingen. Die Kommunistische Partei kann keine Zeit damit verschwenden, übernatürliche Sekretariate zu eröffnen. Ein dämonischer Sekretär würde alle unsere antireligiösen Kampagnen zunichte machen. Ich bin sicher, die Kommunistische Partei der Sowjetunion ist nicht damit einverstanden, und unser Freund hier wird dir sagen, daß auch in der Kommunistischen Partei Chinas kein Platz für dich ist. Wir möchten, daß du glücklich bist. Du scheinst ein sehr freundlicher Dämon zu sein. Warum verläßt du nicht einfach das Land? Die Kapitalisten werden dich mit offenen Armen empfangen. Sie sind sehr reaktionär und sehr religiös. Vielleicht findest du unter ihnen sogar Leute, die bereit sind, an dich zu glauben.«

Der Marsianer veränderte sich von einem rundlichen Buddha in einen jungen Chinesen, einen Maschinenbaustudenten an der Universität der Revolution in Peking. In der Gestalt des Studenten entgegnete er: »Ich möchte nicht, daß man an mich glaubt. Ich möchte Maschinenbau studieren und alles über die westliche Wissenschaft lernen.«

Kungsu kam Farrer zu Hilfe. »Es ist sinnlos, daß du dich als kommunistischer Ingenieur ausgibst«, sagte er. »Du machst auf mich den Eindruck eines sehr zerstreuten Dämons, und ich glaube, daß du irgendwann deine Vorsätze vergißt und wieder deine Gestalt wechselst, wenn du versuchst, dich als Mensch auszugeben. Das würde die Moral jeder Klasse zerstören.«

Der Marsianer sagte sich, daß der junge Mann in diesem Punkt vermutlich recht hatte. Er haßte es, länger als eine halbe Stunde die gleiche Erscheinungsform aufrechtzuerhalten. Es machte ihn krank. Außerdem mochte er es, von Zeit zu Zeit das Geschlecht zu wechseln; es erfrischte ihn. Er verriet dem jungen Mann nicht, daß Kungsu mit seiner Bemerkung einen wunden Punkt getroffen hatte, aber er nickte zustimmend und fragte: »Aber wie kann ich dieses Land verlassen?«

»Du mußt nur gehen«, murmelte Kungsu müde. »Einfach gehen. Du bist ein Dämon. Du kannst alles tun.«

»Das kann ich nicht«, schnappte der Marsianer. »Ich muß schon etwas in der Hand haben, das aus Amerika stammt, wenn ich nach Amerika will.«

Er wandte sich an Farrer. »Es hat keinen Sinn, daß du mir etwas gibst. Wenn du mir etwas Russisches gibst, werde ich in Rußland auftauchen, und wie du sagst, will man dort ebensowenig einen kommunistischen Marsianer haben wie in China. Außerdem verlasse ich nur ungern meinen wunderschönen See, aber ich befürchte, daß mir keine andere Wahl bleibt, wenn ich die westliche Wissenschaft kennenlernen will.«

»Ich habe eine Idee«, rief Farrer. Er streifte seine Armbanduhr ab und reichte sie dem Marsianer.

Der Marsianer untersuchte sie. Vor vielen Jahren war die Uhr in den Vereinigten Staaten von Amerika hergestellt worden. Durch einen G.I. war sie in die Hände eines deutschen Fräuleins gelangt, und die Großmutter des Fräuleins hatte die Uhr bei einem Rotarmisten gegen drei Sack Kartoffeln eingetauscht, und der Rotarmist hatte sie dann für fünfhundert Rubel an Farrer verkauft, als die beiden einander in Kuibyschew begegnet waren. Ziffernblatt und Zeiger waren mit Radium beschichtet. Der kleine Zeiger fehlte, und der Marsianer materialisierte einen neuen. Er mußte mehrere Male seine Form verändern, bevor er paßte. Auf der Uhr stand in Englisch: MARVIN WATCH COMPANY. Im unteren Teil des Zifferblattes war der Name einer Stadt eingraviert: WATERBURY, CONN.

»Wo liegt der Ort *Waterbury, Conn.*?« fragte der Marsianer Farrer.

»Conn. ist die abgekürzte Bezeichnung für einen der

amerikanischen Bundesstaaten. Wenn du vorhast, ein reaktionärer Kapitalist zu werden, dann ist das der richtige Ort für dich.«

Noch immer bleich im Gesicht, aber mit schmeichlerischer Stimme fügte Kungsun hinzu: »Ich glaube, *dir* wird Coca-Cola schmecken. Sie ist sehr reaktionär.«

Der Marsianer runzelte die Stirn. Noch immer hielt er die Uhr in der Hand. »Mir ist es gleich, ob sie nun reaktionär ist oder nicht. Ich möchte nur in ein sehr wissenschaftliches Land.«

»Es gibt keine wissenschaftlichere Stadt als Waterbury, Conn. – und vor allem ist Conn. das wissenschaftlichste Land, das es in Amerika gibt, und ich bin überzeugt, daß man dort pro-marsianisch eingestellt ist und dich in eine der kapitalistischen Parteien aufnehmen wird. Man wird sich dort nicht an deiner Herkunft stören. In den Kommunistischen Parteien hättest du nur einen Haufen Ärger.«

Farrer lächelte, und seine Augen leuchteten auf. »Außerdem«, lockte er, »kannst du meine Uhr behalten; für immer.«

Der Marsianer runzelte die Stirn. Mehr zu sich selbst sagte er: »Mir scheint, der chinesische Kommunismus wird binnen acht Jahren, achthundert Jahren oder achtzigtausend Jahren zusammenbrechen. Vielleicht sollte ich doch besser nach Waterbury, Conn. gehen.«

Die beiden jungen Kommunisten nickten heftig und grinsten. Beide lächelten den Marsianer an.

»Hochverehrter, ehrwürdiger Marsianer, bitte, beeile dich, denn ich möchte, daß meine Leute noch vor Einbruch der Nacht das Plateau erreichen. Geh mit unserem Segen.«

Der Marsianer veränderte seine Gestalt und wurde zu einem Arhat, einem geringen Jünger Buddhas. Mit seinen zwei Meter vierzig überragte er sie. Sein Antlitz strahlte überirdische Ruhe aus. Die Uhr, die wie durch

Zauberei ein neues Armband bekommen hatte, befand sich an seinem linken Handgelenk.

»Seid gesegnet, Freunde«, sagte er. »Ich gehe nach Waterbury.« Und das tat er auch.

Farrer starrte Kungsun an. »Was ist mit Li passiert?«

Kungsun schüttelte benommen den Kopf. »Ich weiß es nicht. Mir ist richtig komisch zumute.«

(Vor seiner Abreise nach der wundervollen, fremden Stadt Waterbury, Conn. hatte ihnen der Marsianer alle Erinnerungen an das Geschehene genommen.)

Kungsun trat an den Rand der Klippe. Als er hinunterblickte, entdeckte er die schlafenden Männer.

»Schau sich einer das an«, brummte er, beugte sich nach vorn und brüllte: »Wacht auf, ihr Narren, ihr Faulpelze. Seid ihr denn von allen guten Geistern verlassen, euch am Hang schlafen zu legen, wo es doch gleich dunkel wird?«

Der Marsianer konzentrierte all seine Kräfte auf den Ort namens Waterbury, Conn.

Er war die eine Million dreihundertsiebenundachtzigtausendzweihundertneunundzwanzigste Östliche Untergeordnete Inkarnation eines Lohan (oder Arhat), und seine Kräfte waren begrenzt, auch wenn sie auf Außenstehende beeindruckend wirkten.

Mit einem Schock, einem Frösteln, einem Brennen am ganzen Körper veränderte sich seine Umgebung, und er fand sich in einer Ebene wieder. Fremdartige Dunkelheit umgab ihn. Luft von einem Geruch, den er nie zuvor wahrgenommen hatte, blies ihm ins Gesicht. Farrer und Li, die auf der Klippe hoch über dem Chinsha chiang standen, lagen weit hinter ihm, wie die Welt, mit der er gebrochen hatte. Ihm wurde bewußt, daß er auch seine Erscheinungsform hinter sich gelassen hatte.

Geistesabwesend sah er an sich hinunter, um festzustellen, welche Gestalt er für die Reise benutzt hatte.

Er entdeckte, daß er als fünfzehn Zentimeter großer, lachender, aus gelblichem Elfenbein geschnitzter Buddha rematerialisiert war.

»Das paßt auf keinen Fall!« murmelte der Marsianer. »Ich muß mich den hiesigen Gegebenheiten anpassen ...«

Er konzentrierte sich auf seine Umgebung und tastete telepathisch nach interessanten Objekten in der Nähe.

»Ah, ein Milchwagen.«

Westliche Wissenschaft ist in der Tat wundervoll, dachte er. Man stelle sich vor: eine Maschine, die nur dazu dient, Milch zu transportieren!

Kurz entschlossen verwandelte er sich selbst in einen Milchwagen. In der Dunkelheit hatten ihm seine telepathischen Sinne weder das Metall enthüllt, aus dem der Milchwagen bestand, noch die Farbe der Lackierung.

Um unverdächtig zu erscheinen, wurde er zu einem Milchwagen aus purem Gold. Dann, ohne Fahrer, ließ er den Motor an und begann die Hauptstraße hinunterzurollen, die nach Waterbury, Connecticut, führte ... Wenn Sie also einmal nach Waterbury, Conn. kommen und einen goldenen Milchwagen sehen sollten, der von allein durch die Straßen fährt, dann wissen Sie, daß es sich dabei um den Marsianer beziehungsweise um die eine Million dreihundertsiebenundachtzigtausendzweihundertneunundzwanzigste Östliche Untergeordnete Inkarnation eines Lohan handelt, und daß er immer noch denkt: Westliche Wissenschaft ist so wundervoll.

Ungeheuer trollig

*Geschichten von Fabelwesen
wie du und ich*

ist vor allem als Herausgeber bekannt geworden, hat aber auch einige Science-Fiction- und insbesondere Fantasy-Erzählungen geschrieben, die heute noch populär sind.

Horace Leonard Gold (1914–1996) *wurde in Montreal geboren, kam aber schon im Alter von zwei Jahren mit seinen Eltern aus Kanada in die Vereinigten Staaten, wo er die meiste Zeit in New York lebte. Seine erste Erzählung erschien 1934 in der Zeitschrift* Astounding, *insgesamt hat er knapp drei Dutzend geschrieben, zum Teil gesammelt in seinem Band* Die Alten sterben reich (The Old Die Rich, 1955), *sowie gemeinsam mit L. Sprague de Camp den Roman* Niemand außer Luzifer (None But Lucifer, 1939).

Seit 1939 war H. L. Gold zunächst Assistenz-Herausgeber mehrerer SF-Zeitschriften, anschließend wechselte er zu Krimi- und Comicmagazinen über. Für die SF maßgeblich wurde er 1950 als erster Herausgeber der neuen Zeitschrift Galaxy, *die er fast vom Start weg zu einem der drei führenden amerikanischen Magazine im Genre machte (neben dem älteren* Astounding/Analog *und dem annähernd gleichaltrigen* Magazine of Fantasy and Science Fiction*); 1953 teilten sich* Astounding *und* Galaxy *den ersten Hugo Award als beste Zeitschrift. Im Gegensatz zum stärker technikorientierten* Astounding *legte H. L. Gold mehr Gewicht auf psychologische und gesellschaftliche Themen wie auch auf Humor und Satire, und die Zeitschrift zog bedeutende Autoren wie Simak, Bradbury, Bester, Sheckley, Pohl, Asimov und Heinlein an. Wie John Campbell von* Astounding *lieferte auch H. L. Gold den Autoren seiner Zeitschrift viele Ideen und Verbesserungsvorschläge (weniger beliebt war seine Neigung, Änderungen ohne Wissen der Autoren vorzunehmen).*

H. L. Gold *gab auch mehrere Anthologien heraus, größten-*

teils mit Geschichten aus Galaxy. 1961 mußte er nach einem Unfall die Herausgeberschaft aufgeben und zog sich – abgesehen von einigen wenigen Geschichten, die er in den sechziger Jahren schrieb – aus Fantasy und Science Fiction zurück.

»Der Ärger mit dem Wasser«, vielleicht die erfolgreichste Erzählung von H. L. Gold, leitet die dritte Abteilung unserer Anthologie ein, die Fabelwesen gewidmet ist – und zwar ganz besonders Fabelwesen von jener in der komischen Fantasy heimischen Sorte, denen nichts Menschliches fremd ist. Nachdem in vorangegangenen Geschichten schon gelegentlich Elfen und Feen, ein Troll, ein Greif und ein Dämon auftauchten, begegnen wir nun einem Gnom, einem Riesen, einem Wertiger, den Gnolen und zu guter Letzt Teufeln und Drachen.

H. L. GOLD

Der Ärger mit dem Wasser

Greenberg hatte seine Umgebung nicht verdient. Er war der erste Angler der Saison, was ihm einen gehörigen Fang garantierte. Er saß in einem trockenen Boot, ohne auch nur ein einziges Leck, weit draußen auf einem See, dessen Oberfläche gerade genug Bewegung zeigte, seinen künstlichen Köder ein wenig hin und her schwappen zu lassen. Die Sonne war warm, die Luft kühl; er saß bequem auf einem weichen Kissen. Er hatte ein umfangreiches Proviantpaket mitgebracht und über den Bug baumelten zwei Flaschen Bier ins kühle Wasser.

Jeder andere Mann wäre vor Freude und Zufriedenheit förmlich übergelaufen, an einem solch herrlichen Tag angeln gehen zu können. Unter normalen Umständen hätte sich auch Greenberg selbst zu einem milden Ausbruch von Ekstase hinreißen lassen; aber anstatt sich zu entspannen und auf einen anbeißenden Fisch zu warten, machte er sich intensive Sorgen.

Greenberg, ein etwas kurz geratener, leicht korpulenter, eindeutig kahlköpfiger, unerhört respektabler Geschäftsmann, führte das Leben eines Zigeuners. Während des Sommers wohnte er in einem Hotel, mit Küchenbenutzung, in Rockaway. Die Winter verbrachte er in einem Hotel, mit Küchenbenutzung, in Florida. An beiden Orten hatte er eine Würstchenbude. Schon seit Jahren hatte es planmäßig an jedem Wochenende geregnet, und Gewitter im Verein mit Wolkenbrüchen hatten den Memorial Day, den 4. Juli und den Labor Day zu Erlebnissen gemacht. Greenberg liebte seine Existenz nicht gerade, aber immerhin war es eine Methode, den Lebensunterhalt zu verdienen.

Er schloß die Augen und stöhnte. Wenn er anstelle seiner Rosie nur einen Sohn gehabt hätte! Dann wäre die Lage der Dinge eine ganz andere ...

Ein Sohn konnte zum Beispiel den Würstchenkessel und den Hamburger-Grill bedienen, Esther konnte Bier zapfen, und er selbst würde sich um die Limonaden kümmern. Am Profit würde sich dadurch nicht viel ändern, gestand Greenberg sich ein. Aber wenigstens hätte der Profit auf die hohe Kante gelegt werden können, anstatt restlos für die Mitgift seiner häßlichen, fetten, umtriebigen Rosie draufzugehen.

»Also gut – macht's mir was aus, wenn sie keinen Mann findet?« hatte er seine Frau schon tausendmal angeschrien. »Ich komme für ihren Lebensunterhalt auf. Andere Leute stecken die jungen Männer in einen Süßigkeiten-Laden mit einer Limonadenmaschine, die nur zwei Zapfhähne hat. Warum muß ausgerechnet ich mit einem ganzen internationalen Spielkasino aufwarten?«

»Die Zunge soll dir im Hals steckenbleiben, du Geizhals«, fauchte sie ihn für gewöhnlich an. »Es ist schlimm für ein Mädchen, eine alte Jungfer zu werden. Und wenn wir dafür ins Armenhaus müssen, ich verschaffe Rosie einen Mann. Jeder Penny, den wir nicht zum Leben brauchen, geht in ihre Mitgift!«

Greenberg haßte seine Tochter nicht etwa, auch gab er ihr nicht die Schuld für seinen Mangel an Glück. Aber wäre sie nicht gewesen, dann hätte er nicht mit einer zerbrochenen Angelrute zu fischen brauchen, die er mit Klebstreifen notdürftig zusammengeflickt hatte.

Heute morgen hatte seine Frau die Augen geöffnet und gesehen, wie er sein Angelzeug einpackte. Sie war sofort hellwach. »Immer nur zu«, fuhr sie ihn mit schriller Stimme an – in normalem Tonfall zu sprechen, gehörte nicht zu ihren Fähigkeiten –, »geh angeln, du Faulpelz! Laß mich hier allein. Ich kann ja die Bierleitung anschließen und die Kohlensäure fürs Sprudelwasser. Ich kann ja Eis einkaufen und Würstchen, Brötchen, Sirup und nebenbei noch auf den Gasmann und den Elektriker aufpassen. Immer nur zu – geh angeln!«

»Ich hab' schon alles bestellt«, murmelte er besänftigend. »Gas und Elektrizität werden heute nicht angedreht. Ich wollte nur angeln gehen, es ist meine letzte Chance. Morgen eröffnen wir den Stand. Sag mir die Wahrheit, Esther, kann ich noch fischen gehen, wenn der Stand offen ist?«

»Das geht mich nichts an. Bin ich deine Frau oder nicht, daß du einfach alles bestellst, ohne mich zu fragen …«

Er verteidigte sich, und das war ein taktischer Fehler. Er hätte sein Angelzeug packen und verschwinden sollen, solange sie noch im Bett lag. Als der Streit sich so weit entwickelt hatte, daß die Rede auf Rosies Mitgift kam, war sie schon längst auf und stand unmittelbar vor ihm.

»Um mich brauchst du dich nicht zu kümmern«, schrie sie. »Was für ein Ungeheuer bist du, daß du angeln gehen kannst, während deine Tochter sich das Herz aus dem Leib weint? Und an einem solchen Tag auch noch! Abendessen sollst du kochen und zusehen, daß Rosie hübsch angezogen ist. Kümmert's dich, daß ein netter junger Mann heut abend zum Essen kommt und Rosie vielleicht ausführt, du Nichtsnutz von einem Vater?«

Von da an bedurfte es nur noch eines erhitzten Protests und eines schrillen Fluchs, und plötzlich stand er da und hielt die eine Hälfte einer zerbrochenen Angelrute fest, während ihm die andere an den Kopf geworfen wurde.

Und jetzt saß er in diesem wundervoll trockenen Boot, weit draußen auf einem der phantastischsten Angelseen von Long Island, und das einzige, woran er denken konnte, war, daß jeder halbwegs ausgewachsene Fisch sein Angelgerät im Handumdrehen auseinandernehmen würde.

Was hätte er sonst erwarten sollen? Er hatte den Zug verpaßt; er hatte auf den Besitzer des Bootshauses warten müssen; sein liebster Köder war irgendwie verschwunden; und seit dem frühen Morgen hatte kein einziger Fisch angebissen!

Es wurde langsam spät. Die Geduld ging ihm aus. Er riß den Verschluß von einer Bierflasche und trank. Er wollte sich Mut machen. Es erforderte Mut, den künstlichen Köder gegen einen ganz und gar unsportlichen Wurm auszuwechseln. Es tat ihm in der Seele weh; aber er wollte einen Fisch haben.

Der Haken mit dem sich windenden Wurm daran versank. Aber noch bevor er den Seeboden erreichte, fühlte Greenberg einen leichten Ruck. Er sog triumphierend den Atem ein und riß die Angel in die Höhe, um dem Fisch den Haken tief in den Rachen zu treiben. Manchmal, dachte er philosophisch, wollen sie mit künstlichen Ködern einfach nichts zu tun haben. Er holte die Angel langsam ein.

»O Gott«, betete er, »einen Dollar für die Kollekte, wenn du nur dafür sorgst, daß die Rute nicht entzweibricht, wo ich sie geklebt habe!«

Das Vorderteil der Rute neigte sich auf gefährliche Weise nach unten. Er sah's voller Kummer und erhöhte sein Angebot auf fünf Dollar. Aber selbst zu diesem Preis schien die Sache unmöglich. Er hielt den Angelstock nach unten, so daß er hinter der Leine herzeigte, um den Zug zu vermindern. Er war froh, daß niemand ihm dabei zusah. Der Fisch leistete ihm keinen Widerstand.

»Hab' ich, gerechter Gott, einen Aal am Haken – oder sonstwas Unkoscheres?« murmelte er. »Die Pest an deinen Hals – warum wehrst du dich nicht?«

In Wirklichkeit war es ihm gleichgültig, was er hatte – selbst einen Aal – Hauptsache, es war irgendein Fisch.

Ein langer, spitzer, randloser grüner Hut brach durch die Wasseroberfläche.

Einen Augenblick lang starrte er ihn ungläubig an. Sein Gesicht nahm einen grimmigen Ausdruck an. Dann riß er den Hut mit einem wütenden Ruck vom Haken, warf ihn auf den Boden und begann darauf herumzutrampeln. Voller Verzweiflung schlug er die Hände zusammen.

»Den ganzen Tag lang sitze ich hier«, jammerte er, »zwei Dollar für ein Eisenbahnbillett, einen Dollar für das Boot, fünfundzwanzig Cent für den Köder, eine neue Angel werd' ich kaufen müssen – und fünf Dollar hab' ich für die Kollekte versprochen. Und für was? Für dich, du … du Hut, du!«

Aus dem Wasser sprach eine überaus gemessene Stimme und erkundigte sich höflich: »Kann ich bitte meinen Hut wiederhaben?«

Finster sah Greenberg auf. Er erblickte ein kleines Männchen, das mit beachtlicher Geschwindigkeit auf ihn zugeschwommen kam: die Arme würdevoll über der Brust verschränkt, mit riesigen Ohren paddelnd, ein kleines, spitzes Gesicht. Voller Entschlossenheit näherte es sich dem Boot, und als es die Steuerbord-Reling erreicht hatte, verharrte es mit eifrig schlagenden Ohren an Ort und Stelle, während es ernst zu Greenberg aufsah.

»Sie treten auf meinem Hut herum«, bemerkte es ohne Ärger.

Für Greenberg war dies völlig ohne Bedeutung. »Mit den Ohren schwimmt er.« Er grinste überlegen. »Du siehst vielleicht komisch aus!«

»Wie anders sollte ich schwimmen?« erkundigte sich der kleine Mann höflich.

»Mit Armen und Beinen natürlich, wie ein normaler Mensch.«

»Aber ich bin kein normaler Mensch. Ich bin ein Wassergnom, ein Verwandter der häufiger vorkommenden Trolle. Ich kann nicht mit den Armen schwimmen, weil sie zur Erzielung eines würdevollen Ausdrucks, wie er einem Wassergnom ziemt, über der Brust verschränkt sein müssen. Und die Füße brauche ich zum Festhalten von Dingen und zum Schreiben. Auf der anderen Seite sind meine Ohren für die Fortbewegung im Wasser ideal geeignet. Daher verwende ich sie für eben diesen Zweck. Aber bitte, meinen Hut. Ich habe eine Menge zu tun und darf keine Zeit verschwenden.«

Greenbergs unangenehmes Verhalten gegenüber dem bemerkenswert höflichen Gnom läßt sich leicht verstehen. Er hatte endlich jemanden gefunden, dem gegenüber er sich überlegen fühlen durfte, und indem er den Zwerg beleidigte, erlaubte er seinem eigenen deprimierten Ego, sich wieder auszudehnen. Der Wassergnom wirkte gewiß harmlos genug. Er war nur wenig über einen halben Meter groß.

»Was gibt's für dich so Wichtiges zu tun, Großohr?« fragte er hämisch.

Greenberg hoffte, der Zwerg werde sich dadurch beleidigt fühlen. Er tat ihm jedoch nicht den Gefallen. Für ihn waren die großen Ohren etwas absolut Natürliches, und er war ebensowenig beleidigt wie es ein Mensch sein würde, wenn er von einer Rasse verkümmerter Geschöpfe »Starke-Muskeln« genannt wurde.

»Ich bin wirklich in Eile«, versicherte der Gnom. »Aber wenn ich meinen Hut nur dadurch zurückbekomme, daß ich Ihre Fragen beantworte: Wir sind dabei, die Flußläufe und Seen des Ostens mit Fischen zu füllen. Ihre Anzahl ist im letzten Jahr doch arg geschrumpft. Das Landwirtschaftsministerium arbeitet in gewisser Beziehung mit uns zusammen; aber natürlich dürfen wir uns auf die Leute dort nicht allzu sehr verlassen. Bis die Fischbevölkerung wieder auf den normalen Umfang angewachsen ist, hat jeder Fisch Anweisung, auf keinen Köder hereinzufallen.«

Greenberg erlaubte sich ein widerlich skeptisches Lächeln.

»Meine Hauptaufgabe«, fuhr der Gnom resignierend fort, »ist die Kontrolle des Regenfalls entlang der Ostküste. Unser Untersuchungskomitee, das an einem Ort in der Nähe des kontinentalen meteorologischen Zentrums in Dauersitzung tagt, koordiniert den Regenbedarf des gesamten Kontinents. Wenn es festgelegt hat, wieviel Regen die einzelnen Gebiete im Osten benötigen, dann mache ich mich an die Arbeit und lasse es genau diesen Betrag regnen. Kann ich jetzt bitte meinen Hut haben?«

Greenberg lachte roh. »Die erste Lüge war schon schlimm genug – über die Fische, die nicht anbeißen dürfen. Du läßt es regnen genauso, wie ich der Präsident der Vereinigten Staaten bin!« Er beugte sich in Richtung des Gnomen. »Wie wär's mit einem kleinen Beweis?«

»Gewiß, wenn Sie darauf bestehen.« Der Zwerg hob sein geduldiges, dreieckig geformtes Gesicht und blickte zu einem besonders blauen Fleck am Himmel hinauf. »Sehen Sie dorthin.«

Amüsiert sah Greenberg auf. Er grinste noch, als plötzlich eine kleine, dunkle Wolke unmittelbar vor dem strahlendblauen Stück Himmel entstand. Das konnte ein Zufall sein. Aber dann fielen plötzlich schwere, große Regentropfen. Sie fielen innerhalb eines Kreises von sechs Metern Durchmesser, dessen Mittelpunkt das Boot bildete. Greenbergs spöttisches Grinsen erlosch.

Gehässig starrte er den Gnom an. »Also bist du der Schmutzfink, der es an Wochenenden regnen läßt!«

»Gewöhnlich an Wochenenden im Sommer«, bekannte der Gnom. »Zweiundneunzig Prozent des Wasserverbrauchs entfallen auf Wochentage. Natürlich müssen wir das Wasser ersetzen. Es war nur logisch, die Wochenenden zu wählen.«

»Du Dieb!« schrie Greenberg hysterisch. »Was kümmert's dich, was dein Regen aus meinem Würstchengeschäft macht? Der Profit ist schon wenig genug ohne Regen, aber du mußt gleich einen ganzen Wolkenbruch aufziehen lassen!«

»Tut mir leid«, antwortete der Zwerg unbeeindruckt von Greenbergs Protest. »Wir lassen es nicht für die Menschen regnen. Unsere Aufgabe ist es, die Fische zu schützen. Und jetzt geben Sie mir bitte meinen Hut. Ich habe schon genug Zeit vergeudet. Wenn ich daran denke, daß ich noch den besonders intensiven Regenfall für das kommende Wochenende vorzubereiten habe!«

Greenberg sprang so unbeherrscht auf, daß das Boot schwankte. »Regen? An diesem Wochenende? Wenn ich endlich einmal einen halbwegs anständigen Profit machen könnte? Oh, dir macht es gar nichts aus, wenn du einen Geschäftsmann ruinierst. Einen langsamen, qualvollen Tod sollst du sterben, mitsamt deinen Fischen.«

Wütend riß er den grünen Hut in kleine Stücke und schleuderte sie dem Gnom ins Gesicht.

»Ich bedaure zutiefst, daß Sie das getan haben«, sagte der Zwerg ruhig, während seine großen Ohren nach wie vor im Wasser paddelten. »Wir Kleinen Leute besitzen keine Fassung, die wir verlieren können. Dennoch erachten wir es hin und wieder als notwendig, gewisse Menschen zu disziplinieren, auf daß unsere Würde gewahrt bleibe. Ich bin nicht böswillig; aber da Sie das Wasser und jene, die in ihm leben, hassen, sollen das Wasser und jene, die in ihm leben, sich von Ihnen fernhalten.«

Die Arme immer noch würdevoll verschränkt, machte

das kleine Wasserwesen eine Propellerbewegung mit beiden Ohren und tauchte steil in die Tiefe.

Greenberg starrte wütend auf die kleinen Wellen, die sich kreisförmig ausbreiteten. Er begriff die letzten Worte des Gnoms nicht. Er versuchte nicht einmal, sie zu deuten. Ärgerlich musterte er den Regen, der in einem perfekten Kreis rings um sein Boot von einem wolkenlosen Himmel fiel. Der Gnom schien sich schließlich daran zu erinnern, daß er vergessen hatte, seine Demonstration zu beenden; denn Augenblicke später hörte der Regen auf. Gerade so, als hätte jemand einen Wasserhahn zugedreht, dachte Greenberg mürrisch.

»Leb wohl, Wochenendgeschäft«, grollte er. »Wenn Esther erfährt, daß ich mit dem Kerl, der es regnen läßt, in einen Streit geraten bin ...«

Er warf die Angel mutlos aus. Wenigstens *einen* Fisch wollte er fangen. Die Leine flog übers Wasser, dann krümmte sich der Haken plötzlich nach oben und kam ein paar Zentimeter über der Seeoberfläche zur Ruhe. Er hing mitten in der Luft, ohne daß zu erkennen war, was ihn dort festhielt.

»Na und? Hinunter ins Wasser mit dir, verdammt noch mal!« fauchte Greenberg wütend und ruckte mit der Angel hin und her, um den Haken aus seiner lächerlichen Position zu befreien. Aber er hatte keinen Erfolg.

Unzusammenhängende Worte murmelnd, schleuderte Greenberg die nutzlose Angel ins Wasser. Diesmal war er nicht besonders überrascht, als die Rute über dem See in der Luft hängenblieb. Aus rotgeränderten Augen warf er ihr einen wütenden Blick zu, schleuderte die letzten Reste des Gnomenhuts aus dem Boot und packte die Ruder.

Als er sie kräftig zu sich heranriß, um das Boot landeinwärts in Bewegung zu setzen, da weigerten sie sich, das Wasser zu berühren, und fuhren statt dessen widerstandslos durch die Luft. Von seinem eigenen Schwung getragen, kugelte Greenberg rückwärts in den Bug.

»Aha«, knurrte er. »Da also liegt der Ärger.« Er beugte sich über den Bootsrand. Wie er erwartet hatte, schwebte der Kiel mehr als eine Handspanne weit über dem See.

Er begann durch die Luft zu rudern. Obwohl er die Ruder fast mit der Geschwindigkeit von Propellern zu bewegen versuchte, war sein Fortschritt in Richtung Ufer entnervend langsam. Das Boot mit dem eifrigen Ruderer sah etwa so aus, wie ein Mensch des Mittelalters sich eine Flugmaschine vorgestellt haben würde. Greenbergs einzige Sorge war, daß ihn jemand in dieser weniger als würdevollen Lage beobachtete.

Im Hotel versuchte er, sich an der Küche vorbei zum Badezimmer zu schleichen. Esther wartete nur darauf, ihn zu verfluchen, weil er am Tag vor der Geschäftseröffnung angeln gegangen war – und noch dazu an dem Tag, an dem ein netter junger Mann sich angesagt hatte, ihre Rosie zu besuchen. Wenn er sich rasch anzog, hätte sie vielleicht weniger zu schimpfen.

»Ah, da bist du ja, du Nichtsnutz!«

Er erstarrte mitten in der Bewegung.

»Schau dich an!« schrie sie mit schriller Stimme. »Verdreckt, du stinkst nach Fisch!«

»Ich habe keinen einzigen Fisch gefangen, mein Liebling«, verteidigte er sich furchtsam.

»Trotzdem stinkst du, Geh baden und ersauf dabei! In spätestens zwei Minuten bist du angezogen. Du mußt den jungen Mann unterhalten, wenn er kommt. Also los!«

Er schloß sich ins Badezimmer ein und war froh, ihrer Stimme entronnen zu sein. Er ließ Wasser in die Wanne und zog sich das Hemd aus. Ein heißes Bad, hoffte er, würde die Niedergeschlagenheit vertreiben.

Erst keinen Fisch und dann Regen an Wochenenden!

Was würde Esther sagen, wenn sie davon erfuhr? Natürlich würde er nicht darüber sprechen.

»Und lass' mich ein Leben lang verfluchen?« Er grinste bitter. »Kommt nicht in Frage!«

Er schraubte eine neue Klinge ist den Rasierapparat, öffnete die Tube mit Rasiercreme und starrte sein Spiegelbild an. Das hervorstechende Merkmal des weichen, pausbäckigen Gesichts waren die häßlichen, schwarzen Bartstoppeln. Er reckte das Kinn nach vorne und zog die Brauen zusammen. So sah er wild und unbändig aus. Leider bekam Esther sein Gesicht nie in dieser Pose zu sehen, sonst hätte sie wohl sanfter gesprochen.

»Herman Greenberg gibt nicht auf!« zischte er zwischen zusammengepreßten Lippen hervor. »Regen am Wochenende, keine Fische – na schön. Soll er's haben, wie er's will. Auf den Knien wird er zu mir gekrochen kommen, bevor ich zu ihm gehe!«

Allmählich ging ihm auf, daß sein Rasierpinsel nicht naß wurde. Das Wasser, das aus dem Hahn floß, spaltete sich und floß in zwei Strömen um den Pinsel herum. Die Entschlossenheit seiner Miene löste sich auf. Verzweiflung packte ihn. Er machte mit den Händen eine Schüssel und versuchte, das Wasser einzufangen. Das gelang nicht. Er versuchte, das Wasser zu übertölpeln, indem er die Hände blitzschnell heranführte oder unerwartet mit dem Pinsel nach dem Wasserstrahl stach. Es war alles umsonst. Das Wasser wich ihm aus. Schließlich drückte er die Handfläche gegen die Mündung des Wasserhahns. Er hörte es gurgeln, als das Wasser sich zurückzog.

»Was jetzt?« ächzte er. »Oje, wie wird Esther mir's geben, wenn ich unrasiert auftauche! Aber wie soll ich …? Ohne Wasser kann ich mich nicht rasieren.«

Düsteren Sinnes drehte er das Badewasser ab, zog sich vollends aus und stieg in die Wanne. Er legte sich nieder, um sich eine Zeitlang durchweichen zu lassen.

Eine Sekunde lang war er vor Entsetzen starr, als er erkannte, daß er in einer völlig trockenen Wanne lag. Das Wasser hatte sich vor ihm zurückgezogen und war hinaus auf den Boden geschwappt.

»Herman, hör auf zu spritzen!« hörte er seine Frau schreien. »Heute erst hab' ich den Boden aufgewischt. Wenn ich eine einzige Pfütze finde, bring' ich dich um!«

Greenberg musterte die zwei Zentimeter Wasser, die auf dem Boden standen. »Ja, mein Liebling«, krächzte er unglücklich.

Mit einem kleinen Waschlappen begann er, hinter dem Wasser herzujagen. Er wollte es aufmoppen, bevor es in den nächsten Stock hinunterregnete. Aber der Lappen blieb trocken, und er wußte, daß es von der Decke unter ihm bereits tropfte. Der Rest des Wassers bedeckte noch immer den Boden.

Verzweifelt setzte er sich auf den Rand der Wanne. Eine Zeitlang saß er schweigend. Dann donnerte seine Frau an die Tür und machte ihm klar, daß er sofort herauszukommen hätte. Er zog sich an.

Als er sich hinausschlich und blitzschnell die Badezimmertür hinter sich schloß, bevor das Wasser herausquellen konnte, war er bemerkenswert schmutzig und seine Gesichtshaut aufgerieben, wo er sie dem mißglückten Experiment einer Trockenrasur unterzogen hatte.

»Rosie!« flüsterte er laut. »Pst! Wo ist Mama?«

Seine Tochter saß auf der Wohnzimmercouch und lackierte sich die Nägel ihrer Wurstfinger. »Du siehst fürchterlich aus«, sagte sie beiläufig. »Willst du dich nicht rasieren?«

Beim Klang ihrer Stimme, die in seinen Ohren wie eine Sirene klang, zuckte er zusammen. »Still, Rosie! Pst!« Er hielt den Finger gegen die vorgestülpten Lippen. Aus der Küche hörte er die resoluten Schritte seiner Frau. »Rosie«, sagte er sanft, »ich geb' dir einen Dollar, wenn du das Wasser aufmoppst, das ich im Badezimmer verspritzt habe.«

»Ich kann nicht, Papa«, antwortete sie entschlossen. »Ich habe mich schon zurechtgemacht.«

»Zwei Dollar, Rosie – also gut, zweieinhalb, du Erpresserin.«

Er zuckte abermals, als er sie im Badezimmer aufstöhnen hörte. Und als sie mit völlig durchnäßten Schuhen wieder zum Vorschein kam, ergriff er voller Entsetzen die Flucht. Ziellos wanderte er in Richtung des Dorfes.

Jetzt hatte es ihn richtig erwischt. Geschrei von Esther, Tränen von Rosie, plus ein Paar Schuhe für Rosie, und obendrein noch zweieinhalb Dollar. Schlimmer allerdings wäre es noch, wenn er seine Bartstoppeln wirklich nicht loswerden konnte.

Vor dem Schaufenster einer Drogerie blieb er stehen. Er rieb die Haut, wo der trockene Rasierapparat sie zerkratzt hatte. Die Auslage enthielt nichts, was ihm hätte helfen können. Trotzdem ging er in den Laden. Der Drogist nickte ihm zu. Ein angenehm wirkender, intelligenter junger Mann, erkannte Greenberg auf den ersten Blick.

»Ich brauche was zum Rasieren, das ohne Wasser verwendet werden kann«, sagte er.

»Empfindliche Haut, wie?« antwortete der Drogist. »Ich habe genau das, was Sie brauchen.«

»Nein. Es ist nur ... ich rasiere mich einfach nicht gerne mit Wasser.«

Der Drogist schien enttäuscht. »Also, ich habe Rasiercreme, die ohne Pinsel aufgetragen wird.« Dann fiel ihm etwas ein; er strahlte. »Besser noch – ich habe einen elektrischen Rasierapparat.«

»Wie teuer?« fragte Greenberg vorsichtig.

»Nur fünfzehn Dollar, und er hält ein ganzes Leben lang.«

»Geben Sie mir die Rasiercreme«, sagte Greenberg kalt.

Mit dem taktischen Instinkt eines Militärexperten wanderte er in der Gegend umher, bis es dunkel geworden war. Erst dann kehrte er zum Hotel zurück und wartete vor dem Eingang. Es war nach sieben. Er war hungrig. Aber die Leute, die an ihm vorbeikamen, kannte er alle. Sie waren Sommer-Dauergäste. Endlich aber schritt ein Fremder vorüber und stieg die Stufen hinauf.

Greenberg zögerte eine Sekunde. So jung, wie Esther ihn beschrieben hatte, war er nun auch wieder nicht. Mit raschen Schritten eilte er hinter ihm her. Vor der Tür zu seinem Apartment wartete er ein paar Minuten, bis der Mann sich vorgestellt und Esther und Rosie ihre feinen Manieren angelegt hatten. Dann trat er voller Kühnheit ein und verließ sich darauf, daß es keinen Streit geben würde, solange der Gast sich hier befand.

Er bewegte sich durch eine Atmosphäre, die so feindselig war, daß man sie hätte schneiden können, und schüttelte dem Besucher weltmännisch die Hand. Sammie Katz war Arzt – vermutlich, dachte Greenberg, auf der Suche nach einer Praxis. Danach entschuldigte er sich.

Im Badezimmer las er die Anleitung zum pinsellosen Rasieren mit Bedacht. Seine Zuversicht sank, als er erfuhr, daß er sich zuerst das Gesicht mit Wasser und Seife waschen müsse. Er überging diesen Schritt und schmierte sich die Creme auf die ungewaschene Haut. Als er meinte, daß die Stoppeln nun weich genug sein müßten, begann er sich zu rasieren. Die Weichheit der Stoppeln war eine Illusion, wie sich alsbald herausstellte. Er wischte sich das Gesicht ab. Das Handtuch war klebrig, und die Bartstoppeln staken in einer unappetitlich wirkenden Paste. Auch dafür würde er passende Worte zu hören bekommen, das wußte er. Die fünfzehn Dollar für den elektrischen Rasierapparat mußte er nun doch ausgeben. Diese Narretei kostete ihn allmählich ein Vermögen!

Daß sie mit dem Abendessen auf ihn gewartet hatten, war nur eine Geste um des Besuchers willen. Ohne ihr hartes, strahlendes Lächeln auch nur für den Bruchteil einer Sekunde zu vergessen, zischte Esther ihm zu: »Warte nur! Ich krieg' dich noch …« Er erwiderte das Lächeln. Sein malträtiertes Gesicht schmerzte dabei. Alles ließ sich wieder einrenken, wenn er nur zu Rosies jungem Mann recht freundlich war. Wenn er Sammie ein paar Dollar zuschieben konnte – oh, mein Gott, es wird immer teurer! –, damit er Rosie ausführte, würde Esther alles verzeihen.

Er war viel zu beschäftigt damit, Sammie anzulächeln und freundlich mit ihm zu tun, als daß er sich den Kopf darüber hätte zerbrechen können, wie es ihm ergehen würde, nachdem er fünf Kaviar-Canapés gegessen hatte. Unter anderen Umständen hätte sich Greenberg von Sammies winzigem, steif gewachstem Schnurrbart und seinem eher geschäftlichen Gehabe gegenüber Rosie abgestoßen gefühlt. Aber in einer Lage wie dieser hatte er ihn als einen potentiellen Retter zu betrachten.

»Haben Sie schon eine Praxis eröffnet, Doktor Katz?«

»Noch nicht. Sie wissen ja, wie das geht. Nennen Sie mich doch bitte Sammie.«

Greenberg konnte nicht umhin, das Geschick des jungen Mannes zu bewundern. Mit einem einzigen Satz hatte er sich die Gastgeber zu Dank verpflichtet und gleichzeitig die Geschäftsverhandlungen eröffnet.

Ohne ein weiteres Wort nahm Greenberg den Löffel zur Hand und schickte sich an, die Suppe zu attackieren. Es würde ein Kinderspiel sein, diesen übereifrigen Doktor einzufangen. Einen *Arzt*! Kein Wunder, daß Esther und Rosie sich vor Freude förmlich blähten.

Wie man es in vornehmen Häusern tut, führte er den Löffel von sich fort über den Teller. Die Suppe schwappte auf das Tischtuch.

»Langsamer, du Trottel«, zischte Esther.

Er zog den Löffel auf sich zu. Die Suppe sprang heraus, als wäre sie lebendig, und ergoß sich über ihn. Erst im letzten Augenblick beschrieb sie eine scharfe Wendung und tropfte zu Boden. Er schluckte und schob den Suppenteller von sich fort. Diesmal schlabberte die Suppe seitwärts über den Rand und stand in einer riesigen Lache auf dem Tisch.

»Irgendwie wollte ich sowieso keine Suppe«, sagte er. Der Kalauer war noch schlimmer als sein Ungeschick. Welch ein Glück, dachte er erleichtert, daß Sammie neben ihm saß und Esther mit seiner klugen, akademischen Konversation beruhigte. Gar kein schlechter Geselle, dieser Sammie, trotz seines Schnurrbarts. Er wird nur noch öfter helfen können.

Plötzlich ergriff die Angst von Greenberg Besitz und lähmte ihn. Er war durstig, nachdem er den Kaviar gegessen hatte, der als Erreger von Durst noch einiges mehr leistete als ein Hering. Aber erst die Gewißheit, daß er Wasser nicht berühren konnte, ohne daß es vor ihm zurückwich und überall hinspritzte, verwandelte seinen Durst in einen richtiggehenden Brand erster Klasse. Nach einigem Überlegen ging er das Problem von der schlausten Seite her an.

Der Rest der Tischgemeinschaft war in lebhafter Unterhaltung begriffen. Er wartete, bis seine Courage etwa die Intensität seines Durstes erreicht hatte, dann beugte er sich seitwärts, mit einem Glas in der Hand. »Sammie – Entschuldigung – einen Schluck Wasser, bitte?«

Sammie goß aus dem Krug, während Esther, ihrem Blick nach zu urteilen, auf weiteres Unheil gefaßt war. Er hätte es erwarten sollen, aber trotzdem traf es ihn wie ein Schock, als das Wasser förmlich aus dem Glas herausexplodierte und sich über Sammies einzigen Anzug ergoß.

»Wenn Sie mich entschuldigen wollen«, sagte Sammie zornig, »ich esse nicht gern mit Wahnsinnigen.«

Er ging, obwohl Esther ihn anflehte zu bleiben. Rosie war gelähmt vor Entsetzen und Schmerz. Als die Tür sich schloß, hob Greenberg ängstlich den Blick. Er sah Esther auf sich zukommen, Mord in den glühenden Augen …

Greenberg stand auf dem Knüppeldamm vor seiner Würstchenbude und starrte mit trüben Augen hinaus auf das friedliche, aber ganz und gar unerfreuliche Blau des Atlantik. Er fragte sich, was geschehen würde, wenn er zum Strand hinunterginge und einfach nicht aufhörte zu gehen. Er wäre trockenen Fußes wahrscheinlich bis nach Europa gelangt.

Es war früh am Morgen – viel zu früh für sein Geschäft – und er war müde. Weder er noch Esther hatten in der vergangenen Nacht ein Auge zugetan, und dasselbe ließ sich mit Sicherheit auch für ihre Nachbarn sagen. Vor allem aber verspürte er einen unglaublichen Durst.

Bereit, nichts unversucht zu lassen, mixte er sich eine Limonade. Natürlich war der Wassergehalt zu hoch, und das Getränk schwappte auf den Boden. Zum Frühstück hatte er heimlich Fruchtsaft und Kaffee versucht; aber auch diese Versuche waren fehlgeschlagen.

Seine Zunge war so trocken, daß sie sich fast pelzig anfühlte. Er setzte sich auf eine Bank vor seiner Bude. Es war Freitag, was bedeutete, daß der Himmel keine einzige Wolke aufwies und der Nachmittag Gluthitze bringen würde. Wäre es Samstag gewesen, hätte es jetzt schon geregnet.

»Dieses Jahr«, jammerte er, »gehe ich bankrott. Wenn ich keine Limonaden mixen kann, warum sollte dann das Bier für mich stillhalten? Ich dachte, ich könnte für zehn Dollar die Woche einen Jungen anstellen, der den Würstchenkessel hütet; ich würde die Limonade mixen, und Esther könnte Bier zapfen. Aber nein, zwanzig oder gar fünfundzwanzig Dollar muß ich einem Limonadenmann zahlen. Nicht einmal die Kosten werd' ich dekken! Ein Vermögen werd' ich verlieren!«

Die Lage war in der Tat verzweifelt. Würstchenstände sind von vielen verschiedenen Faktoren abhängig. Sie überleben nur, wenn sie an jedem brauchbaren Tag einen horrenden Gewinn abwerfen.

Feuer brannte in seiner Kehle, und wilde Glut leuchtete aus seinen sonst so sanften, braunen Augen. Sie kamen, um Gas und Elektrizität anzuschließen, die Bierleitung zu reinigen, die Kohlensäure anzuschalten und den Kühlschrank in Gang zu setzen.

Allmählich füllte sich der Strand mit Badewilligen. Greenberg wand sich auf seiner Bank und beneidete sie. Sie konnten schwimmen und trinken. Vor ihnen wich das Wasser nicht zurück, als empfände es Abscheu. Sie hatten keinen Durst …

Dann sah er die ersten Kunden sich nähern. Aus Erfahrung wußte er, daß Kunden am Morgen nur Limonade kaufen. So schnell er konnte, ließ er die Läden wieder herab und floh zum Hotel.

»Esther!« schrie er. »Ich muß dir was sagen! Ich halt's nicht mehr aus …«

Esther hielt den Besen, als wäre er ein Baseball-Knüppel. »Warum bist du nicht am Stand, du hirnverbrannter Narr? Hast du nicht schon genug Schaden angerichtet?«

Es tat nicht mehr weh. Er hatte den tiefsten Punkt der Verzweiflung schon erreicht. Zum ersten Mal stand er aufrecht vor ihr, ohne zu schrumpfen. »Du mußt mir helfen, Esther.«

»Warum hast du dich nicht rasiert, du Landstreicher? Geht man so …«

»Das will ich dir ja gerade erklären. Gestern hatte ich einen Streit mit einem Wassergnom …«

»Einem was?« Esther starrte ihn mißtrauisch an.

»Einem Wassergnom«, sprudelte er hervor. »Einem Zwerg, ungefähr so groß, mit riesigen Ohren, die er zum Schwimmen benutzt, und er ist für den Regen verantwortlich …«

»Herman!« schrie sie. »Red keinen Unsinn. Du bist übergeschnappt.«

Greenberg schlug sich die Faust gegen die Stirn. »Bin ich *nicht*! Ich zeig's dir, Esther. Komm mit mir in die Küche.«

Sie folgte ihm bereitwillig; aber die Art, wie sie es tat, machte ihn noch hilfloser und einsamer, als er ohnehin schon war. Die Fäuste in die Seiten gestemmt, die Füße weit auseinander, sah sie ihm zu, wie er versuchte, ein Glas mit Wasser zu füllen.

»Siehst du's nicht?« jammerte er. »Es läuft nicht ins Glas. Es schwappt über. Es mag mich nicht!«

Sie war sichtlich verwirrt. »Also, was ist passiert?« Stockend berichtete Greenberg von seinem gestrigen Erlebnis. Er vergaß keine Einzelheit, so erniedrigend sie auch sein mochte. »Und jetzt kann ich Wasser nicht mehr berühren«, schloß er. »Ich kann es nicht trinken, ich kann keine Limonade machen. Und vor allem habe ich einen solchen Durst, daß ich am liebsten schreien möchte.«

Esthers Reaktion war spontan. Sie warf die Arme um ihn und zog seinen Kopf an ihre Schulter, tätschelte ihn wie ein Kind. »Herman, mein armer Herman!« hauchte sie zärtlich. »Was haben wir getan, um so etwas zu verdienen?«

»Was soll ich tun, Esther?« rief er hilflos.

Sie packte ihn bei den Schultern und hielt ihn auf Armeslänge von sich. »Du gehst zu einem Arzt«, erklärte sie bestimmt. »Wie lange, meinst du, kannst du's aus-

halten, ohne zu trinken? Ohne Wasser wirst du tot um-
fallen. Manchmal springe ich vielleicht ein bißchen zu
grob mit dir um. Aber du weißt, ich hab' dich lieb …«

»Ich weiß, ich weiß, Mama«, seufzte er. »Aber wie soll
ein Arzt mir helfen?«

»Bin ich ein Arzt? Soll ich's wissen? Geh nur. Was hast
du schon zu verlieren?«

Er zögerte. »Ich brauche fünfzehn Dollar für einen
elektrischen Rasierapparat«, sagte er halblaut und mit
schwacher Stimme.

»Na und?« erwiderte sie. »Was sein muß, muß sein.
Geh, mein Schatz. Ich kümmere mich um den Stand.«

Da fühlte Greenberg sich nicht mehr allein und verlassen. Fast zuversichtlich suchte er die Praxis eines
Arztes auf. Mannhaft beschrieb er die Symptome seiner
Krankheit. Der Arzt hörte ihm mit trainierter Sympathie
zu, bis Greenberg auf den Wassergnom zu sprechen
kam.

Da begannen seine Augen zu glitzern und zogen
sich zusammen. »Ich weiß genau, was Sie brauchen,
Mr. Greenberg«, unterbrach er ihn. »Bleiben Sie da sitzen
und machen Sie sich's bequem, bis ich zurückkomme.«

Greenberg saß da und wartete. Er leistete sich sogar
ein schwaches Gefühl der Hoffnung. Aber nur Augenblicke später glaubte er, in der Ferne eine Sirene zu
hören. Dann stürzte sich der Doktor mit zwei Helfern
auf ihn, und gemeinsam versuchten sie, ihn in ein sack-
ähnliches Behältnis zu zwängen.

Natürlich leistete er Widerstand. Er war so entsetzt,
daß er wild um sich schlug. »Was habt ihr mit mir vor?«
kreischte er. »Haltet mir das Ding vom Leib!«

»Immer nur mit der Ruhe«, besänftigte ihn der Arzt.
»Es ist alles in Ordnung.«

In diesem Augenblick erschien der Polizist, der laut
Gesetz jeden Krankentransport zu begleiten hatte, auf
der Szene. »Was ist los?« fragte er.

»Steh nicht rum, Glatzkopf«, rief einer der Helfer. »Der Mann ist plemplem. Hilf uns mit der Zwangsjacke!«

Der Polizist trat unentschlossen herzu. »Beruhigen Sie sich, Mr. Greenberg. Niemand tut Ihnen weh, solange ich hier bin. Worum geht es eigentlich?«

»Mike!« schrie Greenberg und klammerte sich am Ärmel seines Beschützers fest. »Sie denken, ich bin übergeschnappt ...«

»Natürlich ist er übergeschnappt«, erklärte der Arzt. »Erzählte mir hier eine phantastische Geschichte über einen Wassergnom, der ihn mit einem Fluch belegte.«

»Was für ein Fluch, Mr. Greenberg?« erkundigte sich Mike vorsichtig.

»Ich hatte einen Streit mit dem Wassergnom, der für den Regen und die Fische verantwortlich ist«, sprudelte Greenberg hervor. »Ich zerriß seinen Hut. Und jetzt läßt er es nicht zu, daß Wasser mich berührt. Ich kann nicht trinken, nicht ...«

Der Arzt nickte. »Da haben Sie's. Total durchgedreht.«

»Mund halten!« Ein paar Sekunden lang ruhte Mikes Blick nachdenklich und neugierig auf Greenberg. Dann fragte er: »Hat einer von euch Wissenschaftlern womöglich daran gedacht, einen Versuch mit ihm anzustellen?« Er goß Wasser in einen Papierbecher und streckte den Arm aus. »Hier, Mr. Greenberg.«

Greenberg griff nach dem Becher. Das Wasser wich bis hoch an den gegenüberliegenden Gefäßrand zurück. Als er den Becher in die Hand nahm, schoß das Wasser hoch in die Luft.

»Übergeschnappt, wie?« sagte Mike mit bissigem Spott. »Ich nehme an, ihr begreift nicht, daß es Gnomen und Elfen wirklich gibt. Kommen Sie mit mir, Mr. Greenberg.«

Sie verließen gemeinsam die Praxis und gingen in Richtung des Knüppeldamms, an dem Greenberg seinen Würstchenstand hatte. Unterwegs erzählte er Mike die ganze Geschichte und setzte ihm auseinander, wie ihn diese Sache – ganz abgesehen davon, daß sie körperlich ziemlich unbequem war – finanziell ruinieren würde.

»Eins steht fest, die Ärzte können Ihnen nicht helfen«, sagte Mike schließlich. »Was wissen die schon über die Kleinen Leute? Ich mache Ihnen keinen Vorwurf, daß Sie sich an dem Gnom gerieben haben. Sie sind kein Ire, sonst hätten Sie mit mehr Respekt von ihm gesprochen. Wie dem auch sei, Sie haben Durst. Können Sie überhaupt etwas trinken?«

»Nichts, absolut nichts«, antwortete Greenberg niedergeschlagen.

Sie betraten den Stand. Mit einem einzigen Blick erkannte Greenberg, daß das Geschäft schleppend ging, aber selbst das machte seine Niedergeschlagenheit nicht schlimmer, als sie ohnehin schon war. Esther kam auf ihn zu, sobald sie ihn erblickte, und packte ihn am Kragenaufschlag.

»Also – was?« fragte sie aufgeregt.

Greenberg schüttelte verzweifelt den Kopf. »Nichts. Er dachte, ich wäre verrückt.«

Mike starrte in Richtung der Theke. Hinter seinen nachdenklichen Augen schienen die Gedanken nach einer Erinnerung zu suchen.

»Das ist es«, sagte er nach längerem Schweigen. »Haben Sie schon mal Bier versucht, Mr. Greenberg? Als ich noch klein war, hat mir meine Großmutter viel von Gnomen und Elfen und den übrigen Kleinen Leuten erzählt. Sie kannte sie gut. Mit Alkohol wollen sie nichts zu tun haben, müssen Sie wissen. Zapfen Sie sich ein Glas Bier …«

Greenberg trottete gehorsam hinter die Theke und hielt ein Glas unter den Zapfhahn. Plötzlich hellte seine niedergeschlagene Miene sich auf. Bier strömte schäumend ins Glas – und blieb drinnen! Mike und Esther grinsten einander an, als Greenberg den Kopf in den Nacken legte und das Glas mit einem einzigen, hastigen Zug leer trank.

»Mike!« krähte er. »Ich bin gerettet! Du mußt mit mir trinken!«

»Aber ...«, protestierte Mike ohne Überzeugungskraft.

Später am Nachmittag sah Esther sich gezwungen, den Würstchenstand zuzumachen und sowohl ihren Ehegatten als auch Mike ins Hotel zu schaffen.

Der nächste Tag brachte, da es ein Samstag war, eine gehörige Regenflut. Greenberg pflegte seinen Kater, der es sich gutgehen ließ, da Greenberg zum Stillen seines Nachdursts nichts anderes als Bier trinken konnte. Er träumte von Eisbeuteln und Seltzer-Tabletten und fühlte sich miserabel.

»Ich halt's nicht mehr aus!« jammerte er. »Bier zum Frühstück – pfui Teufel!«

»Besser als gar nichts«, erklärte Esther fatalistisch.

»So wahr ich hier stehe, ich bin nicht sicher. Aber, mein Liebling, bist du mir immer noch böse wegen Sammie?«

Sie lächelte sanft. »Puh! Sprich zu ihm von Mitgift, und heute abend ist er wieder da.«

»Das dachte ich mir auch. Aber was soll ich mit diesem Fluch anfangen?«

Gutgelaunt wie immer faltete Mike seinen Regenschirm zusammen und betrat die Bude mit einer kleinen alten Dame, die er als seine Mutter vorstellte. Greenberg beobachtete neidisch die positive Wirkung, die Eisbeutel und Seltzer-Tabletten an seinem Freund erzielt hatten; denn Mike war gestern genauso blau gewesen wie er.

»Mike hat mir von Ihnen und dem Gnom erzählt«, sagte die alte Dame. »Ich kenne die Kleinen Leute gut, und ich mache Ihnen keinen Vorwurf, daß Sie den Gnom beleidigt haben, weil ich weiß, daß Sie nie zuvor einem begegnet sind. Aber ich nehme an, Sie wollen Ihren Fluch loswerden. Empfinden Sie Reue?«

Greenberg schüttelte sich. »Bier zum Frühstück! Wie können Sie fragen?«

»Nun, dann gehen Sie einfach zu dem See und beweisen Sie dem Gnom, daß sie reuig sind.«

»Beweisen? Mit was für einem Beweis?« erkundigte sich Greenberg eifrig.

»Bringen Sie ihm Zucker. Die Kleinen Leute mögen Zucker.«

Greenberg strahlte. »Hast du das gehört, Esther? Ich bringe einen ganzen Sack voll …«

»Sie haben Zucker gern«, unterbrach ihn die alte Dame, »aber sie können ihn nicht essen. Er zerläuft im Wasser. Sie müssen sich eine Methode ausdenken, daß er nicht zerläuft. Das wird der Beweis sein, daß Sie wirklich Reue empfinden.«

Sympathisches Schweigen umgab ihn, während sein Verstand das Problem von allen Seiten her anging. Dann sagte die alte Dame beinahe ehrfürchtig: »Ich wußte sofort, daß Mike die Wahrheit gesagt hatte, als ich Ihre Bude sah. Mir ist so etwas noch nie vorgekommen. Der Regen fällt wie bei der Sintflut, überall – nur rings um Ihren Stand ist es knochentrocken!«

Greenberg hörte kaum hin, aber Mike nickte, und Esther war ganz offenbar höchst interessiert. Als er erkannte, daß ihm heute nichts Brauchbares mehr einfallen würde, und er aus tiefer Nachdenklichkeit erwachte, da merkte er, daß er allein war. Er erinnerte sich vage, daß Esther gesagt hatte, sie würde ein paar Stunden unterwegs sein.

»Was soll ich tun?« murmelte er. »Zucker, der nicht zerläuft …« Er zapfte sich ein Glas Bier und trank es nachdenklich. »Einen Sonderwunsch müssen sie haben!

Es ist nicht gut genug, wenn ich ihnen einfachen Sirup bringe, schönen, süßen Sirup.«

Er sah sich um. Er wollte nicht untätig hier herumsitzen. Was konnte er tun? Den Limonade-Automaten reinigen? Ging nicht. Und die paar Würstchen im Kessel würden sich zu Tode kochen müssen. Der Boden war schon gefegt. Er kehrte zu seinem Sitzplatz zurück und dachte weiter über sein Problem nach.

»Montag, ganz gleich wie, fahre ich zum See«, entschied er. »Morgen hat's keinen Sinn. Es wird regnen, und ich hole mir einen Schnupfen.«

Schließlich kehrte Esther zurück. Sie lächelte auf eigenartige Weise und war äußerst freundlich, aufmerksam, sogar zärtlich zu ihm. Er konnte es sich nicht erklären, doch er wußte es zu schätzen. An diesem Abend und am ganzen darauffolgenden Sonntag verstand er, was der Grund für Esthers Glückseligkeit war.

Sie hatte die Neuigkeit verbreitet, daß es rings um ihre Würstchenbude trocken war, während es überall sonst in der ganzen Stadt unaufhörlich regnete. Infolgedessen hatte Greenberg außer seinem Schädelweh, das unaufhörlich und erbarmungslos pochte, auch noch die Arbeit von sechs Männern am Hals. Denn die Bude wurde von endlosen Mengen Neugieriger, die das Wunder sehen und vom Regen austrocknen wollten, förmlich gestürmt.

Wieviel sie an diesem Wochenende einnahmen, wird niemand je erfahren. Über solch private Dinge sprach Greenberg nicht. Fest steht jedoch, daß er selbst am turbulentesten Wochenende des wundersamen Jahres 1929 kein solches Geschäft gemacht hatte.

Ganz früh am Montag morgen stand er auf und zog sich so behutsam wie möglich an, um seine Frau nicht zu wecken. Esther aber stemmte sich auf dem Ellbogen in die Höhe und musterte ihn nachdenklich.

»Herman«, sagte sie sanft, »willst du wirklich gehen?«

Verständnislos sah er sie an. »Wie meinst du das – will ich wirklich gehen?«

»Ich meine ...« Sie zögerte. »Ich meine, könntest du nicht bis zum Ende der Saison warten? Herman, mein Liebling?«

Es hätte ihn fast umgeworfen. Sein Gesicht war eine Grimasse des Entsetzens. »Und so was mutet mir meine eigene Frau zu?« krächzte er. »Bier muß ich trinken anstatt Wasser. Wie kann ich das aushalten? Meinst du vielleicht, ich *mag* Bier? Ich kann mich nicht waschen. Die Leute rümpfen die Nase, wenn sie neben mir stehen. Was werden sie erst in ein paar Wochen tun? Wie ein Landstreicher seh' ich aus, weil mein Bart zu hart ist für einen elektrischen Rasierer. Besoffen bin ich die ganze Zeit über – der erste Greenberg, der zum Alkoholiker wird! Respekt will ich haben ...«

»Ich weiß, mein Schatz«, seufzte sie. »Ich dachte nur, um unserer Rosie willen ... Solch ein Geschäft haben wir noch nie gemacht wie an diesem Wochenende. Wenn es an jedem Samstag und Sonntag regnet, außer auf unseren Stand, verdienen wir ein *Vermögen.*«

»Esther!« schrie Herman voller Entsetzen. »Meine Gesundheit! Die bedeutet dir überhaupt nichts?«

»Doch, natürlich, mein Liebling. Ich dachte nur, du könntest es vielleicht noch eine Zeitlang aushalten.«

Er schnappte sich Hut, Krawatte und Jacke und warf die Tür hinter sich zu. Dann aber blieb er unentschlossen stehen. Er hörte seine Frau weinen, und es kam ihm zu Bewußtsein, daß er eine unheimliche Menge Geld verlieren würde, wenn es ihm gelang, den Gnom zur Zurücknahme des Fluchs zu bewegen.

Langsam zog er sich fertig an. Esther hatte recht – bis zu einem gewissen Grad natürlich. Wenn er es ohne Wasser aushalten könnte ...

»Nein!« Er biß die Zähne aufeinander. »Jetzt schon gehen mir meine Freunde aus dem Weg. Es ist nicht recht, daß ein angesehener Mann wie ich ständig betrunken ist und nie ein Bad nimmt. Na und? Verdienen wir eben weniger Geld! Geld ist nicht die Welt ...«

Fest entschlossen machte er sich auf den Weg zum See.

An diesem Abend machte Mike beim Nachhausegehen einen Umweg und kam an der Würstchenbude vorbei. Greenberg saß auf einem Stuhl, hielt den Kopf in den Händen und versuchte vergeblich, das konvulsivische Zucken seines Körpers zu kontrollieren.

»Was ist los, Mr. Greenberg?« fragte Mike freundlich.

Greenberg sah auf. Seine Augen waren glasig. »Oh, Sie sind es, Mike.« Die Benommenheit fiel von ihm ab. Sein Gesicht nahm einen intelligenteren Ausdruck an. Er stand auf und führte Mike zur Theke. Schweigend tranken sie jeder ein Bier. »Ich war heute am See«, sagte Greenberg mit hohler Stimme. »Ich bin ringsherum gegangen und hab' mir die Lunge aus dem Hals geschrien. Der Gnom hat nicht ein einziges Mal den Kopf aus dem Wasser gestreckt.«

»Ich weiß.« Mike nickte. »Sie haben sehr viel zu tun.«

Greenberg spreizte pathetisch die Hände. »Also, was kann ich tun? Ich kann ihm keinen Brief schreiben oder ein Telegramm schicken. Er hat keine Tür, an der ich klopfen, und eine Klingel, die ich läuten kann. Wie bring' ich ihn dazu, daß er hochkommt und mit mir redet?« Seine Schultern sanken herab. »Hier, Mike, nehmen Sie eine Zigarre. Sie waren mir ein treuer Freund, aber ich glaube, wir sind geschlagen.«

Ein paar Sekunden lang herrschte verlegenes Schweigen. Dann sagte Mike: »Verdammt heiß war's heute.«

»Ja. Esther sagt, das Geschäft ging ziemlich gut.«

Mike wickelte die Zigarre aus dem Cellophan. Greenberg sagte: »Na schön, nehmen wir an, ich bekäme den

Gnom zu sprechen. Wie mache ich das mit dem Zucker?«

Das Schweigen setzte von neuem ein, zog sich hin, wurde unangenehm. Mike fühlte sich verlegen. Er hatte nicht viel Erfahrung im Trösten niedergeschlagener Freunde. Mit angestrengter Konzentration rollte er die Zigarre zwischen den Fingern hin und her und horchte, ob sie ein Rascheln von sich gab.

»Tage wie heute bekommen den Zigarren nicht gut«, murmelte er, weil er die Stille einfach nicht mehr ertragen konnte. »Trocknen aus. Diese hier ist allerdings noch schön feucht!«

»Ja«, sagte Greenberg geistesabwesend, »das Cellophan hält ...«

Sie starrten einander an.

»Heiliger Bimbam!« schrie Mike.

»Zucker, in Cellophan gewickelt«, würgte Greenberg hervor.

»O ja«, flüsterte Mike begeistert. »Ich tausche meinen freien Tag mit Joe, und morgen fahren wir zum See. Ich hole Sie schon ganz früh ab.«

Greenberg drückte ihm fest die Hand. Er war so aufgewühlt, daß er nicht sprechen konnte. Als Esther kam, ließ er sie allein, mit nur dem unerfahrenen Jungen am Kessel als Helfer, und machte sich auf die Suche nach Zuckerwürfeln, die in Cellophan eingewickelt waren.

Die Sonne war eben erst aufgegangen, als Mike erschien. Aber Greenberg war schon seit einer Stunde aufbruchbereit und stand ungeduldig wartend auf der Veranda. Mike war voller Eifer bezüglich ihres Vorhabens. Auf dem Weg zum Bahnhof stolperte Greenberg neben ihm her. Er schielte fast, so fest hatte ihn der Kater im Griff.

In einem kleinen Frühstücksrestaurant machten sie halt. Mike bestellte Orangensaft, Eier mit Speck und Kaffee. Als Greenberg das hörte, fühlte er plötzlich einen Klumpen in der Kehle, den er mit Mühe hinunterwürgte.

Der Mann hinter der Theke wandte sich an ihn. »Was darfs für Sie sein?«

Greenberg wurde rot. »Bier«, sagte er mit rauher Stimme.

»Sie machen Witze!« Greenberg schüttelte den Kopf; er konnte nicht sprechen. »Was dazu? Flocken, Torte, Toast …«

»Nur Bier.« Mit Gewalt zwang er das üble Getränk hinab. »Gott sei mein Zeuge«, zischte er Mike an, »noch *ein* Bier zum Frühstück, und ich falle tot um.«

»Ich weiß, wie das ist«, antwortete Mike mit vollem Mund.

Im Zug versuchten sie, Pläne zu machen. Aber das Phänomen, mit dem sie es zu tun hatten, war so einzigartig, daß sie mit dem Pläneschmieden nicht weit kamen. In düsterer Stimmung wanderten sie zum See und waren sich darüber im klaren, daß ihre Strategie darin bestand, Methoden zu verwerfen, von denen sie wußten, daß sie nicht funktionierten.

»Wie wär's mit einem Boot?« schlug Mike vor.

»Es bleibt nicht im Wasser, solange ich drinsitze. Und man kann es nicht rudern.«

»Na schön. Was könnten wir sonst noch probieren?«

Greenberg biß sich auf die Lippen und starrte über den herrlichen blauen See. Dort, keinen Steinwurf entfernt, wohnte der Gnom. »Wir gehen durch den Wald am Ufer entlang und schreien, so laut wir können. Sie rechts, ich links. Wir kommen aneinander vorbei und treffen uns wieder am Bootshaus. Wenn der Gnom auftaucht, rufen Sie mich.«

»Okay«, sagte Mike nicht besonders optimistisch.

Der See war ziemlich groß, und sie bewegten sich langsam, wobei sie oft anhielten, um die Pose einzunehmen, die zum Ausstoßen besonders lauter Schreie gebraucht wird. Zwei Stunden später, als sie einander gegenüberstanden und die gesamte Länge des Sees zwischen sich hatten, hörte Greenberg Mikes heisere Stimme: »He, Gnom!«

»He, Gnom!« schrie auch Greenberg. »Komm rauf!«

Eine weitere Stunde später begegneten sie einander. Sie waren müde, enttäuscht und hatten ein mörderisches Brennen in der Kehle. Außer Booten mit Anglern zeigte sich noch immer nichts auf der Seeoberfläche.

»Zum Teufel damit«, knurrte Mike. »So kommen wir nicht weiter. Kommen Sie, wir gehen zurück zum Bootshaus.«

»Was werden wir tun?« ereiferte sich Greenberg. »Ich kann doch nicht aufgeben!«

Sie trotteten zurück um den See herum und schrien noch ein paar mal ohne besondere Überzeugungskraft. Am Bootshaus angekommen, mußte Greenberg eingestehen, daß er geschlagen war. Der Eigentümer des Bootshauses kam ihnen mit drohender Miene entgegen.

»Warum verschwindet ihr Narren nicht einfach?« schimpfte er. »Hier herumzuschreien und die Fische zu verscheuchen! Die Leute sind wütend ...«

»Wir schreien nicht mehr«, erklärte Greenberg. »Es hat keinen Zweck.«

Als sie Bier bestellten und Mike, einer Eingebung folgend, ein Boot mietete, besänftigte sich der Bootshausbesitzer überraschend schnell und ließ sie in Ruhe.

»Wozu haben Sie das Boot gemietet?« fragte Greenberg. »Ich kann sowieso nicht drinsitzen.«

»Sie fahren nicht mit. Sie gehen zu Fuß.«

»Schon wieder um den See rum?« jammerte Greenberg.

»Nein. Schauen Sie her, Mr. Greenberg: Vielleicht kann uns der Gnom durch all das Wasser hindurch nicht hören. Gnomen sind nicht hartherzig. Wenn er uns gehört und wirklich geglaubt hätte, daß Ihnen die Sache leid tut, dann hätte er den Fluch im Handumdrehen zurückgenommen.«

»Vielleicht.« Greenberg war nicht überzeugt. »Also, was hab' ich zu tun?«

»Wie ich die Sache sehe, schieben Sie Wasser von sich weg. Aber mit derselben Kraft schiebt auch das Wasser *Sie* von sich fort. So muß es sein, wenigstens hoffe ich es. Wenn ich recht habe, können Sie auf dem See gehen.« Während er sprach, hob Mike große Steine vom Boden auf und warf sie ins Boot. »Helfen Sie mir damit, bitte.«

Jede Tätigkeit, wie unnütz sie auch sein mochte, war besser als gar keine, dachte Greenberg. Sie füllten das Boot mit Steinen, daß es fast zum Rand im Wasser lag, nachdem Mike eingestiegen war. Er nahm die Ruder und schob ein Stück vom Ufer ab.

»Kommen Sie«, sagte er. »Versuchen Sie, auf dem Wasser zu gehen.«

Greenberg zögerte. »Was, wenn ich es nicht kann?«

»Es geschieht Ihnen nichts. Sie können nicht naß werden, also können Sie auch nicht ertrinken.«

Die Logik dieser Feststellung überzeugte Greenberg. Kühn tat er den ersten Schritt. Das Wasser zog sich unter seinen Füßen hastig zurück. Es entstanden runde Tröge, von denen eine unwiderstehliche Kraft ausging, die ihm Auftrieb verlieh. Er stand, er ging auf der Oberfläche des Sees. Der Halt, den die Füße fanden, war weniger sicher als der des festen Bodens; aber wenn er sich vorsah, konnte er sogar recht schnell gehen.

»Und was jetzt?« fragte er glücklich.

Mike war im Boot neben ihm hergerudert. Er zog die Ruder ein und reichte Greenberg einen Stein. »Wir werfen sie alle in den See, machen einen Heidenlärm dort drunten und rütteln sie auf. Dann kommt er bestimmt nach oben.«

Sie waren auf einmal voller Hoffnung. Während sie den See mit Steinen bombardierten, machten sie einander Mut mit Ausrufen wie: »Hier ist einer, der ihn aufweckt«, und »Den hier werfe ich ihm genau auf den Kürbis«. Sie hatten noch mehr als die Hälfte ihrer Geschosse übrig, als Greenberg, einen Stein in der Hand, plötzlich in der Bewegung innehielt. Etwas in seinem Innern zog sich zusammen. Die Kinnlade fiel ihm herab.

Mike folgte seinem ehrfürchtigen und zugleich freudvollen Blick. Insgeheim gestand er sich, daß der Gnom, der mit den Ohren schwamm und die Arme in ungeheuer würdevoller Haltung über der Brust verschränkt hatte, einen erheiternden Anblick bot.

»Müßt ihr unbedingt Steine werfen und uns bei der Arbeit stören?« fragte der Gnom.

Greenberg schluckte. »Es tut mir leid, Herr Gnom«, sagte er aufgeregt. »Wir haben zuerst gerufen. Aber Sie kamen nicht herauf.«

Der Zwerg musterte ihn. »Ah. Sind Sie nicht der Sterbliche, der diszipliniert werden mußte? Warum sind Sie zurückgekommen?«

»Um Ihnen zu sagen, daß ich den Vorfall bedaure und daß ich Sie niemals wieder beleidigen werde.«

»Wie wollen Sie beweisen, daß Sie es aufrichtig meinen?« fragte der Gnom gelassen.

Greenberg kramte nervös in der Tasche und brachte eine Handvoll in Cellophan gewickelte Zuckerwürfel zum Vorschein. Zitternd reichte er sie dem Zwerg.

»Ah, sehr schlau, sehr schlau«, sagte das kleine Wesen, wickelte einen der Zuckerwürfel aus und schob ihn sich begierig in den Mund. »Lange her, seit ich diesen Genuß hatte.«

Eine Sekunde später schlug das Wasser über Greenberg zusammen, und er ruderte wie wild mit den Armen. Mike bekam ihn bei der Jacke zu fassen und zog ihn ins Boot. Aber Herman Greenberg empfand darüber, daß er die Fähigkeit des Ertrinkens wiedergewonnen hatte, fast so etwas wie Freude.

ist das Pseudonym von Thijs van Ebbenhorst Tengbergen, der 1952 in Den Haag geboren wurde und heute als freischaffender Schriftsteller und Illustrator in Utrecht und Amersfoort lebt. Seit 1971 hat er gut 150 Erzählungen veröffentlicht, zunächst in Zeitschriften, dann in den Bänden Cepheïde (1981) und Die Inseln des Abends (De Eilanden van de Avond, 1993). Er hat über zwanzig Kinder- und Jugendbücher geschrieben, die oft Elemente von Fantasy, Science Fiction oder Horror enthalten (mitunter auch alles zusammen) und von denen eins, das von einer magischen neuen Eiszeit handelt, auch auf deutsch erschienen ist: Der große Winter (De Winter dat de Vlammen bevroren, deutsch 1989). Für erwachsene Leser geschrieben sind die SF-Romane An den Ufern der Nacht (Aan de Oevers van de Nacht, 1983) und Sednas Günstling (De Gunsteling van Sedna, 1994). Er hat einen Großteil seiner Bücher selbst illustriert, und auf Lesungen im fremdsprachigen Ausland kann es vorkommen, daß er, während sein Übersetzer liest, als Schnellzeichner brilliert.

Sein Erzählungsband Cepheïde, größtenteils SF, enthält auch einen Zyklus von Fantasy-Kurzgeschichten, die auf dem Archipel Cotrahviné in einer magischen Vergangenheit lange vor der Eiszeit spielen; daher stammt auch die folgende Geschichte.

Wer zur finstersten Stunde an Mantils Nachtschild kratzte

Es ist Schlag Mitternacht. Jemand kratzt an seinem Nachtschild. Mantil steht lautlos auf und steckt einen Brennstab an. Nur Düsterlinge kratzen um diese Zeit an Nachtschilden. Er schiebt den Nachtschild ein Stückchen hoch. Gerade weit genug, um hinausschauen zu können.

Im Mondschein sitzt ein Säbelzahntiger. Beinahe wirft Mantil den Nachtschild wieder zu. Prompt brüllt der Tiger und sagt mit kaum zu verstehendem Knurren: »Warte! Ich bin kein Säbelzahntiger!«

»Oh!«, erwidert Mantil sarkastisch, »ich muß wohl Wahnkraut geraucht haben; ich seh' einen Säbelzahntiger, und dabei ist es bloß ein Lugodont.«

Ein Lugodont ist ein ausgesprochen heimtückischer und gefräßiger Dämon.

»Nein, Mantil, ich bin es! Elden, dein bester Freund. Ich bin verzaubert!«

»Ach«, sagt Mantil. »Entschuldige, daß ich dich nicht gleich erkannt habe. Was rief Lugula, als sie während der Anbetung des ersten Dodo-Eies im Frühling zuviel Nebelwein getrunken hatte? Und was tat Nosnam darauf?«

»Ich bin es wirklich, lieber Mantil«, knurrt der Tiger. »Lugula rief: ›Nosnam ist ein impotenter alter Sack!‹, und da belegte Nosnam sie mit dem Zauber der Totalen Attraktivität, und jedermann, sogar die Schleimländer, verliebte sich Hals über Kopf in sie, und sie flüchtete zum Rulipiek, wo Liebe eine Todsünde ist und jeder sich in schwarze Spinnweben kleidet.«

»Tray!« sagt Mantil. »Vielleicht bist du wirklich Elden, aber womöglich erzählen mittlerweile sogar die Lugodonten diese Geschichte. Bekannt genug ist sie.«

»Nein, nein!« jammert der Säbelzahntiger. »Wir haben zusammen zur Frühlingsgleiche Nokilarkel gezeichnet, vorgestern stahlen wir Suffknollen vom Felde des ...«

»Still doch!« zischt Mantil. »Wenn uns jemand hört! Ja, du bist Elden. Kein Zweifel!«

Er schiebt den Nachtschild ganz nach oben. Elden schlüpft herein. Er streckt sich auf der Bank aus Schnüffelmauspelz aus und gähnt. »Ein Jammer ist das!« knurrt er. »Jeden Vollmond. Ich verwandle mich, und erst der Hunger, den ich dann kriege! Und nur Menschenfleisch hilft!« Achtlos schlägt er Mantil den Brennstab aus der Hand. »Ein Jammer ist das«, wiederholt er nachdenklich. »Mein Vater pflegte sich in einen Dodo zu verwandeln. Das ist erträglich, solange man Moorbeeren im Hause hat. Da war mein Großvater ein echter Pechvogel. Jeden Vollmond überkam ihn die sogenannte Lust zu schwimmen. Auch im Winter. Er verwandelte sich in einen Wal. Im Winter ist das Wasser verdammt kalt ... Es tut mir wirklich leid, daß du der einzige warst, der aufgemacht hat. Aber weißt du, der Hunger ...«

Mit einem entschuldigenden Ausdruck auf seinem Tigermaul beißt er Mantil den Kopf ab.

Esther M. Friesner

*heißt mit vollem Namen Esther Mona Friesner-Stutzman. Sie
wurde 1951 geboren und lebt in Madison (Connecticut). Ihre
erste Veröffentlichung war 1982 in* Isaac Asimov's Science
Fiction Magazine *die Vignette »Das Zeug zum Helden«.
Seither sind von ihr zahlreiche Fantasy-Romane und -Erzäh-
lungen erschienen. Mehrere davon spielen in Alternativwelten mit anderem Geschichtsablauf und könnten auch als SF
gelten, etwa* Kind des Adlers (Child of the Eagle, 1996), *in
der Brutus Caesar nicht ermordet hat; sie hat auch zwei Star-
Trek-Romane geschrieben.*

*Einige ihrer Romane wie der Post-Holocaust-Roman in
zwei Teilen* Die Psalmen des Herodes (The Psalms of
Herod, 1995) *und* Das Schwert Marias (The Sword of Mary,
1996) *oder auch ihre Geschichte »Der Tod und die Bibliothe-
karin« (1994)*, für die sie einen Nebula Award erhielt, stimmen sehr nachdenklich, doch der weitaus größere Teil ihres
Werkes ist humorvoll und ironisch, und nachdem in der komischen Fantasy ihre bekanntesten männlichen Kollegen
überwiegend Romane schreiben, ist sie auf dem Gebiet der
humorvollen Fantasy-Erzählung derzeit wohl unangefochten
die Nummer eins. Eine Auswahl ihrer Geschichten findet
sich in ihrem Sammelband* Hat Spaß gemacht (It's Been
Fun, 1991).

*In »Jack der Riesentöter«, einem Märchen aus Cornwall,
bringt der Held mehrere Riesen um, darunter auch einen namens Blunderbore. Wie sich herausstellt, muß Jack oder der
Chronist da ziemlich übertrieben haben.*

---

* Deutsch 1997 in F. Wahren (Hrsg.): *Asimov's Science Fiction, 50. Folge*
(Heyne SF 5921).

Blunderbore

»Jack? *Dieses* Würstchen? Was *glaubst* du denn, was ich mit diesem lahmarschigen kleinen Hasenfuß gemacht habe?«

Ein weiterer Dartpfeil schoß aus der riesigen Hand und landete mit überraschender Präzision genau im Zentrum der weit entfernten Zielscheibe. Ein großer Klumpen Speichel, nicht weniger exakt gezielt, wurde zwischen mächtigen Zähnen hervorgeschleudert, die so gelb und voller Lücken waren, daß sie einem etwas gelbsüchtigen Stonehenge alle Ehre gemacht hätten.

Die Frau erschauerte, als die Spucke des Riesen *perfecto* genau zwischen ihre blankgeputzten Schuhe klatschte. Nicht ein Tröpfchen landete auf dem frisch eingecremten schwarzen Lackleder, aber manchmal reicht allein schon der *Gedanke* an etwas.

»Ich habe wirklich nicht die geringste Ahnung«, brachte sie als Antwort hervor. Sie rang sich eine halbwegs witzige Bemerkung ab: »Sie haben ihm die Knochen zermalmt, um sich daraus Brot zu backen?«

Der Riese brüllte, ein Geräusch, das sowohl Lachen als auch eine akute Nasennebenhöhlenentzündung hätte sein können. Seine Nase war sichelförmig gebogen, mit einem Höcker darauf, rot von unzähligen Gläsern Guinness und übersät von Pockennarben. Schwarze Haare wucherten aus seinen Nasenlöchern und erinnerten an Winterschlaf haltende Stachelschweine.

»Ihm die Knochen zermalmen, um mir Brot daraus zu

backen? *Der* ist nicht schlecht!« Er langte nach einem neuen Dartpfeil. Der Barkeeper beeilte sich, seinen Kunden ständig mit ausreichend Nachschub zu versorgen. »Wie hätt' der winzige Menschling wohl den ganzen Stuß erzählen können, von wegen mich töten, wenn ich *das* getan hätt', he?« Die Lippen des Riesen kräuselten sich, die obere bildete einen Hammelrücken, die untere zwei Schweineschinken. »War 'n Fehler von mir. Hätte nicht gedacht, daß er das wollte. Ich meine, daß alle wissen, was ich mit ihm gemacht hab'. Aber gleich alles breitzutreten, alles zu verdrehen, es so hinzustellen, als hätte er *mich* geschafft ... na ja. Nun, ich hab' daraus eine Menge über die Menschen gelernt, hab' ich. Ihm die Knochen zermalmen ...« Er grinste. »Nicht die Knochen. Ich steh' mehr auf Eierkuchen.«

Der Barkeeper füllte den Krug des Riesen nach und lehnte sich über den Tresen, um freundlich und respektvoll nachzufragen, ob denn die Dame noch einen Bombay Gin haben möchte? Sie schüttelte den Kopf. Ihre Lippen waren trocken, ihre Kehle noch trockener. Das schicke Geschäftskostüm, das sie für den heutigen Abend als Schutzhülle gewählt hatte, war immer noch faltenlos, einwandfrei, vollständig und ohne Risse, obwohl sie von Rechts wegen ungefähr um diese Zeit an den nylonbestrumpften Knien von einem Deckenhaken baumeln müßte.

Der Riese trank seinen Krug aus und warf den Dartpfeil. Er spaltete den ersten, genau wie Robin Hoods Pfeile immer die vorwitzigen Pfeilschäfte seiner unwürdigen Rivalen gespalten hatten, wenn sie es wagten, ins Schwarze zu treffen, bevor er geschossen hatte. Die legendären Pfeile von damals waren aus Holz, die heutigen Dartpfeile sind aus Stahl. Das Metall gab ein hohes, erschrockenes Kreischen von sich, als es lässig vom gefiederten Ende bis zur scharfen Spitze vergewaltigt wurde.

»Aber genug von mir«, sagte der Riese. Er verlagerte sein Gewicht auf der Bar. Kein Stuhl würde ihn aushalten, aber nach einem langen Arbeitstag wollte er auch nicht stehen müssen. Das Holz beklagte sich zwar sehr, bog sich jedoch nur ein bißchen. Bloße Füße mit Zehen wie haarige Frikadellenbräter schwangen vor und zurück, trommelten gegen das Mahagoni. »Wie kommt denn ein nettes Mädel wie *du* dazu, eine Kontaktanzeige aufzugeben?«

Die Frau holte tief Luft. Ihre linke Hand begann an den Ringen an ihrer rechten zu drehen. »Das war die Idee meiner Zimmergenossin«, begann sie. In einer plötzlichen Anwandlung sah sie rotes Blut über das Gesicht ihrer Zimmergenossin blubbern, was sie etwas schwindlig machte. Wenn sie jede zweite Sekunde denken mußte: *Das Dreckstück stirbt*, wie sollte sie da in zusammenhängenden Sätzen reden?

Ceterum censeo Carthaginem esse delendam.

Vor zwei Stunden hatte sie sich lediglich mit den üblichen Magenschmerzen aus Angst vor dem ersten Zusammentreffen, der Übelkeit und dem Herzklopfen herumschlagen müssen, die oft dem Liebesglück vorausgehen. Dann kam der Riese herein. Er erkannte sie sofort (seine Stimme am Telefon hatte sie nicht vorwarnen können, sein drolliger Akzent, die verführerische Tonlage und sein Timbre hatten sie vor Lust ganz benommen gemacht, inspirierten sie zu Höhen der Selbstdarstellung, die sie perfekt wirken ließen, so daß man sie sofort unter Tausenden erkennen mußte). Sie konnte ihm nicht entgehen, indem sie sich für jemand anderen ausgab, auch nicht durch etwas praktischere Schreie wie die anderen Gäste in der Bar, die alle unter dem Baumgestrüpp seiner Achselhöhlen hindurch aus dem Lokal flohen.

Sie hatte es immerhin versucht. Er hielt sie fest.

Hilflos gefangen, hatte sie die Zeit bisher damit verbracht, sich die qualvollsten, verletzendsten, erniedrigendsten Methoden vorzustellen, wie man eine Zimmergenossin loswerden könnte, die schlechte Ratschläge gibt und die zu allem Überfluß auch nie die Küche ordentlich saubermacht. Sie nahm an, daß sie sie an den Riesen ausliefern könnte. *Das* wäre es. Aber zuerst mußte sie das hier überleben.

»Sehen Sie«, fuhr sie fort, »ich war sehr lange mit jemandem zusammen. Sein Name ist Ian. Wir hatten eine … Übereinkunft. Eine völlig offene Zweierbeziehung, die auf gegenseitigem Respekt und Nichteinmischung basierte. Aber er brauchte Freiräume für sich. Raum zum Wachsen, zur emotionalen Weiterentwicklung.«

»Ach, hm?« kommentierte der Riese höflich.

Sie seufzte. »Nun, jetzt ist er fort, wissen Sie. Um sich selbst zu finden. Und ich muß mein eigenes Leben leben. Daher die Anzeige. Es ist ziemlich schwer, sich wieder an ganz normale Verabredungen zu gewöhnen, wenn eine langjährige Beziehung zu Ende gegangen ist, meinen Sie nicht auch?«

Die Augenbrauen des Riesen schoben sich in die Gräben seiner Stirn. »Die haben ihm den Schädel eingeschlagen, nicht wahr?« fragte er.

»?« gab sie zur Antwort. Das war wirklich das Beste, was sie tun konnte, und unter diesen Umständen auch keineswegs zu dürftig.

»Trolle. Oder abtrünnige Ritter. Einen Streich mit dem Knüppel über den Schläfenknochen deines Gesellen, und du kannst den Witwenschleier nehmen. Zu dumm, zu dumm. Haben dich wohl hinterher vergewaltigt, so sind sie nun mal, aber trotzdem …« Seine Augenbrauen senkten sich wieder wie zwei erschöpfte Aale nach dem Liebesspiel. »Hatte gehofft, du wärst noch Jungfrau. Ich mag Jungfrauen.«

»Würden Sie mich entschuldigen?« sagte sie und rutschte graziös vom Barhocker. »Ich muß mir die Nase

pudern.« Das war eine altmodische, sexistische und zutiefst beschämende Ausrede, aber alles, was sie wollte,
war, ihre Haut lange genug zu retten, um ihre Fünfund-
dreißiger-Karte im Tropitan-Bräunungsstudio noch aus-
nutzen zu können.

Im Waschraum für Damen war ein Verschlag, und in
dem Verschlag war eine Toilette, und über der Toilette
war ein Fenster, und *aus* diesem Fenster kletterte sie,
so schnell sie nur konnte. Sie holte sich Laufmaschen
in ihrer Dior-Strumpfhose und Falten in ihrem Anne-
Klein-Leinenkostüm, böse Kratzer zierten die Seiten
ihrer hochhackigen Maud-Frizon-Lackschuhe (von denen einer in der Toilette landete), und vier Schuppen
lösten sich von ihrem original Kroko-Gürtel, aber sie
kam lebendig genug heraus, um kopfüber nach draußen auf die Straße zu fallen. Dort stand ein Müllcon-
tainer, und in dem Container lagen Unmengen leerer
Schnapskartons und wertlose Lotteriescheine und einige äußerst reife schmutzige Obstreste. All das fügte
sie der Rechnung für ihre Zimmergenossin hinzu, als
sie in dem Taxi kauerte, ein paar Zitronenschalen aus
ihren Haaren fischte und den ganzen Heimweg lang
fluchte.

Und sie fluchte noch lauter und mit neuer Energie, als
ihre Zimmergenossin ihr sagte, daß *sie* nicht hier sitzen
und sich *diesen* Blödsinn anhören müsse. *Sie* habe ihr
nicht gesagt, daß sie diese verhängnisvolle Anzeige in
der *New York Review* aufgeben solle. Sie dachte, die *Village Voice* wäre gut genug gewesen, vielen Dank, und da
sieht man wieder einmal, wo man mit so hochge-
schraubten Ansprüchen hinkommt, sitzt im Geschäfts-
viertel in irgendeiner Bar mit einem Jungschen Archetyp
direkt aus dem Märchen, dessen Zehennägel mal wieder
gesäubert werden müßten.

Die Zimmergenossin kündigte. Sie packte. Sie verließ
die Wohnung und zog zu ihrem Freund, der Saxophon

spielte und das *raffinement artistique* von Michael-J.-Fox-Filmen wirklich *verstand.*

Die Frau blieb zurück mit einer auf Sankt Nimmerlein verschobenen Rache und einer vollen New Yorker Monatsmiete, von der sie nicht wußte, wie sie sie zahlen sollte.

Da war eine Nachricht auf ihrem Anrufbeantworter. Sie war von *ihm.* Warum nicht?

Sie ließ ihre Telefonnummer ändern. Sie ließ die Schlösser an ihrer Tür auswechseln. Sie machte sich mit äußerster Vorsicht auf die Suche nach einer neuen Zimmergenossin. Sie aß nur noch Hafermüsli und benutzte nie, nie wieder das Wetter oder ihr monatliches Unwohlsein als Ausrede, um ihren Morgenlauf ausfallen zu lassen. Sie wurde eine ganzheitliche Person, unnachgiebige Gebieterin über einen gesunden Geist in einem gesunden Körper. Holistischen Menschen erscheinen keine Riesen. Vielleicht lag es an all dieser Charakterstärke. Ihre Ganzheitlichkeit war erstaunlich vollständig, wenn man bedachte, wie eine Position im mittleren Management einen vom restlosen Eintauchen ins Universum abhalten kann. Unverzagt tauchte sie ein.

Er erwartete sie an einem Freitag abend, als sie aus ihrem Bürogebäude in der Third Avenue kam. Die Luft roch nach April und Hot-dog-Wagen. Er schenkte ihr Blumen und ein totes Schaf.

»Tut mir leid, wenn ich zu persönlich geworden bin, mit all den Fragen…«, sagte er und reichte ihr den Strauß. Sie nahm ihn mit spitzen Fingern, allerdings nur deshalb, weil sie dann wegen des fest umklammerten Aktenkoffers in ihrer anderen Hand keine Möglichkeit mehr hatte, das Schaf anzunehmen.

Anscheinend sah er das auch so, denn er entsorgte das Tierchen, ohne groß darüber nachzudenken, mit drei Bissen, Kopf voran, mit Fell und allem, ganz so, als wäre es ein kleiner Nachtisch anstelle von über hundert Pfund Hammelfleisch. Während er sich Fett vom Kinn wischte, sagte er: »Würd' es dir wohl behagen, wenn ich dir einen Drink ausgebe, dann vergessen wir alles?«

Was konnte sie tun? Sehen, ob er »Sag einfach Nein«* als Antwort akzeptierte? Das Risiko war zu hoch. Wegrennen? Nicht bei den Ampeln und dem Berufsverkehr. Um Hilfe rufen? Ihr Vorgesetzter könnte sie beobachten. Er war überall, die wandelnde Rechtfertigung für Verfolgungswahn, wie eine Grippe im Februar. Der suchte immer nach Gründen, ihre Karriere in den Sand zu setzen.

Sie lächelte den Riesen an. »Warum nicht?« sagte sie. Vielleicht auch nur, um herauszufinden, wie er sie gefunden hatte. Magie? Zauberei? Gottes Strafe für die Pille (das würde zumindest Mama behaupten)?

Keine Magie war am Werk, nichts über das hinaus, was so üblich war in der Stadt, ebensowenig auch nur die Spur eines göttlichen Eingriffs. Er erinnerte sie daran, daß sie ihm bei ihrem ersten Telefonat selbst erzählt hatte, wo sie arbeitete. Das war ein Anfängerfehler. Gib niemals etwas preis. Sie nippte an ihrem Drink (auch diese Bar hatte sich in eine Wüstenei verwandelt, als sie eintraten) und bat ihn, das Vollkorngebäck herüberzureichen.

Als sie ihn vom Thema Riesentöter abgebracht hatte, erwies er sich als ausreichend angenehmer Gesellschafter, oder zumindest nicht schlimmer als das, was ihre Mutter unter einem guten Fang verstand. Sie wurde nicht jünger, *ipse dixit* Mama. Nun, er auch nicht. Dreihundert Jahre alt, und noch ein paar, die er lieber nicht erwähnte. Er hatte sich niemals besser gefühlt. Er er-

---

* Eine stehende Redewendung, die unter anderem durch eine Anti-Drogen-Kampagne in den USA sehr bekannt geworden ist. – Hier und im folgenden – *Anm. d. Übers.*

nährte sich gesund. Er fühlte sich für seine Stellung im Ökoversum verantwortlich. Das amerikanische Klima bekam ihm. Er liebte New York.

Sie hatte schon schlechtere Freitagabende gehabt.

Am Samstag gab es *CATS* und eine Galerie-Eröffnung am Sonntagvormittag nach dem Brunch in der Plaza. Ein Hansom wartete, um sie am Montag nachmittag den ganzen Weg vom Büro nach Hause zu bringen. Ihr Schlafzimmer quoll über vor Blumen. Es gab keine weiteren schafsmäßigen Zwischenfälle mehr.

Er unterstützte das öffentlich-rechtliche Fernsehen. Er zog Ebert Siskel vor und konnte unter Gottes weitem Himmel absolut nichts mit Pauline Kael* anfangen, es sei denn, sein Sauerteigrezept benötigte von Zeit zu Zeit eine Extraportion Kalzium. Er hatte ein Abonnement für die Oper, obwohl er nur auf Verdi und Peter Grimes aus war. Wagner regte ihn auf. Fafner und die Frostriesen, Sie wissen schon.

Sie hatte Verständnis. Vorurteile waren so fünfziger-jahremäßig.

Er mochte Zydeco-Musik nicht, aber um ihretwillen versuchte er, sie zu verstehen. Während Springsteen ihn kalt ließ, war Steeleye Span in Ordnung, und Clam Chower und die alten Joni Mitchells. Er konnte *überhaupt* nicht tanzen.

Er hatte *The New Yorker* abonniert, allerdings nur wegen der Cartoons. Unkonstruktive Kritik machte ihn rasend. Er konnte keine Schuhe finden, die ihm paßten und einigermaßen gut aussahen. Er trug die recht und schlecht gegerbten Häute von ein paar uralten Kutschpferden aus dem Central Park, die er hatte kaufen können. Er hatte absolut keinen Geschmack, was Krawatten betraf.

---

* Roger Ebert, Gene Siskel und Pauline Kael: US-amerikanische Filmkritiker.

Er bestand darauf, daß sie alle Restaurants auswählen sollte, die sie besuchten, und vertraute auf ihre Entscheidung, wenn es galt, den Wein zu bestellen.

Er *stank* vor Geld, alles flüssige Vermögenswerte, meistens Gold und unschätzbare Juwelen, die er im Verlauf seiner Karriere in Europa angesammelt hatte. Er verstand ihren Scherz nicht recht, wie er unfreundliche Übernahmen von Drachenhorten arrangiert habe, aber er lachte trotzdem. Er bot an, ihr den Schädel des letzten Drachen zu zeigen, den er getötet hatte. Das war auf den Orkney-Inseln gewesen, und die mickrige Größe des Wurms hatte ihn dazu veranlaßt, übers Meer in eine frischere, vitalere Welt zu ziehen. Männer lieben Herausforderungen. In den Catskill Mountains war alles besser.

Seine Stimme erreichte bei ihr langsam das gleiche wie damals am Telefon. Auf ihre sanfte Bitte hin besorgte er sich bei Hoffritz* die richtigen Werkzeuge, um seine Zehennägel und Nasenhaare zu schneiden. Er verspätete sich nie zu einer Verabredung. Von Zeit zu Zeit ließ er sie die Rechnung bezahlen, ohne es als große Gefälligkeit oder gönnerhaft aussehen zu lassen. Dreihundert und ein paar Jahre Erfahrung konnten einen Mann im Rennwagentempo die gesellschaftliche Etikette absolvieren lassen, wenn er es nur wollte. Um ihretwillen wollte er es, und er genierte sich nicht, es sie auch wissen zu lassen. Verletzlichkeit schreckte ihn nicht.

Und sie wußte, daß er sie brauchte.

Als sie das erste Mal miteinander schliefen, hatte sie so ihre Bedenken. Sie quälte sich mit dem alten Sprichwort herum, daß die Größe der Nase eines Mannes dem Betrachter einen gewissen Hinweis auf die relativen Proportionen eines ähnlich geformten, weiter abwärts liegenden Organs gibt. Die *Nase* des Riesen war –

---

* Hersteller von Küchengeräten, Messern, Scheren etc. in New York.

nun – riesig, *voyons*! Ein Anblick, der *zu* viel war, um einer Frau angenehme Vorstellungen zu bescheren.

Allerdings, was sein muß, muß sein. Sie wollte es. Sie fühlte eine gewisse Verpflichtung, obwohl er dergleichen weder durch Taten noch durch Worte erkennen ließ. Seine wenigen Gutenachtküsse wurden ihr nicht mit dem Recht des Eroberers abgerungen oder auch nur als Entschädigung für das Abendessen, das er bezahlt hatte. Er behandelte sie nie wie eine billige Hure. All die kleinen Zärtlichkeiten, die zwischen ihnen ausgetauscht wurden, entsprangen allein ihrer Initiative. Ein Kuß von ihm benetzte ihr halbes Gesicht, ließ ihre Haut vor Feuchtigkeit und Minzerückständen von seinen hastig zerkauten Atemfrische-Drops prickeln. Es war eine ungewöhnliche und belebende Erfahrung. Perverse Neugierde stachelte sie zu weiteren experimentellen Forschungen an.

Wäre sie ehrlich zu sich selbst gewesen, hätte sie zugeben müssen, daß sie geiler war denn je, seit Ian sie verlassen hatte.

Er war nicht so begierig darauf, ihr Angebot anzunehmen, wie sie es sich vorgestellt hatte. »Was ist los?« wollte sie wissen. Eine zornige Gänsehaut bildete sich neben dem pfirsichfarbenen Satin ihres spitzenbesetzten Bodys. Die Anprobekabine bei Victorias Secret war *wesentlich* wärmer gewesen. Kälteschauer und Ablehnung taten sich zusammen und wurmten sie erheblich.

Die Mundwinkel des Riesen sanken bekümmert herab. »Ähm, es liegt nicht an *dir*, Liebes. Süß wie frische Pflaumen bist du, und wie der Lenz willkommen. Alles, was du für mich getan hast, bis hierher« – er fingerte an dem entzückenden Schlips mit Streifen in den Farben eines britischen Regiments herum, den sie für ihn bei Brooks Brothers hatte maßschneidern lassen –, »das ist mehr, als ich je erhoffen konnt'. Ich bin's zufrieden.«

Sie kreuzte die Arme, unfähig, auch die Beine zu kreuzen. Es gab nichts in diesem Raum, worauf sie sitzen konnte. Die Möbel waren seinetwegen durch Futons ersetzt worden. »Du findest mich nicht attraktiv!« warf sie ihm vor.

Er versuchte, sie vom Gegenteil zu überzeugen, aber sie erkannte eine Lüge, wenn sie sie hörte. Sie hatte schon mit genug Geschäftsleuten zu Mittag gegessen. Mit ein bißchen Schauspielerei und Schmollmund ziehen und Schniefen gefährlich nahe am Tränenabgrund, kitzelte sie schließlich die Wahrheit aus ihm heraus.

»Ich bin nicht … ich bin nicht so sehr … ich habe keinen so großen … ich habe so meine Schwächen.« Er zeigte ihr den Beweis.

Nun, ja, er hatte recht. Was er sagte, war *wahr*. Das heißt, verglichen mit anderen Riesen.

Sie zwang sich, sehr ernst auszusehen. Sie sagte ihm, daß Größe nicht alles sei, aber Liebe alles überwindet. Wenn er lügen konnte, so konnte sie es auch.

Sie waren sehr glücklich zusammen.

Drei Wochen später, als sie im Büro war, rief Ian an. »Ich habe mich selbst gefunden«, sagte er ihr. »Ich war an Ort und Stelle, schon die ganze Zeit. Ich bin jetzt ein besserer Mensch. Ich bin feinfühlig gegenüber den Bedürfnissen einer Frau. Ich kann dir den Rückhalt geben, den du haben willst, *und* den Freiraum, den du brauchst. Ich bin bereit, mich weiterzuentwickeln. Wir können einander ergänzen. Ich habe keine Angst vor Verpflichtungen. Ist das nicht großartig?«

»Mach 'nen Abgang«, sagte sie.

»Aber ich *brauche* dich.«

Nun, was war schon dabei, sich mit ihm nach der Arbeit auf einen Drink zu treffen, nach all dem, was zwischen ihnen war, was sie einander einst bedeutet hatten? Sie durfte nicht den Eindruck erwecken, daß sie Angst davor habe, ihn wiederzusehen. Sie konnten über alte

Zeiten reden, sich bei Cocktails und appetitanregenden, ballaststoffreichen, cholesterinarmen Gemüsehäppchen entspannen. Sie konnte damit umgehen. Sie war stark. Sie war dazu fähig.

Sie flog auf blonde Männer mit schwarzen Augenbrauen. Die Augenbrauen des Riesen waren zufriedenstellend schwarz, aber was sein *Haar* anging, blond oder nicht, seine Glatze glänzte glatt wie Kristallglas. Manche Dinge vermißt eine Frau solange nicht, bis jemand anderes darauf hinweist, daß sie sie nicht hat. Das betrifft sowohl gemusterte Strumpfhosen als auch Männer. In der Bar mit Ian ertappte sie sich bei der Erinnerung, wie sie immer mit den Fingern durch seine goldenen Locken gefahren war. Besagte Finger begannen eine kribblige Hymne an die Seite ihres Glases zu trommeln. Ein seltsames Pulsieren störte die auserwählte Ruhe ihres Körpers. Sie sollte zusehen, daß sie nach Hause kam.

»Gefällt mir, was du aus der Wohnung gemacht hast.« Ian kickte seine Schuhe zur Seite und warf seinen Schlips auf den Futon. »Erzähl mir was über deine neue Zimmergenossin.«

»Sie kümmert sich um ihre eigenen Angelegenheiten«, sagte sie. »Sie stellt keine Fragen, sie kommt nicht auf dumme Gedanken.« Sie holte die Drinks aus dem Wohnzimmer, obwohl er genau wußte, wo alles war, und auch angeboten hatte, sich darum zu kümmern. Der Humpen des Riesen stand jetzt im Schnapsregal. Ian würde ihn bestimmt *nicht* für einen etwas überdimensionierten Martini-Krug halten. Denn von denen trugen nur wenige die umlaufende handgemalte Aufschrift BLUNDERBORE oder ein eingeätztes Muster von grinsenden Totenköpfen. *Verdammt* wenige.

Ian war im wesentlichen nackt, als sie zurückkam. Ein Laken zählt kaum bei einer derartigen improvisierten Tändelei. Er nahm sein Glas und prostete ihr zu. »Auf deine Gesundheit.« Er nippte daran, während sie sich auszog und neben ihn unter das Laken schlüpfte. Er hielt inne. Ein Gedanke war ihm gekommen.

»Ach, übrigens …« Er stellte eine eindeutige Frage bezüglich ihres Soziallebens, seit sie das letzte Mal das Bettzeug geteilt hatten.

Ihre Augen verengten sich, ihr Mund zog sich verärgert zu einer festen kleinen Makadamianuß zusammen. »Ich habe nur einen anderen Mann getroffen, seitdem du weggelaufen warst. Ich treffe ihn immer noch.« Sie spickte diesen letzten Satz mit lauter Widerhaken, aber er blieb ungerührt.

»Ah, nun, wie gut kennst du ihn? Ich meine, was hat er getan, bevor er dich traf? Angewohnheiten? Freunde? Bevorzugter Lebensstil? *Du* weißt schon.«

»Er hat Drachen getötet. Er hat Menschenknochen zermalmt, um sich Brot daraus zu backen. Er hat nie Garrison Keillor gelesen.«

»*Menschen*knochen?« Ians liebenswerte Augenbrauen hoben sich um die Hälfte. »Ähm, hat er dir je einen besonderen Grund für diesen, sagen wir mal, exklusiven Geschmack genannt?«

»Akzeptiere es einfach«, sagte sie ihm. »Oder noch besser, halte den Mund. In der Tat, halte den Mund, ganz egal, ob du es akzeptierst oder nicht.«

Ian stellte die Fingerspitzen gegeneinander. »Wir sind aber sehr feindselig«, sagte er und machte hörbar *Tss!*

»Blunderbore denkt nicht so«, schoß sie zurück. »Blunderbore läßt sich von einer starken Frau nicht einschüchtern.«

»Blunderbore?« wiederholte Ian. Das Dach aus Fingerspitzen wackelte. »*Blunderbore?*«

»Das ist ein ausgezeichneter Name für einen Riesen«, sagte sie und verschränkte die Arme.

Irgendwo hinter der Schlafzimmertür – an der Wohnungstür, um genau zu sein – klapperte ein Schlüssel im Schloß.

316

»Deine Zimmergenossin?« flüsterte Ian.

»ÜBERRASCHUNG, DARLING!«

Oh, das war *sehr* übel, wirklich sehr übel. Ein Riese ist ein Mann wie andere auch, nur hat er ein viel größeres Herz, das brechen kann. Sie hatten sich nie irgendwelche Versprechen gegeben, und Blunderbore akzeptierte den Gedanken, daß reife, erwachsene Menschen in einer modernen Beziehung ihre Freiräume brauchten, aber *trotzdem* ...

Temperament, Temperament.

Das Brot war noch warm. »Nimm doch ein Stück, Liebling. Ich streiche dir auch Butter drauf.«

»Mich gelüstet's jetzt nicht so sehr«, sagte Blunderbore. Er lehnte sein Gesicht in eine Hand und starrte mürrisch auf die dampfende Scheibe, ganz weiß, wo sie nicht gelb von der schmelzenden Butter war. »Soll mir wohl gar die Arterien zukleistern, was? Nimm es weg.«

»Tss. Du bist bloß launisch. Früher hast du Butter fässerweise gegessen. Und ich habe mir solche Mühe gemacht, hab' extra dein blödes, altes Familienrezept verwendet. Keine Dankbarkeit. Nicht die Spur.«

»Ja, schon gut, schon gut, hör auf mit dem Gegackere.« Der Riese hob die Scheibe an die Lippen und biß hinein. Er kaute. »Grobkörnig«, sagte er.

»Du magst nicht, was ich koche«, schmollte Ian.

»Nicht doch, das hab' ich nie nicht gesagt – es ist mein Fehler, hab' wohl nicht sorgsam genug auf die Handmühle geachtet. Ich werd' zusehen, daß ich nächstes Mal feiner mahle. Oh, das ist so großartig gebacken, wie ich's nur je gegessen hab', Jungchen, und das in gut dreihundert Jahren. Nimm's nicht so schwer. Ja, das ist mein Schatz. Komm, setz dich auf die Knie vom alten Blunderbore und erzähl uns, wie die bösen, bösen Terminhändler unserem Ian heut zugesetzt haben.«

Ian bekam Grübchen, und der mürrische Ausdruck verschwand. Gehorsam kletterte er auf die Knie des Riesen.

Blunderbore lächelte nachsichtig auf seinen Menschling hinab. Vielleicht würde dieser bleiben. In einem gewissen Sinne sah er sogar aus wie Jack.

Vielleicht würde *dieser* ihn nicht hintergehen.

Margaret St. Clair

(1911–1995) wurde in Hutchinson (Kansas) geboren, ihr Mädchenname war Margaret Neeley, und 1928 übersiedelte sie mit ihrer Mutter nach Kalifornien. Dort absolvierte sie ein Collegestudium in Berkeley mit Auszeichnung und arbeitete einige Jahre im Gartenbau, ehe sie Schriftstellerin wurde. Nachdem sie schon Kriminalgeschichten veröffentlicht hatte, erschien 1946 ihre erste SF-Erzählung. Ihre ersten Geschichten ordneten sich in die Tradition der Abenteuer-SF für Jugendliche ein. Ihr Erstlingsroman, in dem sich ein vermeintlicher Supermann als Android erweist, war Die Puppe aus dem Nichts *(Vulcan's Dolls, 1952, deutsch 1961), weitere Romane und mehrere Sammelbände mit Erzählungen folgten.*

In den fünfziger Jahren schrieb sie eine Reihe Erzählungen unter dem Pseudonym Idris Seabright, unter dem sie zeitweise bekannter war als unter ihrem eigenen Namen; diese Erzählungen tendierten stärker zur Fantasy, und zu ihnen gehört auch die folgende. Der Held ist – wie auch schon in der zweiten Geschichte unserer Anthologie – ein Handelsvertreter; dieser hier hat aber keine übermäßigen Illusionen über die Natur seiner potentiellen Kunden. Kein Geringerer als Lord Dunsany hat nämlich berichtet, »Wie Nuth seine Kunstfertigkeit an den Gnolen versuchte«*, und daß der Meister des Einbrecherhandwerks, der auf die riesigen Smaragde der Gnolen aus war, ihnen nur entkam, weil er seinen Lehrling vorschickte. Freilich: Unrecht Gut gedeihet nicht, und ehrlich währt am längsten.

---

* Deutsch zuletzt 1998 in P. Hainings Anthologie *Gefährliche Possen* (Heyne Fantasy 5909).

MARGARET ST. CLAIR

Der Mann, der den Gnolen Seil verkaufte

Die Gnolen haben einen üblen Ruf, und Mortensen war sich dessen durchaus bewußt. Doch er kalkulierte mit einiger Berechtigung, daß Seilerwaren etwas seien, woran bei den Gnolen seit langem ein unbefriedigter Bedarf bestand, und er sah keinen Grund, warum nicht er es sein sollte, der ihnen welche verkaufte. Welch ein Triumph wäre so ein Verkauf! Der Bezirksdirektor würde Mortensen vielleicht für eine besondere Erwähnung auf dem alljährlichen Dinner des Vertriebspersonals auswählen. Es würde seine Verkaufsquote enorm steigern. Und schließlich ging es ihn nichts an, wozu die Gnolen Seile verwendeten.

Mortensen beschloß, Donnerstag morgen bei den Gnolen vorzusprechen. Mittwoch abend ging er sein *Handbuch der modernen Verkaufstechnik* durch und unterstrich dies und das.

»Die Zustände, die der Geist bei einem Kauf durchläuft«, las er, »sind kategorisiert worden als: 1.) Aufkommen von Interesse, 2.) Zunahme des Wissens, 3.) Anpassung an Bedürfnisse ...« Es waren sieben geistige Zustände aufgeführt, und Mortensen unterstrich sie alle. Dann ging er zurück und unterstrich doppelt Nr. 1, Aufkommen von Interesse, Nr. 4, Einschätzung der Brauchbarkeit, und Nr. 7, Kaufentschluß. Er blätterte um.

»Zwei Eigenschaften sind von außerordentlicher Bedeutung für den Verkäufer«, las er. »Das sind Anpassungsfähigkeit und Kenntnis der Handelsgepflogenheiten.« Mortensen unterstrich diese Eigenschaften. »Weitere äußerst wünschenswerte Attribute sind körperliche Tüchtigkeit, ein hoher ethischer Standard, liebenswürdige Umgangsformen, unerschütterliche Beharrlichkeit und nie erlahmende Höflichkeit.« Mortensen unterstrich auch das. Doch er las bis zum Ende des Absatzes weiter, ohne noch etwas zu unterstreichen, und vielleicht war sein Versäumnis, »Takt und wachsame Beobachtungsgabe« auf eine Stufe mit den anderen Attributen des Verkäufers zu stellen, verantwortlich für das, was ihm widerfuhr.

Die Gnolen leben am äußersten Rande der Terra cognita, auf der anderen Seite eines Waldes, den alle Autoritäten übereinstimmend als zweifelhaft bezeichnen. Ihr Haus ist schmal und hoch, die Architektur eine Mischung aus viktorianischer Gotik und Schweizerhütte. Obwohl das Haus neu gestrichen werden müßte, wird es in gutem Zustand gehalten. Zu selbigem Ort begab sich am Donnerstag morgen Mortensen, den Musterkoffer in der Hand.

Kein Pfad führt zum Hause der Gnolen, und es ist immer dunkel in jenem zweifelhaften Wald. Doch Mortensen, eingedenk dessen, was er auf dem Knie seiner Mutter über den Geruch der Gnolen erfahren hatte, fand das Haus ohne große Mühe. Einen Augenblick lang stand er zögernd davor. Seine Lippen bewegten sich, als er leise für sich wiederholte: »Guten Morgen. Ich bin gekommen, um Sie mit Seilerwaren zu versorgen.« Diese Worte waren der Anfang seines Verkaufsgesprächs. Dann trat er heran und klopfte an die Tür.

Die Gnolen beobachteten ihn durch Löcher, die sie in Baumstämme gebohrt hatten; das ist ein kunstreicher Brauch bei ihnen, von dem die führende Autorität auf dem Gebiet der Gnolen berichtet. Mortensens Klopfen stürzte sie beinahe in Verwirrung; es war so lange her, daß jemand an ihre Tür geklopft hatte. Dann huschte der Obergnole, der, welcher niemals das Haus verläßt, aus den Kellern herauf und öffnete.

Der Obergnole ähnelt ein wenig einem Topinambur aus Kautschuk, und er hat kleine rote Augen, die in derselben Art mit Facetten versehen sind wie Edelsteine. Mortensen hatte etwas Ungewöhnliches erwartet, und als der Gnole die Tür öffnete, verbeugte er sich höflich, zog den Hut und lächelte. Er hatte den Satz über den Bedarf an Stricken hinter sich gebracht und war bei einer Aufzählung der unterschiedlichen Arten von Seilerwaren, die seine Firma herstellte, als der Gnole den Kopf zur Seite drehte und ihm zeigte, daß er keine Ohren hatte. Noch gab es etwas anderes an seinem Kopf, was statt dessen der Leitung des Schalls hätte dienen können. Dann öffnete der Gnole seinen kleinen, reißzahnbewehrten Mund und ließ Mortensen auf seine schmale, bandartige Zunge schauen. Als Zunge war sie für menschliche Rede nicht besser geeignet als die einer Schlange. Seinem Erscheinungsbild nach zu urteilen, konnte der Gnole nicht zuverlässig einem der Körper-Charakter-Typen zugeordnet werden, die das *Handbuch* erwähnte, und zum erstenmal kamen Mortensen merkliche Bedenken.

Nichtsdestoweniger folgte er dem Gnolen ohne zu zögern, als das Wesen ihm mit einer Geste bedeutete einzutreten. Anpassungsfähigkeit, sagte er sich, Anpassungsfähigkeit muß die Parole sein. Genug Anpassungsfähigkeit, und seine Knie würden vielleicht sogar ihre Neigung zum Zittern verlieren.

Es war der Salon, in den der Gnole ihn führte. Mortensen bekam große Augen, als er sich umschaute. In den Ecken gab es was nicht alles und Kuriositätenkabinette, und auf dem intarsiengeschmückten Tisch lag ein Album mit vergoldeten Schließen; wer weiß, welche Bilder darin waren? Ringsum an den Wänden lagen auf Konsolen, wo die Leute sonst Zierteller ausstellen, Smaragde so groß wie ein Kopf. Die Gnolen hielten große Stücke auf ihre Smaragde. Alles Licht in dem dämmrigen Zimmer ging von ihnen aus.

Mortensen ging im Geiste die Sätze seines Verkaufsgesprächs durch. Es bedrückte ihn, daß dies die einzige Möglichkeit war, sie durchzugehen. Und dennoch … Anpassungsfähigkeit! Das Interesse des Gnolen war bereits geweckt, sonst hätte er Mortensen nie in den Salon gebeten; und sobald der Gnole die verschiedenen Seile und Schnüre sah, die der Musterkoffer enthielt, würde er zweifellos aus eigenem Antrieb über »Einschätzung der Brauchbarkeit« zu »Besitzwunsch« fortschreiten.

Mortensen setzte sich in den Sessel, den ihm der Gnole zuwies, und öffnete seinen Musterkoffer. Er holte Henequén-Seil im Kabelschlag hervor, eine Auswahl an Garn- und Fadenwaren und ein Stück extrem schlankes Seil aus Manilahanffasern. Er zeigte dem Gnolen sogar ein paar weiche Garne und Bindfäden aus Baumwolle und Jute.

Auf die Rückseite eines Kuverts schrieb er Preise für Garnrollen und -lagen und bei den Seilen für Längen von jeweils 550 Fuß. Mühsam fügte er Einzelheiten über Festigkeit, Haltbarkeit und Klimaverträglichkeit jeder Art von Seil hinzu. Der Obergnole sah ihm konzentriert zu, wobei er seine kleinen Füße auf den obersten Querstab seines Stuhls stellte und ab und zu mit einem Tentakel gegen die Facetten seines linken Auges drückte. In den Kellern schrie von Zeit zu Zeit jemand.

Mortensen begann seine Waren vorzuführen. Er zeigte dem Gnolen Geschmeidigkeit und Elastizität eines Seils, die Haltbarkeit und hartnäckige Festigkeit eines anderen. Er zerschnitt ein geteertes Hanfseil und legte ein Stück von fünf Fuß auf den Salonboden, um dem Gnolen vorzuführen, wie absolut »neutral« es war, ohne jede Neigung, sich von selbst aufzuspleißen. Er zeigte dem Gnolen sogar, was für hübsche Muster sich aus manchen von den Baumwollfäden knüpfen ließen.

Sie einigten sich schließlich auf zwei Seile aus Manilahanffasern von $^3/_{16}$ und $^5/_8$ Zoll Durchmesser. Der Gnole verlangte eine riesige Menge. Mortensens Bemerkung zur »unbegrenzten Stärke und Haltbarkeit« dieser Seile schien ihn beeindruckt zu haben.

Nüchtern notierte Mortensen die Einzelheiten in seinem Auftragsbuch, doch Ehrgeiz flammte in seinem Hirn auf. Die Gnolen würden anscheinend regelmäßige Kunden werden; und warum sollte er es nach den Gnolen nicht bei den Gibellin versuchen? Die mußten auch Bedarf an Seilwaren haben.

Mortensen schloß sein Auftragsbuch. Auf die Rückseite desselben Kuverts schrieb er vor den Augen des Gnolen, daß die Lieferung binnen zehn Tagen erfolgen würde. Die Zahlungsbedingungen besagten 30 Prozent bei Auftragserteilung, den Rest bei Erhalt der Ware.

Der Obergnole zögerte. Verschlagen sah er Mortensen aus seinen kleinen roten Augen an. Dann nahm er den kleinsten der Smaragde von der Wand und gab ihn Mortensen.

Der Handelsvertreter stand da und wog ihn in der Hand. Es war der kleinste Smaragd der Gnolen, doch er war klar wie Wasser und grün wie Gras. Draußen in der Welt könnte man einen Rockefeller oder eine ganze Familie Guggenheims damit auslösen; rechtmäßiger Gewinn aus einem Geschäft war eine Sache, dies aber etwas anderes: »Ein hoher ethischer Standard« – eigentlich jeder ethische Standard – verbot es Mortensen, ihn zu behalten. Er wog ihn noch einmal in der Hand. Dann gab er ihn mit einem tiefen, tiefen Seufzer zurück.

Er ließ den Blick durchs Zimmer schweifen, ob er etwas sähe, was eher angemessen wäre. Und in einem unglücklichen Moment fiel sein Blick auf die Hilfsaugen des Obergnolen.

Der Obergnole bewahrte sein zusätzliches Paar Sehwerkzeuge auf dem dritten Brett des Kuriositätenkabinetts mit der Glastür auf. Sie sehen aus wie schöne dunkle Smaragde etwa von der Größe eines Daumenendes. Und wenn die Gnolen im allgemeinen große Stücke auf ihre Edelsteine hielten, so ist das gar nichts im Vergleich zu den Gefühlen, die der Obergnole seinen Zusatzaugen entgegenbrachte. Die Anteilnahme, die Christenmenschen für das Wohlergehen ihrer Seele hegen sollten, ist ein Schatten, eine Lappalie, ein Nichts gegen das, was der durch und durch heidnische Gnole für diese Augen empfindet. Lieber, glaube ich, wäre er ein gewöhnlicher elender Sterblicher, als daß er einen Vandalen Hand an sie legen ließe.

Wäre Mortensen von seinem Erfolg nicht bis zur Fühllosigkeit berauscht gewesen, so hätte er gesehen, wie der Gnole erstarrte, hätte ihn zischen gehört, als er zu dem Wandschrank ging. Ganz unschuldig öffnete Mortensen die Glastür, nahm die beiden Augen heraus und drehte sie frevelhaft in der Hand; der Gnole fühlte, wie sie aneinanderschlugen. Mit einem Lächeln, um die liebenswürdigen Umgangsformen unter Beweis zu stellen, die das *Handbuch* empfahl, und mit hochgezogenen Augenbrauen wie jemand, der sagt: »Danke, das genügt völlig«, ließ Mortensen die Augen in seine Tasche fallen.

Der Gnole knurrte.

Das Knurren weckte Mortensen aus seiner Trance der Hochstimmung. Es war ein Knurren, dessen Bedeutung niemand falsch deuten konnte. Dies war offensichtlich nicht die rechte Zeit für unerschütterliche Beharrlichkeit. Mortensen stürzte zur Tür.

Der Obergnole war vor ihm dort, sein Geflecht von Tentakeln ausgebreitet. Damit fing er Mortensen mühelos und wickelte sie ihm eng wie Bandagen um Fußgelenke und Hände. Die beste Manilahanffaser ist nicht stärker als diese Tentakel; wenngleich die Gnolen Seile praktisch fänden, kommen sie ganz gut ohne welche aus. Würdest du, lieber Leser, nackt einhergehen, wenn keine Reißverschlüsse mehr hergestellt würden? Entrüstet knurrend langte der Gnole seine mißhandelten Augen aus Mortensens Tasche, und dann trug er ihn hinab in den Keller zu den Mastställen.

Doch unübertroffen sind die Tugenden rechtmäßigen Handels. Obwohl sie Mortensen unentwegt mästeten und ihn später brieten und würzten und mit großem Appetit verspeisten, schlachteten ihn die Gnolen auf ziemlich humane Art und dachten keineswegs daran, ihn zu foltern. Für Gnolen ist das ungewöhnlich. Und sie verzierten das Brett, auf dem er serviert wurde, mit einem schönen Rand aus phantasievollem Knüpfwerk von Baumwollschnur aus seinem eigenen Musterkoffer.

ist einer der Klassiker der britischen Science Fiction. Er lebte von 1903 bis 1969, hieß eigentlich John Wyndham Parkes Lucas Beynon Harris und arbeitete in verschiedenen Berufen, unter anderem als Graphiker, in der Landwirtschaft und in der Werbung. Er begann 1931 SF-Erzählungen und ab 1935 auch Romane zu veröffentlichen und verwendete dafür verschiedene Teile seines Namens als Pseudonyme. Als er 1959 einen Zyklus von Raumfahrtgeschichten herausbrachte, die zuvor schon einzeln und unter verschiedenen Pseudonymen gedruckt worden waren, gelang ihm die Rarität, mit sich selbst als Koautor zu schreiben: Griff nach den Sternen *(The Outward Urge, deutsch 1965) erschien mit der Verfasserangabe »Lucas Parkes und John Wyndham«. Doch es waren seine unter dem Namen John Wyndham publizierten Werke der fünfziger und sechziger Jahre, mit denen er bleibenden Ruhm errang und an H. G. Wells anknüpfen konnte.*

Seine sieben Romane aus der Nachkriegszeit, angefangen mit Die Triffids *(The Day of the Triffids, 1951, deutsch 1955) bis zum postum erschienenen* Eiland der Spinnen *(Web, 1979, deutsch 1981), handeln meist vom Kampf einer kleinen Gruppe Menschen in einer ungewöhnlichen, oft katastrophalen Situation, und es ist vor allem der modellhafte Charakter dieser jeweiligen Situation, der an Wells erinnert. So schicken sich, nachdem ein vorbeifliegender Komet fast die gesamte Menschheit hat erblinden lassen, die Triffids, mutierte Pflanzen, an, die Herrschaft über die Erde anzutreten; in* Es geschah am Tage X *(The Midwich Cuckoos, 1957, deutsch 1965) bringen Frauen, ohne es zunächst zu ahnen, die ihnen von Außerirdischen untergeschobenen unheimlichen Kinder zur Welt. Beide Romane sind als* Blumen des Schreckens

(The Day of the Triffids) bzw. Das Dorf der Verdammten *(Village of the Damned) verfilmt worden.*

In seinen Erzählungen und Kurzgeschichten hat John Wyndham eine Originalität und Vielfalt erreicht, die sich durchaus mit dem Vorbild Wells messen kann. Berühmt sind zum Beispiel seine beiden Zeitreisegeschichten »Das Chronoklasma« und »Heute Fremdenführung«. Nicht weniger komisch als die letztere, die von aufdringlichen Zeittouristen aus der Zukunft handelt, ist auch die nun folgende, wenig bekannte Erzählung von John Wyndham. Es geht darin um eine Hauptperson von Volksmärchen, Horrorgeschichten und komischer Fantasy: um den Teufel. Und wer mit dem speisen will, weiß das englische Sprichwort, braucht einen langen Löffel.

John Wyndham

Ein langer Löffel

»Ich sage«, verkündete Stephen mit einem Ausdruck von Zufriedenheit, »also wenn ich das Band so herum laufen lasse, kann ich mich rückwärts reden hören!«

Dilys legte ihr Buch hin und betrachtete ihren Mann. Vor ihm auf dem Tisch standen das Tonbandgerät, ein Verstärker und allerlei Kleinkram. Ein Gewirr von Drähten verband sie miteinander, mit der Steckdose, mit einem großen Lautsprecher in der Ecke und dem Kopfhörer auf seinem Kopf. Der halbe Fußboden war mit Streifen und Schnipseln von Bandmaterial bedeckt.

»Wieder ein Triumph der Wissenschaft«, sagte sie kühl. »Ich dachte, du wolltest bloß ein bißchen an der Aufzeichnung von der Party verbessern, damit wir sie Myra schicken können. Ich bin ziemlich sicher, daß sie sie lieber richtig herum hätte.«

»Ja, aber ich hatte gerade den Einfall ...«

»Und diese Unordnung! Es sieht aus, als hätten wir einen Luftschlangen-Empfang veranstaltet. Was ist das alles?«

Stephen schaute auf die Streifen und Schlingen von Magnetband.

»Ach, das sind bloß die Stellen, wo alle gleichzeitig geredet haben, und Stückchen von der öden Geschichte, mit der Charles allen auf die Nerven geht – und ein paar Indiskretionen ...«

Dilys musterte den Abfall, während sie aufstand.

»Die Party muß viel indiskreter gewesen sein, als sie

mir vorkam«, sagte sie. »Gut, räum das weg, während ich das Teewasser aufsetze.«

»Aber du mußt dir das anhören«, widersprach er.

Sie blieb an der Tür stehen.

»Nenn mir«, verlangte sie, »einen vernünftigen Grund – einen einzigen –, warum ich mir anhören soll, wie du rückwärts redest.« Und fort war sie.

Allein im Zimmer, machte Stephen keinerlei Anstalten, den Müll einzusammeln; statt dessen drückte er den Wiedergabeknopf und lauschte interessiert dem merkwürdigen Gebrabbel, das seine rückwärts laufende Stimme ergab. Dann hielt er das Gerät an, nahm die Kopfhörer ab und schaltete auf den Lautsprecher um. Er fand es bemerkenswert, daß seine Stimme zwar noch europäisch klang, aber ihre unverständlichen Geräusche mit großer Geschwindigkeit abzuhaspeln schien. Versuchsweise halbierte er die Geschwindigkeit und drehte die Lautstärke hoch. Die Stimme, nun eine Oktave tiefer, brachte schleppend tiefe, gewichtige, unglaublich klingende Silben hervor, daß es wirklich sehr beeindruckend war. Er nickte, lehnte den Kopf zurück und hörte zu, wie sie sonor durchs Zimmer rollte.

Plötzlich gab es ein zischendes Geräusch, nicht unähnlich einer gekürzten Aufnahme von einer Lokomotive, die Dampf abläßt, und auch einen Schwall warmer Luft, der an ein Feuerloch erinnerte …

Überrascht sprang Stephen auf und kippte fast seinen Stuhl um. Wieder zur Besinnung gekommen, langte er nach vorn, drückte hastig Tasten und drehte Knöpfe. Die Stimme aus dem Lautsprecher brach abrupt ab. Er musterte besorgt die Teile der Apparatur und hielt nach Funken oder Rauch Ausschau. Er sah nichts dergleichen, und während er noch erleichtert seufzte, wurde er irgendwie gewahr, daß er nicht mehr allein im Zimmer war. Er riß den Kopf herum. Sein Unterkiefer klappte gut einen Zoll herab, und er setzte sich hin, den Blick an die Gestalt geheftet, die vier Fuß halbrechts hinter ihm stand.

Der Mann stand vollkommen gerade da, die Arme dicht an die Seiten gepreßt. Er war großgewachsen, an die sechs Fuß, und sein Hut ließ ihn noch größer erscheinen – ein völlig zylindrischer Gegenstand mit schmaler Krempe und von recht ansehnlicher Höhe. Im übrigen trug er einen hohen gestärkten Kragen mit seitlich auslaufenden Spitzen, eine graue seidene Halsbinde und einen langen, dunklen Frack mit Seidenbesatz, dazu lila-graue Hosen, unter denen die spitzen schwarzen, glänzenden Schuhe eben noch hervorschauten. Stephen mußte den Kopf zurückbeugen, um sein Gesicht zu sehen, perspektivisch verkürzt. Es sah gut aus, braungebrannt wie von südlicher Sonne. Die Augen waren groß und dunkel. Ein üppiger Schnurrbart drängte nach außen, um sich mit den gepflegten Koteletten zu vereinigen. Das Kinn und die unteren Teile der Wangen waren glatt rasiert. Die Gesichtszüge erweckten vage Erinnerungen an assyrische Skulpturen.

Selbst im ersten Augenblick des Erstaunens hatte Stephen den Eindruck, wie wenig das Ganze auch zu den Umständen passen mochte, so blieb doch kein Zweifel an seiner Solidität noch, die richtige Zeit und den rechten Ort vorausgesetzt, an seiner Eleganz. Er starrte ihn weiter an.

Der Mund des Mannes bewegte sich.

»Ich bin gekommen«, erklärte er feierlich.

»Äh … ja«, sagte Stephen. »Ich … äh … das sehe ich, aber … also, ich weiß nicht recht …«

»Du hast mich gerufen. Ich bin gekommen«, wiederholte der Mann, als sei damit alles gesagt.

Zu Stephens Verblüffung gesellte sich ein Stirnrunzeln.

»Aber ich habe kein Wort gesagt«, widersprach er. »Ich habe nur hier gesessen und …«

»Es besteht kein Grund zur Unruhe. Ich bin sicher, daß du es nicht bereuen wirst«, sagte der Mann.

»Ich bin nicht beunruhigt. Ich bin verblüfft«, sagte Stephen. »Ich verstehe nicht ...«

Die Feierlichkeit wurde von einem Anflug von Ungeduld gemindert, als der Mann wissen wollte: »Hast du nicht das Eiserne Pentagramm geformt?« Ohne die Arme zu bewegen, krümmte er drei Finger der rechten Hand, so daß der Zeigefinger im lila Handschuh allein nach unten wies. »Hast du nicht das Wort der Macht ausgesprochen?« fügte er hinzu.

Stephen schaute, wohin der Finger zeigte. Er nahm wahr, daß manche von den weggeworfenen Streifen Band tatsächlich eine grobe geometrische Figur auf dem Fußboden bildeten, mit einigem guten Willen vielleicht als Pentagramm zu bezeichnen. Aber ein *eisernes* Pentagramm, hatte der Mann gesagt ... Oh, die Eisenoxidschicht natürlich ... Hm, auch nur mit sehr viel gutem Willen, sollte man meinen ...

Aber das »Wort der Macht« ... Nun ja, es war denkbar, daß eine Stimme, die rückwärts redete, so ziemlich auf jedes Wort stoßen konnte ...

»Es sieht ganz so aus«, sagte er, »daß es hier einen kleinen Irrtum gegeben hat – ein zufälliges Zusammentreffen ...«

»Ein seltsamer Zufall«, bemerkte der Mann skeptisch.

»Aber das ist es doch, was Zufälle ausmacht, nicht wahr? Daß sie vorkommen, meine ich«, erklärte Stephen.

»Ich habe noch nie gehört, daß so etwas vorgekommen wäre – niemals«, sagte der Mann. »Wann immer ich oder meine Freunde auf diese Weise beschworen wurden, diente es dem Geschäft, und das Geschäft ist jedesmal abgeschlossen worden.«

»Das Geschäft ...?« wollte Stephen wissen.

»Das Geschäft«, wiederholte der Mann. »Sie haben

gewisse Bedürfnisse, die wir erfüllen können. Sie haben ein bestimmtes Objekt, das wir gern unserer Sammlung hinzufügen würden. Es braucht weiter nichts, als daß wir uns auf die Bedingungen einigen. Dann unterzeichnen Sie den Pakt, mit Ihrem Blut natürlich, und fertig.«

Es war das Wort »Pakt«, das den Groschen fallen ließ. Stephen fiel der schwache Geruch nach heißen Schamottsteinen ein, der durchs Zimmer gezogen war.

»Ah, ich beginne zu verstehen«, sagte er. »Das ist eine Erscheinung, eine Heimsuchung. Sie wollen sagen, Sie sind der Alte …«

Der Mann fiel ihm mit einem raschen Stirnrunzeln ins Wort: »Mein Name ist Batruel. Ich bin einer der voll akkreditierten Repräsentanten meines Herrn, sein Generalbevollmächtigter, befugt, in seinem Namen Pakte abzuschließen. Also, wenn Sie so freundlich wären, mich von diesem Pentagramm zu befreien, welches ich ausgesprochen eng zugeschnitten finde, könnten wir die Bedingungen des Paktes bequemer erörtern.«

Stephen betrachtete den Mann eine Zeitlang, dann schüttelte er den Kopf.

»Haha!« sagte er. »Haha! Haha!«

Die Augen des Mannes wurden größer. Er sah gekränkt aus.

»Ich darf Sie doch bitten!«

»Sehen Sie«, sagte Stephen. »Ich entschuldige mich für den bedauerlichen Zwischenfall, der Sie hergebracht hat. Aber wir sollten uns darüber vollkommen im klaren sein, daß Sie hier für Geschäfte jedweder Art am falschen Platz sind – am völlig falschen Platz.«

Batruel musterte ihn nachdenklich. Er hob den Kopf, und seine Nasenflügel zuckten leicht.

»Sehr merkwürdig«, kommentierte er. »Ich bemerke keinerlei Geruch von Heiligkeit.«

»Oh, das ist es nicht«, versicherte ihm Stephen. »Es ist einfach so, daß inzwischen eine ziemlich große Anzahl von euren Geschäften recht gut dokumentiert ist – und was sich ganz regelmäßig durch alle Fälle hindurchzieht, ist der Umstand, daß die andere Seite den Handel zu guter Letzt allemal bereut hat.«

»Na, sachte! Bedenken Sie, was ich anzubieten habe …«

Stephen unterbrach ihn erneut mit einem Kopfschütteln.

»Sparen Sie sich die Mühe«, empfahl er. »Ich habe Tag für Tag mit modernen dynamisch-aggressiven Handelsvertretern zu tun.«

Batruel betrachtete ihn mit betrübtem Blick.

»Ich bin eher gewohnt, mit dynamisch-aggressiven Kunden umzugehen«, gab er zu. »Also, wenn Sie ganz sicher sind, daß nicht mehr als ein bedauerlicher Fehler passiert ist, dann bleibt mir nichts weiter zu tun, als zurückzukehren und es zu erklären. Meines Wissens ist so etwas noch nie geschehen – obwohl es natürlich nach den Gesetzen des Zufalls irgendwann geschehen mußte. Ich habe einfach Pech gehabt. Also schön. Auf Wiedersehen – oh, was sag' ich denn? –, ich meine, leben Sie wohl, mein Freund. Ich bin bereit!«

Seine Positur war bereits starr geworden; nun, da er die Augen schloß, wurde auch sein Gesicht hölzern.

Nichts geschah.

Batruels Unterkiefer entspannte sich.

»Also, sagen Sie's!« rief er gereizt.

»Was soll ich sagen?« erkundigte sich Stephen.

»Das andere Wort der Macht natürlich. Die Entlassung.«

»Aber ich kenne es nicht. Ich habe keine Ahnung von irgendwelchen Worten der Macht«, entgegnete Stephen.

Batruels Augenbrauen senkten sich und näherten sich einander an.

»Wollen Sie mir sagen, Sie können mich nicht zurückschicken?« wollte er wissen.

»Wenn man dazu ein Wort der Macht braucht, kann ich es jedenfalls nicht«, erklärte Stephen.

Ein Ausdruck von Bestürzung erschien auf Batruels Gesicht.

»Aber das ist unerhört ... Was soll ich tun? Ich *brauche* entweder einen abgeschlossenen Pakt *oder* das Wort der Entlassung.«

»Na schön, nennen Sie mir das Wort, und ich sage es«, bot Stephen an.

»Aber ich kenne es nicht«, beteuerte Batruel. »Ich habe es nie gehört. Alle, die mich bisher beschworen haben, waren darauf aus, ein Geschäft abzuschließen und den Pakt zu unterzeichnen ...« Er machte eine Pause. »Es würde die Sache sehr vereinfachen, wenn Sie sich durchringen könnten ... Nein? Oh, das ist wirklich äußerst mißlich. Ich weiß absolut nicht, was wir tun sollen ...«

An der Tür ertönte ein Geräusch, gefolgt von mehrfachem Klopfen von Dilys' Zehe – zum Zeichen, daß sie ein Tablett trug. Stephen ging zur Tür und öffnete sie vorläufig nur einen Spaltbreit.

»Wir haben einen Besucher«, warnte er sie. Er wollte nicht, daß sie vor lauter Überraschung das Tablett fallen ließ.

»Aber wie ...?« begann sie, und als er die Tür weiter öffnete, ließ sie dann doch beinahe das Tablett fallen. Stephen nahm es ihr aus den Händen, während sie mit großen Augen dastand, und stellte es sicher ab.

»Liebling, das ist Mr. Batruel – meine Frau«, sagte er.

Batruel, der noch immer starr gerade stand, wirkte nun nicht nur beengt, sondern auch verlegen. Er wandte den Kopf in ihre Richtung und deutete ein Nicken an.

»Bin entzückt, Ma'am«, sagte er. »Verzeihen Sie gütigst meinen Stil, doch ich bin in meinen Bewegungen aufs unglücklichste eingeschränkt. Wenn Ihr Gatte die

Freundlichkeit haben würde, dieses Pentagramm zu öffnen ...«

Dilys starrte ihn noch immer an und ließ anerkennend den Blick über seine Kleidung schweifen.

»Ich ... ich fürchte, ich verstehe nicht recht«, beklagte sie sich.

Stephen tat sein Bestes, die Situation zu erklären.

Als er fertig war, sagte sie: »Also ich weiß wirklich nicht ... Wir müssen überlegen, was sich da machen läßt, nicht wahr? Es ist so schwierig – nicht, daß er bloß ein gewöhnlicher Vertriebener wäre, meine ich.« Sie betrachtete weiter nachdenklich Batruel und fügte dann hinzu: »Steve, wenn du ihm tatsächlich deutlich gemacht hast, daß wir nichts unterschreiben werden, glaubst du nicht, du könntest ihn da rauslassen? Es sieht sehr danach aus, als ob es ihm da unbequem wäre.«

»Danke, Ma'am. Ich fühle mich in der Tat unbehaglich«, sagte Batruel dankbar.

Stephen überdachte es.

»Schön, da er nun einmal hier ist und wir wissen, wie wir zueinander stehen, wird es vielleicht nichts schaden«, gab er zu. Er bückte sich und schob ein Stück Band auf dem Boden beiseite.

Batruel trat aus dem unterbrochenen Pentagramm heraus. Mit der rechten Hand zog er den Hut, mit der linken rückte er andeutungsweise seine Halsbinde zurecht. Er wandte sich Dilys zu und verneigte sich, auch das sehr elegant, Schuhspitze zurückgesetzt, die linke Hand an einem nicht vorhandenen Degengriff, den Hut vors Herz gehalten.

»Ihr Diener, Ma'am.«

Er wiederholte die Übung zu Stephen hin.

»Ihr Diener, Sir.«

Stephens Erwiderung ließ guten Willen erkennen, doch ihm war durchaus bewußt, daß sie gegen den Stil des Besuchers abfiel. Es folgte eine peinliche Pause.

Dilys brach das Schweigen, indem sie sagte: »Dann sollte ich wohl noch eine Tasse holen.«

Sie ging aus dem Zimmer, kehrte zurück und übernahm die Führung der Konversation.

»Sie ... äh ... Sie haben England in letzter Zeit keinen Besuch abgestattet, Mr. Batruel?« vermutete sie.

Batruel wirkte gelinde erstaunt.

»Was veranlaßt Sie, das zu glauben, Mrs. Tramon?«

»Oh, ich ... ich dachte nur ...«, sagte Dilys unbestimmt.

»Meine Frau denkt an Ihre Kleidung«, erklärte Stephen. »Außerdem, wenn Sie verzeihen, daß ich es erwähne, bringen Sie ein wenig die Zeiten durcheinander. Der Stil Ihrer Verbeugung beispielsweise liegt mindestens zwei Generationen vor dem Ihrer Kleidung, würde ich sagen.«

Batruel schien ein wenig irritiert. Er schaute an sich herab. »Als ich letztes Mal hier war, habe ich besonders auf die Mode geachtet«, sagte er enttäuscht.

Dilys schaltete sich ein. »Machen Sie sich keine Gedanken deswegen, Mr. Batruel. Es ist ein schöner Anzug – und so gutes Material.«

»Aber nicht ganz in der aktuellen *Façon*?« sagte Batruel nachdrücklich.

»Na ja, nicht ganz«, gab Dilys zu. »Ich nehme an, Sie verlieren ein wenig den Anschluß – da, wo Sie leben.«

»Das mag sein«, gestand Batruel. »Im siebzehnten und achtzehnten Jahrhundert hatten wir in dieser Gegend ziemlich viele Geschäfte, aber im Laufe des neunzehnten gingen sie arg zurück. Ein bißchen kommt natürlich immer noch zusammen, aber es ist eine Frage des Zufalls, wer gerade für die einzelnen Bezirke im Einsatz ist, und es hat sich ergeben, daß ich selbst hier im neunzehnten Jahrhundert nur einmal erschienen bin und im gegenwärtigen bisher überhaupt nicht. Sie können sich also vorstellen, was es mir für eine Freude war, von Ihrem Gatten beschworen zu werden, mit welch großen Hoffnungen auf wechselseitig vorteilhaften Handel ich mich einstellte …«

»Na, na! Genug davon …«, fiel ihm Stephen ins Wort.

»Oh, ja, natürlich. Entschuldigen Sie. Das alte Schlachtroß, wenn es den Kampf riecht, Sie verstehen.«

Es folgte eine Pause. Dilys betrachtete den Besucher nachdenklich. Für jemanden, der sie so gut wie ihr Ehemann kannte, war es klar, daß in ihr ein halbherziger Kampf vor sich ging und daß die Neugier den Sieg davontragen dürfte.

Schließlich sagte sie: »Ich hoffe, Ihre Missionen in England haben Ihnen nicht immer Enttäuschungen eingebracht, Mr. Batruel?«

»Oh, keineswegs, Ma'am. Meine Besuche in Ihrem Land sind mir aufs erfreulichste in Erinnerung. Mir fällt da ein Besuch bei einem Adepten ein, der in der Nähe von Winchester lebte – es muß so Mitte des sechzehnten Jahrhunderts gewesen sein, denke ich –, der einen einträglichen Besitz, einen Titel und eine Frau aus adliger Familie haben wollte. Wir konnten ihn mit einem hübschen Anwesen unweit von Dorchester versorgen – ich glaube, seine Nachkommen besitzen es bis auf den heutigen Tag. Dann war da noch einer, ein ziemlich junger Mann im frühen achtzehnten Jahrhundert, der es sich in den Kopf gesetzt hatte, ein gutes Einkommen und die Gelegenheit zu erhalten, in die höfische Gesellschaft einzuheiraten. Wir befriedigten seine Wünsche, und sein Blut kursiert jetzt an einigen recht überraschenden Orten. Und gleich ein paar Jahre später war da ein anderer junger Mann, ein ziemlich beschränkter Bursche, der einfach ein berühmter Stückeschreiber und geistreicher Kopf werden wollte. Das ist schwieriger, aber wir brachten es zuwege. Es sollte mich nicht überraschen, wenn seine Name heute noch bekannt ist. Er war …«

»Gut und schön«, unterbrach ihn Stephen. »Fein für die Nachkommen, aber was geschah mit den Protagonisten?«

Batruel zog leicht die Schultern hoch.

»Nun ja, ein Handel ist ein Handel. Ein Vertrag, aus freien Stücken abgeschlossen ...«, sagte er tadelnd. »Obwohl ich selbst in letzter Zeit nicht hier gewesen bin«, fuhr er fort, »weiß ich von meinen Kollegen, daß die Wünsche, wenngleich sie in Einzelheiten abweichen, im Grunde ganz dieselben sind. Titel sind noch beliebt, besonders bei den Ehefrauen der Kunden. Ebenso der Eintritt in die gute Gesellschaft – was jetzt dafür gilt. Desgleichen das hübsche Landhaus, und heute liefern wir es natürlich mit allen modernen Bequemlichkeiten, sowie ein *Pied-à-terre* in Mayfair. Lieferten wir früher einen kompletten Pferdestall, bieten wir jetzt einen Bent-Rollsley-Tourenwagen, vielleicht ein Privatflugzeug ...«, fuhr er mit verträumtem Gesichtsausdruck fort.

Stephen hielt die Zeit für gekommen, sich einzuschalten.

»Ein Bent-Rollsley, also wirklich! Sie sollten nächstes Mal Ihr Handbuch für Marktforschung sorgfältiger lesen. Und jetzt wäre ich Ihnen verbunden, wenn Sie aufhören würden, meine Frau in Versuchung zu führen. Sie ist nicht diejenige, die dafür bezahlen müßte.«

»Nein«, stimmte Batruel zu. »Das ist typisch für Frauen. Sie müssen immer für etwas bezahlen, doch je mehr sie bekommen, um so weniger kostet es sie. Also Ihre Frau hätte ein viel leichteres Leben, keine Arbeit, Dienstboten, um ...«

»Hören Sie gefälligst auf!« sagte Stephen. »Inzwischen müßte Ihnen aufgegangen sein, daß Ihr System altmodisch ist. Wir sind klüger geworden. Es hat seine Anziehungskraft verloren.«

Batruel schaute zweifelnd drein.

»Unseren Berichten zufolge ist die Welt immer noch ein sehr böser Ort«, wandte er ein.

»Das können Sie laut sagen, aber der bösere Teil davon kann mit Ihren altmodischen Bedingungen nichts anfangen. Er zieht es in der Regel vor, viel für wenig zu bekommen, wenn er nicht etwas ganz umsonst kriegen kann.«

»Ziemlich unmoralisch«, murmelte Batruel. »Man sollte Prinzipien haben.«

»Mag sein, aber so ist es nun mal. Außerdem hängt jetzt alles viel enger zusammen. Wie, glauben Sie, sollte ich einen unvermittelt auftauchenden Titel dem Debrett-Register klarmachen, einen plötzlichen Vermögenszuwachs dem Finanzamt oder auch nur eine neue Villa der Planungsbehörde? Man muß den Tatsachen ins Auge sehen.«

»Oh, ich denke, das könnte alles zufriedenstellend geregelt werden«, sagte Batruel.

»Also daraus wird nichts. Es gibt heutzutage nur eine Möglichkeit, wie jemand plötzlich reich werden kann. Das ist … Himmel …!« Er verstummte unvermittelt und verfiel in Nachdenken.

Batruel sagte zu Dilys: »Welch ein Jammer, daß Ihr Mann sich so unterschätzt. Er hat große Möglichkeiten. Das sieht man auf den ersten Blick. Mit ein wenig Kapital in der Hinterhand hätte er so gute Gelegenheiten, solche Perspektiven … Und die Welt hat einem reichen Mann immer noch so viel zu bieten – und seiner Frau natürlich: Anerkennung, Autorität, Hochseeyachten … Man wird den Eindruck nicht los, daß er seine Talente momentan vergeudet …«

Dilys warf einen Blick auf ihren in Gedanken versunkenen Mann.

»Spüren Sie das auch? Ich habe schon oft gedacht, daß sie ihn in der Firma nicht angemessen zu schätzen wissen …«

»Kanzleiintrigen höchstwahrscheinlich«, sagte Batruel. »So manchen jungen Mannes Begabungen werden davon niedergehalten. Doch mit Unabhängigkeit und einer Frau – wenn ich so sagen darf, einer klugen und schönen jungen Frau –, die ihm zur Seite steht, sehe ich keinen Grund, warum er nicht ...«

Stephen hatten ihm wieder seine Aufmerksamkeit zugewandt.

»Direkt aus dem Handbuch des Versuchers, Kapitel eins, würde ich annehmen«, bemerkte er vorwurfsvoll. »Also hören Sie auf damit, bitte schön, und versuchen Sie sich den Tatsachen zu stellen. Wenn Sie die erst mal erfaßt haben, bin ich bereit, Geschäfte mit Ihnen in Betracht zu ziehen.«

Batruels Gesicht hellte sich ein wenig auf.

»Ah«, sagte er. »Ich dachte mir, daß Sie, wenn Sie ein wenig Zeit hätten, die Vorteile unseres Angebots zu bedenken ...«

Stephen unterbrach ihn.

»Passen Sie auf«, sagte er. »Die erste Tatsache, der sie ins Auge blicken müssen, ist, daß ich keinerlei Verwendung für Ihre üblichen Bedingungen habe – Sie können also ihre Bemühungen einstellen, mit meiner Frau zusammen eine Lobby zu bilden.

Die zweite Tatsache: *Sie* sind es, der in der Klemme steckt, nicht ich. Wie, meinen Sie, fahren Sie jemals wieder zur ... äh ... also dahin, wo Sie eben herkommen, wenn ich Ihnen nicht helfe?«

»Ich schlage ja weiter nichts vor, als daß Sie sich selbst helfen, indem Sie mir helfen«, bemerkte Batruel.

»Immer dieselbe Tour, was? Also hören Sie. Ich sehe drei Möglichkeiten, wie wir weiter verfahren. Erstens: Wir finden jemanden, der uns das Wort der Macht für Ihre Entlassung nennt. Wissen Sie, wie wir das bewerkstelligen? – Nein? Also ich auch nicht.

Dann zweitens: Ich könnte den Vikar hier in der

Nachbarschaft bitten, daß er mal vorbeischaut und Sie exorziert. Ich nehme an, er würde mir gern den Gefallen tun. Womöglich würde er später sogar heiliggesprochen werden, weil er der Versuchung widerstand ...«

Batruel erschauderte.

»Nur das nicht«, widersprach er. »Ein Freund von mir ist einmal im fünfzehnten Jahrhundert exorziert worden. Er fand das damals kreuzgefährlich und entsetzlich schmerzhaft, und er hat sein Selbstvertrauen bis heute nicht vollends zurückgewonnen.«

»Sehr gut ... Dann wäre da noch die dritte Möglichkeit. Gegen eine hübsche runde Summe Geld ohne irgendwelche weiteren Verpflichtungen würde ich es unternehmen, jemanden zu finden, der bereit ist, mit Ihnen einen Pakt abzuschließen. Wenn Sie ihn dann hübsch unter Dach und Fach haben, können Sie von einer in Ehren erfüllten Mission zurückkehren. Wie gefällt Ihnen das?«

»Überhaupt nicht«, erwiderte Batruel prompt. »Sie versuchen einfach, zwei Leistungen für den Preis von einer zu bekommen. Unsere Buchhalter würden das niemals genehmigen.«

Stephen schüttelte betrübt den Kopf.

»Kein Wunder, daß es mit Ihrer Firma bergab geht. In all den Jahrtausenden, die Sie im Geschäft sind, scheinen Sie nie auch nur einen Schritt über das Konzept der ersten Hypothek hinausgekommen zu sein. Sie sind sogar bereit, das eigene Kapital einzusetzen, wo Sie fremdes benutzen sollten. So kommen Sie nicht weiter. Nach meinem Plan dagegen bekomme ich etwas Geld, Sie bekommen Ihren Pakt, und das einzige eingesetzte Kapital sind ein paar Shilling von mir.«

»Ich sehe nicht, wie das gehen soll«, sagte Batruel skeptisch.

»Ich versichere Ihnen, es funktioniert. Es kann sein, daß Sie ein paar Wochen hierbleiben müssen, aber wir können Sie oben im freien Zimmer unterbringen. Also, spielen Sie Fußball?«

»Fußball?« wiederholte Batruel unbestimmt. »Ich glaube nicht. Wie geht das?«

»Gut, Sie werden sich mit den Prinzipien und der Taktik des Spiels vertraut machen müssen. Aber das Entscheidende ist: Ein Spieler muß präzise zutreten. Wenn der Ball also nicht genau dort ist, wo er erwartet wird, dann geht diese Präzision verloren, mit ihr die Gelegenheit und schließlich das ganze Spiel. Verstehen Sie das?«

»Ich denke schon.«

»Dann wird Ihnen klar sein, daß ein kleiner Stups gegen den Ball um vielleicht einen Zoll im kritischen Moment eine Menge bewirken kann – es bedarf keinerlei unsportlicher Grobheiten oder Körperverletzungen. Das Ergebnis eines Spiels könnte ziemlich unerverdächtig gestaltet werden. Es brauchte weiter nichts als einen hübsch koordinierten Stups von einem der Dämonen, die sie für die praktische Arbeit verwenden. Das zu arrangieren sollte Ihnen keine große Mühe machen.«

»Nein«, stimmte Batruel zu. »Es müßte ziemlich einfach sein. Aber ich verstehe nicht recht …«

»Ihr Problem, alter Junge, ist, daß Sie hoffnungslos den Anschluß ans moderne Leben verpaßt haben, trotz all Ihren Berichten«, erklärte Stephen. »Dilys, wo ist dieses Fußballtoto-Formular?«

Eine Stunde später begann Batruel die Möglichkeiten zu erfassen.

»Ja, ich verstehe«, sagte er. »Mit ein wenig Studium der technischen Einzelheiten dürfte es nicht schwierig sein, eine Niederlage oder ein Unentschieden oder vielleicht sogar einen Sieg herzustellen, je nach Bedarf.«

»Genau«, sagte Stephen anerkennend. »Also, das hätten wir. Ich fülle den Totoschein aus und gebe ein paar Shilling dafür aus, damit alles seine Richtigkeit hat. Sie regeln die Spiele. Und ich kassiere hübsch – ganz ohne häßliche Fragen wegen der Steuer.«

»Für Sie mag das alles sehr schön sein«, gab Batruel zu bedenken, »aber ich sehe nicht, wie ich dabei zu meinem Pakt komme, es sei denn, Sie …«

»Hier kommen wir zur nächsten Phase«, sagte Stephen. »Als Gegenleistung für meine Gewinne unternehme ich es, binnen – sagen wir, sechs Wochen? – jemanden zu finden, der einen Pakt mit Ihnen unterzeichnet. Genügt das? Gut. Dann wollen wir eine entsprechende Vereinbarung treffen. Dilys, hol mir ein Blatt Schreibpapier, bitte, und wir brauchen etwas Blut – oh, wie dumm von mir, Blut haben wir ja schon …«

Fünf Wochen später hielt Stephen seinen Bentley vor dem Northpark Hotel an, und einen Augenblick später kam Batruel die Treppe herab. Den Gedanken, ihn daheim im oberen Zimmer unterzubringen, hatten sie nach ein paar Tagen aufgeben müssen. Sein Drang, jemanden in Versuchung zu führen, war bei ihm ein unkontrollierbarer Reflex und erwies sich als unvereinbar mit dem häuslichen Frieden, so daß er in ein Hotel umziehen mußte, wo er die Ergebnisse weniger unpassend und die Gelegenheiten vielfältiger fand.

Als er durch die Drehtür kam, machte er eine Figur, die sich sehr von seinem ersten Erscheinen in Stephens Wohnzimmer unterschied. Seine Koteletten waren weg, der üppige Schnurrbart aber immer noch vorhanden. Der Frack war durch einen makellos geschnittenen grauen Anzug ersetzt worden, der bemerkenswerte Zylinder durch einen grauen Filzhut, die Halsbinde durch einen Schlips mit Streifen, die sich in diskreter Weise um eine Nuance von den Farben der Garde unterschieden. Seine Erscheinung war nun die eines wohlsituierten, gutaussehenden, etwa vierzigjährigen Mannes des späteren zwanzigsten Jahrhunderts.

»Steigen Sie ein«, sagte Stephen zu ihm. »Haben Sie das Paktformular dabei?«

Batruel klopfte auf seine Tasche.

»Ich trage es immer bei mir. Man kann nie wissen …«, sagte er, und sie fuhren los.

Als Stephen zum ersten Mal in der höchsten Risikoklasse gewann, hatte es entgegen seinen Hoffnungen, anonym zu bleiben, erhebliches öffentliches Interesse gegeben. Es ist schwieriger, als man denkt, einen unverhofften Gewinn von 220 000 £ geheimzuhalten. Er und Dilys waren vorsorglich untergetaucht, ehe der nächste Gewinn fällig war – diesmal 210 000 £. Als es daran ging, ihm den dritten Scheck auszuschreiben – über 225 000 £ –, hatte es ein gewisses Zögern gegeben, nicht daß sie etwas daran auszusetzen gehabt hätten, denn da war nichts auszusetzen, die Vorhersage stand schwarz auf weiß geschrieben; doch die Totogesellschaft war ins Grübeln gekommen, und daraufhin hatte sie ihre Vertreter zu Stephen geschickt. Einer davon, ein ernsthafter junger Mann mit Brille, hatte recht eindringlich über die Gesetze der Wahrscheinlichkeit gesprochen und dann eine Zahl mit einer atemberaubenden Menge Nullen vorgezeigt, von der er behauptete, sie verkörpere die Chancen gegen einen dreimaligen Gewinn in der höchsten Risikoklasse.

Stephen zeigte Interesse. Sein System, sagte er, müsse wohl noch besser sein, als er geglaubt hatte, wenn er damit gegen eine derart astronomische Unwahrscheinlichkeit gewann.

Der junge Mann wollte etwas über sein System hören. Stephen hatte es jedoch abgelehnt, darüber zu sprechen – doch er hatte angedeutet, daß er vielleicht nicht abgeneigt wäre, einige Aspekte mit dem Chef von Gripshaws Totogesellschaft zu erörtern. Und so waren sie nun unterwegs zu einem Gespräch mit Sam Gripshaw persönlich.

Das Hauptbüro der Gesellschaft stand an einer der neuen Ausfallstraßen, ein bißchen zurückgesetzt hinter einer glatten Wiese, die mit Salbeibeeten geschmückt war. Ein livrierter Pförtner grüßte, als Stephen den Wagen auf den Parkplatz fuhr. Wenige Augenblicke später wurden sie in ein geräumiges Büro geführt, wo Sam Gripshaw schon aufgestanden war, um sie zu begrüßen. Stephen schüttelte ihm die Hand und stellte seinen Begleiter vor.

»Das ist Mr. Batruel, mein Berater«, erklärte er.

Sam Gripshaws zunächst oberflächlicher Blick auf Batruel wurde eingehend und forschend. Einen Augenblick lang schien er nachdenklich zu werden. Dann wandte er sich wieder Stephen zu.

»Nun, zunächst sollte ich Ihnen gratulieren, junger Mann. Sie sind bei weitem der größte Gewinner in der ganzen Geschichte des Wettunternehmens. Sechshundertfünfundfünfzigtausend Pfund, höre ich – sehr hübsch, wirklich sehr hübsch. Aber« – er schüttelte den Kopf – »das kann nicht so weitergehen, wissen Sie. Es kann nicht so weitergehen ...«

»Oh, das würde ich nicht sagen«, erwiderte Stephen liebenswürdig, als sie sich setzten.

Wieder schüttelte Sam Gripshaw den Kopf.

»Einmal ist Glück, zweimal könnte außerordentlich großes Glück sein, dreimal riecht schon ziemlich merkwürdig, viermal würde das ganze Gewerbe erschüttern, fünfmal, und es wäre praktisch erledigt. Niemand wird auch nur ein paar Kröten gegen unerschütterliche Sicherheit setzen. Das gilt es zu bedenken. Sie haben ein System, sagen Sie?«

»*Wir* haben ein System«, berichtigte Stephen. »Mein Freund, Mr. Batruel ...«

»Ach ja – Mr. Batruel.« Sam Gripshaw betrachtete ihn abermals eingehend. »Ich nehme an, Sie möchten mir nicht ein bißchen über Ihr System erzählen?«

»*Das* können Sie schwerlich von uns erwarten ...«, protestierte Stephen.

»Nein, vermutlich nicht«, gab Sam Gripshaw zu. »Trotzdem, Sie könnten es ebensogut auch tun. Sie können nicht damit weitermachen ...«

»Weil wir sonst Ihr ganzes Gewerbe ruinieren? Nun, das wollen wir natürlich nicht. Das ist eigentlich der Grund, warum wir hier sind. Mr. Batruel hat Ihnen einen Vorschlag zu unterbreiten.«

»Lassen Sie hören«, sagte Mr. Gripshaw.

Batruel stand auf.

»Sie haben hier ein sehr schönes Geschäft, Mr. Gripshaw. Es wäre überaus betrüblich, wenn es das Vertrauen der Öffentlichkeit verlieren würde – sowohl für die Öffentlichkeit als auch für Sie. Ich brauche das nicht zu betonen, denn ich habe bemerkt, daß Sie vermieden haben, den dritten Gewinn meines Freundes, Mr. Tramons, publik zu machen. Sehr klug von Ihnen, Sir, wenn ich das sagen darf. Das hätte einen gewissen Hauch von Niedergeschlagenheit auslösen können ... Nun, ich bin in der glücklichen Lage, Ihnen ein Mittel anzubieten, durch das die Gefahr, daß solch eine Situation erneut eintritt, definitiv ausgeschlossen werden kann. Es wird Sie keinen Penny kosten, und dennoch ...«

Mit der Miene eines Künstlers, der zu seinem geliebten Pinsel greift, ging er schwungvoll zur Versuchung über. Sam Gripshaw hörte ihm geduldig zu, bis er mit den Worten schloß: »... und als Gegenleistung für diese ... diese reine Formalität bin ich bereit, dafür zu sorgen, daß weder unser Freund hier, Mr. Stephen Tramon, noch irgend jemand anders von mir künftig irgendwelche Hilfe bei, äh, Vorhersagen erhält. Die Notlage wird dann vorüber sein, und Sie werden imstande sein, Ihrem Geschäft mit dem Vertrauen nachzugehen, das es zweifellos verdient.«

Mit elegantem Schwung holte er sein Formular für den Pakt hervor und legte es auf den Schreibtisch.

Sam Gripshaw griff danach und überflog es. Zu Stephens ziemlich großer Überraschung nickte er, fast ohne zu zögern.

»Scheint hinreichend klar zu sein«, sagte er. »Ich sehe, daß ich kaum in der Lage bin zu widersprechen. In Ordnung. Ich unterschreibe.«

Batruel lächelte glücklich. Er trat vor, ein kleines Federmesser in der Hand.

Als er unterschrieben hatte, wickelte sich Sam Gripshaw ein sauberes Taschentuch um den Unterarm. Batruel nahm den Pakt und trat einen Schritt zurück, wobei er sacht mit ihm wedelte, um die Unterschrift trocknen zu lassen. Dann betrachtete er den Pakt mit stillem Vergnügen, faltete ihn sorgsam und steckte ihn in die Tasche.

Er verbeugte sich vor den beiden. In seiner Hochstimmung versagte wieder sein Gefühl für das Zeitalter. Er machte eine elegante Verbeugung nach Art des achtzehnten Jahrhunderts.

»Ihr Diener, meine Herren.«

Und schlagartig war er verschwunden, ohne mehr als eine winzige Spur Schwefel in der Luft zurückzulassen.

Es war Sam Gripshaw, der das folgende Schweigen brach.

»Gut, *den* sind wir also los – und er kann nicht zurückkommen, ehe ihn jemand beschwört«, fügte er mit Befriedigung hinzu. Er wandte sich Stephen zu, um ihn zu mustern. »Sie haben es ziemlich gut gemacht, junger Mann, nicht wahr? *Sie* stecken mehr als eine halbe Million Pfund dafür ein, daß Sie ihm *meine* Seele verkaufen. Das nenne ich Geschäftssinn. Ich wünschte, ich hätte mehr davon gehabt, als ich jünger war.«

»Nun, Sie scheinen jedenfalls nicht sehr beunruhigt zu sein«, sagte Stephen mit spürbarer Erleichterung in der Stimme.

»Nein. Ich mache mir deswegen keine Sorgen«, erklärte Mr. Gripshaw. »*Er* ist es, der sich Sorgen machen wird. Das gibt einem zu denken, nicht wahr? Seit Jahrtausenden sind er und seinesgleichen im Geschäft – und sie haben *immer noch* kein System hineingekriegt. Was man heutzutage braucht, ist Organisation – das ganze Geschäft in der Hand, so daß man weiß, wo man steht und was Sache ist. Viel zu altmodisch, diese Leute. Es wird Zeit, daß sie ein paar Experten für Rationalisierung dransetzen.«

»Na ja, sie sind vielleicht nicht sehr raffiniert«, stimmte Stephen zu. »Aber immerhin ist sein Bedarf ziemlich spezifisch, und er *hat* ja bekommen, worauf er aus war.«

»Ha! Warten Sie ab, bis er Gelegenheit hatte, in die Akten zu schauen – falls die da unten wissen, was Akten sind. Was meinen Sie, wie ich seinerzeit überhaupt an genug Kapital gekommen bin, um mit diesem Unternehmen anzufangen …?«

Arthur Porges

Jahrgang 1915, ist ein US-amerikanischer Schriftsteller, der im Hauptberuf Mathematik unterrichtet hat. Seine erste Science-Fiction-Erzählung »Die Ratten« erschien 1951, es folgten rund siebzig weitere, sowohl SF als auch Fantasy. Da sie nie in einem Buch gesammelt wurden, sind die meisten trotz ihrer überdurchschnittlichen Qualität heute nur noch schwer aufzufinden und weitgehend vergessen, abgesehen von ein paar Geschichten, die ab und zu in Anthologien klassischer SF oder Fantasy auftauchen. Dazu gehören u. a. die Zeitreisegeschichte »Der Retter« (1962) und »Das Ruum« (1953), wo sich ein Mann in den Rocky Mountains unserer Tage einem außerirdischen Roboter gegenüber sieht, der seit den Zeiten der Dinosaurier Tiere einfängt und in einer Art Stasisfeld konserviert.

Als besonders starker Erzähler hat sich Arthur Porges in seiner Fantasy erwiesen. Sie ist größtenteils von der Art, die typische Gestalten des Märchens und der Phantastik im Alltag der Gegenwart auftreten läßt, was fast immer ausgesprochen komische Effekte ergibt – wie auch die folgende Geschichte zeigt. Wieder geht es um einen Teufelspakt. Ob der Teufel diesmal besser abschneidet als in der vorigen Erzählung? Immerhin hat er es nicht mehr wie bei John Wyndham mit einem gerissenen Geschäftsmann zu tun, sondern mit einem Mathematiker, wie Porges selbst einer ist, und die gelten ja allgemein als etwas ungeschickt in Dingen des praktischen Lebens ...

Der Teufel und Simon Flagg

Nach mehreren Monaten überaus angestrengter Arbeit, die das Studium zahlloser ausgeblichener Manuskripte einschloß, gelang es Simon Flagg, der Teufel zu beschwören. Als kenntnisreiche Spezialistin für das Mittelalter hatte seine Frau unschätzbare Hilfe geleistet. Selbst nur Mathematiker, war er schwerlich geeignet, lateinische Manuskripte zu entziffern, insbesondere wenn sie durch seltene Begriffe aus der Dämonologie des zehnten Jahrhunderts kompliziert wurden; so war es ein glücklicher Umstand, daß sie für derlei Dokumente ein Gespür hatte.

Nachdem das einleitende Geplänkel vorbei war, setzten sich Simon und der Teufel hin, um ernsthaft in Verhandlungen zu treten. Der Teufel war mürrisch, denn Simon hatte etliche seiner bewährtesten Gambits wachsam abgelehnt und jedesmal den tödlichen Haken in dem verlockenden Köder entdeckt.

»Wie wär's, wenn Sie sich zur Abwechslung einmal ein Angebot von mir anhören?« schlug Simon schließlich vor. »Zumindest ist es klipp und klar.«

Der Teufel drehte nervös seine Schwanzspitze mit einer Hand, ganz ähnlich wie ein Mann, der mit seiner Schlüsselkette spielt. Offensichtlich war er gekränkt.

»In Ordnung«, stimmte er mit brummiger Stimme zu. »Es kann nicht schaden. Lassen Sie Ihr Angebot hören.«

»Ich werde eine bestimmte Frage stellen«, begann Simon, und die Miene des Teufels hellte sich auf, »die binnen vierundzwanzig Stunden beantwortet werden muß. Wenn Sie das nicht können, müssen Sie mir 100 000 $ zahlen. Im Vergleich zu dem, was sonst von Ihnen verlangt wird, ist das bescheiden. Keine Milliarden, keine Schöne Helena auf einem Tigerfell. Natürlich darf es keinerlei Repressalien geben, falls ich gewinne.«

»Also wissen Sie!« fauchte der Teufel. »Und was ist *Ihr* Einsatz?«

»Wenn ich verliere, werde ich für eine beliebige kurze Zeit Ihr Sklave sein. Keine Foltern, kein Verlust der Seele – nicht für lumpige 100 000 $. Ich werde auch keinen Verwandten oder Freunden Leid zufügen. Obwohl«, räumte er nachdenklich ein, »es da Ausnahmen gibt.«

Der Teufel blickte mißmutig drein und zog pikiert an seinem gespaltenen Schwanz. Nachdem er schließlich nach einem besonders heftigen Ruck schmerzhaft das Gesicht verzogen hatte, distanzierte er sich.

»Tut mit leid«, sagte er kategorisch. »Ich handle nur mit Seelen. An Sklaven besteht kein Mangel. Sie würden staunen, wie viele kostenlose, aufrichtige Dienste mir Menschen erweisen. Aber ich tue folgendes. Wenn ich Ihre Frage nicht in der gegebenen Zeit beantworten kann, bekommen Sie keine armseligen 100 000 $, sondern jede vernünftige Summe. Zusätzlich biete ich Gesundheit und Glück, solange Sie leben. Wenn ich sie beantworte – nun ja, Sie kennen die Konsequenzen. Mehr habe ich nicht anzubieten.« Er griff eine brennende Zigarre aus der Luft und paffte sie in wachsamem Schweigen.

Simon starrte blicklos vor sich hin. Kleine feuchte Flecken erschienen auf seiner Stirn. Im Grunde seines Herzens hatte er gewußt, wie die Bedingungen des Teufels lauten würden. Dann verkrampften sich seine Kiefermuskeln. Er würde seine Seele wetten, daß niemand – Mensch, Tier oder Teufel – *diese* Frage in vierundzwanzig Stunden beantworten könnte.

»Schließen Sie meine Frau in die Versorgung mit Glück und Gesundheit ein, und wir sind uns einig«, sagte er. »Erledigen wir's.«

Der Teufel nickte. Er nahm den Zigarrenstummel aus dem Mund, beäugte ihn widerwillig und berührte ihn mit einem krallenbewehrten Zeigefinger. Augenblicklich wurde ein großes rosa Pfefferminzstück daraus, an dem er mit lautem Vergnügen lutschte.

»Was Ihre Frage betrifft«, sagte er, »so muß es eine Antwort darauf geben, oder unser Vertrag wird null und nichtig. Im Mittelalter liebten es die Leute, Rätsel aufzugeben. Ein paar kamen mir mit Paradoxen wie jenem von dem Dorf, wo es einen Barbier gibt, der alle rasiert mit Ausnahme derer, die sich selbst rasieren. ›Wer rasiert den Barbier?‹ fragten sie. Nun bewirkt, wie Russell festgestellt hat, dieses ›alle‹, daß eine solche Frage bedeutungslos und folglich nicht zu beantworten ist.«

»Meine Frage ist einfach eine Frage – kein Paradoxon«, versicherte ihm Simon.

»Sehr gut. Ich werde sie beantworten. Worüber grinsen Sie?«

»Nichts«, sagte Simon und brachte sein Gesicht unter Kontrolle.

»Sie haben gute Nerven«, sagte der Teufel finster, aber anerkennend, während er ein Stück Pergament aus der Luft griff. »Wenn ich mich entschlossen hätte, als ein bestimmtes Ungeheuer zu erscheinen, welches die besten Züge Ihres Gorillas mit denen des Venusianischen Größeren Kleeps vereint, einem Tier – ich glaube, man kann ihn so nennen – von einmaligem Aussehen, dann möchte ich wissen, ob Ihre Gelassenheit …«

»Sie brauchen es nicht auszuprobieren«, sagte Simon eilig. Er nahm den dargebotenen Vertrag, und zufrieden, daß alles seine Richtigkeit hatte, klappte er sein Taschenmesser auf.

»Augenblick«, wandte der Teufel ein. »Lassen Sie es mich sterilisieren, Sie könnten sich eine Infektion holen.« Er hielt die Klinge an die Lippen, blies sacht, und der Stahl glühte kirschrot auf. »Bitte sehr. Nun ein wenig … hm … Tinte an die Spitze, und wir sind fertig. Zweite Zeile von unten bitte, ich unterschreibe auf der letzten.«

Simon zögerte und starrte die feuchte rote Spitze an.

»Unterschreiben Sie«, drängte ihn der Teufel, und Simon straffte die Schultern und tat es.

Nachdem er elegant die eigene Unterschrift hinzugesetzt hatte, rieb sich der Teufel die Hände, musterte Simon mit einem unverhohlen besitzergreifenden Blick und sagte leutselig: »Her mit der Frage! Sobald ich sie beantwortet habe, brechen wir auf. Ich habe heute nacht gerade noch Zeit für einen anderen Kunden.«

»Gut«, sagte Simon. Er holte tief Luft. »Meine Frage lautet: Ist Fermats Letzter Satz wahr?«

Der Teufel schluckte. Zum erstenmal erschien eine Bresche in seiner Selbstsicherheit.

»Wessen letzter was?« fragte er tonlos.

»Fermats Letzter Satz. Das ist eine mathematische Annahme, die Fermat, ein französischer Mathematiker im siebzehnten Jahrhundert, angeblich bewiesen hat. Sein Beweis ist jedoch niemals niedergeschrieben worden, und bis auf den heutigen Tag weiß niemand, ob der Satz wahr oder falsch ist.« Seine Lippen zuckten kurz, als er sah, welch ein Gesicht der Teufel zog. »Also, bitte sehr – fangen Sie an!«

»Mathematik!« rief der Teufel entsetzt aus. »Glauben Sie, ich hätte Zeit darauf verschwenden können, solches Zeug zu lernen? Ich habe das Trivium und Quadrivium studiert*, aber Algebra … Sagen Sie«, fügte er ärgerlich hinzu, »was ist denn das für eine Art, mir eine solche Frage zu stellen?«

Simons Gesicht blieb sonderbar starr, doch seine Augen funkelten. »Sie würden lieber fünfundsiebzigtausend Meilen weit laufen und einen Gegenstand von der Größe von Boulder Dam* holen, nehme ich an!« spottete er. »Raum und Zeit sind kein Problem für Sie, nicht wahr? Tut mir leid. Ich ziehe dieses vor. Es ist eine einfache Sache«, fügte er glatt hinzu. »Nur eine Frage positiver ganzer Zahlen.«

»Was ist eine positive Zahl?« eiferte sich der Teufel. »Und wieso soll sie ganz sein?«

»Etwas formeller gesagt« – Simon überhörte die Frage des Teufels – »behauptet der Fermatsche Satz, daß es keine nichttrivialen rationalen Lösungen für die Gleichung $x^n + y^n = z^n$ für positive ganzzahlige n größer 2 gibt.«

»Was bedeutet …«

»Vergessen Sie nicht, Sie sind es, der die Antworten beibringt.«

»Und wer soll Schiedsrichter sein – Sie?«

»Nein«, erwiderte Simon lieb. »Ich glaube nicht, daß ich dafür kompetent bin, obwohl ich mich dem Problem seit Jahren widme. Wenn Sie eine Lösung finden, reichen wir sie bei irgendeiner guten mathematischen Zeitschrift ein, und deren Gutachter wird entscheiden. Und Sie können keinen Rückzieher machen – das Problem ist offensichtlich lösbar: Entweder ist der Satz wahr oder er ist falsch. Kein Unsinn mit mehrwertiger Logik, wohlgemerkt. Stellen Sie einfach fest, welche von beiden Möglichkeiten zutrifft, und *beweisen* Sie es binnen vierundzwanzig Stunden. Schließlich sollte ein

---

* Zusammen also die sieben freien Künste des Mittelalters. – *Anm. d. Übers.*
** Ein großes Wasserkraftwerk in Nevada. – *Anm. d. Übers.*

Mann – Entschuldigung, ein Dämon – von ihrer Intelligenz und reichen Erfahrung imstande sein, sich in der Zeit ein bißchen Mathe anzueignen.«

»Ich erinnere mich jetzt daran, wie ich mich während meines Studiums in Cambridge mit Euklid geplagt habe«, sagte der Teufel betrübt. »Meine Beweise waren jedesmal falsch, und doch war alles ganz offensichtlich. Man konnte es einfach an den Figuren sehen.« Er biß die Zähne zusammen. »Aber ich schaffe es. Ich habe schon schwierigere Aufgaben gemeistert. Einmal bin ich zu einem fernen Stern gegangen und habe einen Liter Neutronium geholt, und das in nur sechzehn ...«

»Ich weiß«, fiel ihm Simon ins Wort. »Sie sind sehr gut in solchen Tricks.«

»Von wegen Tricks!« entgegnete der Teufel wütend. »Das ist eine derart schwierige Technik ... Aber lassen wir das, ich bin schon unterwegs zur Bibliothek. Also dann bis morgen um diese Zeit ...«

»Nein«, berichtigte ihn Simon. »Wir haben vor einer halben Stunde unterschrieben. Kommen Sie exakt in dreiundzwanzig Komma fünf Stunden wieder! Ich möchte Sie nicht zur Eile drängen«, fügte er ironisch hinzu, als der Teufel einen verdutzten Blick auf die Uhr warf. »Nehmen Sie einen Drink und machen Sie sich mit meiner Frau bekannt, ehe Sie gehen.«

»Ich trinke niemals im Dienst. Und ich habe auch keine Zeit, die Bekanntschaft Ihrer Frau zu machen ... vorerst.« Er verschwand.

Sobald er weg war, trat Simons Frau ins Zimmer.

»Wieder an der Tür gelauscht?« rügte Simon sie ohne einen Vorwurf.

»Natürlich«, sagte sie in ihrer kehligen Stimme. »Und Liebling, was ich wissen möchte – diese Frage, ist sie wirklich schwierig? Denn wenn sie es nicht ist – Simon, ich mache mir solche Sorgen.«

»Keine Angst, sie ist schwierig.« Simon war fast fröhlich. »Aber die meisten Leute erkennen das nicht gleich. Weißt du«, fuhr er fort und verfiel unwillkürlich in seinen Vorlesungsstil für Höhere Mathematik II, »Jeder kann zwei ganze Zahlen finden, deren Quadrate zusammen ein Quadrat ergeben. Beispielsweise $3^2 + 4^2 = 5^2$, das heißt 9 + 16 = 25. Klar?«

»Hm hm.« Sie zog ihm den Schlips zurecht.

»Aber wenn man versucht, zwei dritte Potenzen zu finden, deren Summe eine dritte Potenz ergibt, oder höhere Potenzen, für die dasselbe gilt, scheint es keine zu geben. Dennoch«, schloß er dramatisch, »konnte noch niemand beweisen, daß es keine solche Zahl gibt. Verstehst du jetzt?«

»Natürlich.« Simons Frau verstand mathematische Behauptungen immer, wie abstrus sie auch sein mochten. Andernfalls wurde die Erklärung wiederholt, bis sie es verstand, und dann blieb kaum Zeit für andere Tätigkeiten.

»Ich mache uns einen Kaffee«, sagte sie und entwich.

Vier Stunden später, als sie beisammen saßen und sich Brahms' Dritte anhörten, erschien der Teufel wieder.

»Ich habe schon die Grundlagen von Algebra, Trigonometrie und ebener Geometrie gelernt!« verkündete er triumphierend.

»Das ging schnell«, sagte Simon anerkennend. »Ich bin sicher, Sie werden überhaupt keine Schwierigkeiten mit sphärischer, analytischer, projektiver, darstellender und nichteuklidischer Geometrie haben.«

Der Teufel runzelte die Stirn.

»So viele gibt es?« wollte er mit gedrückter Stimme wissen.

»Oh, das sind nur ein paar.« Simons Gesichtsausdruck war dem Verkünder guter Nachrichten angemessen. »Die nichteuklidische wird Ihnen gefallen«, log er. »Da brauchen Sie sich nicht um Figuren zu kümmern – an denen sieht man gar nichts! Und da Sie Euklid sowieso nicht leiden konnten ...«

Mit einem Stöhnen verblaßte der Teufel wie ein alter Film. Simons Frau kicherte.

»Liebling«, jubilierte sie, »allmählich glaube ich, daß du ihn in der Zange hast.«

»Psst!« sagte Simon. »Der letzte Satz. Großartig!«

Sechs Stunden später gab es einen rauchigen Blitz, und der Teufel war wieder da. Simon bemerkte die zunehmenden Ringe unter seinen Augen. Er unterdrückte ein Grinsen.

»Ich habe diese ganze Geometrie gelernt«, sagte der Teufel mit grimmiger Befriedigung. »Jetzt geht es leichter. Bald kann ich mich an Ihre kleine Denkaufgabe machen.«

Simon schüttelte den Kopf. »Sie gehen es zu schnell an. Anscheinend haben Sie so grundlegende Methoden wie Infinitesimalrechnung, Differentialgleichungen und Differenzenrechnung übersehen. Dann sind da noch ...«

»Brauche ich die alle?« stöhnte der Teufel. Er setzte sich und rieb sich die geschwollenen Lider, wobei er ein Gähnen unterdrückte.

»Das kann ich nicht sagen«, antwortete Simon mit ausdrucksloser Stimme. »Aber bisher ist praktisch jede Art von Mathe für diese ›kleine Denkaufgabe‹ ausprobiert worden, und sie ist immer noch nicht gelöst. Also ich schlage vor ...«

Doch der Teufel war absolut nicht in der Stimmung, sich von Simon einen Rat geben zu lassen. Diesmal verschwand er sogar ziemlich unbeholfen, ohne aufzustehen.

»Ich denke, er ist müde«, sagte Mrs. Flagg. »Armer Teufel.« Mitgefühl war in ihrer Stimme freilich nicht zu hören.

»Ich auch«, sagte Simon. »Laß uns zu Bett gehen. Vor morgen kommt er sicher nicht wieder.«

»Vielleicht nicht«, stimmte sie zu, dann setzte sie nüchtern hinzu: »Aber ich ziehe das Nachthemd mit der schwarzen Spitze an – für alle Fälle.«

Es war am Nachmittag darauf. Bach schien jetzt irgendwie angemessen zu sein, also hatten sie eine Platte mit der Landowska aufgelegt.

»Noch zehn Minuten«, sagte Simon. »Wenn er bis dahin nicht mit einer Lösung zurückkommt, haben wir gewonnen. Ich will ihm Gerechtigkeit widerfahren lassen: Bei mir könnte er in einem Tag promovieren, und das mit Auszeichnung. Trotzdem ...«

Ein Zischen ertönte. Rosige Schwefelwölkchen blähten sich. Der Teufel stand schweratmend vor ihnen auf dem Teppich. Seine Schultern hingen herab, die Augen waren blutunterlaufen, und eine krallenbewehrte Pfote, die noch einen Stapel Papier umklammerte, zitterte heftig vor Entkräftung oder Nervosität.

Schweigend, mit einer Art kochender Würde warf er die Papiere zu Boden und trampelte wütend mit den gespaltenen Hufen darauf herum. Dann entspannte sich allmählich seine Gestalt, und sein Mund verzog sich zu einem bitteren Lächeln.

»Du hast gewonnen, Simon«, sagte er fast flüsternd und betrachtete ihn mit aufrichtigem Respekt. »Nicht einmal ich konnte in so kurzer Zeit genug Mathematik für ein derart schwieriges Problem lernen. Je tiefer ich eindrang, um so schlimmer wurde es. Nichteindeutige Faktorenzerlegung, Ideale – beim Baal! Wissen Sie«, sagte er vertraulich, »daß nicht einmal die besten Mathematiker auf anderen Planeten – alle viel weiter als die hiesigen – es gelöst haben? Da ist so ein Bursche auf dem Saturn – er sieht ungefähr wie ein Pilz auf Stelzen aus –, der partielle Differentialgleichungen im Kopf löst; und sogar er hat aufgegeben.« Der Teufel seufzte. »Leben Sie wohl.« Er verflüchtigte sich mit einer Art abgespannter Exaktheit.

Simon küßte seine Frau – heftig. Eine ganze Weile später rührte sie sich in seinen Armen.

»Liebling«, schmollte sie und blickte in sein geistesabwesendes Gesicht, »ist was nicht in Ordnung?«

»Weiter nichts – außer daß ich gern seine Arbeit sähe und wüßte, wie weit er gekommen ist. Ich schlage mich mit diesem Problem herum, seit ...« Er brach erstaunt ab, als der Teufel wieder auftauchte. Satan wirkte sonderbar verlegen.

»Ich hab' was vergessen«, murmelte er. »Ich muß noch ... ah!« Er bückte sich nach den verstreuten Papieren, sammelte sie auf und glättete sie sorgsam. »Das kann einen ganz schön packen«, sagte er und wich Simons Blick aus. »Ich kann jetzt nicht einfach aufhören. Also wenn ich nur ein einfaches kleines Lemma beweisen könnte ...« Er bemerkte Simons aufflammendes Interesse und gab seine entschuldigende Miene auf. »Hören Sie«, knurrte er, »Sie haben daran gearbeitet, garantiert: Haben Sie es mit Kettenbrüchen versucht? Fermat muß sie benutzt haben, und ... Ob Sie bitte für einen Moment beiseite rücken könnten?« Letzteres zu Mrs. Flagg. Er setzte sich neben Simon, zog den Schwanz unter sich und zeigte auf einen Dschungel von Symbolen.

Mrs. Flagg seufzte. Plötzlich erschien ihr der Teufel als vertraute Gestalt, kaum anders als der alte Professor Atkins, der Kollege ihres Mannes an der Universität. Sobald zwei Mathematiker zusammen über einem brennenden Problem saßen ... Resigniert ging sie aus dem

Zimmer, den Kaffeetopf in der Hand. Zweifellos stand eine lange Sitzung bevor. Sie kannte das. Immerhin war sie die Frau eines Professors.*

---

* Nachsatz des Übersetzers: Fermat lebte im siebzehnten Jahrhundert. Die Erzählung erschien 1954, ungefähr dreihundert Jahre später. 1993/95 bewies Andrew Wiles Fermats Letzten Satz. Der Beweis wurde tatsächlich mit Hilfe mathematischer Methoden geführt, die nicht unmittelbar zur Zahlentheorie gehören, u. a. unter Verwendung elliptischer Gleichungen. Über gewisse Mitarbeiter von Andrew Wiles wurde nichts bekannt.

Jon Bing

wurde 1944 geboren und ist von Beruf Jurist, Spezialist für Rechtsfragen der Datenverarbeitung. Er hat Kinderbücher, Theaterstücke, Drehbücher und Hörspiele geschrieben. Im Verein mit Tor Åge Bringsværd ist er der bekannteste norwegische Science Fiction-Autor; Bing & Bringsværd sind sowohl als Autoren wie auch als Herausgeber häufig gemeinsam aufgetreten; sie waren es auch, die sich in den sechziger und siebziger Jahren mit Erfolg bei norwegischen Verlagen für die SF einsetzten.

Die beiden haben gelegentlich zusammen geschrieben, häufiger aber einzeln verfaßte Erzählungen in gemeinsamen Sammelbänden publiziert, so in Im Reigen um die Sonne *(Rundt solen i ring, 1967) und* Elektrische Abenteuer *(Elektriske eventyr, 1972); als alleiniger Autor hat Jon Bing u. a. den Roman in Erzählungen* Komplex *(1969) und den Erzählungsband* Knotenschrift *(Knuteskrift, 1974) veröffentlicht.*

Als Autoren wie auch als Herausgeber haben Bing & Bringsværd eine Science Fiction mit fließenden Übergängen zu anderen Spielarten der Phantastik vertreten, Comics und experimentelle Prosa einbezogen. Es ist also nicht ungewöhnlich, bei dem vor allem als SF-Autor bekannten Jon Bing eine reine Fantasy-Geschichte wie die folgende zu finden, noch dazu mit einem Fabelwesen, das geradezu das Wappentier der Fantasy ist.

Über Drachen

»Es gibt viele Arten von Drachen. Einige sind klein, andere sind groß. Die gefährlichsten sind grün und haben Schuppen. Sie haben einen langen, gewöhnlich gezackten Schwanz, einen großen Rachen mit spitzen Hauern und einer gespaltenen Zunge. Einige Drachen können Feuer speien, diese werden *feuerschnaubende* Drachen genannt (schnauben: ein Ochse, der prustet). Andere Drachen versprühen Gift aus der Schnauze, vgl. Giftschlange. Alle stinken und sind gefährlich.«

Der Dozent hielt inne, goß sich ein Glas lauwarmes Wasser aus der Karaffe auf dem Katheder ein, gurgelte, goß das Wasser zurück in die Karaffe.

»Drachen sind keine Allesfresser. (Ich spreche immer noch von den grünen, schuppigen Drachen.) Sie sind Fleischfresser *(carnivorus dragonis)*. Sie sind sogar wählerische Fleischfresser. Ihre Speisekarte besteht vorzugsweise aus jungen, schönen Jungfrauen.«

Der Dozent zwinkerte einem rothaarigen Mädchen in der ersten Reihe zu; sie biß in ihren Bleistift.

»Diese schönen Jungfrauen sind regelmäßig Rittern versprochen. Dies ist der Hintergrund für die ständigen Fehden, die man in früheren Zeiten zwischen Drachen und Rittern beobachten konnte. Diese Fehden waren ungemein wichtig für die Ritter, sie verschafften ihnen Nervenkitzel und einen gewissen Status unter den Zeitgenossen. Die berühmteste dieser Fehden war jene, die ein Ritter mit Namen Georg mit einem außergewöhnlich grünen und geschuppten Drachen hatte, noch dazu einem feuerschnaubenden Drachen. Georg gewann und bekam den Beinamen *St.* Noch heute feiern wir dieses Ereignis, vergleichen Sie hier Rutherfords *The Dragon in Western Civilization*, Seite 451 folgende.

Die malerischsten unter allen Drachen gab es indessen in China. Diese waren ebenfalls feuerschnaubend, zusätzlich hatten sie prächtige, große Flügel, die sie über das ganze alte Kaiserreich tragen konnten. Es gab sie in vielen Farben, man fand sie in Gold und Purpur, Himmelblau und Königsgelb. Es ist in der Theorie behauptet worden, daß der europäische *carnivorus* eine degenerierte Art dieses chinesischen Drachen, des Kaiserdrachen, sei.

Man unterscheidet gerne zwischen zwei verschiedenen Typen von chinesischen Kaiserdrachen: den bösen und den guten. Welcher Typ in den breiten Volksschichten am beliebtesten gewesen ist, dürfte heute schwer zu entscheiden sein. Aber vieles deutet darauf hin, daß die bösen Drachen am meisten verwendet worden sind.« Der Dozent schrieb an die Tafel:

1) Böse Drachen } Chinesische Kaiserdrachen
2) Gute Drachen }

»Die Drachen sind der Ursprung der beliebten modernen Sportart, die Drachenfliegen genannt wird. Diese Drachen, die gewöhnlich aus Papier oder dünnem Stoff hergestellt werden, dürfen nicht mit den wirklichen Drachen verwechselt werden. Der Unterschied ist offensichtlich, da die wirklichen Drachen leben, *anima* haben, während die Drachen, die wir zu diesem Sport benutzen – lassen Sie sie uns der Kürze halber Sportdrachen nennen –, von Menschen konstruiert sind.

Sportdrachen können eine höchst unterschiedliche Form haben, von einer einfachen Rhombenstruktur bis hin zu einem mehr verwickelten dreidimensionalen Aufbau. Alle vier Jahre hält man, wie Sie sicher wissen, große internationale Drachonalen ab, wo man darum wetteifert, den Drachen möglichst hoch emporsteigen zu lassen.

Daß die Sportdrachen den chinesischen Kaiserdrachen als Vorbild haben, sieht man daran, daß auch diese in prächtigen und schillernden Farben gehalten sind.«

Der Dozent faltete geistesabwesend eine Seite des Manuskriptes zu einem Papierflugzeug, das er vom Katheder herunter zum rothaarigen Mädchen sandte. Sie biß noch immer in ihren Bleistift.

»Diese Drachen dürfen nicht mit der Seeschlange *(serpentus oceanis)* verwechselt werden. Diese ist, wie ich bereits früher in dieser Vorlesungsreihe erwähnt habe, eine Mutation, die durch die Fusion zwischen einem Riesenaal und einer bestimmten Sorte von Seepferden entstanden ist. Diese leben in der Sargassosee und können nicht fliegen. Aber in der Eile ist eine Verwechslung selbstredend verständlich, da der Kopf bei beiden Tieren ungefähr die gleiche Form hat. Aber es liegen keine Berichte über feuerschnaubende Seeschlangen vor, obwohl der Rachen groß und stinkend ist, und sie hat sowohl Hauer als auch eine gespaltene Zunge.

Es gibt viel, was wir nicht über Drachen wissen. Wie früher bereits angedeutet, ist man sich nicht völlig im klaren über den Zusammenhang zwischen dem europäischen Ritterdrachen und dem chinesischen Kaiserdrachen. Auch kann man nicht mit Sicherheit feststellen, inwieweit die Giftschlange ein Drache oder eine eigene Art ist.

Hinzu kommt die stark variierende Größe der Drachen. Die größten sind sicherlich die Giftschlangen, diese können bis zu mehreren Malen um die Erde reichen. Die kleinsten sind die kleinen, gelben Miniaturdrachen, die nur selten beobachtet werden. Man hat die Theorie vertreten, daß sie Nachkommen der grünen Ritterdrachen sein sollen.

Ebenfalls nicht viel weiß man über das Familienleben oder die Fortpflanzung der Drachen. Aber vermutlich legen sie Eier. Ebenso kann man mit großer Sicherheit davon ausgehen, daß der Drache evolutionsmäßig einer ungastlichen Umgebung angepaßt ist. Man hat hier besonders seine Verteidigungswaffen wie die Hauer und den Feuerhauch betont. So unter anderen Battifol in seiner *Traité élémentaire de dragons*, Seite 849. Persönlich meine ich …«

Etwas schlug schwer gegen die Scheibe. Das Fenster wurde eingeschlagen, und ein Drache kam herein. Er war rot, mit gelbglänzenden Krallen und Flügeln. Ein typischer chinesischer Kaiserdrache.

Der Drache ging zum Katheder hinüber, blies Feuer gegen den Dozenten. Dieser stürzte zu Boden. Der Geruch von frischgebratenem Fleisch verbreitete sich. (*Long pork:* Als Ganzes gebratener Mensch).

Die Studenten sammelten die Vorlesungsaufzeichnungen zusammen, murmelten halblaut, daß es schön sei, einige Minuten früher frei zu bekommen: Kaffee in der Kantine. Das rothaarige Mädchen öffnete das Fenster, um für die nächste Stunde zu lüften.

Der Drache leckte sich mit seiner gespaltenen Zunge den Mund, ließ seinen Blick über das Auditorium wandern, das sich langsam leerte, Gruppen von drei bis vier Studenten schlenderten ruhig hinaus, während sie sich miteinander unterhielten.

»Essen niemals rohes Fleisch«, sagte der Drache und schnaubte Feuer. »Man ist schließlich zivilisiert.«

ist der wichtigste und berühmteste mitteleuropäische Science Fiction-Autor der Nachkriegszeit und weit über die SF hinaus bekannt, freilich eben durch seine SF-Werke – sicherlich zu seinem Leidwesen, denn der SF als Genre steht er reichlich skeptisch gegenüber.

Er wurde 1921 im damals polnischen Lwów geboren (das zuvor das österreichische Lemberg war und jetzt zur Ukraine gehört). Das 1939 unter sowjetischer Okkupation begonnene Medizinstudium mußte er unter deutscher Besatzung unterbrechen, er beendete es nach dem Krieg in Kraków, wohin die Familie umgesiedelt worden war, ging aber nicht zur Abschlußprüfung.

Nachdem er schon 1946 den SF-Kurzroman Der Mensch vom Mars *(Człowiek z Marsa) veröffentlicht und den realistischen Gegenwartsroman* Das Hospital der Verklärung *(Szpital przemienienia) geschrieben hatte, der erst nach jahrelangen Veränderungen und Erweiterungen 1955 unter einem anderen Titel erscheinen durfte, war der Roman* Die Astronauten *(Astronauci, 1951, deutsch 1954 als »Der Planet des Todes«) der eigentliche Beginn seiner Laufbahn als SF-Autor.* Unter seinem guten Dutzend SF-Romane gilt* Solaris *(1961, deutsch 1974, vielfach nachaufgelegt) als sein unübertroffenes Meisterwerk – wie auch der danach gedrehte, aber weitgehend eigenständige gleichnamige Film von Andrej Tar-*

---

* Merkwürdig viele SF-Autoren berichten, sie hätten wegen einer Wette oder wegen Unzufriedenheit mit der vorhandenen Literatur SF zu schreiben begonnen. Bei Lem war es eine Plauderei über den Mangel an polnischer Phantastik mit einem Herrn, der sich als Direktor eines großen Warschauer Verlages erwies und ihm einen Vertrag für ein noch zu schreibendes Buch schickte, eben die *Astronauten.*

kowski (1972): Ein denkender Ozean auf einem fernen Plane-
ten konfrontiert irdische Raumfahrer mit den Grenzen ihrer
Erkenntnisfähigkeit und materialisiert Gestalten aus ihrem
Unterbewußtsein. Das Fiasko *(Fiasko, 1986, deutsch 1986)*
ist sein letzter SF-Roman geblieben; abgesehen von sporadi-
schen Kurzgeschichten hat er seither nur Essays, Artikel und
Fachtexte geschrieben, unter anderem zu Fragen der Futuro-
logie, der Wissenschaftstheorie und der Kybernetik, denen er
sich auf früher schon mit Arbeiten wie Summa technologiae
(1964, deutsch 1976) gewidmet hatte.

Lem hat auch viele SF-Erzählungen geschrieben. Besonders
erfolgreich waren die Sterntagebücher *(Dzienniki gwiaz-*
dowe, 1971, deutsch 1973*) und die beiden eng zusammen-
hängenden Sammlungen Robotermärchen *(Bajki robotów,*
1964, deutsch 1983) und Kyberiade *(Cyberiada, 1972,*
deutsch 1983). Es sind skurrile, oft irrwitzig komische und
dabei doch nachdrücklich logische Geschichten; daß sie in den
USA die populärsten Werke Lems überhaupt sind, liegt wahr-
scheinlich daran, daß bei ihnen der Gedanke, sie an ihrer
Übereinstimmung mit der üblichen amerikanischen Magazin-
SF zu messen, gar nicht erst aufkommt.

In den Robotermärchen *und der* Kyberiade *sind sämtli-*
che handelnden Personen Roboter, und sie leben gleichsam in
einem eigenen Universum, in dem Menschen nur als legen-
däre Ungeheuer unter dem Namen »Blasser« vorkommen und
sogar die Tiere kybernetische Wesen sind, Drachen nicht aus-
genommen.

---

* Es werden jeweils die Jahreszahlen der vollständigsten einbändigen
Ausgabe genannt sowie die deutsche Ausgabe, die dieser polnischen
am besten entspricht. Sowohl im Original wie in der Übersetzung gibt
es zahlreiche weitere, meistens frühere Versionen.

Von den Drachen der Wahrscheinlichkeit

Trurl und Klapaucius waren Schüler des großen Kerebron Emtadrat, der siebenundvierzig Jahre in der Nean-
tischen Hochschule die allgemeine Drachentheorie ge-
lehrt hatte. Bekanntlich gibt es keine Drachen. Einem
simplen Verstand mag diese primitive Feststellung vielleicht genügen, nicht aber der Wissenschaft, denn die
Neantische Hochschule befaßt sich überhaupt nicht mit
dem, was existiert; die Banalität der Existenz ist längst
erwiesen, als daß man auch nur ein Wort darüber verlieren sollte. So entdeckte der geniale Kerebron, der mit
exakten Methoden dem Problem zu Leibe ging, drei
Arten von Drachen: Nulldrachen, imaginäre und negative Drachen. Es existieren, wie gesagt, alle nicht, aber
jede Gattung auf eine besondere und grundverschie-
dene Weise. Die imaginären und die Nulldrachen, Ein-
bilder und Nuller von Fachleuten genannt, existieren
auf eine viel weniger interessante Weise nicht als die ne-
gativen Drachen. In der Drakologie war seit langem ein
Paradoxon bekannt, das darin bestand, daß, wenn zwei
negative Drachen herborisiert wurden (eine Aktion, die
in der Drachenalgebra etwa der Multiplikation in der
üblichen Arithmetik entspricht), als Resultat ein Mi-
nidrachen in der Menge 0,6 entsteht. Die Welt der Spezialisten zerfiel nun in zwei Lager, von denen eins behauptete, es handele sich um einen Teil eines Drachen,
vom Kopfe an gerechnet, das andere, es sei ein Teil, aber

vom Schwanze aus betrachtet. Trurls und Klapaucius' großes Verdienst bestand darin, die Falschheit dieser beiden Ansichten zu beweisen. Sie wandten zum ersten Mal die Wahrscheinlichkeitsrechnung auf diesem Gebiet an und schufen damit die probabilistische Drakologie, aus der hervorgeht, daß ein Drache thermodynamisch nur im statistischen Sinne unmöglich sei, ähnlich wie Elfen, Waldschratte, Heinzelmännchen, Gnome, Hexen und anderes. Von der allgemeinen Formel der Unwahrscheinlichkeit zählten beide Theoretiker die Koeffizienten der Gnomisierung, Elfisierung u. ä. auf. Aus der gleichen Formel geht hervor, daß man etwa sechzehn Quintoquadrillionen Heptillionen Jahre auf eine spontane Manifestation eines durchschnittlichen Drachen warten müsse. Gewiß wäre dieses Problem eine mathematische Rarität geblieben, hätte nicht Trurl die allseits bekannte Erfindergabe besessen und beschlossen, diesem Problem empirisch auf den Grund zu gehen. Und da es sich um unwahrscheinliche Erscheinungen handelte, erfand er einen Wahrscheinlichkeitsverstärker und erprobte ihn zuerst bei sich im Keller, dann auf einem besonderen, von der Akademie gestifteten drakogenetischen Polygon, dem sogenannten Drakolygon. Die in der allgemeinen Unwahrscheinlichkeitstheorie Unbewanderten fragen sich bis auf den heutigen Tag, warum Trurl eigentlich einen Drachen und nicht eine Elfe oder ein Heinzelmännchen probabilisiert habe, und sie tun das aus Ignoranz, denn sie wissen nicht, daß ein Drache ganz einfach viel wahrscheinlicher ist als ein Heinzelmännchen, vielleicht beabsichtigte Trurl, in seinen Versuchen mit Verstärkern auch noch weiterzugehen, doch bereits der erste brachte ihm eine schwere Kontusion ein, denn der sich realisierende Drache schlug mit dem Bein aus. Zum Glück konnte Klapaucius, der bei der Inbetriebnahme zugegen war, die Wahrscheinlichkeit herabmindern, und der Drache verschwand. Viele Gelehrte wiederholten dann die Versuche mit dem Drakotron, da es ihnen aber an Routine und Kaltblütigkeit gebrach, gelangte eine beträchtliche Menge der Drachensaat, nachdem sie sie übel zugerichtet hatte, in Freiheit. Erst dann erwies es sich, daß die ekelhaften Ungeheuer ganz anders existieren, nämlich als Schränke, Kommoden oder Tische; die Drachen zeichnen sich vor allem durch eine im allgemeinen recht beträchtliche Wahrscheinlichkeit aus, wenn sie erst einmal entstanden sind. Wenn man nämlich auf einen solchen Drachen eine Jagd veranstaltet, obendrein eine Treibjagd, stößt die Schar der Jäger mit schußbereiten Waffen nur auf ausgebrannte, ganz und gar stinkende Erde, denn der Drache flüchtet, wenn er sieht, daß es schlecht um ihn steht, aus dem realen Raum in den konfigurativen. Als äußerst stures und schmutziges Tier macht er das natürlich rein instinktiv. Primitiv denkende Personen, die nicht begreifen können, wie das vor sich geht, verlangen mitunter jähzornig, man möge ihnen doch diesen konfigurativen Raum zeigen, sie wissen nämlich nicht, daß sich die Elektronen, deren Existenz ja niemand, der hell im Kopfe ist, verneinen wird, ebenfalls nur im konfigurativen Raum bewegen und ihr Schicksal von den Wellen der Wahrscheinlichkeit abhängt. Übrigens fällt es einem Eigensinnigen leichter, der Nichtexistenz von Elektronen als der von Drachen zuzustimmen, denn die Elektronen schlagen, zumindest wenn sie einzeln sind, nicht mit den Beinen aus.

Ein Kollege Trurls, Kyber Harboriseus, verquantete als erster einen Drachen, bestimmte eine Einheit, Drakon genannt, mit der man bekanntlich die Zähler der Drachen kalibriert, und fixierte sogar die Windung ihres Schwanzes, was er fast mit dem Leben bezahlt hätte. Was gingen jedoch diese Errungenschaften die von den Drachen geplagten breiten Massen an, unter denen diese durch Trampeln, allgemeine Zudringlichkeit, Ge-

brüll und Flammen großen Schaden anrichteten und hie
und da sogar Abgaben in Form von Mädchen erzwan-
gen? Was ging die Unglücklichen an, daß Trurls Drachen als indeterministische, also nichtlokale Drachen
sich zwar gemäß der Theorie, aber jedem Anstand
hohnsprechend verhielten und daß diese Theorie sogar
die Biegungen ihrer Schwänze voraussah, die Dörfer
und Saaten vernichteten? Es war also nicht verwunder-
lich, daß die Allgemeinheit den spektakulären Erfolg
Trurls verurteilte, statt ihn richtig einzuschätzen, und
eine Gruppe ganz besonderer Ignoranten auf dem Gebiet der Wissenschaft recht schmerzhaft den hervorra-
genden Wissenschaftler verprügelte. Er jedoch wurde
mit seinem Freund Klapaucius nicht müde, weiter zu
forschen. Daraus ging hervor, daß ein Drache in dem
Grade existiere, der von seiner Laune und vom Zustand
der allgemeinen Sättigung abhängt, ebenso daß die einzige verläßliche Liquidationsmethode die Reduktion
der Wahrscheinlichkeit auf Null oder gar auf negative
Werte sei. Es ist daher begreiflich, daß diese Forschungen viel Mühe und Zeit verschlangen, derweil sich die
Drachen, die sich in Freiheit befanden, immer mehr ausbreiteten und zahlreiche Planeten und Monde verwüste-
ten. Schlimmer noch, sie vermehrten sich sogar. Das gab
Klapaucius die Gelegenheit, eine glänzende Arbeit zu
veröffentlichen, nämlich »Die kovarianten Übergänge
von Drachen zu Schlangen oder der spezifische Fall
des Übergangs von physisch verbotenen zu polizeilich
verbotenen Zuständen«. Diese Arbeit machte in der wissenschaftlichen Welt viel Furore, wo es noch um den
berühmten Polizeidrachen laut war, mit dessen Hilfe
tapfere Konstrukteure das Unglück ihrer unvergessenen
Kollegen an dem bösen König Greulich rächten. Aber
welche Verwicklungen entstanden, als bekannt wurde,
daß ein Konstrukteur, ein gewisser Basilius, genannt der
Emerdwaner, in der ganzen Milchstraße herumreiste

und allein durch seine Gegenwart dort das Auftreten von Drachen verursachte, wo man sie früher nie zu Gesicht bekommen hatte. Wenn die allgemeine Verzweiflung und die nationale Katastrophe den Höhepunkt erreichten, erschien er bei dem Herrscher des jeweiligen Landes, um die Vernichtung der Monstren in Angriff zu nehmen, nachdem er zuvor das Honorar dafür in langen Verhandlungen bis zur Unmöglichkeit hochgeschraubt hatte. In der Regel gelang ihm auch die Vertilgung, obschon niemand wußte, wie er das zuwege brachte, denn er handelte einsam und im geheimen. Er verbürgte sich übrigens nur für eine statistische Garantie des Erfolges seiner Drakolyse, und als ihm ein Monarch Gleiches mit Gleichem vergalt und ihn mit Dukaten bezahlte, die auch nur statistisch gut waren, fluchte er furchteinflößend.

Trurl und Klapaucius begegneten sich zu jener Zeit an einem heiteren Nachmittag, und es kam zwischen ihnen zu dem folgenden Gespräch. »Hast du schon von diesem Basilius gehört?« fragte Trurl.

»Ja, das habe ich.«

»Und was ist deine Meinung?«

»Die Geschichte gefällt mir nicht.«

»Mir auch nicht. Was denkst du darüber?«

»Ich glaube, daß er einen Verstärker anwendet.«

»Für die Wahrscheinlichkeit?«

»Ja, oder auch räsonierende Systeme.«

»Oder einen Drachengenerator.«

»Du meinst das Drakotron?«

»Ja.«

»Tatsächlich, das wäre gut möglich.«

»Aber weißt du«, rief Trurl, »es wäre auch eine Niedertracht. Das würde ja bedeuten, daß er diese Drachen sozusagen mitführt, aber nur im potentiellen Zustand, mit einer Wahrscheinlichkeit, die Null nahekommt.«

»Und was meinst du, annulliert er sie dann mit einem

nihilisierenden Retrokreator, oder verringert er nur zeitweilig die Wahrscheinlichkeit, um sich in der Zwischenzeit mit dem Gold aus dem Staube zu machen?«

»Schwer zu sagen. Wenn er nur entprobabilisierte, dann wäre das eine noch größere Schurkerei, denn früher oder später müssen Null-Fluktuationen zur Aktivierung der Drakomatrize führen, und dann fängt die ganze Geschichte von neuem an.«

»Gewiß, aber er ist dann mit dem Geld schon weg …«, murmelte Klapaucius.

»Meinst du nicht, daß man in dieser Angelegenheit eigentlich an das Hauptamt für Drachenregulierung schreiben sollte?«

»O nein, das nicht. Schließlich tut er das vielleicht gar nicht. Wir besitzen diese Gewißheit nicht. Auch keine Beweise. Aber statistische Fluktuationen treten auch ohne Verstärker auf; früher hat es weder Matrizen noch Verstärker gegeben, und die Drachen waren manchmal aufgetaucht. Einfach rein zufällig.« »Scheint so …«, versetzte Trurl, »aber … sie tauchen erst dann auf, wenn er auf dem jeweiligen Planeten angekommen ist!«

»Gewiß. Doch es schickt sich eben nicht, zu schreiben; immerhin ist er ein Fachkollege. Wir könnten höchstens selbst gewisse Schritte unternehmen.«

»Das können wir.«

»Also gut, auch ich bin dieser Meinung. Aber was tun?«

Hier vertieften sich beide berühmten Drakologen in eine Fachdiskussion, von der ein uneingeweihter Zuhörer nicht ein Wort begriffen hätte, weil er nur rätselhafte Wörter vernommen hätte, wie zum Beispiel »Drachenzähler«, »ungeschwänzte Transformation«, »schwache drakonale Reaktionen«, »Diffraktion und Diffusion von Drachen«, »harter Drache«, »weicher Drache«, »draco probabilisticus«, »labiles Basiliskenspektrum«, »Drache im Zustand der Erregung«, »Annihilation zweier Drachen mit entgegengesetztem Amok im Kraftfeld allgemeiner Kopflosigkeit« usw.

Ergebnis dieser durchdringenden Analyse der Erscheinung war eine Expedition, auf die sich beide Konstrukteure sehr sorgfältig vorbereiteten, ohne zu versäumen, ihr Schiff mit einer Menge komplizierter Apparaturen vollzuladen.

Insonderheit nahmen sie einen Diffusator sowie einen Mörser mit, der mit Antiköpfen schoß. Während der Reise, als sie nacheinander auf Enzien, Penzien und Coerulea landeten, wurde ihnen klar, daß sie außerstande sein würden, den gesamten von der Plage heimgesuchten Bereich durchzukämmen, selbst wenn sie sich für diesen Zweck in Stücke reißen würden. Einfacher war es natürlich, wenn sie sich trennten, und nach der Arbeitsbesprechung begab sich denn auch jeder in seine Richtung. Klapaucius arbeitete lange auf Prestopondien, wo ihn Kaiser Ruhmreich Ampetricius engagiert hatte, welcher auch bereit war, ihm seine Tochter zur Frau zu geben, nur um die Monstren loszuwerden. Drachen von maximaler Wahrscheinlichkeit drangen sogar bis in die Straßen der hauptstädtischen Burg vor, und von virtuellen wimmelte es geradezu allenthalben. Ein virtueller Drache »existiert« zwar nicht, würde ein naiver Durchschnittsmensch sagen, d. h. er kann in keiner Weise wahrgenommen werden, wie er auch nichts unternimmt, was seine Offenbarung hervorriefen jedoch die von Kyber-Trurl-Klapaucius-Minog angestellte Berechnung, namentlich die Drako-Wellen-Gleichung, läßt deutlich erkennen, daß ein Drache aus dem konfigurativen Raum leichter in den realen Raum hinüberwechseln vermag als ein Kind aus dem Haus in die Schule. So konnte man also in der Wohnung, im Keller oder auf dem Dachboden jeden Augenblick bei allgemeinem Anstieg der Wahrscheinlichkeit einem Drachen begegnen, ja sogar einem Superdrachen.

Anstatt Drachen nachzujagen, was auch nicht viel eingebracht hätte, ging Klapaucius als echter Theoretiker methodisch an die Sache heran – stellte auf Plätzen und Squares, in Dörfern und Städten probabilistische Drakoreduktoren auf, und in kurzer Zeit waren die Ungeheuer eine große Seltenheit. Nachdem Klapaucius die Gebühren, das Ehrendiplom und die Wanderfahne kassiert hatte, startete er, um sich mit seinem Freund zu treffen. Unterwegs beobachtete er einen Planeten, von dem ihm jemand verzweifelt zuwinkte. In der Annahme, es könne Trurl sein, dem etwas Schlimmes widerfahren sei, landete Klapaucius. Jedoch die Zeichen stammten von den Bewohnern Trufloforas, den Untertanen des Königs Grellius. Sie huldigten zahlreichen Vorurteilen und dem primitiven Glauben, und ihre Religion, die drakonistische Pneumatologie hieß, besagte, daß die Drachen als Strafe für Sünden erschienen und Seelen besäßen, die jedoch unsauber seien. Als er merkte, daß es zumindest unvernünftig wäre, sich mit den königlichen Drakologen auf Diskussionen einzulassen, denn die von ihnen benutzten Methoden beschränkten sich auf eine Beweihräucherung der heimgesuchten Stellen und auf die Verteilung von Reliquien, zog Klapaucius es vor, das Terrain selbst zu sondieren. Den Planeten bewohnte augenblicklich nur ein Monstrum, aber eins von der scheußlichen Gattung der Jechiden. Er bot dem König seine Dienste an; aber der antwortete ihm nicht gleich frei heraus, da er sich ganz offensichtlich unter dem Einfluß der unsinnigen Doktrin befand, die die Ursachen der Entstehung von Drachen in eine metazeitliche Welt übertrug. Beim Studium der lokalen Zeitungen erfuhr Klapaucius, daß die Jechide, die auf dem Planeten grassiere, von den einen als Einzelexemplar, von den anderen hingegen als Pluralität aufgefaßt werde und imstande sei, sich an vielen Stellen zugleich einzufinden. Das gab ihm zu denken, obwohl er sich überhaupt nicht wunderte, denn die Lokalisierung der abscheulichen Wesen unterliegt sogenannten Drakoanomalien, und manche Exemplare, zumal die Zerstreuten, pflegten im Raum »verwischt« zu sein, was ein gewöhnlicher Effekt einer isospinalen Verstärkung des Quantenmoments ist. Wie eine Hand, die aus dem Wasser taucht, über der Wasseroberfläche fünf scheinbar miteinander gänzlich unzusammenhängende Finger zeigt und auf diese Weise aus dem konfigurativen Raum in den realen übergeht, wirken die Drachen pluralistisch, obwohl sie nur singulär sind. Gegen Ende einer der Audienzen fragte Klapaucius den König, ob nicht vielleicht schon Trurl auf seinem Planeten gewesen sei; und er beschrieb genau seinen Freund. Wie groß war seine Überraschung, als er vernahm, daß sein Kollege tatsächlich unlängst im Grelliusschen Reiche geweilt und es sogar übernommen hatte, die Jechide zu beseitigen. Er habe eine Anzahlung genommen und sich in die nahe gelegenen Berge begeben, wo das Drachenweib besonders häufig beobachtet worden war, er sei darauf am nächsten Tage zurückgekehrt und habe das Gesamthonorar verlangt, und zum Beweis seines Triumphes habe er vierundzwanzig Drachenzähne gezeigt. Es kam jedoch zu gewissen Mißverständnissen, und mit der Auszahlung sollte bis zur Aufhellung der Angelegenheit gewartet werden. Trurl soll darauf sehr erregt gewesen sein und sich in einer Weise mehrfach und laut über den herrschenden Monarchen ausgedrückt haben, die unverkennbar einer Majestätsbeleidigung geglichen habe, daraufhin habe er sich in unbekannter Richtung entfernt. Von diesem Tage an sei es um ihn still geworden, die Jechide jedoch sei zurückgekehrt, als wäre nichts geschehen, und verwüstete noch ärger Dörfer und Burgen zu allgemeinem Kummer.

Die Geschichte erschien Klapaucius recht verworren,

aber es fiel schwer, die Worte anzuzweifeln, die aus dem königlichen Munde kamen. So nahm er denn einen Rucksack voll der stärksten drakoziden Mittel und ging einsam in die Berge, deren verschneiter Kamm sich majestätisch über dem östlichen Horizont erhob. Recht bald entdeckte er auf den Felsen die ersten Spuren des Monstrums, und selbst wenn er sie nicht bemerkt hätte, hätte er den charakteristischen stickigen Geruch der Schwefelausdünstungen wahrgenommen. Unverdrossen ging er weiter, jeden Augenblick bereit, zur Waffe zu greifen, die er sich über die Schulter gehängt hatte, und schaute ununterbrochen auf den Drachenzähler mit dem Pfeil. Eine Zeitlang stand er auf Null, dann begann er beunruhigend zu oszillieren, bis er allmählich, einen unsichtbaren Widerstand überwindend, in die Nähe der Eins rückte. Jetzt konnte Klapaucius nicht mehr daran zweifeln, daß sich die Jechide in der Nähe befand. Ihn wunderte es maßlos, denn es wollte ihm nicht in den Kopf, daß sein erprobter Kumpan und ein berühmter Theoretiker, wie Trurl es war, in seinen Berechnungen einen Bock schießen und somit das Drachenweib nicht vernichten konnte. Es fiel auch schwer, daran zu glauben, daß er, ohne sein Ziel erreicht zu haben, an den königlichen Hof zurückgekehrt sei und Belohnung für etwas verlangt habe, was er nicht getan hatte.

Bald begegnete er unterwegs einer Kolonne Einheimischer, die ganz augenscheinlich maßlos verängstigt waren, denn sie warfen besorgt Blicke nach allen Seiten und waren bemüht, dicht beieinander zu bleiben. Gebeugt unter der Last, die sie auf dem Rücken und auf dem Kopf trugen, stapften sie im Gänsemarsch den Hang hinauf. Klapaucius grüßte sie, hielt den Zug an und fragte den Wegführer, was sie denn täten.

»O Herr!« erwiderte ihm jener, ein königlicher Beamter niederen Ranges. »Wir bringen dem Drachen den Tribut.«

»Den Tribut? Ach so! Und welche Art von Tribut bringt ihr?«

»Er besteht aus dem, was der Drache verlangt: aus Gold, Edelsteinen, ausländischen Parfüms und einer Menge anderer Sachen, die von höchstem Wert sind.«

Hier kannte Klapaucius' Verblüffung keine Grenzen mehr, denn Drachen fordern nie einen solchen Tribut, und ganz bestimmt nicht aromatische Düfte, die gar nicht imstande wären, ihren natürlichen Gestank zu überwinden, auch kein Bargeld, mit dem sie überhaupt nichts anzufangen wüßten.

»Und Jungfrauen verlangt der Drache nicht, mein Bester?« fragte er noch.

»Nein, Herr. Früher tat er das. Vergangenes Jahr habe ich sie ihm mandel- und dutzendweise zugeführt, je nachdem, wie sein Appetit war. Seit der Zeit jedoch, als bei uns ein Fremder erschien, das heißt ein Ausländer, Herr, und mutterseelenallein mit Schachteln und Apparaten durch die Berge schweifte ...« Hier unterbrach der brave Mann seine Rede zögernd und betrachtete besorgt Gerätschaften und Waffen des Klapaucius, hauptsächlich aber das große Zifferblatt des Drachenzählers, der die ganze Zeit leise getickt hatte und dessen roter Pfeil auf dem weißen Blatt zuckte.

»Bei ihm war alles genauso wie bei Hochwohlgeboren!« sagte er mit einer etwas zitternden Stimme. »Die gleiche Ausrüstung und überhaupt ...«

»Ein Gelegenheitskauf auf dem Markt«, sagte Klapaucius, in dem Bemühen, sein Mißtrauen einzuschläfern. »Aber sagt mir, meine Teuersten, wißt ihr vielleicht, was mit diesem Fremdling geschehen ist?«

»Was aus dem da geworden ist? Nun, wissen tun wir es nicht mehr, Herr. Das heißt, es war so: Einmal, es wird wohl zwei Wochen her sein – stimmt, was, Gevatter Barbaron? Zwei Wochen, mehr nicht?«

»Freilich, Ihr sagt die Wahrheit, die reine Wahrheit,

warum nicht? Zwei Wochen werden es sein oder auch vier. Vielleicht auch sechs.«

»Also! Er kam, betrat unser Haus, stärkte sich, ich will nichts sagen: Er hat gezahlt, wie es sich gehört, hat sich bedankt, es läßt sich wirklich nichts sagen, o nein, er hat sich umgeschaut, hat die Dielen beklopft, hat sich nach den Preisen vom vergangenen Jahr erkundigt, hat die Apparate auseinandergenommen, hat von den Ziffer-blättern etwas so emsig abgeschrieben, daß ihm die Hände dabei flatterten, aber sorgfältig, eins nach dem anderen, in ein kleines rotes Buch, das er im Latz hatte, dann nahm er das – wie heißt es doch, Gevatter? Das Ter … Temper … ich krieg's nicht …«

»Das Thermometer, Schulze!«

»Freilich, na klar! Er nahm also das Thermometer und meinte, das wäre gegen die Drachen, und er steckte es hierhin und dorthin, schrieb wieder in seinem Heft, steckte die Apparate in den Sack, hievte den Sack auf den Rücken, verabschiedete sich und ging. Weiter wurde er nicht mehr gesehen. Doch da war noch etwas. In der gleichen Nacht gab es einen Knall und eine Explosion, jedoch in weiter Ferne. Als wäre es hinter dem Mydragower Berg gewesen – das heißt neben der Spitze, mit dem Sperber obendrauf, dieser nämlich ist dem Grellius seiner, er heißt so nach unserem wohlge-borenen König, der andere, der von der anderen Seite, der so mehr angelehnt ist, wie eine Hinterbacke an die andere, heißt Pakusta, weil einmal ein …«

»Berge sind nicht so wichtig«, sagte Klapaucius, »Ihr behauptet also, es hätte in der Nacht einen Knall gege-ben. Was war dann?«

»Dann – gar nichts. Als es knallte, zitterte das Haus so heftig, daß ich von der Pritsche hinunterfiel. Aber ich bin es gewohnt, wenn sich die Drachin nämlich manch-mal den Hintern am Haus reibt, dann wird man noch ganz anders durchgeschüttelt, und was der Bruder von

Barbaron ist, den hat es in den Wäschekessel geworfen, weil die gerade wuschen, als die Drachin Lust bekam, sich an der Ecke zu kratzen ...«

»Doch zur Sache!« rief Klapaucius. »Es gab einen Knall – Ihr seid auf den Fußboden gefallen – und was weiter?«

»Ich sage doch – gar nichts. Hätte es etwas gegeben, dann könnte man was sagen, aber wenn nichts war, dann gibt es auch nichts, worüber es sich lohnte, den Mund fußlig zu reden. Nicht, Gevatter Barbaron?«

»Klar, so ist die Sache.«

Klapaucius entfernte sich, hierauf zog die Trägerkolonne weiter zum Berg, gebeugt unter der Last, denn der Drachentribut war schwer. Klapaucius vermutete, daß sie ihn in der vom Drachen bestimmten Höhle niederlegen würden, doch er wollte nicht nach den Einzelheiten fragen, denn er schwitzte am ganzen Leibe von diesem Gespräch mit dem Schultheiß und seinem Gevatter. Übrigens hatte er zuvor noch gehört, wie einer der Einheimischen zum anderen sagte, daß der Drache »einen solchen Ort gewählt habe, wo er es nicht weit und auch wir es nicht weit haben ...«.

Er schritt fürbaß auf dem Weg dahin, den er nach den Messungen des Drakoindikators wählte, welches Gerät er sich um den Hals gehängt hatte, auch den Zähler vergaß er nicht, doch der zeigte ununterbrochen Null und acht Zehntel Drachen an.

Das muß ein sehr diskreter Drache sein, weiß der Teufel! dachte Klapaucius, während er so marschierte, und alle Augenblicke blieb er stehen, denn die Strahlen der Sonne brannten entsetzlich, und in der Luft war eine Hitze, daß es über den erwärmten Felsen nur so zitterte, ringsum war nicht ein einziges Blättchen Vegetation zu sehen, nur rissiger trockener Schlamm in den Felsspalten und glühende Geröllhaufen, die sich bis zu den majestätischen Gipfeln erstreckten. Eine Stunde verging, die Sonne neigte sich bereits auf die andere Seite des Himmels, und er schritt noch immer über Kiesfelder, über Felsspalten, bis er sich schließlich im Land der engen Hohlwege und Spalten voller Finsternis befand. Der rote Pfeil kroch bis zur Neun unter der Eins und erstarrte zitternd.

Klapaucius legte den Rucksack auf den Felsen und war gerade dabei, den Entdrakonisator herauszunehmen, als der Zeiger lebhaft zu schwanken begann. Er packte also den Wahrscheinlichkeitsreduktor und musterte scharfen Auges die Umgebung. Er befand sich auf einem Felsrücken und konnte in die Tiefe des Hohlwegs hineinschauen, in dem sich etwas bewegte.

»Potzblitz, da ist sie!« durchfuhr es ihn. Die Jechide war nämlich weiblichen Geschlechts.

Ihm kam der Gedanke, daß sie sich vielleicht aus diesem Grunde keine Jungfrauen wünsche. Früher jedoch hatte sie sie gern genommen. »Merkwürdig, sehr merkwürdig, aber jetzt ist Treffgenauigkeit die Hauptsache, dann wird alles noch gut!« überlegte er und langte für alte Fälle noch einmal in den Rucksack nach dem Drakodestruktor, dessen Kolben die Drachen ins Nichtsein befördert hatten. Er beugte sich hinter einem Felsen vor. Auf dem Grunde des engen Talkessels kroch eine Drachin riesigen Ausmaßes in einem trockenen Flußbett, dunkelgrau, mit eingefallenen Flanken, als hätte sie großen Hunger gelitten. Chaotische Gedanken jagten einander in Klapaucius Hirn. Konnte er sie annihilieren, indem er das Vorzeichen der Drachenmatrix von positiv in negativ änderte, wodurch die statistische Wahrscheinlichkeit des Nichtdrachen Oberhand über den Drachen bekommen hätte? Doch wie riskant war es, zog man in Betracht, daß schon eine winzige Oszillation eine Änderung verursachen konnte, deren Folgen katastrophal wären, denn schon manchem war in solcher Bestrahlung anstelle eines Nichtdrachen ein Nichtlachen der Lohn, und wie soll auch von einem einzigen oder auch von zwei Buchstaben soviel abhängen! Übrigens hätte eine totale Deprobabilisierung eine Untersuchung der Natur der Jechide unmöglich gemacht. So zögerte er und sah in Gedanken schon das reizvolle Bild der gewaltigen Drachenhaut in seinem Arbeitszimmer, zwischen dem Fenster und dem Bücherschrank, doch es war jetzt nicht die Zeit, sich Träumereien hinzugeben, obwohl sich ihm nun eine weitere Möglichkeit aufdrängte, als er niederkniete: dieses Exemplar mit so eigenartigem Geschmack an einen Drachenzoo abzutreten! Er hatte sogar noch Zeit für den Gedanken, welche wissenschaftliche Arbeit er, gestützt auf ein gut erhaltenes Exemplar, nebenbei schreiben könnte, er nahm also die Flinte mit dem Reduktor aus der rechten Hand in die linke, packte mit der rechten die mit dem Antikopf geladene Donnerbüchse, zielte sorgfältig und drückte ab.

Es krachte mordsmäßig. Ein perlgraues Rauchwölkchen ringelte sich um den Lauf und um Klapaucius, so daß er das Ungeheuer für einen Moment aus den Augen verlor. Aber gleich verzog sich der Rauch wieder.

Die alten Mären berichten eine Unmenge unwahrer Dinge über die Drachen. So heißt es zum Beispiel darin, die Drachen besäßen sieben Köpfe. So ist es nie. Ein Drache kann nur einen Kopf haben, denn zwei würden sogleich zu heftigen Streitigkeiten und Zänkereien führen; deshalb auch sind die Vielköpfer, wie die Gelehrten sie nennen, infolge innerer Zwistigkeiten ausgestorben. Von Natur aus hartnäckig und stumpfsinnig, vertragen diese Monstren nicht den geringsten Widerspruch, also führen zwei Köpfe an einem Körper zum schnellen Tode, denn jeder verweigert, um dem anderen zuwiderzuhandeln, die Nahrungsaufnahme und hält böswilligerweise sogar den Atem an – mit sattsam bekanntem Erfolg. Ebendieses Phänomen hatte sich Euphorius Rührselig, der Erfinder der Antikopfbüchse, zunutze gemacht. Man schießt dem Drachen ein kleines handliches Elektronenköpfchen in den Leib, und es kommt im Nu zu Hader und Skandalen, und als Folge davon bleibt der Drache wie gelähmt, völlig erstarrt, einen Tag, eine Woche, manchmal einen Monat auf einer Stelle; es kommt vor, daß ihn die Erschöpfung erst nach einem Jahr bezwingt. In dieser Zeit kann man mit ihm anstellen, wozu es einem gerade gelüstet.

Der Drache jedoch, den Klapaucius angeschossen hatte, verhielt sich zumindest sonderbar. Er stellte sich zwar auf die Hinterbeine mit einem Gebrüll, von dem Steinlawinen über die Hänge rollten, er schlug auch mit dem Schwanz gegen die Felsen, bis der Geruch der entfachten Funken den ganzen Talkessel ausgefüllt hatte, dann kratzte er sich aber am Ohr, räusperte sich und ging weiter, als wäre nichts gewesen, er beschleunigte lediglich ein wenig seine Gangart, so daß er nun trabte. Klapaucius traute seinen Augen nicht, er jagte ihm über den Felsgrat nach und verkürzte sich so den Weg zum Ausgang des ausgetrockneten Flußbetts, denn nun schwebten ihm nicht nur eine kleine wissenschaftliche Arbeit vor oder ein, zwei Artikel im »Drachenalmanach«, sondern zumindest eine Monographie auf Kreidepapier mit einem Abbild des Drachen und dem des Autors!

An der Biegung kauerte er sich hinter dem Felsen nieder, legte den Unwahrscheinlichkeitswerfer an, zielte und betätigte die Depossibilitatoren. Der Kolben zitterte ihm in der Hand, die erwärmte Waffe umgab sich mit einem Schleier, den Drachen umringte ein Halo wie den Mond, wenn sich schlechtes Wetter ankündigt, doch er löste sich nicht auf! Erneut machte Klapaucius den Drachen ganz und gar unwahrscheinlich; die Intensität der Impossibilität wuchs dermaßen an, daß ein vorbeifliegender Schmetterling mit dem Morsealphabet das zweite »Dschungelbuch« zu senden begann, und inmitten der Felsumrisse tauchten Schatten von Wahrsagerinnen, Hexen und Wurzelweibern auf, und das vernehmliche Echo galoppierender Hufe kündete an, daß irgendwo Zentauren hinter dem Drachen einherjagten, die die horrende Spannung des Werfers aus der Unmöglichkeit beschworen hatte. Der Drache jedoch tat, als wäre nichts geschehen, kauerte sich schwerfällig hin, gähnte und kratzte sich vergnügt die hängende Wamme mit den Hinterpranken. Die glühende Waffe brannte bereits Klapaucius' Finger, der verzweifelt auf den Abzugshahn drückte, denn er hatte bisher noch nie Derartiges erlebt – die kleineren Steine in der Nähe erhoben sich langsam in die Lüfte, der Staub aber, den der sich kratzende Drache unter seinem Hinterteil emporwühlte, ordnete sich, anstatt in völligem Chaos niederzugehen, in der Luft in die gut lesbare Aufschrift DOKTOR, STEHE IHNEN ZU DIENSTEN. Es war dunkel geworden, denn aus dem Tag wurde Nacht, und ein paar Kalkfelsen brachen zu einem Spaziergang auf, unterhielten sich leise über dies und jenes, mit einem Wort, es geschahen wahre Wunder, das scheußliche Vieh jedoch, das kaum dreißig Schritt von Klapaucius entfernt ruhte, dachte nicht im geringsten daran zu verschwinden. Klapaucius ließ den Werfer fahren und griff in den Brustlatz, holte eine Antidrachengranate hervor und schleuderte sie, seine Seele der Matrix allspinorater Umwandlungen anvertrauend, nach vorn. Es donnerte, mit den Felsbrocken flog auch der Schwanz des Drachen in die Luft, welch letzterer mit unverfälscht menschlicher Stimme »Hilfe« rief und davonstiebte, geradewegs auf Klapaucius zu. Dieser sprang, als er den unausweichlichen Tod nahen sah, aus seinem Versteck hervor und hielt die kurze Antimateriearmbrust fest umklammert. Er holte aus, doch erneut ließ sich ein Schreien vernehmen: »Hör auf! Hör auf! Schlag mich nicht tot!«

»Was, ein redender Drache?« überlegte Klapaucius. »Das kann nicht sein, ich muß wahnsinnig geworden sein ...«

Doch er fragte: »Wer spricht? Bist du's. Drache?«

»Was für ein Drache? Ich bin's!«

Und tatsächlich tauchte Trurl aus der zerfließenden Staubwolke empor; er faßte den Hals des Drachen an, hantierte daran, und der Riese fiel sacht auf die Knie und erstarb mit langanhaltendem Klirren.

»Was soll diese Maskerade? Was hat das zu bedeuten? Woher der Drache? Was hast du in ihm angestellt?« Klapaucius' Fragen prasselten auf Trurl nieder, der seine vollgestaubte Kleidung säuberte und sich seines Freundes zu erwehren versuchte.

»Aber woher, wie denn, wo, was ... Laß mich doch zu Wort kommen! Ich habe einen Drachen vernichtet, der König verweigerte mir aber den Lohn dafür ...«

»Weshalb?«

»Sicherlich aus Geiz, ich weiß es nicht. Er wälzte das auf die Bürokratie ab, es müsse erst das Gutachtenprotokoll einer Kommission vorliegen, mit Messungen und mit einer Sektion, der Thronbetriebsrat müsse zusammentreten, dies und das, der Hauptschatzmeister habe geäußert, man könne sich nicht einigen, wie die Auszahlung vorzunehmen sei, denn sie falle weder in den Bereich des Lohnfonds noch in den des Allgemeinfonds, mit einem Wort, obwohl ich ihn bat und drängte, obwohl ich zur Kasse und zum König ging, beim Thronrat antichambrierte, es wollte mich niemand anhören; und als sie mir schließlich empfahlen, meinen Lebenslauf mit Paßbildern einzureichen – da ging ich eben, doch der Drache befand sich bereits in einem nicht mehr umkehrbaren Zustand. Ich zog ihm die Haut ab, schnitt einige Armvoll Haselnußruten, dann fand sich noch ein alter Telegraphenmast, und mehr war nicht nötig, ich stopfte ihn aus, na, und dann – dann spielte ich eben etwas vor ...«

»Unmöglich! Solltest du zu einer so schändlichen Methode Zuflucht genommen haben? Du? Warum, um Himmels willen, wenn sie dich nicht bezahlten? Ich begreife überhaupt nichts mehr.«

»Ach, dumm bist du!« Trurl zuckte herablassend mit den Schultern. »Sie zollen mir ja unablässig Tribut! Ich habe schon mehr erhalten, als ich verlangen durfte.«

»So ist das!!!« Eine Erleuchtung kam über Klapaucius. Aber gleich fügte er hinzu: »Es ist ungehörig, durch Zwang ...«

»Wieso ungehörig? Habe ich denn etwas Böses getan? Ich bin in den Bergen herumspaziert, und abends habe ich etwas geheult. Ich war schrecklich echauffiert ...«, fügte er hinzu und setzte sich neben Klapaucius.

»Wodurch eigentlich? Vom Heulen?«

»Nein, wieso das? Kannst du wirklich nicht eins und eins zusammenzählen? Was denn für Heulen? Jede Nacht bin ich gezwungen, Säcke mit Gold aus der verabredeten Höhle nach oben zu schaffen, schau nur dorthin!« Er deutete mit der Hand auf einen entfernten Bergrücken. »Dort habe ich mir einen kleinen Startplatz vorbereitet. Wenn du solche Zwanzigpudlasten von früh bis spät schleppen müßtest, sähst du schon! Dieser Drache ist ja gar kein Drache, allein die Haut wiegt an die drei Tonnen, ich muß sie schleppen, muß brüllen, muß stampfen – das am Tage, und nachts diese Plackerei. Ich freue mich, daß du gekommen bist. Ich hatte es wirklich schon satt ...«

»Aber warum eigentlich ist dieser Drache – das heißt diese scheußliche Larve – nicht verschwunden, als ich die Wahrscheinlichkeit bis auf Wunder herabminderte?« wollte Klapaucius wissen.

Trurl räusperte sich, als wenn er verwirrt wäre.

»Das ist meiner Umsicht zu verdanken«, erläuterte er.

»Schließlich hätte hier irgend so ein dummer Jäger auftauchen können, meinetwegen der Basilius, also habe ich unter der Haut antiprobabilistische Schirme angebracht. Und jetzt komm, da sind noch ein paar Säcke Platin übriggeblieben – es ist das Schwerste von allem, ich wollte es nicht allein tragen. Es trifft sich wunderbar, du wirst mir helfen ...«

DIE WEIHNACHTSFESTPLATTE von Terry Pratchett.
Originaltitel: ›The Megabyte Drive to Believe in Santa Claus‹.
Erstveröffentlichung in *The Programme Book*, Discworld Convention 1998, Liverpool. Copyright © 1996 by Terry Pratchett. Mit freundlicher Genehmigung des Autors und der Agentur Colin Smythe Ltd.
Aus dem Englischen übersetzt von Andreas Brandhorst.
Copyright © 2000 der deutschen Übersetzung by Wilhelm Heyne Verlag, München.

GOLDENE ÄPFEL DER SONNE von Gardner Dozois, Jack Dann und Michael Swanwick.
Originaltitel: ›Golden Apples of the Sun‹.
Erstveröffentlichung in einer kürzeren Version unter dem Titel »Virgin Territory« in *Penthouse*, März 1984, in der hier vorliegenden vollständigen Fassung in der Anthologie von Art Saha (Hrsg.): *The Year's Best Fantasy Stories 11*, New York 1985. Copyright © by Gardner Dozois, Jack Dann und Michael Swanwick. Veröffentlicht mit Genehmigung Nr. 62399 der Paul & Peter Fritz AG in Zürich.
Aus dem Amerikanischen übersetzt von Erik Simon.
Copyright © 2000 der deutschen Übersetzung by Wilhelm Heyne Verlag, München.

DER BUCHLADEN von Nelson Bond.
Originaltitel: ›The Bookshop‹.
Erstveröffentlichung in *Bluebook*, Oktober 1941; aus dem Band von N. Bond: *Mr. Mergenthwirker's Lobblies and Other Fantastic Tales*, 1946 (deutsch: *Herrn Mergenthwirkers Lobblies*, 1983). Copyright © 1946 by Nelson S. Bond. Veröffentlicht mit Genehmigung des Autors und seines Agenten Thomas Schlück.

Erstveröffentlichung im Band von St. Lem: *Cyberiada*,
Kraków: Wydawnictwo Literackie 1965.
Übersetzung aus dem Polnischen von Caesar Rymarowicz
aus dem Band *St. Lem: Robotermärchen*. Eulenspiegel Verlag,
Berlin 1969. Mit freundlicher Genehmigung der Eulenspie-
gel · Das Neue Berlin Verlagsgesellschaft mbH.

HEYNE BÜCHER

Terry Pratchett

SCHEIBENWELT

»Ein Ende der Erfolgsstory der
Scheibenwelt ist nicht in Sicht.«
DER SPIEGEL

»Ein boshafter Spaß und ein
Quell bizarren Vergnügens«
THE GUARDIAN

06/4583

Das Licht der Phantasie
Band 1
06/4583
Im Heyne Hörbuch als
CD oder MC lieferbar.

Das Erbe des Zauberers
Band 2
06/4584

Gevatter Tod
Band 3
06/4706

Der Zauberhut
Band 4
06/4715

Pyramiden
Band 5
06/4764

Wachen! Wachen! (1991)
Band 6
06/4805

MacBest
Band 7
06/4863

Die Farben der Magie (1992)
Band 8
06/4912

Eric
Band 9
06/4953

HEYNE-TASCHENBÜCHER

Martin Hocke

Der Krieg der Käuze
01/10995

»Eine bewegende Geschichte,
wie sie als Fabel der Ver-
strickung von Menschen
unserer Zeit kaum exem-
plarischer gedacht werden
kann. Einem solchen Buch
wünsche ich viele Leser.«

HANS BEMMANN,
Autor von Stein & Flöte

01/10995

HEYNE-TASCHENBÜCHER

HEYNE BÜCHER

Ursula K. Le Guin

Die linke Hand der Dunkelheit

Das Meisterwerk einer großartigen Erzählerin

Die Bewohner des Planeten Gethen sind uns Menschen verblüffend ähnlich – mit einem Unterschied: Sie sind androgyn, und in ihrer Kultur sind geschlechtsspezifische Machtkämpfe und Hierarchien, wie wir sie kennen, nicht möglich. Doch es gibt andere Formen von Macht ...

06/8207

HEYNE-TASCHENBÜCHER